TIANXINGWENKU
天星文库

天星文库·通识经典

世界文学的故事

THE STORY OF THE WORLD'S LITERATURE

［美］约翰·梅西 著
［美］奥诺里奥·卢奥托洛 插图

杨德友 译

山西出版传媒集团 北岳文艺出版社
·太原·

图书在版编目（CIP）数据

世界文学的故事 /（美）约翰·梅西著；杨德友译

. —太原：北岳文艺出版社，2023.6

ISBN 978-7-5378-6683-5

Ⅰ.①世… Ⅱ.①约… ②杨… Ⅲ.①世界文学—文学史—通俗读物 Ⅳ.① I109-49

中国版本图书馆 CIP 数据核字（2023）第 004375 号

书名：世界文学的故事

著者：〔美〕约翰·梅西

插图：〔美〕奥诺里奥·卢奥托洛

译者：杨德友

责任编辑：庞咏平

书籍设计：张永文

出版发行：山西出版传媒集团·北岳文艺出版社

地址：山西省太原市并州南路 57 号　　邮编：030012

电话：0351-5628696（发行部）　0351-5628688（总编室）

传真：0351-5628680

网址：http://www.bywy.com　　E-mail：bywycbs@163.com

经销商：新华书店

印刷装订：山西人民印刷有限责任公司

开本：880mm × 1230mm　1/32

字数：402 千字　印张：16.75

版次：2023 年 6 月第 1 版

印次：2023 年 6 月山西第 1 次印刷

书号：ISBN 978-7-5378-6683-5

定价：78.00 元

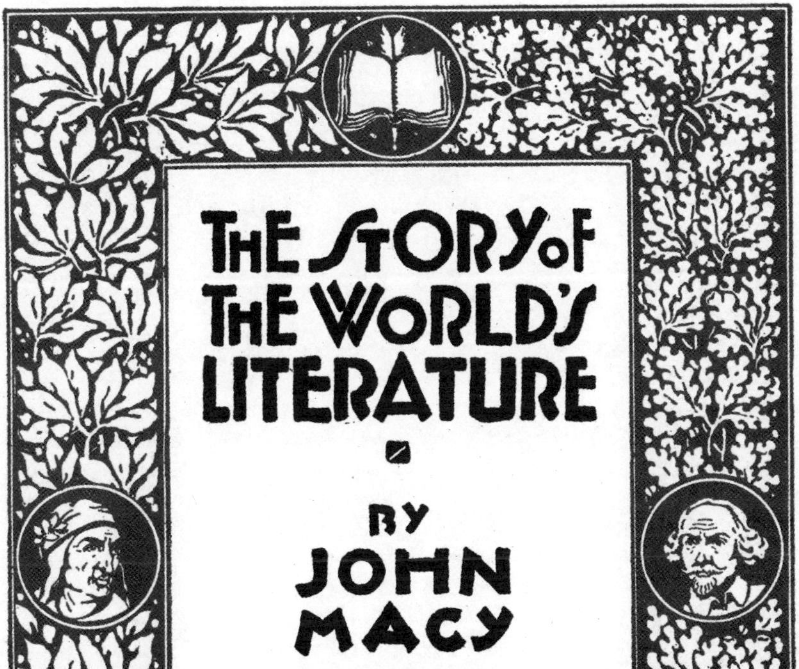

THE STORY OF THE WORLD'S LITERATURE

BY
JOHN MACY

ILLUSTRATED
BY
ONORIO
RUOTOLO

BONI & LIVERIGHT: N.Y.

原书扉页

前　言

本书的宗旨是，概述对于现世的人们最为重要的世界图书。所谓“重要”，涉及一个或多个问题，是每个人必须——如果可能的话——自己回答的问题，而这个问题早已被公众所认知。但是，这种认知不是绝对的，因为“重要”与否也是相对而言，而所谓“公众的认知”又是难以明确的抽象概念。对于相当多的读者来说，许多看似重要的作者、作品清单会比我们这本书还厚。因此，在我们的评述中，许多确有价值的书籍可能会被忽略，而许多书籍只是点到为止。读我们书的读者可能会发现，书中没有自己所喜爱的作者、作品，而自己认为不太好的作者却被收录在册。这是意料之中的事，我希望这一情况能够促使人们对问题有所思考，同时也为文学和其他艺术的探讨带来更多的兴趣和愉悦。

在本书中，对于材料的选择、取舍、所占比例和最终的评价都是属于我个人的。基于个人的兴趣侧重以及知识、鉴赏力的不足，其结果必定是有局限性的，着重力度也会因此减轻。对于这一浩大的主题，我只能提出个人的观点。我认识一位批评家，学识颇为渊博，他说得很有道理：“你写的其实不是‘文学的故事’，而是‘对我偶然阅读过的几位作家的简要评论’。”对此，我可以坦然地回答：指导过我的不仅仅有书籍，不仅仅有大批评家和一般的历史学家，而且还有来自那些学识渊博的朋友们的忠告。我特别感激下列人士：路德维克·刘易森博士，安东尼奥·卡利特里博士，A. H. 赖斯教授，恩斯特·博伊德先生，A. J. 巴诺博士，亨德里克·房龙博士，皮茨·桑伯恩先生，霍华德·欧文·杨先生，托马斯·R. 斯密斯先生，曼努埃尔·康姆罗夫先生以及雨果·克努森先生。他们在许多关键之处做出纠正，解决了这本概述应该包括什么内容这一主要问题——我的确解决了这个问题。刘易森博士几乎承担了论德国文学的第40章和第41章。

因为本书是针对英语读者的，所以关于英美文学的篇幅相对多一些。在某位奥林普斯神或者火星来访者的观点来看，这样做显然有些不妥，因为火星人会毫无偏见地理解我们这个星球的思想。我们同样还忽略了许多国家，这些国家无疑有十分丰富的文学。例如，罗马尼亚人、波兰人、匈牙利人、芬兰人，可能会立即丢下这本书说：“你没有涉及我们国家的文学，即便是短短的一章也没有；某某人，某某人，某某人可是我国的天才！哼，还装模作样、大言不惭地讲，是关于世界文学的故事呢！”回答是：有些国家的文学依然封闭在自己民族和语言的界限之内，似乎还没有变成欧洲文学的一部分。这种孤立的状态会把理应闻名世界的天才作家顽固地限制起来，而对他的不甚了解是我们的损失。我曾经和一个波兰人谈及这个问题，他们对于自己国家文学（无论古代还是现代）的热衷令人对波兰文学的伟大深信不疑；但是，显然，翻译家们只为我们打开一条门缝。所以，到现在为止，我只知道在欧洲具有广泛声誉的波兰小说家是亨利克·显克维奇。一位出生在匈牙利的美国学者告诉我，匈牙利在人们视野中清晰可辨的只有他的同胞约卡伊。这里有本里德尔写得《匈牙利文学史》。这本书是一部相当大部头的著作，概述了这个民族的思想，而其中数以百计的人名中我一个也不知道，而且我敢说，许多美国或者英国读者也不知道。

我引用这些事例，不是要对波兰文学和匈牙利文学提出某种判断——这样的念头是荒谬的！我是要说明一个有趣的事实，即在拥挤的欧洲，那些称兄道弟、互相打斗了几百年的各国人民，在精神方面可能依然是陌生人。或者可以说，他们对彼此的认识是单方面的。有教养的匈牙利人当然要懂得法国文学；而有教养的法国人不需要懂得匈牙利语，哪怕是一个单词，或是一本匈牙利人写的书。丹麦批评家格奥尔格·布兰代斯的钦慕者不一定懂丹麦语，但这位批评家必须懂英语、法语、德语、意大利语。占统治地位的几种语言把它们的文学强加给了我们这个有如巴别塔的世界。还有一种可能就是，这些主流文学极为丰富，所以才会把其他文学中很有价值的作品推入阴影。但有一条规律就是，优秀的作品会随时间的推移而冲破民族与语言的界限，从而变成人类共同的财富。然而，这并不是说，应该得到更好理解的优秀作品不多。

如果说，因为我们的概述不能求全，从而略去许多国家、时代和重要人物的话，那么，它必然取得了某种有机的统一和延续（我也希望能达到）。概述虽然未必恰到好处，但却是前后一致的，并最终形成一幅全景。这些观察极其快捷，像是从飞机上鸟瞰一般。我们发现其突出的特征，如超群的山峰，但我们不可能停下来测量其中的山峰或者是在广阔的山坡上逗留。在“莎士比亚”上方，我们缓行十五分钟，但要读懂莎士比亚却要花费十五年，甚至五十年。

很显然，莎士比亚并没有把十五年，或者五十年中每一个清醒的时刻都用来写作和阅读。当然，普通读者除了阅读莎士比亚之外，还阅读了其他的出版物；而除了阅读之外，他们还有其他的事情要做。即便是读书很快、嗜书如命的学者，也只能熟悉其中的几千本，稍微熟悉另外的几千本。

在类似大不列颠博物馆、藏书二百万卷的纽约公共图书馆这样巨大的图书宝库中，有几十个人在为更新其中的目录而工作。但是，如此庞大的印刷品数量是不会搅扰到我们的安宁的。这些书籍多有重复，再加上诚实和不诚实的相互抄袭，几千卷书就已囊括了全世界的智慧精华。因此，有那种令人佩服，甚至令人嫉妒的饱学之士，那种“读毕一切”的人，便不是不可能的了。“博览”，并不意味着需要穷年累月地读遍所谓的经典，而只需潜心研读其中的几部即可，其他的，大可以安心略过。我认识这样一位颇有悟性且文学修养极高的人，他就没有读过但丁，而且也无意去阅读但丁。如果不喜欢，如果眼睛和双手刚好没有惠顾这位最伟大诗人的作品，他又何必一定去读呢？他读过其他诗人的诗，这就够了。麦修·阿诺德、叔本华等学识渊博的人都极有悟性和幽默感，他们所珍视的严肃见解是：我们必须遵守某种道德义务，把时间用于阅读好书和伟大的书。在我看来，这一信条毫无意义，破坏了文学的高尚价值。让我们按照个人的秉性读书吧，广博也罢，偏狭也罢，让那些文学权威们高挂在公共图书馆前的路灯杆上吧。这样的言辞未免太过激烈，但是它表达出了一种信念，这种信念在我阅读和为准备写作此书数月的研究中不断增强，即读书太多不是明智之举。但愿我们不要变成亚历山大·蒲柏笔下的那个人物：

盲目死读造出塞满书本的榆木脑袋，

脑瓜里全是知识木头堆成的硬块。

还有一点需要考虑：如果你把阅读的时间都用来皱眉头、硬啃伟大的经典，那么，谁又会去读那些虽非不朽但却是你亲密好友、不太伟大但却更亲切的作品呢？有时候，我们口袋里随身带的不是某位重要且名气大的诗人的作品，而是一位不太重要的诗人的小书——我一生都在为确定谁是主要、谁是次要的问题而苦恼。那么，该怎样对待那些我们偶然遇到但却十分重视的书呢？为了挽救《爱丽丝漫游奇境记》《巴布歌谣》，我情愿把那些重要的文学作品抛入海里。小技巧比大手笔可爱；或者，他们至少有一种小巧的可爱之处，这是大手笔写不出的。

如果你办事有主见，就要防备可能淹没你的大浪；如果能培养出对文学强烈的好奇心，那么，无论读小书还是大书，你都会如鱼得水。不必太过认真，但也不能随随便便不负责任。从《鹅妈妈》到《哈姆雷特》的文学，是人类生活的故事。这故事可能是毫无意义的喧嚣，可能是躁动的愚人讲述的故事。但是，这是我们所知道的唯一的故事，也是唯一一个人类可能感兴趣的故事：它一些不太重要的章节是颇具智慧且引人入胜的。所以，有些小书是伟大的朋友，有些大书却一直是疏远的陌生人或是令人难以容忍的累赘。我们尝试对文学做出或多或少理性的巡礼的同时，又必须让概述符合其本来的面貌，即使其中存在异端或者有偏执倾向，但也不能超越理性。不过，我还是大胆提出两三种有关文学的见解，尽管激进却不独特。其一，真正的财宝常常藏在一个小盒子里。其二，如果碰巧不喜欢某位伟人，你就放过他，并庆幸自己没有为他大伤脑筋。

还有一个是，书太多了，这虽然让任何心智健全的人大伤脑筋，但那么多的书让心智健全的人体验阅读的欣喜，或者满足好奇心，或者感受其中的智慧。阅读的艺术，不如七艺中任何一种伟大和具有创造性；但它是一种精细的艺术。当然，写出一页好书当然比阅读一页书更难。但作为读者，应该有创造能力，否则一切艺术形同虚设。会读书的人，就是审视绘画、聆听交响乐的人。

本书是献给博览群书的读者的。

哈得孙河上的哈斯

1924 年圣诞节

目录

Contents

PART I
THE ANCIENT WORLD

第一部
古代世界

1

书是怎样创造的

著书多，没有穷尽。

——《旧约·传道书》

我们现在看到的这一页书，像我们读过或者放过去的其他千百张书页一样，都是开始于几千年以前的奇异故事的一部分。这一页，印有图文的一页，由白纸上的黑色符号组成，有一个很长的故事。故事太长太大，没有人能够全部读完。我们不知道它是怎样的，是从何时开始的。它每天都在继续，我们也无法看到它的尽头。

此情节发展的同时，也收入其他情节，这是由许多故事汇成的故事。没有读者会以同一标准看待这一无所不包的故事概要，或者对它的每一部分都抱有同样的兴趣。但是，这些概要无论怎样勾勒，都将构成一个引人入胜的故事。它不是由某个人发明的，它的作者就是全人类。

今天，我们就是这个故事中的一个有机组成部分。所以，就让我们从现在所处之处启程，快速回溯到源头上去。这样做，给我们指明方向，给我们希望遵循的路径提出大约的方向，直到重新返回到我们的时代。

呈现在我们眼前的是印有图文的一页。我们已习以为常，已经不需要再多做考虑。花几分钱，就有一张报纸或者一本杂志送到我们门前。我们可以花一两个美元买一本书、一本世界名著，或者也可以从公共图书馆免费借到。对此，我们习以为常，不再感到诧异。然而，这是多么了不起的事啊！

一种早期印刷机

首先，让我们看看在作者与读者之间起桥梁作用的几个机械部分。主要的奇迹创造者是印刷机，印刷机对现代文明的影响大概超过了其他任何的发明。在印刷机运转之前，人们用手，或者更多的是用铸排机、自动铸排机制出金属版。这些机器十分精妙，似乎会思考问题，其实是需要熟练工人操作的。与此同时，造纸厂把树木或破布变成又细又白的纸张。纸张在刷了油墨的印版上快速滑过。装订机把印张折叠起来，锁线，装上硬纸或者硬麻布，或者皮革做成的封面。几天之后，成品书就送到了世界各地的读者手中。

现在向后略退一小步，回到没有动力机械、印刷还处在手工操作的时代。那个时代生产的书，不如我们今天的华丽，但是在某一方面比现在生产的更令人满意。纸一般比现在的好，那时的纸用亚麻纤维制成，而我们现在使用的纸绝大部分是由掺有强酸的木浆制成，容易变黄、变脆。正如一位机智的历史学家所说，我们现今“不是在沙子上而是在灰尘地上”印刷。对于近期文献和许多古老文献的保存取决于持续不断的重印。从总体上说，现代人允许绝版的东西都不值得保存，虽然有些十分珍贵之物很可能会就此佚失。

古登堡

应该牢记的是，每种新的改善都伴有某种不利的情况发生。离我们较近的祖先用手动机械、手工纸张生产的书，在质量方面比我们今天生产的许多书都更为耐久。然而，在蒸汽时代以前也出现过许多劣质印刷品：为了经济起见，版面常常小得令人厌倦，而且不如用现代方法制作的小版面清晰。在动力印刷机发明之前，书比现在少，且价格相对昂贵，能够拥有自己书的人不多，因此懂得如何读书的人也不多。

我们接下去追溯的下一个阶段更为久远，虽然和整个人类史相比是那么短暂。我们来到了印刷机发明以前的时代。我们在德国美因茨市约翰内斯·古登堡的小作坊里流连，站在印刷之父面前，心中充满钦佩。那大约是在 1450 年。古登堡对印刷术的贡献看来是发现了铸活字版的方法，活字可以排列成行成页。我们不知道他用什么机械把纸和活字压紧。我们不知道他印制了什么书，因为博物馆里没有一本书上有他的名字。人们认为，拉丁文版的《圣经》副本是由他印制的，但也可能是他参与了印制，而他的同伴或者继承人完成了整个作品的印刷。世界上一切印刷业主和读者都要向古登堡致敬，而不必在意他传记中含混不清的诸多争议。像全世界都应被感激的其他发明家一样，古登堡也曾陷入重重债务之中。债主们拿走了他的工具和活字，他最后在贫困中死去。然而，有位债主无疑是好好利用了古登堡的工具的。之后的半个世纪里，从意大利到荷兰，印刷术传遍了欧洲。

我们都认为，文献是某种印刷品，因为我们所见到的古今书籍都是印刷品。但是，古登堡之前的文献故事至少比第一台印刷机出现之后的长十倍。

我们继续旅行，回到往昔，来到了很少，或者根本没有纸的时代。纸是中国人发明的，阿拉伯人从中国人那里学会了造纸术，又把它传授给了他们在西方国家中的基督徒兄弟。纸是现代书面和印刷交流品的载体。为这种须臾不可或缺的物品，我们应感激人类的两个分支。它们的语言和文化不是欧洲的，而是亚洲的。14 世纪初，纸已在欧洲普遍使用，但是数量不多，因为造纸耗费时间长且费工。当时，人们不浪费纸，不像我们现在，在街上乱扔废纸。绅士和学者们采用十分细小的字体，这不仅仅是为了优雅，也是为了节约，在小空间中写出许多清晰秀美的小字。

在广泛使用纸张以前，书籍、私人信件与文件都是写在羊皮纸或者犊牛皮上，亦即写在经过特别加工的皮子上面的。皮革是相对牢固的材料，博物馆里还保存着至少三千年前的皮卷。犹太人曾经把他们的圣书，包括《旧约》，写在皮子上。在今天的犹太教堂里，我们仍然能看到这种皮卷；我们现在依然在使用羊皮纸，写出想要长期保存的某些文件，如我们熟悉的“大学文凭”。它也常被称为“羊皮卷”。羔羊、小山羊和牛犊用它们的肉养育我们的躯体，把皮提供给我们做鞋和衣服。但是这些动物的主要功绩是它们承载了我们最珍贵的财宝，即几千年的文献。我们从肉店选购小牛肉（veal），但是可能已经忘记，“古书”所用的犊牛皮（vellum），都来自法语的“牛犊”一词。文学的故事在本质上是词语的故事，所以，如果我们停下来解释词义的话，我们并没有止步，而是仍然继续着我们的故事。很长一段时间，我一直认为羊皮纸（parchment）这个词与“烘干”“晒干”（parch）这些词有关，因为羊皮是在烈日下鞣制而成的。在我们发现真相前，我们都是沉溺于这种想当然的猜测中。于是，我们发现，事实比我们的臆测更有意思。“parchment”来自“Pergamum（佩加姆，小亚细亚一城市）”，这里生产一种供书写用的优质皮子。据记载，佩加姆国王建造了一座大图书馆，是世界奇迹之一。他和他的文书官发现了一种加工皮革的方法，令其两面都可以写字，因而可以制作我们现在看到的有左页和右页的书本。

羊皮纸书籍为我们保存了几乎全部的希腊和拉丁文学的遗产，还有大部分的基督教世界的作品，长达十四个世纪。在结实的羊皮纸上，抄写者们抄写了他们发现的、写在易碎的纸草纸上的古代杰作；下文我们会简要谈谈纸草纸。这些抄写员一般都是修士和神父，他们在修道院里生活和工作。许多世纪以来，对于有知识的人而言，修道院都是最安全的地方——当然，绝大部分的抄写员是对各种圣书、圣经和他们视为神圣的论著感兴趣的。有些修士抄写员暗地里喜欢异教的书籍，也就是说，非基督教的书籍。他们之中有许多人十分钟情于某一部书，视其为艺术品，遂花费多年光阴为一本书做装饰或者装帧。在我们的艺术博物馆和图书馆里，现在仍保存着那些作品的豪华样本——章节首段第一个大写字母用金色和其他彩绘装饰，辉煌灿烂，似乎是昨天刚刚画好。

有时候，因为穷困，修士们用完了羊皮纸，就再没有新纸可用了。但是在修道院里储藏着，或者在市场上可以买到已经写了字的旧羊皮纸。之前羊皮纸上写的字可以被清理掉，露出可以重新写字且相当光洁的纸面。修士们常涂掉异教的文字，用二手的羊皮纸抄写基督信仰的书籍。这种手抄本叫作二手羊皮纸抄本。有时候因为清除得不彻底，学者们就使用化学药品处理羊皮纸的方法，破译出原先纸上的作品。这样，他们重新发现了许多古代文献的段落。如果没有这二手羊皮纸抄本，这些文献早已散佚。许多古代书籍的重生或者散佚大体上都具有偶然性。当然，有些书籍，如《圣经》，是得到精心爱护并被不断誊写的。在一个衰败、火灾和战乱频仍的世

埃及祭司

界，书的命运是令人兴奋的故事。想象一下，当一位学者在古老的抄本堆中忽然发现一位古典作家已经散佚的著作时的喜悦吧。这种发现时时出现，对于某些读者来说，激动的程度犹如发现了北极。

把羊皮纸或者皮子当作书写材料，始于久远的古代。但是，如果你生活在 4 世纪以前的罗马或者雅典，想要购买一本维吉尔或者荷马的诗集，那么，他们给你看的不是一本皮纸书，而是一卷被称作“纸草”的干燥植物纤维。大家都知道，英语单词“paper（纸）”就来源于“papyrus（纸草）”一词。纸草是一种生长在埃及的韧性很强的水草，很可能是摩西遇到的蒲草：他把草茎劈开，压展，晒干，然后黏结成条卷起。之后，埃及人把它出口到希腊、罗马等邻国。几乎所有最优秀的希腊和拉丁文学全是在纸草纸上书写的，直到更结实的羊皮纸被普遍使用。“纸草纤维”这个词在希腊语里是“biblos”，因此，它也指用来写成的“书”。也正因如此，我们的众书合集叫作“Bible（《圣经》）”。

当提及古埃及人是优秀民族的时候，我们首先想到的事物是金字塔、狮身人面像、木乃伊以及新发现的列王陵墓。金字塔虽然建造得近乎不朽，但其对于文明的贡献却不如易碎的纸草纸卷重大。因为，不仅是埃及人，甚至连生活在地中海沿岸的诸民族都用它来记录自己的思想。不仅如此，埃及人看来还是第一个对欧洲产生影响的民族。他们创造了代表口语语音的书写系统。这一系统的理解方法久已失传，只是在最近一百年，学者们才学会破译埃及的象形文字。古埃及文字如何被解密的故事，是文献考古史上最富传奇色彩的一章。1799 年，在拿破仑驻埃及军队中服役的法国工程师布萨尔发现了著名的罗塞塔石碑，石碑上刻有埃及祭司们为纪念一位国王所做的长篇敕令。敕令用三种文字写成：象形文字、当时埃及流行的普通语和希腊语。

希腊语是人们熟知的语言，经过许多努力之后，人们才可能解读与之并列的埃及象形文字。破译的工作是由法国学者让·弗朗索瓦·商博良完成的。今天，埃及学学者能够阅读木乃伊棺木上或者方尖碑上的象形文字，令沉默的狮身人面像说出她无法打破的缄默中所包含的话语。

即使学者们没有学会阅读埃及人的语言，埃及的智慧也不会全然佚失。因为他们的智慧已经被其他民族，如希腊人和罗马人所吸收，并且传播给了我们。尽管它们已经被稀释，其原初的形式也已不可察觉，但是我们可以相信，亚历山大大帝在埃及建立亚历山大城（后来成为希腊文化中心）之时，或在多情的安东尼和较为冷静的恺撒击败克娄帕特拉，抑或是克娄帕特拉战胜之时，征服者从被征服者那里学到了本领。

离埃及不远，在地中海东岸，有腓尼基人。他们是希伯来人的近邻，并与之有过多次争夺。先知以西结对腓尼基主要城市提尔发出一种诅咒，其中描述了这个城市的繁华与富庶。这是个忙碌的经商民族，似乎不太重视培育文学。我们只有他们作品的一些片段，是希腊人保存下来的。虽然腓尼基人的城市消失了，但是从很大程度上讲，他们是我们所阅读过的每一本书之父。因为他们发明了字母表，字母取代了埃及人的象形符号。字母在经过近三千年的变化和发展之后，在外形上仍受惠于腓尼基人。至于他们何时发明了字母表，我们只能猜测，那至少是在公元前 1000 年前。当时，纸草纸已开始使用，它光滑的表面利于连续流畅的书写。腓尼基人是有开拓精神的商人，他们从埃及人那里购买纸草纸，然后再出售给希腊人等其他的民族。出售纸草纸同时，他们也带去了字母表。

如果我们在这回溯的旅行中再迈出一步的话，我们就回到了书写材料几乎岿然不动的时代，即文献的石器时代。早期的埃及人和其他的民族把文献刻在墙上和柱子上。我们一直没有完全脱离石器时代，因为我们的教堂、公共建筑物和陵墓上都有铭文，其目的是长久地纪念重要事件、杰出人物以及世俗的和宗教的理念。如果所有的图书都被销毁，那么，五千年以后的历史学家仍然能够依靠我们的石头建筑物重新构思出一幅草图，表明我们是什么样的人，用什么语言。

石上写作

同样，我们可以重新构思这些石块所处年代人们的生活。但是，石头也会风化，书籍如果不持续重印，许多语言会被埋没。即使石块保存完好、凿刻石块的人仍然活着，一个里里外外都是石壁石书的公共图书馆，是有许多不便之处的——你不能够把书带回家去坐在壁炉前阅读。

西亚的巴比伦人在泥砖和圆筒形陶器上书写。这是在石块基础上的改进，因为其便于携带。但是，订购一本近期的畅销书，让人把一本重一吨的砖形书籍送来，仍是十分不便的。当然，这样的事没有发生，因为当时没有什么大众

美尼普塔法老

读物，只有少数祭司和文书会阅读和书写，而且绝大多数作品涉及宗教事务和帝王功绩。

写作取决于使用某种轻而光滑又柔软的材料，这种材料方便抄写、复制和交换记录下来的思想。有一种材料，结实，质轻，容易搬运，在我们的故事中应占有一席之地，这就是木头。英语的框架、结构来源于古代撒克逊人，他们是在山毛榉（beech）制造的木板上写字的。正因为如此，这些印有文字的散页装订在一起后被称为“书（英文为book，源于beech）”。如果躺在山毛榉树下读一本书，你大概不会想到，头上这一给予你阴凉的活物之名，和手中给予你智慧的书籍之名，这两者之间，竟存在着这么大的相似之处。但是，一位现代的德国人仍能听出这两个词的相似之处：德国人称山毛榉为“Buche”，称书为“Buch”。我们祖先学会锯木的那一天不论是吉日，还是凶日，他们用木板盖房子、写信息和记录事务。要知道，我们说的祖先是智慧方面的祖先，即在树上刻记信息的北欧人和用木条代替石条的埃及学校的儿童。

早期罗马人不仅在木板上写，也在树皮上书写。他们表示“书”的词是“liber”，原意为树的内皮。这一词语的变体在所有来源于拉丁文的现代语言中都是指“书”。法国人说“livre”，意大利人和西班牙人说“libro”，英语词“library（图书馆）”来自这个词根。

一种树皮竟是一种根，这不是浅薄的笑话，而是纯粹的事实。语言和文学之树就是知识之树、生命之树，这棵树的生长方式十分奇妙，过去以新的形式存活在我们身上。这张纸是木质纤维制造的，因此在物质方面与我们的祖先几千年以前刻制铭文所用的木头相关。你放置书的家具叫作“桌子（table）”，你写札记用的纸张叫“纸本（tablet）”，因为“木板”这个词在拉丁文中是“tabula”。同一张桌子上还有一个簿子，大概收有许多老照片，叫作照片簿（album）。为什么用这个英语词呢?“Album”原意是“白的”。在古罗马有一种高官，像是国务卿吧，把一年的大事都记在一种白颜色的簿子上。因此，我们珍贵的家庭记录——褪色的照片和压干的花朵，都收集在一种叫作“album”的簿子里。

我们的生命之树，我们的知识之树，是一种神奇的树，令人十分惊叹，以至我们几乎无法描述它。它就是树木，它从石头中长出，它是给我们提供羽毛笔的鸟类的巢，它为向我们提供皮子的动物提供栖身之处。在树下，一切生命的伙伴，人，在阅读一本书，在思考着。

2

文学的起源

太初有道。

——《新约·约翰福音》

想象一下，有一摞书，和世界上最高的建筑物一样高，让这一摞书代表有思维能力又会说话的造物——人（在地球上生活过许多世纪），却只有最上方的一卷，大约一两英尺厚——印刷机发明之后的书籍，代表着我们所知道的。而这一卷下面的三四卷，则代表着羊皮纸和皮子的手抄本。再下面的六七本是石头、胶泥和木头的。再下面的几尺，有现代人看不懂的不明符号、记号和图形。这一大摞其他剩余的部分，一直到地面，全是空白的！或者是这些“书”从来就没有写出来，或者是虽然写出过但早已被磨灭。

所以，我们想象中的书柱（一座真正的巴别塔！），大部分不是由书籍构成的；即使其中有什么文献，我们也不确定，我们只能猜测，也许有。但是，这一书柱的空白部分所代表的时期，人们的交流是口头的。在学会书写之前，人类只有口语，这一猜想是有道理的。我们可以提出一个悖论，就是说，在有文献以前，是存在着某种文献的。

有些文献材料（即思想），一定是早在有记录以前就已经被创造出来了。我们可以想象（没有想象就不会有多少值得阅读的作品），遥远的过去，先民们住在洞穴里，坐在火堆旁边讲故事，说到他们见过的动物，谈到他们和邻近部落战斗的功绩，讲神秘故事（即我们所说的“神话”，涉及树木之神和小河之神）。没有人会怀疑，他们是会唱歌的，他们把积累的智慧传授给了自己的子女，这样就渐渐形成了律法传统、部落习俗、宗教。

我们假设，这一切是有据可依的；“据”可能显得不足，然而是牢固的，有如构建我们信仰的依据。首先，我们所见到的只有记录的最早的故事和神话并不“幼稚”，它是高度发达和充满智慧的，不可能在一天内造出，必定是积累许多世代才成长起来的。其次，在世界某些角落里还生活着类似我们古代祖先的人，我们称他们“野蛮人”，即生活在森林里的人；我们称自己“文明人”，即生活在城镇里的人。我们认为，自己比野蛮人优越，我们也的确比他们发展得快一点。但是，当最聪明的学者到野蛮人中生活的时候，就会发现那已经传承无数代的故事和律法。即使野蛮人，也会以某种原始方式写作，他们口语中的智慧比已经记录下来的更为丰富。我们设想，我们的祖先大约是与他们类似的野蛮人，有思想，在创造出书写方法之前用口语表达出文献的基本思想。

虽然现存的原始人神话和我们远祖的神话并不幼稚，而是精致和“成熟”的，但是，在年轻的或者尚未开化的民族与文明开化的双亲

母亲教孩子们唱歌

所养育的孩子之间，有某种相似性。我们都是靠口头文化养育的。母亲教我们歌曲、摇篮曲、童话故事，教导我们品行端正，然后才教我们认字，我们才慢慢学会读书。对我们而言，语言的基本知识有点像不完备的音乐知识，我们大多数人一生对音乐都一知半解：我们享受乐队演出和歌剧，也唱一点歌、玩一玩乐器，但是却永远学不会像音乐家那样读乐谱。

口语是书面语的基础。我们比动物优越，就在于拥有语言。人们用语言互相教导，也教导自己的孩子；很久以后才在树上、在洞穴墙壁上画出符号。没有书面语言就不会快速积累；每一代新人都必须反复学习许多事物。我们都记得，就是在人学习了书写之后，观念和语言的变化也很迅速，所以可以理解这一点。不经过专门的学习，我们是读不懂 12 世纪的英语的；如果那个时代的人起死回生，我们是听不懂他的话的。他会像是来自异国的外邦人，虽然他的血可能正在我们的血管里流动。

但是，无论口语是多么容易变化和消失，它必定会把我们借以生活的基本思想从一个人传给另一个人，从父亲传给儿子，从母亲传给幼儿。而且，口语还能保存和传承优美的诗文。肯塔基州和田纳西州不识字的山民会背诵长诗，这些长诗是由他们的祖先从英国带来的古老歌谣演变过来的。现代学者把这些口头传说记录下来，和古老的印刷品或手抄本进行比较，这些诗虽然变化很多，虽然经过很多代人的记忆，虽然经历了语言的长长旅程，但并没有被破坏。现在能够加以研究的这一经历向我们揭示在过去可能发生过什么事；同时也能证明，像文学这样的事物甚至能够在文盲中间繁荣。

在我们看来，不会读书写字犹如可怕的残疾。但是就在七八百年以前，在欧洲，那个黑暗世纪，识字的人是比较少的；而在政府、战争和商业中，一些最为活跃的人是不会写自己的名字的。不过，他们不一定就愚昧无知。他们谈话、倾听，所以他们了解同伴们的思想。

对于读书和写字的价值，评估再高也不过分。但是为了表明口语更加重要，让我们看看一个先天失聪或者在幼儿时期失聪的儿童的情况。他被隔离在活的语言之外，成了一个哑巴，比有听力但不识字的人知识少。在接受正规教育以前，我们大多数人经历了很多无意识的教育，而聋哑儿童却错过了这些。聋哑学校的工作是十分了不起的；他们不仅教会这些残疾儿童读书写字，而且还教会他们说话。这是现代教育最为优异的成就之一。但是我们无意撰写一篇有关教育学的论文；在这本文学的故事里提及聋哑儿童，是为了说明何以口语为先。

人在学会书写之后，依然不断地在说话，书面表达的思想和口语表达的思想相互作用。所以，在受过教育的人们中间，断言哪种形式的思想比另外一种的贡献为大几乎是不可能的。而且，思想是如何以及为什么在世界上“生成”，如何从一个大脑传播到另一个大脑，则是一个永无完美答案的问题。

从广义的“文学”来看，我们大家每天都在“写”文学、“说”文学，虽然技巧可能差一点。伟大的法国喜剧作家莫里哀曾在喜剧《醉心贵族的小市民》中隐晦而幽默地表达了这样的观念。中产阶级绅士茹尔丹先生是一位善良正直的公民，他想方设法让自己和家人受教育。当老师向他讲解散文和诗的区别时，茹尔丹先生得知自己一辈子都在用散文说话而自己浑然不知时，他感到十分惊奇。

可能同样令人惊奇的是，我们一辈子不但用散文说话，而且还用诗歌谈话。如果从整个人类的角度，而不是从某个人的角度来考虑我们自己的话，的确是这样。大概在写出散文之前，人类就创作、诵读、牢记和书写了诗歌的。诗歌是感情的语言，而散文是说理的语言。人是先有强烈的感受，然后才理性思考的。最初的作家，或者作曲家，是祭司。他们创造了战歌、英雄故事、宗教信仰等形式，以便人们熟记。我们大家已经体会到，背诵诗比背诵散文容易。诗句刻印在脑海之中，而散文似乎一耳进一耳出。在这里，我们可以再一次看到个人的童年与文学的童年之间的关系。多数的儿童在感受声响和节奏时，他们的语言表现出了诗意。

所以，我们可以说，文学始于诗歌；在民族史上，在每个人的心灵中，都是如此。最有智慧的诗人都保持着儿童般的想象力，虽然他们能够想象出儿童无法理解的一千种事物，但他永远是一个从头开始的人，接近生活的本源意义。正因如此，千百年前写作的一些诗才和现代最伟大诗人写的诗一样优美。古代诗人吟诵他们的诗，是为了让人去听，而非阅读。现代诗歌也一样，如果想真正地欣赏，必须朗诵，让人聆听。例如，莎士比亚的戏剧，是为了在剧场演出，而不是被当作文本来研究。文学散文也始于演说。一般情况下，人都是先听后读，先说后写。书面语言是口语的延伸。“太初有道。”——《约翰福音》中的第一句话，适用于所有的创作。我们可以把它用于作为思想者、说话者和写作者的人。

3

神秘的东方

让东方和西方一刻不停地把各自的微光如生死般混合为一，再扩大进入无尽白昼的亮丽。

——丁尼生

人类的五分之三多，甚至三分之二，生活在亚洲。而且很可能在更早的时期，亚洲与欧洲的人口比例，比现在还要大。在亚洲，存在有记载但已消亡的古老文明，而最伟大者存在于宏伟篇章中、延续至今的最古老的文明。中国人能够阅读他们先祖的智慧言论，正如美国哲学家杜利先生风趣地形容："我们的祖先当时还在森林里相互用石斧攻击呢。"

无疑，这些可敬的民族可以给我们很多教导。但是，在古代亚洲诸民族中，只有居住在亚洲西部的民族对我们的思想有所影响。给予了我们《旧约》的犹太人十分靠近欧洲，就连他们自己也几乎算是欧洲人了。对于我们来说，就精神而言，在近代以前，亚洲东部和南部的人民离我们十分遥远，似乎是住在别的行星上。18 世纪以前，旅行家和商人们把中国和印度的奇异故事带了回来，但是他们对于衣料和香料的兴趣超过了对文学理念的兴趣。一直到 19 世纪中期，对于西方人而言，日本仍是一本没有打开的书。

远东，这本古老的大书，也还没有向我们打开。理由很简单，我们读不懂，翻译工作刚刚开始。比起派遣学者去学习思想，我们在派兵抢劫他们的城市这方面更有魄力。不过，我们对此也不必歉疚过多。富有同情心的传教士们证明，他们既善于教导，也善于学习。他们带着治理异教徒的委任状和承担“白人的重任”的人，随身也带着笔记本和字典。东亚各国把精通政治、宗教和文学的使者派到西方，这些人掌握了西方的语言，成为通译。在欧美，几乎每一所大学里都有东方语言的教授。近来，时兴的做法是，我们的诗人和文学家前往亚洲寻求灵感，再以翻译与改写的方式来丰富我们的文学。

然而我们感到歉疚的是，本书比例严重失调：对于比我们古老，而且可能比我们更聪明的四五个民族的文学，书里只有短短一章的篇幅。这种比例失调，一方面可以理解为纯粹的无知尚可原谅，另一方面又可以用我们血中之血、骨中之骨的文学之广博来辩解。西方人一向思维敏捷，所以没有时间注意古老的东方。对中亚、南亚和东亚，我们只能蜻蜓点水。这样做，是坦然承认我们的无知，但同时又是怀着敬佩的好奇心的。的确，正如中国古话所言：“知之为知之，不知为不知，是知也。”

这句话是中国的圣人孔子众多名言中的一条。孔子生活在大约公元前 5 世纪。在某些方面，孔子与耶稣很相似：他是教师，走进民众中，和他们谈话；他消极地向人们宣教“己所不欲，勿施于人”；他提倡节制，崇尚在静默中反省，这很像苏格拉底等希腊哲学家。他很谦逊，倡导重义轻利。他的弟子和后继者们颂扬他，但没有把他神化；这些人是许多与孔子之名相关联的智慧之书的作者，当然，孔子的思想是这些书的核心。

除了以贤明、祥和的人格影响世人外，孔子的主要工作是收集和保存中国古代典籍，其中包括古代历史、诗歌和道德训导。孔子的伦理箴言都很实际，这对于老子神秘主义的阐述是常识上的补充——老子教导追随无限自然之“道”。这两位圣人和他们的门徒——孔子的后继者孟子和老子的发扬者庄子，一起统领了中国学术两千多年，至今仍然启发着千百万中国人的思想。除了孔子的一些格言之外，浩瀚的中国文学中，只有极小的部分被译成西方语言。但是近年来，人们对中国抒情诗人表现出越来越大的热情。这些诗人之中最伟大者就是李白，他生活在 8 世纪。如果从西方的视角来看，他似乎把弗朗索瓦 - 维庸、欧玛尔 · 海亚姆以及海涅集于一身，是快乐而放浪的异教徒。下面的英文译诗出自小幡重义的译笔：

A lovely woman rolls up
The delicate bamboo blind,
She sits deep within,
Twitching her moth eyebrows.
Who may it be
That grieves her heart
On her face one sees
Only the wet traces of tears.

怨 情

美人卷珠帘，深坐颦蛾眉。

但见泪痕湿，不知心恨谁？

这首短诗只不过是让我们初识李白的风情和优雅。感兴趣的读者可以阅读小幡重义的译诗集，也可以阅读亚瑟·威利的一小本译作集，有注解，书名是《寺庙》。凡是参观过博物馆，甚或是浏览过陈列有东方器物的商店橱窗的人，大约知道一点中国画和雕刻作品。在西方人眼里，欣赏中国瓷瓶之美固然没有语言障碍，但是可能存在着其他阻碍。专家告诉我们，在精神上，中国诗人的诗歌更接近于那些精美可爱的象牙雕刻、瓷器和刺绣、锦缎（姑且认为一种艺术可以类比另一种艺术）。文学只是隔离很远的民族交流思想的载体之一。

雷神

在近代，日本较中国与西方更为接近。我们对于日本精神的了解几乎完全是通过有别于文学的美术来发现的——如果我们大胆说有所了解的话。优秀的绘画、瓷器和屏风出口到欧洲和美国，数量之大恐怕令日本艺术家无法抵御商业化的诱惑。但是日本的诗没有受到影响，因为在西方没有市场，而且还是很久之前的作品。日本人从中国借用古典文学，在一定程度上就像现代欧洲从希腊和罗马取得思想源泉一样。但是，日本的抒情诗是独创的、自发的。日本诗歌的黄金时代是8世纪，两位重要的诗人是柿本人麻吕和山部赤人。日本抒情诗短小、含蓄，但对日本人和欧洲的日本文学学者的魅力只是我们听之信之的事实，因为我看到的英语译诗都是平庸的。无疑，这是译者的过错。这一点不仅对于日本诗歌，对于东西方文化交流而言也很重要。在这里，我们可以引用拉夫卡迪奥·赫思（日文姓名小泉八云）的话，他用英语对日本生活的解说最有说服力，最引人注目。他说："日本诗歌，在我看来，就是用文字表现出来的日本彩色绘画，仅此而已。但是，一直有一种感受，就是它是如何以一幅优雅绘画或者简短小诗闪现心灵和记忆的。"后来，他为一个日本学生写出令人深思的几句话："海涅、莎士比亚、卡尔德隆、彼特拉克、哈菲兹、萨迪的伟大诗作，即使是用散文体翻译成另一种语言，也依然是伟大的

日本面具

诗作。不论翻译成哪种语言，它都会触及感情和想象力。但是，不能翻译的诗，在世界文学中是没有价值的，甚至不是真正的诗。”对于我们来说，有关日本最深入的见解来源于小泉八云的书《日本杂记》和《奇谈》，两本书写作技巧优美。小泉八云翻译的《日本抒情诗》中有不少上乘的译诗。

表面上，日本已经成为一个半欧化的现代国家，对我们而言，似乎不像印度那么遥远。印度虽然被欧洲的枪炮和机械所征服，却惰性地排斥欧洲的思想观念。印度人是雅利安人或者印欧人的一个分支，是我们的表兄弟，因为他们是以雅利安人或者印欧人闻名的伟大人种的一个分支。早在三千年前或者更早，他们就创造了高度的文明。他们的宗教、哲学比希腊的古老，对希腊的思辨哲学贡献颇多。在加利利的海岸听到那温和的声音之前很久，印度教教士就已在宣讲人的手足情谊和神即天父的理念。

具有讽刺意味的历史事实是，印度民族没有看出他们的西方表兄弟有多少兄弟情谊。而且他们自己也被一种僵化的、不民主的世袭等级制度，或者种姓制分割开来。但是，在令世界皈依普遍兄弟情谊，或者在其自身生活中实现他们先圣最高理想方面，印度教徒遭遇了失败。这种失败击溃了所有崇高的梦想，击溃了包括基督教在内的各种宗教，直至现今。思想、理念尽管在实践中没有占上风，却依然保存了下来。这就是文学，一种理念的记录，不管生活怎样置之不理，人们怎样拒不接受。从很早时候起，印度人就很擅长并工于表达他们的思想。他们的写作得到细心的保存，比其他民族的文学经历了较少的变化，损失也很小。印度人的思想通过两种方式传播给了我们，一是在古代，另一个是在现代。古代的影响是通过希腊人传入的，并间接、模糊地融入我们的系统。早期的希腊哲学家，主要是毕达哥拉斯，从印度哲学家那里学到的是：智慧是对灵魂的沉思，物质的背后是本质，即理念。这是柏拉图哲学的核心，贯穿了所有的现代哲学，寓于我们的灵魂之中，不管我们是否有对本源的意识。有一句印度成语："灵魂寓于所有的人，但并非所有的人对此都能有所认识。"

印度思想传入西方文学的另一个途径是，通过现代学术。在欧洲军队征服印度的同时，艺术学者和爱好者也在翻译印度文学。他们的工作得到在英国各大学受教育的印度学者的补充。这些印度学者十分热衷于把自己的国家介绍给欧洲。所以，对于西方而言，印度现在是一本已经打开的书。但是，这是一部巨大的书，是用几千年写就的，我们当中很少有人能够深入阅读。由布莱恩·布朗编辑的一本选集，十分有趣，可以让我们一睹其风采。选集包含有《黎俱吠陀》（诗体智慧书）中的格言和颂歌。这些是最古老的印度宗教思想，千百万印度人用它来管理自己的生活。在不相信这一切的西方人看来，它十分优美，很有韵味。更有趣味的是摘自印度两大史诗《摩诃婆罗多》和《罗摩衍那》的诗体片段，这两部史诗都充满浪漫色彩和惊险的经历。对于梵文文学（"梵文"是印度人给予他们古代书面语言的名称）日益增长的兴趣，还表现在颇受欢迎的"人人丛书"文库中重要的印度戏剧诗人迦梨陀娑的杰作《沙恭达罗》（英译

天师（原文：the buddha）

本）。亚瑟·莱德的译本典雅而富诗意，因而我们可以理解歌德对这个剧本的热切称颂。

在所有印度思想家中，最有影响力的是佛陀乔答摩（释迦牟尼），即佛教创始者。他生活在大约公元前5世纪；他的追随者，先在印度（后来佛教在印度衰落），后在东亚和中亚都很多，门徒数量超过了任何一位宗教导师。他只宣教，不著述；我们谈论他是因为他的学说融入了亚洲人的思想，他和与他相关的思想构成了一批庞大文献的主题。英语读者也许会发现，埃德温·阿诺德一度颇受欢迎的诗《亚洲之光》中，关于佛的生平与信条的评论相当雅致。一位西方学者对佛教精神的感受在小泉八云的《佛田拾穗》中得到优美的描述。

佛教文献的译本见于英语丛书《东方圣典》。在西方国家，对于佛教的兴趣仅限于像叔本华这样的哲学家和学者，对于广大民众的思想没有多大影响。因为基督教在西方早已深入人心，又因为基督教中的东方因素已经多到西方精神可以接受的程度。对于我们来说，佛教的东方色彩太重，也许不接受倒并无损于我们。佛教教义说，一切痛苦的原因都是欲望，因此，解除痛苦的办法就是脱离一切欲望，生命的终点是涅槃，亦即遗忘。从本质上看，这是在逃避生活，与更为积极的欧洲思维定式是不合拍的，是我们的思维方式所不能接受的，除非我们的文明在绝望中败落。这并不是说佛教是一种怯懦的哲学；它对勇敢的人也是有魅力的，像类似悲观主义者叔本华和沉稳的乐观主义者爱默生这样迥然不同的人。但是，他们的文学力量没有成功地把佛教信息注入欧洲的思想。

基督教世界对于亚洲另外一个伟大的宗教——伊斯兰教也同样不接受。事实上，欧洲国家和穆罕默德的追随者们是一直处于战争状态的，并且，冲突至今没有结束，原因不完全在于宗教。从7世纪开始，在穆罕默德及其追随者领导下的阿拉伯人就在亚洲和非洲进行了席卷一切的征战，用刀剑，用语言获取皈依者。到今天，伊斯兰教已经有两亿多的信徒。伊斯兰教的圣典是《古兰经》，是穆罕默德的教导言论集，是逐项呈现的。所有的伊斯兰教徒都必须诵读《古兰经》，所以这本书在世界上的读者极多。令卡莱尔感到惊奇的是，J．M．罗德维尔的英文译本很可能是一个更早些的好译本。卡莱尔在《英雄与英雄崇拜》中曾有一篇关于穆罕默德的雄辩，是讲述穆罕默德如何伟大的论文，一篇公正，或者说过于公正的论述；这篇文章对英语文学的读者而言，意义非同一般，因为它展示了卡莱尔广博的同感和他脱离孤陋偏见的境界。他发现，《古兰经》令人厌倦，混杂无章……只有某种义务感才能令一个欧洲人读完《古兰经》。但是，它又充满了生气和诚挚。卡莱尔说：“完全意义上说，在我看来，诚挚是《古兰经》的价值。”那些不太热心阅读《圣经》的人，也不太可能花很多时间去读《古兰经》。然而，一部指导了亿万人民生活达一千二百年之久的书，在世界图书故事中确实是重要的一章。

穆尔加布西罗墓壁的一幅波斯低浮雕

从文学和美学观点（真

正的伊斯兰教徒会认为这是错谬的价值观）来看，我们情愿婉拒整本《古兰经》，而去阅读精美的故事集《一千零一夜》中随便哪个故事。早在18世纪，欧洲就通过一个法文译本初识此书。后来，该书很快大受欢迎，并在欧洲各国广泛流传。

《阿拉丁和他的神灯》《水手辛巴达》《阿里巴巴和四十大盗》等故事，像汉斯·安徒生的童话一样，为欧洲少年儿童所熟悉。哈里夫哈伦·阿尔·拉希德，这个善良的巴格达人，无论其在历史上是什么样的人，在故事中都是一个伟大的君主。无疑，充满神话和魔力的故事最为引人入胜。但是也有性质不同的另外一种故事，虽然不为现代趣味所接受，但其在艺术上、叙述风格上表现十分自然。这些古代说书人对冒险情节感兴趣，而非人物，其中自有他们的道理。但是在有关多嘴的理发师的故事中，他们创造了一个幽默的人物，堪与任何类型的滑稽人物相比。对于西方读者来说（阿拉伯文学学者也作如是说），《天方夜谭》是东方——波斯、埃及和印度世俗生活的概貌，因为许多故事都来源于这些国家。

油灯旧换新（《一千零一夜》）

让西方印象深刻且影响范围广的东方诗歌是波斯诗歌。这是理所当然的，因为波斯诗歌高超，得到了东亚各国人民、阿拉伯人和土耳其人的赏识；同样，诗歌的优美吸引了作为艺术家和学者的欧洲翻译者们。对于英语读者来说，波斯诗歌，乃至东方诗歌中最有名的是欧玛尔·海亚姆的《鲁拜集》。爱德华·菲茨杰拉德的《鲁拜集》英译本是一部英语经典，等评论19世英国诗人时我们再谈。波斯伟大的史诗诗人是菲尔多西，生活在10世纪，他写的《王书》，是远古以来的波斯史。这部鸿篇巨作，据说有十分优美的情节和片段（似乎还没有通畅可读的英语译本）。在世界英雄史诗中，它有自己的独特之处。除了葡萄牙诗人卡莫恩斯的《卢济塔尼亚人之歌》外，它是唯一一部作者在世就已经被认可的民族史诗巨著。《王书》中的一个情节——不是翻译，而是独创——成为麦修·阿诺德的《邵莱布和罗斯托》，而这部诗作的智慧比情感更有意义。一部史诗的价值，在于它表达了一个民族或种族的传统，它不应该是狭隘的民族主义，而应该是具有普遍性的；不仅在本国堪称伟大，而且也能超越空间与时间的界限；像是飞翔的鸟儿，而不是结构沉重的诗歌，是容易被人引用的。除了变异的、英语化的欧玛尔·海亚姆，还有两位波斯抒情诗人——萨迪和哈菲兹。对于他们，我们不仅仅是知道他们的名字。萨迪最有名的书是《果园》《蔷薇园》，都有英译本，是有哲理性和伦理的议论和格言，深刻，但不让人厌倦，其锋芒即使在译文中也能显现出来。埃德温·阿诺德对《蔷薇园》的一部分进行了改写。在阿诺德时兴的文学风格下，《蔷薇园》让英语读者认识了萨迪。

哈菲兹不像他岳父那样喜欢说教，而是更具海亚姆精神。他喜欢美酒、女人、歌唱和大自然。海亚姆的宿命论有些忧郁和悲观，而哈菲兹，至少有时候，是比欧玛尔更多感受到了生活的欢乐。

在本章结束时，让我再说一遍，只用三分钟时间向至少三千年以来就已是高度文明体系的中国文学投以一瞥，确实违背了时代的精神，而且很荒唐。汉学家翟理思在他的《中国文学史》中，把我们引向孔子之前的几百年，孔子大约出生在公元前551年。然而，这个古老民族的著作，无论包含多少智慧，无论多么优美，对欧洲的思想几乎没有留下什么印记。事实上，在现代学者开始研究和译介以前，这些著作在欧洲是不为人知的。无疑，中国思想中有许多元素与我们有共同之处。我们没有好好了解，也许是一个大错误。一位北京市民对我们的无知可以宽容地报以微笑，也许还会重复一下翟理思教授在他那本书结尾处说的一句话："没有错谬，也就没有真理。"

4

犹太文学

理解《圣经》的语言
流畅，节奏快，有文学特征，
不生硬，不死板，不科学，
这是正确理解《圣经》的第一步。

——麦修·阿诺德

让我们从一开始就约定，把《圣经》视为文学，就像我们阅读和享受其他书籍或者书籍合集那样理解它。因为它的优美、诗意、智慧、叙事趣味、历史价值——这一切在最广泛的意义上都可以说是文学性的。《圣经》是否是上帝之言说，是否从头到尾都具有世界上任何一本书所不适用的“灵感”，是否把它当成全部真理——仅仅当作真理来阅读和接受它，乃是我们的道德义务——我们可以把这些问题留给神学家们以及犹太教、基督教等教派。在这里，我们的兴趣是文学，不是宗教。

但是，的确存在着纯粹宗教上的考虑，这是任何人，任何有理智的人不能否认的事实。《圣经》的宗教价值高于其他可能的价值，教徒们发自内心地对《圣经》热爱、牧师们虔诚地对它进行研究，这一切使《圣经》千百年来让亿万人民阅读和聆听。《圣经》以多种语言广泛传播以及人们对它进行的研究说明，与其说是出于纯粹的文学兴趣，不如说是出于宗教的动机、传教的精神。在我们的祖先那里，许多人根本没有文学鉴赏力，但正是因为他们的虔诚，《圣经》才没有变成仅仅为学者所知的一本书，像印度的圣典一样离我们那么遥远。首先是因为宗教，因为我们可能接受也可能不接受的信仰，《圣经》中的语句才成为我们日常言语的一部分，它的主要故事、比喻和寓言才得到几乎所有民众的理解；提及哈米吉多顿政治家的言论，有中等文化程度的人很少需要查阅百科全书就能理解；而无知的不信教者在日常谈话中引用或误用“箴言”时，却丝毫不知道语句的出处。

我们的思想和语言被《圣经》多方渗透，原因在于宗教，而非文学。今天，对于《圣经》的宗教兴趣依然是主流，虽然过去人们阅读《圣经》的确可能比今天的读者更为虔诚，但是美国圣经协会的记录表明，现在每年仍然要印刷几十万本。只要稍留意观察，我们在美国就会看到，几乎每座私人住宅里都有一本《圣经》。

所以我们必须承认，《圣经》的驱动力量是宗教性的。没有这股力量，《圣经》中的大部分就不会被写出，我们大家也不会阅读它。然而，我们还是搁置起全部的神学讨论，来强调《圣经》在欧洲语言的民族精神传统中的重要意义，从这传统中见出不因争论而褪色的光辉，正如蒲伯评论一位女士胸前挂着的小十字架时所说：

对它，犹太人亲吻，不信教者崇敬。

也许我们不会背诵《圣经》，但我们的祖先中有些人会背，他们每天熟读一章。但是，文学学者和爱好者却理所当然地把《圣经》视为有教养人士文化修养的必备部分。他们像研究希罗多德或者吉本那样研究它的历史内容，像欣赏莎士比亚或者歌德那样欣赏它那富有诗意的卷宗。这一态度之于文学，乃是一种收获，而对于最为广义的宗教来说，也不算是损失。的确，从生活的更高利益而言，有一事可谓是不幸的：派别的冲突把《圣经》送上了加利福尼亚州的法庭，并且把它从公立学校清除出去。有人不能从总体上理解《圣经》，也不知道它最简单的细节，所以在言语或文学中遇到这些细节时就辨别不出来。在某种程度上，这样的人对其民族的精神生活必定是陌生的，而且在自己民族文学的最优秀篇章中一定会感到迷惘。

《旧约》是希伯来文学和犹太宗教的基础。它也是基督教的基础，因而也是基督教国家文学中的核心书籍，或者书籍合集。在人类思想史中，没有任何一本书能够如此。经常出现这样的情况，各民族和种族接受他们邻居的宗教的同时，也会接受他们的文学。例如，兴起于印度的佛教，在中国和印度以东的国家传播开来，在发源地却并不流行。希腊、罗马和北欧的古老宗教都屈服于基督教。但是，《旧约》的独特之处在于它是两个宗教的根和主干，虽然这两个宗教后来各成一派。就在《旧约》终结之处，犹太教徒和基督徒分道扬镳；尽管都十分敬重彼此共同的渊源，但相互敌对。人类思想史的确令人诧异，细细观察，意味深长。

在这里，我们只就基督徒带着《新约》与犹太教徒分道扬镳之后的犹太文书做一简略评述，虽然不很完备。正如《新约》是基督教《圣经》的第二部分、补充一样，《律法书》（《塔木德》）是犹太教《圣经》的第二部分和补充。《律法书》是一本律法集，也是世世代代犹太教士对律法的评述。据传，这本书可追溯到摩西的口头传统。直到今天，它仍被正统犹太教徒视为神圣的经典。欧洲犹太人为了保存自己的宗教和种族的完整，和非犹太人进行了旷日持久的斗争。他们坚守传统的律法，并为此做了大量的学术研究工作。《律法书》支配这个散居民族无数成员的生活的同时，也凸显出他们最优秀思想家的智慧，所以它是世界上伟大的经典之一。但是，由于犹太人在精神上是孤立的，所以该书对周边的文学没有什么影响，几乎没有非犹太人读者去浏览。《律法书》的英语译本有二十卷，而与其相关的书籍却不可胜数；其中的一些成语已经游离出来进入非犹太教著作，描写犹太人的小说里常常会引用其中的话语。

《旧约》有三十九部书；如果除去《撒母耳记》《列王纪》和《历代志》，就是三十六部了。为什么这些书被作为《旧约》正经收入；而在其他一些书卷里却没有权威性，被列为伪经；这是向神学家和历史学家提出的问题。从我们的文学观点看，《犹滴传》和《使西拉智训》同样引人入胜，不管这两卷书是否被收入《圣经》正经。公认的《旧约》各书分为三组：《律法书》《先知书》和一组性质不同的书，包括《路得记》《约伯记》这样的书。分类的依据是主题，除了律法书，即“摩西五经”前五卷书以外，分类次序并非严格依各书的成书时间而定。例如《路得记》在《士师记》之

《律法书》

后，《雅歌》在《以赛亚书》之前。各书印刷也不依其可能的写作次序。这是一个复杂的问题，学者们见解不一。对于普通读者而言，次序和组合的问题大概不是最重要的，他们也许有理由分别看待每一部书，像看莎士比亚的戏剧或者狄更斯的小说那样。其实，这样对待《圣经》理由更充分，因为那是人为编排的单元，是由许多作者共同完成的著作。

《圣经》的外在形式是一个更为实际的问题。《圣经》一般都被印刷成一大本，拿着不舒适，字号太小，不容易阅读。牛津大学出版社的版本很精致，用印刷纸印刷，问题差不多解决了。艾尔与斯波提伍德的四卷本手感好，令人赏心悦目。理查德·莫尔顿教授把他的《现代读者〈圣经〉》分为二十一卷，也出了个一卷本。他摒弃了章节区分，把语句组成或多或少、合乎逻辑的段落，使之成为编号的行句，因而常常给庄严肃穆的《圣经》散文造成飘忽不定、支离破碎的效果。他这种编排无疑是奇怪的，令老读者厌恶，但却便于连续的阅读。

无论各书在《圣经》中的次序形成的历史原因如何，都不是我们非按照这一次序阅读的理由。并非书里的内容都有趣，而是不应该让枯燥的段落，例如令人厌倦的族谱和干巴巴的祭司律法条文，妨碍我们倾心阅读那壮观的故事和诗歌。虽然每一页对忠实的信徒而言都很珍贵，但是许多读者会发现，无论来源于哪里，灵感都是在某些情节、戏剧场面、传记、抒情诗和先知诗句中达到顶点的；另一方面，关于个人历史以及其对宗教的讲述都很模糊、枯燥和难懂。

模糊常常是因简略造成的。许多内容被挤压在这些书里，到现在也没有人解释，为什么抄写这些书的人能抗拒扩展和详细述明事物原委的诱惑。也许他们知道，没有细节但内涵丰富的大纲之价值所在；

也许是他们互相嫉妒，删除了彼此添加的话语。

在一个小篇幅内，道叙很多，意指其中有更多令人惊异的例子，是《创世记》的前四章。据推断，亚当在第五章第四节中已经死亡；在此之前的几页是创世、伊甸园、亚当与夏娃、该隐与亚伯的故事。而《创世记》中剩余的部分，虽然比一篇短小的现代小说更短，却包含了除挪亚、亚伯拉罕、以撒、雅各、约瑟及其兄弟生平之外的许多内容。宗教信徒，同时也是小说艺术大师的托尔斯泰认为，约瑟的故事是一篇完美的叙事。其中的一个原因可能是，约瑟是一个活生生的人，遭遇不凡且有血有肉；而他的祖先推溯到亚当以远，就越来越像神话了，模糊不清。后来，人是否凭着想象对约瑟的故事进行了有趣的补充，值得怀疑。这本身就是对文学完美性的考验。后来的诗人，例如弥尔顿，有能力把创世和人的堕落这个模糊的故事充实丰富起来，并不是因为故事的完美程度不足以表达内容，而是因为它还蕴含并启发出无限多样的诗意上的阐释。

《旧约》的第二本书——《出埃及记》，是摩西传记，或者按古老传统的说法，是摩西自传的第一部分。这一传记包含了以色列的历史，通过《利未记》《民数记》和《申命记》，一直到摩西五经方才终结。这是一部英雄史诗，讲述了一个民族在伟大领袖领导下完成的迁徙。摩西被造就成，或者他自己成长为，许多律法的载体；其中有些律法只具有某一部族的或者某一地方意义，只有几项，例如“十诫”，融入了现代人的信仰和习俗。但是，即使不太重要的、已经过时的律法也不难阅读和理解。该书从头到尾都有一些发出奇妙光彩的诗句，照亮《旧约》，甚至照亮最为晦涩的书页。关于《圣经》的诗意，我们还会谈及。

由于篇幅的限制，我们在本书中不可能按次序对《圣经》的每本

该隐

书做出解释，哪怕仅仅是浅层的。此外，我们的目的也远远不是学术阐释或者所谓深入严谨的考证。但是，我们可以采取一种非正式的评述方式记取《圣经》中一些优秀的篇章和片段。

摩西的继承人约书亚因为三件奇迹而杰出。他领导以色列人民穿过约旦河却没有湿鞋。他吹号、呼叫着拿下耶利哥城。他使日月伫立不动。《约书亚记》本身是一部史诗，记述了英雄的业绩以及交织了神话与宗教的民族历史。它至少包含有一个传奇故事，是小说家和剧作家的写作素材。这就是喇合的故事：她把自己的城市出卖给了约书亚，在她的同城同胞被屠杀时，她幸免一死。约书亚是一个无情的将军，是克伦威尔等众多虔诚谋杀者的先驱。

约书亚的征战不如亚历山大的浩大，但是他的征战之于犹太人历史的关系有如亚历山大的征战之于希腊人的历史。但是有一个区别：关于亚历山大的史实有相当完备的记录，而据认为归功于约书亚的以色列胜利，似乎是在他与其先父们长眠之后取得的。不过，这是历史学家考虑的问题，答案不会影响这篇活泼有力的叙事文学的价值。如果有人摆出一种科学的态度，倾向于就天文学非正常现象进行争论；而对文学而言，那种方法却是实实在在非科学的态度。

下一部书是《士师记》。刚开始读，我们就遇到了《圣经》中的女主角之一底波拉，她像冉·达克那样美好，虽然我们对她所知不多。她鼓舞巴拉把他们的人民引向胜利。胜利之后，她和巴拉唱二重唱表示欢庆和赞颂，据说这是最古老的希伯来诗歌之一。其中包括了许多胜利者和期望胜利的人们用过的精彩句子：“星宿从天上争战”，无论敌人是谁。

《士师记》还包括关于参孙的戏剧性故事。像赫拉克勒斯一样，参孙属于传说中超群的英雄。为了复仇，他牺牲了自己，是一个崇高

摩西

的悲剧高潮点。这个故事优秀的诗歌表达是弥尔顿的《力士参孙》。法国作曲家圣桑还用这一题材写了一部歌剧，并因其尊严而连贯的情节在现代歌剧中与众不同。如此表述似乎是在强调《圣经》的叙事单元，那么，这种强调是有充足理由的。正如罗伯特·路易·斯蒂文森指出的那样，叙事是文学的"典型方式"。在任何情况下，每个人都愿意听故事，但很难专注于一项争论或者对事实的解说。希伯来的作者，像所有其他民族的作者一样，用某种故事形式传播他们的智慧，即在整体上被牢记的部分。《圣经》中有许多叙事，主要分为两种，一种旨在记录事件，另外一种用寓言和比喻来教导、道德训诫。《旧约》和《新约》都是如此。《新约》的主题是耶稣传记，耶稣常常用比喻说话，这实际上是他的教学方法。

参孙

《士师记》之后是伟大的小书《路得记》，只有简短的四章，不到一百节。这个短小的故事据说很重要，因为它多处揭示出早期犹太人部落中妇女的地位和遗产

路得（“她不禁落泪，站在异邦的谷田里”）

律法问题。不管是什么情况，对于大多数读者而言，所揭示出的内容都是深刻而感人至深的，两个妇女的心灵以一种相当难以解析的感情力量被揭示出来。就连最为玩世不恭者也必定为幸福的结局而欣喜，这正是两位妇女生活的极致——这是人生经验中鲜见的现象，在《旧约》文学中也是独特的。在《旧约》里，世界是沉重地、同等地压在男人和女人身上的。这个故事中具有普遍意义的主题是思乡，这是人人都已感受到的。济慈在《夜莺颂》中把这优美的痛苦浓缩成三行诗；这三行诗像《圣经》本来的故事一样，令我们大家都相信了一种奇迹，一种表达的奇迹：

或许这同样的歌也曾激荡
路得忧郁的心，使她不禁落泪，

站在异邦的谷田里想着家。[1]

《圣经》中的《撒母耳记》(上、下)、《列王纪》(上、下)四本书是关于犹太历代君主最为辉煌的故事。以色列人在伟大君主的领导下取得胜利，但是，按照愤怒的先知们的说法，他们滥用胜利，忘记上帝，最终在痛苦中受到惩罚、失败和囚禁。这四本书是卓越的史诗，在结构上坚实而崇高，像高大的拱门一样。肯定有一位杰出的诗人为这些书努力；也许有许多诗人，因为史诗中记录了自己的成长，大概不会是个人的创作。撒母耳是一个虔诚而勇敢的人，他为反抗内外敌人而斗争。但是，他渐渐衰老，儿子们又无能、腐败，扫罗被召了进来，他是一个悲剧人物，因不能完成任务，最后受到羞辱并被辞退。他的儿子约拿单是一名勇敢的战士，有一颗高尚的心灵，后来成为他长官的知心朋友。但是他不够强壮，或者年龄还小，不能指挥以色列。所有这一切都为大卫的到来不断做着准备。大卫是《旧约》中崇

大卫

1 查良铮译：《济慈诗选》，人民文学出版社，1958。

高的人物，是将领和诗人，是体能和力量的奇迹，他杀死了歌利亚；他还是一个智慧之士，行动得当。

《圣经》的作者们都让大卫成为耶稣的先父，原因很简单。无论谱系事实如何，文学和精神的起源是明确的。新的王，新的英雄，必定来源于最勇敢的古代国王谱系。大卫是新王室创建者，或者说是一个古老王国的再发现者。大卫穿紫色与金色的衣装，耶稣赤脚；大卫血战，耶稣为平和的不抵抗者；大卫有通奸过失，耶稣生活净洁——这些互不相衬之处可能令我们在宗教方面感到困惑。但是，作为人的故事，是完全可以被理解的，是合理的。大卫甚至比约瑟，更不用说模糊的扫罗，都更多地表现为一个真实的有血有肉的人。像所有的史诗英雄一样，他被披上神话的外衣，得到各种超人的品格。但是，我们似乎能理解他：他的激情、悲哀、愤怒，他的宽容和温情，他超乎寻常的意志力和他的平平常常的弱点。他肯定是像《伊利亚特》中的阿喀琉斯那样被描写的。《圣经》中某些叙事混乱不清，大卫的故事却是一篇杰作。

关于大卫之子——智慧和有气魄的所罗门的故事几乎同样鲜明有力。所罗门不是一个平凡的人；他辉煌至极，属于财富和领土都最为广大时期的以色列。作者们在描写这位国王和他的财富时是雄辩的，但其中有一种悲哀。纪事是在以色列经历凶险岁月消亡后写的，惆怅中，纪事作者们显然在回顾犹太人兴盛的时代。传统中，所罗门性格中还有一个矛盾，这很可能的确就是一个人真实性格中的矛盾。即使除去后来归于他的人间箴言和神圣言谈的十分之九，他也依然是一个智慧的楷模。但他又是愚蠢的，至少在他老年时是这样。他放纵女人们引导他去做偶像崇拜（犹太教和基督教的《圣经》作者们把这个世界上麻烦问题的责任不公正地推给了妇女），他留下的王国景况不佳。他的继承人远远不如父亲所罗门和祖父大卫。

随着现世国王们的衰落，最残酷的先知以利亚到来了，在他之后是他的门徒以利沙。他们创造奇迹，如在划分约旦时，他们效仿摩西；又如令死者复活和增加寡妇的食粮时，他们前瞻弥赛亚。然而，他们都不是可爱的人物。让人民保持真正信仰的尝试失败后，他们变得冷酷，并伺机报复。他们对错谬国王的惩罚是可以理解的，但四十名儿童因为嘲笑以利沙而遭到血腥严惩就太残酷了，令人难以置信。（如果真的按字面意义来看待故事。）希伯来史学家没有为他们的英雄和先知的错误有意开脱或者减轻其罪责。也正因如此，他们的散文常常表现得粗犷有力。的确，他们必须记录的事件是苦涩的，悲剧的；虽然有两三个好国王，如希西家和乔西亚，但是情势每况愈下。随着耶路撒冷落入巴比伦王尼布甲尼撒之手，犹太人囚禁的囚禁，流放的流放，以色列的辉煌岁月走到了尽头。

《历代志》（上、下）包含了与前面几本书平行的或者补充性的叙述。《以斯拉记》和《尼希米记》复述了犹太人从巴比伦归来和耶路撒冷的重建。这些书应该和另外两本《以斯拉记》一起阅读；但由于太过复杂不便叙述，这两本书被从应该收入的地方剔除，放入《圣经后典》。遍读《列王纪》中的灾难和纷争之后，读读这两本书是令人愉快的。尼希米和以斯拉是建筑师，他们有一个我们称之为建筑计划的项目。尼希米在建筑上恢复了耶路撒冷；而在据说是以斯拉写的宣言中，以斯拉从精神上恢复了耶路撒冷城，重写了已经丧失的律法与各种纪事。他和五个文书一起，在四十天内写出了二百零四本书，关于他们是如何做到的，是最奇妙的故事之一，不论这事是否属实。

让我们再说一遍，究竟发生了什么事以及有记录的事件的宗教意义等问题，是神学史学者的事。我们的兴趣仍在于广义上的文学品格，虽然我们的确不能够把各种不同的兴趣分离开来。这是重点强调的问题。我们肯定有理由重点强调《以斯帖记》的文学价值。这本书可以被视为历史传奇的早期范例，这样说并无不敬之意。对于犹太人来说（对于全然接受了希伯来《旧约》的基督徒亦然），《以斯帖记》是一本圣书。理由是它歌颂了一位波斯国王的犹太人王后的智慧和美丽。她和她的养父末底改反客为主制服了哈曼，让犹太人免遭毁灭。为纪念这件事，犹太人仍然过普珥节。不论这个故事是神圣还是“亵渎神圣”（在该词的真实意义上），都是一件令人愤怒的事。暗杀、密谋与反密谋，处于所有事件中心的是一个美丽聪明的女人，这的确是最丰富的传奇故事素材。叙述直接而简洁。简洁，或者出于偶然，或者是文学技巧，俗话说：“其余的留给想象力吧。”

在《圣经》的希腊文本和拉丁文本中，以斯帖的姊妹——女英雄犹滴都出现在以斯帖之前。在我们基督教新教的《圣经》中，《犹滴传》被列入《圣经后典》。单单因为喜好文学，看完一本再看一本，我们就对这位女士的经历很是神往。犹滴的经历不简单，既令人兴奋，又令人毛骨悚然。她诱引何乐弗尼，趁他睡着时割下了他的头，这真是一个耸人听闻的故事。我们称之为小说的文学体裁是一种现代的发明，然而包含了情节和性格的散文叙述是很古老的。

在《圣经》中，极富戏剧性的叙述例证是《约伯记》，其中包括人物与环境，人与邪恶势力、与逆境的较量。最终，他靠着不屈的忍耐和信仰得救。这是以人、撒旦和上帝为主角的大戏。此外，历史上可能存在先于我们所见的文本，其中甚至很可能有更为严酷和重大的戏剧性事件作为支撑。有关更早的戏剧事件的思想是已故的莫利斯·贾斯特罗发现和挖掘的。《圣经》学者的精深学问远远超出了我们的视野。但是贾斯特罗的思想大大地增加了《约伯记》的戏剧意味。他认为，约伯原来是一个杰出的叛逆者，反对上天，像撒旦，或者恶魔，或者普罗米修斯一样，无论遭受多少痛苦也不屈服。他的叛逆亵渎神明，粗暴无礼，后来的抄写者柔化和弱化了这个故事，只让他长期受苦，以快乐的老年来奖掖他的忠诚。

无论这种阐释的历史依据是什么，它的诗意和人道价值是明显的；即使没有解释，也丰富了这个故事。我们见到的这出戏渐渐以习惯的快乐结尾告终：约伯得到了财富和更多的儿女，以补偿他在受考验初期被夺走的孩子们。从人情和戏剧上看，这一结局中的补偿是虚弱无力的。孩子们，即使是七个儿子和三个“好看的”女儿，也不能像羊、骆驼、牛和驴那样按数量划分；父亲仍是怀念那些被从身边夺走的早生的孩子们的。我们觉得，帷幕骤然落下，像现在这个样子，结尾令人满意，但是太过简单。即使戏有缺憾，但它的诗意还保存着，每一节每一行，直到最后一章。只要你深入下去，几乎都会找到一个黄金般的词句。

让我们从《约伯记》走向诗篇，这是我们要略谈《圣经》诗意的地方。能够阅读希伯来语的人告诉我们说，原文的美不能够用另外一种语言再现；他们的话大约是正确的，因为任何尝试从一种语言翻译到另一种语言的人都知道，诗歌是一种奇异的流体，在不同形状、不同金属的器皿中转盛时，总要溅出来。但是我们有理由相信——对许多学者来说，希伯来语如果不是母语，则也是“养母”之语。他们也支持这一看法：我们继承了英语译文的《圣经》是十分幸运的，即使因为不能阅读希伯来原文而有所损失，我们也会从英译本的阅读中收获颇多。

理由很明显，让我们看看《圣经》是如何及于我们的。《旧约》是用希伯来语和另外一种闪族语——亚兰语写成的，在公元纪年之前被译成希腊语。希腊文本也被称为七十二学者本。据说，译本是由七十二位学者完成的。还有拉丁文本，哲罗姆在4世纪末完成的文本被叫作通俗拉丁文本，经过一些修订，现在依然是罗马天主教会的正式文本。在17世纪以前，《圣经》已经有几种英语译本，有节译也有全译，其中最重要的是16世纪的威廉·廷德尔译本。廷德尔是一个杰出的学者，通晓希伯来语、希腊语和拉丁文。同时，他又是英语大师，他的风格既庄重又受人欢迎。他的个性依然体现在我们所知的《圣经》英译本的每一页上，因此，他理所当然地被称为英语散文之父，因为《圣经》一直影响着现代英语写作，包括那些在语调和内容都相去甚远的写作中。

17世纪初，由国王詹姆斯下令或者批准完成的钦定《圣经》译本问世。这个时候，各种情况汇合并产生出《圣经》丰富的诗意散文。不足为奇的是，许多虔诚的英国人相信，主是特别惠顾了这一工作的。大学和英国教会最好的学者，同心协力地投入到这一工作中。他们了解《圣经》的各种语言版本。因此，他们可以参阅所有的古代文本资料，对希伯来语、希腊语和拉丁文的词汇和节奏都很敏感。就这样，他们丰富了英语语言，却没有损害其本来的结构和气质。

是时候了，英语正好处在恰当的发展阶段，得以译出充满诗意、响亮预言的书卷。这正是伟大的诗歌时代，莎士比亚的时代。这一时期的散文灵活而不失庄严，流畅而且坚实，也没有被迫接受18世纪以来的讲求说理化的过程。在极盛的伊丽莎白和詹姆斯时代，几乎每一位散文大师都用圣经式的英语写作，或者反过来说，《圣经》译者们都用伊丽莎白时代的英语翻译。

因此，如果说希伯来文本，可能还有希腊文本和拉丁文本中的美质和细微意义没有出现在英文本中，那么我们可以确信，钦定《圣经》英语译本有其独特之处。实际上，已经有好几位熟悉各种古代和现代文本的优秀批评家大胆宣称，在所有的文本中，我们的《圣经》是文学杰作。

让我们再一次强调“文学性”，我们不必为精确与否的问题操心。这方面的问题，英美学者无疑已经解决得令人满意，他们在19世纪给了我们钦定本《圣经》的校订本。我们中的许多人并不是旧式老派的人，但更喜欢“钦定”的原本而不是校订本。“信仰、希望、博爱”，这三个依次排列的词是不能被一个个蹦出来的单音词“信、望、爱”取代的。校订者告诉我们，诗篇的作者不是说“弹着琴为你们歌唱”，而是“为你们弹琴演奏”。也许是这样吧。但是，诗人一般是弹着琴歌唱的，“唱”就是要继续唱下去，超越过去和现在的所有学术权威。

我是一个美国人，但我并非依据民族主义精神，也不熟悉那些狭隘无知局限于我所懂得的一种语言，而要把《圣经》英文版中的名句名言与法文版，或者与路德那粗犷有力的德文版中相应的句子加以比较。即使做比较，也无意争辩。

希伯来人予人以教诲的天才无论被怎样更改，无论怎样被英语天才所覆盖，英语译者也没有过多削弱或者曲解原文的精神。正如《圣经》不止一次地告诉我们，重要的是精神，而非文字。译者完成了他们的任务，作为《旧约》核心部分的几部诗体篇章表现最为优异：《约伯记》《诗篇》《箴言》《传道书》《雅歌》。这几部书充满比喻，像蜂房里充满蜂蜜。言语的曲调是纯银的，不论这一比拟恰当与否。

《雅歌》以一个优美的句子结尾：“我的良人哪，求你快来！如羚羊或小鹿在香草山上。”让我把《旧约》翻到《以赛亚书》，这是一长串庄严先知的第一位；他们的言论常是抒情的，却很少有可爱的。以赛亚当然不是第一位，因为预言是和摩西一样古老的，后来的先知们至少可以推溯到以利亚。他的精神不仅传给了以利沙，而且还传给了之后以色列的历代预言者。他的精神，阴暗与信仰奇异交织为一。先知在叹惜众人之罪的时候十分雄辩，以上帝的惩罚相威胁（在很大程度上，他们自己已经接受了惩罚），同时又劝告他们要仰赖上帝。无论他们是忧郁、悲叹，还是充满了激情与崇敬，他们永远是诗人；预言的天才意味着表达的天才，那时候似乎就已经存在着传统的预言风格和一种文学学校，先知在那里研究大师的风格。有时候，形式显然是有意且自觉的，就像现代的优秀诗人的做法那样。例如，在《以赛亚书》中的一些章节，开头便是令人恐惧的句子："祸哉！那些称恶为善、称善为恶、以暗为光、以光为暗、以苦为甜、以甜为苦的人。祸哉！那些自以为有智慧、自视通达的人。祸哉！那些勇于饮酒，以能力调浓酒的人。"这些有韵调的诗行（无论原文如何）不是偶然的，而是有高超艺术才能的诗人写作的。

这样的概括，还有很多，适用于所有的先知。但是我们必须牢记，在各个不同的先知书背后（甚至在一部简论中），或多或少是确定的某个人，尽管后来祭司们下令修订了他们的书，但他们的特征依然存在。在我们的《圣经》英语译本中，先知们虽然各不相同，却都被统一为一种风格。尽管如此，区别仍然没有被完全抹掉。以赛亚是先知中最崇高的，他虽是审判者，但会安慰人；他斥责恶人，但也宣告永恒的耶和华拥有赎回耶路撒冷的权力；最后，他看到了弥赛亚的形象。在他那里，严厉和极高的期望结合为一，形成几乎是戏剧性的情绪对比。这本书的结尾优美，并不断被加强，设计得和一个交响乐一样。有些学者相信，《以赛亚书》中的各种对照不符合单一作者的思想。无疑，他们拥有有力的论据支撑他们的观点。让他们争辩去吧。从人文和艺术的观点看，一个有天分的诗人是有理由感觉到和表现出这许多不同情绪的。如果说，犹太人编辑和文书很久以前就把原来分散的材料汇集在一起，那他们做得十分高超，使之成为《旧约》里最优美、最有力量的一个单元。

耶利米是四位先知中的第二位。他不像以赛亚那样威严，但同样满怀热情，有相当的雄辩才能。他从沦为囚徒前的犹太历史中谈起，从那最黑暗的时日谈起。耶路撒冷沦陷以后，他遭到囚禁并被流放。因此，他是悲观的，这不足为奇。但是耶利米的悲观主义更多地见于他写作的《耶利米哀歌》，而不是在《耶利米书》中；正是从哀歌中，我们得出“哀史”(jeremiad）一词。这位先知不是一般意义上的灾难控诉者。他是一个反叛者，反对腐朽的国家，反对国家的宗教，因为宗教在文书手中已经变成了形式，空洞无物。从这一叛逆中产生出一个奇妙的思想，并表现在文学中。它是新颖的，直接引导出了《新约》。既然国家已名存实亡，既然国家与作为民族和部族之神的耶和华的关系名存实亡，那么，还有一种更伟大的事物存在，即上帝与人之间的关系。新的契约在于上帝和信仰他的人之间。因此，阴沉的耶利米变成了一个思想的主创者，即使不是如此，也是其先知者。这一思想在亿万人民的信仰中至今依然具有根本性意义。这个把“比喻”像长矛一样挥舞使用的人，精神抖擞且暴烈；他证明自己是所有人中最伟大的梦幻者。那忧郁而优美的挽歌，附于他书后的《耶利米哀歌》，并不一定是他最后的话。他真正最后的话重新出现在保罗的《罗马书》中。

以西结也是一个梦想者，喜欢幻景和寓言，喜欢充满生动形象的精致文学比喻。比喻一直是受欢迎的、表达宗教思想的载体，以西结是比喻艺术的大师，是启示文学的先驱者；这一文学最好的范例是

《启示录》，即《新约》中的最后一部书。启示寓言在一位真正诗人手里是十分有效的。以西结把垮台的埃及国王比喻为一棵倾倒的、枝条折断的杉树，这种比法比被刻画为一个人更具悲剧意味。这就是诗歌的本性，想象力的本性；如果某物被装扮（不是被隐藏）成另外一物，它就更富表现力。以西结没有把他的思想隐藏在神秘的轮子里和团团火焰中。他可以放弃对人物的包装，像耶利米那样用平实的散文表达鞭笞式的斥责和道德训诫。不过，从整体上看，在所有先知中，他是最缜密且最富想象力的。

先知的第四位是但以理[1]。他最富冒险精神，也最受欢迎。得名但以理的基督教和犹太教男孩大概在数量上要超过耶利米、以西结和何西阿的总和，至少等同于大卫、约瑟和撒母耳之名。简短的《但以理书》记载了许多事。我们不必过分好奇地追问，这些故事是否果真发生在犹太人被囚禁时期生活在巴比伦的人身上，或者是出现在尼布甲尼撒国王变为灰尘几百年后的某位作者的想象之中。该书的目的是安慰和鼓励犹太人，这个目的以简单的方法达到了。但以理是一位先知，善于解释异教魔术师解读不了的梦境。因为有这样的才能，他在一个外国国王的宫廷里变得举足轻重。他被投进狮子窝却未受到伤害，他的三个朋友被投入熊熊燃烧的大炉子里也未受伤害。就这样，犹太人优越的智慧，上帝拯救犹太人免受敌人伤害的威力，戏剧性地表现了出来。以西结的幻景，繁复而令人困惑，而但以理的幻景则十分明晰，像儿童故事书中的作品；的确，他以天真、求实的态度解释了他自己的梦境和国王的梦，每个人都理解墙壁上的手迹——除了国王和职业的占卜者；对于异教徒而言，这些人真是愚蠢得很。可以

1　但以理，或译为丹尼尔。

说，但以理是第二个约瑟，因为这两个人都凭智慧和上帝的恩典在异国政府中身居高位。

《旧约》最后的十二部，是关于不太重要的先知的书，令人兴味索然，因为其中包含的思想已经更加充分，或更为有力地在之前的几本书中得到体现。但是这些不太重要的先知也是重要的，因为有些大先知多方受惠于他们。应该记取的是，《旧约》中诸书排列的次序，不是严格以年代先后排序的。阿摩司与何西阿都属于最古老的先知；他们都是开拓者，是后继作者们的脚灯。阿摩司可能是最早的先知，他的话或多或少是在他亲自指导下记载下来的，他第一个想到预言可以成为书面文件，像口头训诫一样。

流传下来的何西阿的话，虽然不像以赛亚或者耶利米的话那样丰富、那样多，但是何西阿是和他们二人一样杰出的人物。像耶利米一样，何西阿处于绝望与希望、愤怒与信任的矛盾中，这是《旧约》的核心。如果说，他被置于次要先知的附属地位，那理由也并非他是一个次要人物。从某种意义上讲，其他大多数次要的先知的确不太重要。但是，我们不能悉数放下，要记住一篇关于约拿的特别的简短小书，用四章叙述了一个意味深长的故事。约拿被投进大海，被一条大鱼（《圣经》没有说“鲸鱼”）吞下，又被吐出，放在岸上：这是一个耳熟能详的奇迹故事。在这里，像但以理的若干经历一样，预言是用一个象征性的惊险故事表达出来的。约拿表现了以色列被吞噬，凭上帝恩典得救或者重生。因此，约拿的故事具有重要的意义。这是对信念的一种表达。这个信念就是：不仅以色列，而且全人类都将重生。在《圣经》中，这一信念的最终发展，则是基督的故事，是《新约》。

走近《新约》，有许多途径，对于不可计数的朝拜者来说，也是十足广阔的，让我们经过慷慨宽阔的传记大道来靠近它。无论如何，《新约》曾是活生生的，或者被想象出来的最为重要的一个人的传记。在所谓的基督教国家里，没有任何一个故事得到如此广泛的阅读、朗诵或者讨论；宗教史或者世俗的历史上，没有任何一篇纪事如此影响过亿万人民。甚至对任何形式的基督教信仰都报以冷漠或敌视态度的人，也至少知道这个故事的概要，因为它已经渗入了欧洲国家的生活和文学。

实际上，耶稣的故事只是一个纲要，记录在《马太福音》《马可福音》《路加福音》和《约翰福音》等书中，附加的叙述记入《使徒行传》。四福音叙事加在一起构成了一部很短的书；如果考虑到有些段落在各书中有重复这一事实，这部很短的书还会更短。将这位和平君主传记的简短和后来一些政客、大将军之回忆录的冗长做一对比，有一种讽刺的意味。使徒和他们的后继者首先不是作者；他像他们的耶稣一样，是到处行走、向世人口头传诵以灵感并令其信教的宣教人和教师。就连最博学的耶稣训导的解释者保罗的使徒们，也认为有必要，似乎也愿意，让宣教言论记录下来。当时，众多的教众不能与之面对面相谈，由此才产生了用文字记载的宣教。

在被钉上十字架后很多年，数量庞大的文献生成；这些文献当然不在《圣经》之中，而是从教父时代到19世纪大量积累起来。许多后继的读者试图用《新约》中的资料和非圣经的文献重建一部连贯的基督传，填补历史背景和社会背景，以排解或者解释各福音书之间的区别。法国哲学家恩斯特·勒南的《耶稣传》就是这样一种尝试，并已经成为人们所接受的文学名著。提及《耶稣传》，是为了举例，而不是想评估它的历史价值。值得一提的是，因为它的怀疑主义态度令许多基督徒反感，而将它从纯文学领域推入我所不擅长、也不愿涉及

耶稣

的争论议题之中。

对于《圣经》数量庞大的现代文献而言，我们大部人只能略加浏览。而对于具有足够学识与耐心的人来说，这些文献中无疑有许多的信息。虽然有些轻率，但我仍然不由得想起一位老宣教者对一大厚本评论文集所说的话："是一本巨著，《圣经》会把很多光明投给它。"《圣经》的记录虽然不完备，但正是这不完备给读者想象的空间，用他自己的梦想和猜测去填充。《新约》各篇叙述尽管简明，但却极为丰富、清晰。当然，这些篇章是我们所知或应知的基础，普通读者必先熟悉，句句细读，然后才有可能深入那些与篇章相关的文献。本来，还有很多内容应该叙述出来，这一点见于《约翰福音》最后的一节："耶稣所行的事还有许多；若是一一写出来，我想，所写的书，就是世界也容不下了。"那些事讲了什么，永远也不会有人告诉我们。不过，成文的就已经足够。

《新约》不仅仅是耶稣的传记，而且也是耶稣生命通过门徒和使徒的延展，尤其是保罗。在重要程度上，保罗仅次于耶稣；如果没有保罗的天才，这个加利利人也许永远不会征服西方世界。在"四福音书"和《启示录》之间，保罗是主要人物，也是领头的思想家。通过书信，我们不仅了解了他的神学、他对耶稣信息的阐释，而且还了解了他的性格。他的性格十分引人注目：勇敢，有说服力，进取的，又是倾向和解的。可以不同意他的宗教言论和哲学言谈，却不能不钦佩他表达思想的技巧以及那为人所知的勇气和精力。据说，他完成的奇迹，表现出他的继承者们为推崇他而进行的尝试；而他自己除了信仰之外，没有企求什么权力。在他的传记中，常人层面上的事例朴实、可信而高贵；与亚基帕答辩时表现出的机智和勇敢，完全与他的书信一致。在短小精彩的《腓利门书》中，他也是个了不起的人：那富有魅力，甚至有点诙谐的言辞表现出他在逆境中的机敏。我们同意亚基帕的话："你几乎说服了我。"保罗确实消除了许多听他说话的人和追随他的人心中的疑惑。这是历史事实，不可否认。

《新约》以神圣的圣约翰《启示录》结尾。这是一首神秘的诗，充满了幻想、狂喜和寓言；为了厘清这一状态，有人提出许多诗歌上和学术上的解释，而这样的解释已用于《圣经》的各部分。对于这奇异之书的解释，除了解释者自己外，没有谁会觉得特别满意。最有趣的解释之一来自伊马努埃尔·斯威登堡，一位18世纪的瑞典哲学家和神学家。他认为，新耶路撒冷的想象，主体是依据《启示录》，而《启示录》必定是模糊不清的。简单地说，主要思想是将要继承或者取代这个罪恶世界的圣城之许诺。这个城市，像《圣经》中所有美好的事物一样，是给虔信者的；而深坑则是向非信仰者敞开的。烈火之湖，与上帝光明照耀的清亮纯金之城形成对比，极富诗意，极其巧妙灿烂，乃是这本最好的、鼓舞安慰人心之书的顶点。

5

希腊历史与历史学家

我的任务是报告一切言论，
但我没有义务同样相信它。

——希罗多德

开始简述希腊文学时，我们先来看看希腊历史学家。应该理解的是，历史不是文学的一种早期形式；历史出现较迟，是一个民族积累许多世纪的经历，并且是在诗歌、戏剧等文学艺术类型之后。我们在《圣经》中所见的犹太文学就是这样，虽然有些历史因素被伦理和宗教的主题搅混，即使最有洞察力的现代学术界也会因此感到困惑；无论如何努力，也难以把纯粹的历史著述和其他内容分开，同时也很难确定其较为准确的写作时期。而就希腊文献而言，我们则完全可以精确地知道，历史写作于何时，事实与传说之间应该在哪里画线。因为希腊人讲述自己的故事，凭借的是批评家的求实态度、高超的学养及冷静的判断。这都是希伯来人所没有的。我们所理解的历史写作，在希腊始于希罗多德。当然，在生活和文献的漫长发展过程中，任何形式和方法都不是突然由某个人发明的。这是历史的第一课：思想产生后，由一个人传播给另一个人。女神帕拉斯·雅典娜从宙斯前额跳出，而且是全副武装。但是，希罗多德比任何人都明白，这样的事只可能发生在诗歌中的女神身上，而不可能发生在人类思想方面。因为他是一个批评者，一个研究者，一个怀疑主义者。他被称为历史学之父，即使到了现在的“科学”时代，史学家们都甘愿把这一称号让给他。这一事实向我们揭示了他的风采，还更多地揭示了他所处时代的文明。

这是何等光辉的文明啊！公元前5世纪，在雅典小城中生活的天才比任何时代、任何地方的都要多。伯里克利斯时期的雅典是无与伦比的，直到大约两千年后，我们才看到另外一个与之类似的小城——佛罗伦萨。史学家，包括希罗多德最聪明的弟子，都不能解释，为什么这么多大智大慧的人在这样一个特定时期聚集在这样一个特别的地方。我们大家只知其然。希腊击退了入侵的波斯大军；虽然经历了持续的内部纷乱和战争，但在精神层面，希腊或多或少都是一个统一的文明。雅典是“光芒万丈之希腊”的中心。雅典城里有许多聪颖的子弟，也吸引了希腊其他地方最富才智的男女。作为雅典王冠上的一颗宝石，希罗多德仅仅是一个被收养的雅典人，在那里也仅仅生活了数

希罗多德

年。他出生在小亚细亚，晚年在一个希腊殖民地（位于意大利）度过。他是一位世界公民，在当时是一位伟大的旅行家，不仅接受了首都的文化，也接受了希腊以外许多城市和国家的文化。这里的“希腊以外”，不是远远地在希腊文化范围以外；我们应该记牢的是，在希罗多德以前的许多世纪及之后的许多世纪，远在亚历山大征服世界之后，作为一种文明，希腊意味着地中海地区所触及的一切。把亚洲拒于欧洲之外的希腊武器不像希腊精神那样奇妙；在健壮躯体支撑下的希腊精神吸收了，并且部分融合了它所遇到的思想和文明。

希罗多德著述的主题是希腊人取得了对入侵者波斯人的胜利。他以“大手笔”处理这一主题；虽然他的历史是散文，但是这散文充满了激情，具有史诗的规模、戏剧的力量。然而，他生来享有一种空间透视力，且见识广博，他不自以为是。他赞颂同胞的作为，却又精辟地提出了批评。他在著作中用大量的笔墨来叙述其他国家，尤其是波斯帝国。他赏识希腊的敌人，理由是敌人越强劲，胜利就越辉煌。但是，胜利仅仅是基点；希罗多德是研究人和民族的学者，他从战争和生活等等方面来看待战争，并在恰当的时间和地点来讨论和平、商业、礼仪和习俗。如果说，现代历史学家所知很多，那么，这些“所知”也要归功于他。让他们去争论孰是孰非吧。我们深信．他是一位杰出的艺术家，是以无限大的眼界和气魄来处理叙事的。有些读希腊原文没有困难的人告诉我们说，他的风格比劳林森的英文译本还要好，如果是这样，那我们就相信，希罗多德不仅是历史学之父，也是叙事散文之父。

希腊第二位伟大的历史学家修昔底德记述了他那个时代的一场冲突，即发生在雅典和斯巴达等同盟之间的伯罗奔尼撒战争。他是第一位伟大的战地记者，对事件十分敏感。他的著述不可能是现代意义上的新闻报道，因为当时的雅典没有《先驱论坛报》这样的报刊在早餐前送到各家门前。但他是现场记录，因为他认识当时的领导人，所以可以获得“内幕”消息。冲突之后，他在闲暇时整理笔记。和现在许多努力撰写第一次世界大战著作的人不同，他是一个天才，一位艺术家。虽然他极力追求准确，但他仍像戏剧家那样创作出演说辞，并且借由历史人物发声。他主要的错误是，他认为希腊各城邦国家之间的战争是人类最重要的事。事实上，情况并非如此，他的时代不是这样，即使在两千四百年后的今天，似乎更加不能这样认为。对于我们来说，光辉灿烂的希腊乃是关于和平创造、学艺的叙事，但修昔底德几乎没有论及学艺。现在和将来的历史学家应该从古代历史学家的遗漏、错误中吸取教训，并重点强调的是：关于屠杀的记录不是事实的全貌；即使是还没有“走出”的大悲剧，对于未来具有恰当眼光的纪事作者来说，也只不过是民族生活中一个重要的情节而已。现在，我们都厌倦大将军、政客以及或职业或业余战地记者的回忆录，但谈论、评价修昔底德也许正当其时。他那久远的战争叙事中，存在着崇高的尊严感。现代历史学家，甚至那些最富批判精神的历史学家，都尊重他。要感谢英译本译者本杰明·周伊特，他把修昔底德的希腊经典著作变成为英语经典。

在修昔底德之后数年，还有一位希腊历史学家。他重视身体力行，但又是一位作者，这就是色诺芬。他是一位指挥万人的希腊将军；在《长征记》中，他描写了这支军队的撤退。作为书中的主角，他很像罗马将官和历史学家尤利乌斯·恺撒。两人还有一个相同之处，他们都是幽默且悲哀的：现代少年读到的第一篇拉丁文课文是恺撒的《高卢战记》，而第一篇希腊文课文是色诺芬的《长征记》。其中的原因是一样的：恺撒和色诺芬用简单平实的风格书写令人兴奋的

帕台农神庙

战事，学校老师自然要选取这些文章当作入门的语言范文。因为语言的繁难艰深之处在哲学和诗歌作者手里，而对初学者来说，那些很可能令人百思不解。也许，我们在少年时代学过并厌烦色诺芬的母语希腊语，但他写的故事的确精彩；这样一个事实真是奇异，即：两千多年以前几千人的一次经历，因为得到妥当的记述，至今仍非常有趣；而在今天，一万人的军队无论成败，都会像苍蝇一样无足轻重。文学是生活的文字记录。然而，说也奇怪，一本书的智慧尺度和它论及的事实、事件和思想的尺度之间，不存在准确的对应关系。在这里最简洁的回答就是：色诺芬知道如何写作、如何引人入胜。我们感谢他在《回忆苏格拉底》一书中刻画了他的老师，哲学家苏格拉底，为我们留下一张最“富人情味的”肖像。色诺芬不是一位深刻的思想家，和柏拉图相比，他对苏格拉底的叙述，是单薄的；而柏拉图则使苏格拉底成为柏拉图智慧的载体（见后一章）。但是，色诺芬为我们生动描述了这位最有智慧的雅典人及其真实的生活状况。

从色诺芬到波利比乌斯，就好像英语文献中从瓦尔特·罗利的《发现圭亚那》跳到吉本的《罗马帝国衰亡史》一样，跨越了大约两个世纪。波利比乌斯是继希罗多德和修昔底德之后最重要的希腊历史学家。他写的卷帙浩繁的历史著述，只有大约六分之一被保存了下来，叙述了公元前2世纪罗马帝国的成长。他是一个朴素的、务实的历史学家，在考察评价事件时不偏不倚。对于历史学家而言，他是最有价值的信息来源之一。罗马正在成为世界的霸主，波利比乌斯虽然是一个希腊人，却钦佩罗马制度、大军的胜利。他的表述力求准确，且不掺杂个人的好恶。然而，他不是一个讲求艺术性的文学家。

波利比乌斯后的历史学家们都不太重要，也许是因为我们不了解他们的著述。残篇断简虽然受到学者们的珍视，却不能引起一般读者的兴趣。公元1世纪，我们见到了一位作者，在历史学、文学上都极其重要的，他就是普鲁塔克。

普鲁塔克的《希腊罗马名人传》是一部天才的著作，一部名著，是欧洲诸语言遗产的一部分。普鲁塔克是希腊人，他用希腊语写作；但是，他也同样专注于罗马历史，因为其中一半的主题是关于罗马人的。他的方法是对希腊和罗马英雄进行平行描写或者比较，例如亚西比德与科里奥拉努斯，狄摩西尼与西塞罗。他不是盲目的英雄崇拜者，在他身上没有表现出那种特别的爱国主义，即把自己同胞抬高到高于世界其他多民族的高度。他对人性有透彻的理解，有合理的和适度的伦理标准，并避开了浮夸的说教。而且，对于笔下人物的背景和境遇，他具备坚实的知识。尽管现代学术研究纠正了其中的几个问题，但是，从整体上看，并无损于他的成就。直到现在，他所描写的人物依然鲜活，和他刻画的一样。古代崇高、伟大之人的名誉依然是普鲁塔克塑造出来的。在英国文学中，他所刻画的一些形象也越来越稳固，莎士比亚戏剧中的人物多以这些形象为依据，如《尤利乌斯·恺撒》《科里奥拉努斯》和《安东尼与克娄帕特拉》。这种部分的依据（所谓部分的，是因为我不相信莎士比亚对于经典的知识仅限于某本书）受惠于托马斯·诺思的英译《普鲁塔克》，英译本的依据是雅各·阿米奥的法文译本。在《安东尼和克娄帕特拉》中，有些台词似乎直接借用于诺思的译本，没有多少改变。在英国文学中，人们对普鲁塔克的兴趣是持续的。在诺思之后一百年，德莱顿推出一个翻译计划，翻译《普鲁塔克传》，但只做了正文的一部分工作。19世纪，英国诗人亚瑟·休·克劳对这一译本进行了重审，并使之成为英国读者的标准本。

有一个悖论：最伟大的希腊历史学者不是“希腊人”，而是现代学者。意大利文艺复兴（首先指对古代经典的复活）以来，在历史学家和文学家中间，对于希腊文明的研究几乎就是崇拜式的研究。19世纪，注重对史料进行鉴别的科学精神进一步加深、加强了这一研究。依靠这一精神以及高超的视角，现代历史学者知道了希腊人不曾了解的关于他们自己的知识。其中有几位特别优秀的英国文学学者，如乔治·格罗特、本杰明·周伊特、J. P. 麦赫菲、吉尔伯特·穆雷和J. B. 巴雷；他们从对修昔底德生平及其所处的时代研究获得的“信息”要比我们从这位希腊大师那里得到的要多。此外，我们还不得不从这有限的、非学术性的概要中删去许多名字，未能提及法国、意大利和德国学者的名字。尽管有些讲求实际的专业教育学家竭力想把希腊研究从中学和大学的课程中去除，但是，古代希腊仍然生活在现代有教养人士的思想之中。其根由是文学决定我们应该读什么书、怎样思考问题，而不是教育局和大学董事会。例如，格罗特的《希腊史》就属于英国文学，不论专家们评论该书多有不实之处并将它更换，也不论在死板的史学流派中它占据什么地位。对我本人或者任何人，都无法解释，为什么吉本或者格罗特、达尔文或者赫胥黎的一本书，竟会从一个有明确界限的科学思想领域进入模糊不清的文学世界；但事实上，词语都是模糊不清的，是没有清晰界线的。格罗特的风格，不必深究：可读，尤其为一般非内行人士喜闻乐见。我觉得，如果我们读格罗特的书，我们就会浸没在希腊的本质精神中。我还知道，如果读他的文字，我们就等于上了一堂语言课，一堂教我们如何纯洁地直接使用我们语言的课。麦赫菲也是这样，他是一位艺术家——这又是一个难以定义的词语。在他的《希腊社会生活》中，那种文明重又复活，而且要继续存在下去。比这些优秀的维多利亚时期人物稍迟的，是剑桥大学现代史教授 J. B. 贝雷。在他的《希腊史》中，学者和艺术家合为一体。在一位最为爱好民族艺术的历史学家身上，这种结合是一种特别可喜的现象。

6

希腊史诗

一颗新的行星涌入眼帘，
我立即觉得自己在凝望九天。

——济慈

公元前8世纪（一说为公元前9世纪），据说有一位失明的弹唱诗人在小亚细亚的希腊各城市间吟诵歌谣或韵文式的传奇故事。他的名字很可能就是荷马。他可能就是《伊利亚特》和《奥德赛》的作者。他可能是一个人，或者代表一组（或者一派）诗人。许多城市都争当这一伟大传奇诗人的出生地，并以此为荣耀。

关于荷马这个人，我们一无所知。公元前5世纪，希腊史学界、评论界探索起源、研究史料，在当时，荷马之于希腊人是一个神话，一个传奇，和现代读者的认识一样。我们从历史记录上可以判断，柏拉图和亚里士多德对《荷马史诗》的了解，比我们对莎士比亚著作的了解还少。两者的区别是，莎士比亚生活在印刷时代，可能亲眼见过印满字的书页，而他的作品现代版本正是这样生产的。伯里克勒斯时代受过教育的雅典人可能会背诵荷马诗的某一文本，而无须阅读手抄本。这种版本是什么样子，我们无从得知。大约在公元前 6 世纪，一位爱好文学的政治家皮西斯特拉图斯收集了荷马的作品，并赋予这些作品我们现在看到的形式。但可以肯定的是，后来的学者们编辑处理过文本，并使之成为现代版本的依据。关于作者的问题，是德国学者弗里德里希 · 沃尔夫 18 世纪末提出来的，至今尚没有最后的结论。

这是追求技术精确性的学者的问题，但仍有三个问题引起人们普遍的关注和兴趣。首先，我们常常想到，诗歌本来是言说或者朗诵的。说“本来”，不仅是指原始人和蛮族，而且也是指具有高度文明的民族。荷马的诗，尽管有神话的机制，却并不幼稚，而是十分成熟的，像但丁、弥尔顿、丁尼生或者勃朗宁的作品一样。《伊利亚特》和《奥德赛》的组织技巧之高妙，一直没有哪位后来的诗人能超越。“荷马”虽然十分古老，他的众神不再统治上天，对于后来的希腊人来说，虽然他隐藏在过往世代的迷雾之中，但我们不必太看重千百年的时间。荷马不是一种发霉的陈旧稀罕物。他依然有生命力，因为他表达了我们能够理解和赏识的思想，因为他是一位高超的说书人。

我们也不必太看重一个事实——虽然是一个重要的事实，荷马的作品是口头的，是让人听的，是史诗吟诵者们朗读和唱出来的。如果说，作品的音韵之精妙胜过后来的诗人，那么，上述事实是不能说明这种美的。即使在我们的时代，虽然每个作者都希望自己的作品出版，但诗歌和散文的作者也还是靠听觉写作的，要听到自己说的话。保存和记录文学的环境发生了变化，但人赖以产生诗歌、散文的感官和想象力方面确实没有质的变化。据华兹华斯的邻居说，乡间漫步

荷马

时，他嘴里常哼唱着自己的诗。丁尼生可能不太愿意在大庭广众前朗诵自己的诗歌，但喜欢在朋友们面前朗诵。诗人，或是最羞怯的，或是渴望表演的，或是最受欢迎的，或是喜欢张扬的，写诗时总是要朗读。就这样，荷马“弹起奇妙的竖琴”，旁若无人，像吉卜林沉浸于自己吟唱诗句时的样子，而非吉卜林想要表达的那样。

所以说，荷马是一位十分现代的诗人；他生活在人类进入文学时代的早期，但又很近，似乎就在一两天之前。这是两个关于文学传记的问题，即诗如何产生、诗与我们的关系如何等问题的简要回答。第三个问题是：是否曾经有过颇有影响的天才和大师，他的名字是不是荷马，他是否用我们所不知道的素材创作了如此坚实连贯的、行文风格一致的故事，即《伊利亚特》和《奥德赛》？细致的研究发现，这两部作品风格一致，前后连贯，其间的断点或停顿是无关紧要的。对于这些问题的讨论，麦修·阿诺德的论文《论翻译荷马》是最为令人满意的。我不确定，但后来的学者们无疑对阿诺德的观点进行了很多修正。他希望能得到别人的指正；他的教条仅仅是一种表象而已，重要的是其敏锐的探索精神。直接阅读原书（对我们来说，是译本）是最好的选择，不要去理睬那些多管闲事的批评家，但我依旧相信，接近荷马诗歌的一个好方法是研读阿诺德的论文。对我们这些英语读者来说，这样做一举两得：既是对大师的介绍，其本身又是一篇英语散文名作。

还是谈谈这位诗人吧：《伊利亚特》讲的是什么？题材是希腊人包围特洛伊城最后期的事件。行动只持续了几天。但在快节奏的叙述中，书里又倒叙了之前长达九年的战争及其原因。实际上，希腊神话的大部分是寓于史诗中的。插曲是阿喀琉斯的愤怒，他是希腊联盟军中最优秀的战士。因为联盟统帅阿伽门农要求他放弃自己的战利品——一名少女战俘，他十分愤怒。他怒气冲冲返回帐中，不再出战；而此时对希腊人的战斗正在展开。之后，阿喀琉斯的挚友帕特洛克罗斯被杀，阿喀琉斯深感悲愤，便又投入战斗为挚友复仇，杀死了特洛伊英雄赫克托耳。

这当然仅仅是史诗主体架构的大致概要。即使为了得到它真正的精髓、强健的气势和优美的印象（像体育运动员般优美，宛如神一样的人物），我们也不必成为希腊语学者。因为，十分幸运的是，我们拥有优秀的英文译本，虽然麦修·阿诺德（精通希腊语，又是很好的诗人和批评家）对所有现行的英文译本都要吹毛求疵。与莎士比亚同时代的乔治·查普曼的译诗长得很，拖拖拉拉，有十四个音节。他处理文本十分大胆，要塞进去荷马原诗中根本没有的词语。但总体而言，译诗有神韵，有诗意。不足为奇的是，两个世纪以后，它还给了青年诗人济慈灵感，让他写出优美的十四行诗《首次浏览查普曼译荷马》，其中两行引用在本章开始之处。我们可以想见普查曼本人的热情，他在序言中开门见山地说："在现存的形式多样的书籍中，荷马最佳，名列第一。"

查普曼之后，又过了一百年，亚历山大·蒲柏发表了他著名的译本，并很快受到欢迎。直到今天，蒲柏的译本依然是英语诗体荷马最为流畅易读的译本。学者本特利的话也许是对的："蒲柏先生，你的书是好诗，可是不能说它是荷马的作品。"也许，蒲柏的双行押韵诗简短、多彩，但不足以代表荷马六音步诗行有序的流畅。与现代读者相比，蒲柏的译本对于18世纪的读者来说是好诗。对于希腊语不太到家的读者，我推荐的译本是利夫朗和麦尔斯的散文译本。这个译本的英语清晰明朗，有其独特的韵律，没有受到诗行难点的拖累；重要的是，译本保存了原文那本质的、诗的比喻，读起来像一流的小说。

如果我们把散文体的《伊利亚特》看成（并且欣赏）是一本历史传奇，也并不违反文学评论原理。

《奥德赛》与《伊利亚特》密切相关。这两部诗可以被看作是有关众神和英雄的史诗传奇或其重要组成，而其他，可能被写成（或没有被写成）叙事诗。在风格上，《奥德赛》和《伊利亚特》十分相似，这两部史诗即使不是某一诗人的天才表现，也是一个民族的天才表现。《奥德赛》叙述的是，因木马计攻取特洛伊以后，俄底修斯（或者我们也可以用拉丁文名字称他“尤利西斯”）在海上的漂泊和遭遇。在他历经艰险往家赶的时候，他的妻子珀涅罗珀被一群求婚者包围着。他们逼迫她背叛自己的丈夫，甚至还利用她年幼的儿子忒勒玛科斯。她很忠诚，最终等到丈夫归来。丈夫在与那些求婚者们的智斗中得胜，并杀死了他们。在世界文学中，没有比这更为激动人心的故事了。就情节本身而言，它似乎比《伊利亚特》更为强劲，更为细腻。《伊利亚特》的故事是一系列关于天上阴谋和交手格斗的故事，像亚瑟王骑士们的功绩或者现代有奖格斗一样，不断重复。尤利西斯的经历包含了整个世界，触及人类的基本情感和活动。此外，尤利西斯是比阿喀琉斯更为光辉的英雄。虽然我们现代的“道德”标准对希腊精神而言是不相关的、殊异的，但还是应该指出，阿喀琉斯对同伴们不忠实，最后击败了一个比他更好的人。

尤利西斯的胜利是完胜，令人满意。他智慧，不仅有强壮的右臂，而且还有耐心。他的功绩很多，曾遭遇变故，十分有趣。他是普通人或是超人，在伟大的文学人物当中将永远如此。

的确，神话人物具有双重意义。尤利西斯可能代表太阳神，珀涅罗珀可能代表神在击败严冬力量（求婚者）之时返回的春天；或者，她可能是月亮，太阳从她那里分离出来，又以新的月亮返回她那里。

对神话和象征的阐释是个引人入胜的论题，我们只能点到为止；一般读者在J. G. 弗雷泽的《金枝》中能愉快地找到通往这一奇异世界的途径。但是，如果我们只读取荷马传奇的表面价值，而不挖掘其深层意义，那么，我们就能享受到尤利西斯的故事，一如特利斯坦和罗宾汉。尤利西斯的故事是后来诗人们喜欢的题材。在维吉尔笔下，尤利西斯是个奸诈的恶棍，因为维吉尔的英雄是一个特洛伊人。在《地狱篇》第二十六歌的一个奇妙段落里，但丁描写尤利西斯之死的几行字，就几乎超过了荷马，而且还保留了他的风格。丁尼生的《尤利西斯》最具男子气概，是他早期诗歌中最为可爱的一首。

就像《伊利亚特》那样，《奥德赛》有非常好的译本，这对于我们英语读者而言，是很幸运的。与《伊利亚特》相比，查普曼的十音节英雄史诗双行诗体有一点太“狭小”，太严实，而蒲柏和他的合作者创作出生动可读的译本。但如果读读散文译本，即乔治·赫伯特·帕默的译本，从其准确性、流畅性和纯赏析的角度而言，我们又会感到十分愉快。另外一个优秀的译本是布彻和朗完成的。我十分重视译本，是因为，通过翻译，世界上各种思想从一国传到另一国，从一个民族传到另一个民族；还因为翻译可以说是一种精细的艺术，在翻译经典方面尤其如此，英国人便以很好的技巧实践了这一艺术。

围绕荷马的名字及其史诗巨著，还汇集了一些小诗——《荷马赞美诗》，是史诗或者长篇叙事诗的简短前言或者引言。作者是谁，不为人知，有如这两部伟大史诗作者不可确知一样，但其语调与主要诗篇有共同之处。雪莱翻译的《雅典娜颂》前几行如下：

> 我歌唱你有蓝眼睛，有强大威力，
> 智慧女神雅典娜！你倔强，纯真，智慧，

啊，特里托杰妮亚，保护城池的少女，
受到敬爱，强大无比；宙斯从他头部
把你带到世界，披上战士的甲胄，
全身焕发出金光万道。

还有一位诗人像荷马一样富有传奇性，即赫希俄德。传说他是《工作与日子》的作者。《工作与日子》是一本教谕诗，现存约八百行；他还写了论述神话的《神谱》，约有一千行。归属于赫希俄德名下的诗作，绝大部分已经佚失；我们对他的了解很少，和荷马一样。但是，曾有百年的时间，希腊人似乎认为赫希俄德与荷马齐名；我们知道，优秀的拉丁文诗人维吉尔，就曾受教于这位希腊大师。对于我们来说；赫希俄德在《工作与日子》里带给农夫和水手的教喻没有什么魅力；和荷马诗行的辉煌相比，《神谱》是苍白无力的。像我们提及或者省略的许多人一样，赫希俄德是文学史的一部分，但在引人入胜、有生命力、积极的世界文库中却并不重要。还有几位希腊史诗诗人，只留下了姓名，作品没有留下。这是我们要承受的损失呢，还是时间那无情之手在公平淘汰呢?

7

希腊抒情诗

风和日丽，气氛平和，
神在酷似神的人身旁走过；
希腊人也都相似，同样的自由。

——斯温伯恩

像其他文学一样，希腊文学有歌，即配乐诗句，其形式是最早的艺术表达方式之一。无疑，在《荷马史诗》，即那些宏大的叙事结构背后，曾存在过某种歌谣。但是，根据保存下来的史料记载，抒情诗的最高发展阶段要迟于史诗。这不是单纯、枯燥的日期问题，而是人类精神成长中一个最令人感兴趣的问题。人们谈论自己周围的事物和事件，朗诵关于众神和英雄的故事，也就是说，他们的诗是客观的。随着文明的发展，情感就会变得更为繁复，他们歌唱自己的灵魂，诗句是主观性的。抒情诗是个体心灵的呐喊，或者含笑，或者含泪。抒情诗那内在的、个人的意义奇妙地表现在雪莱的《西风颂》之中：

把我当作你的琴，当作那树丛。

抒情诗（英语 lyric）之名来源于一种乐器的名称（lyre），希腊人从某个更早的民族那里学习弹奏，为在咏唱或朗读中的诗句伴奏。这是一种单调的原始乐器，在我们听来，其远远不能和我们在希腊语诗歌中所听到的大气、多样、响亮的词语相配。有些希腊诗句听上去比这种乐器的声音更为精妙，甚至无法比拟；就像雪莱的《西风颂》或者济慈的《夜莺颂》与一般的曼陀林琴比较一样。这样的比较涉及诗歌与音乐之间的关系问题。具体到希腊抒情诗人，我们只能对这一关系加以猜测；虽然我们还有几种当时的乐器，但却没有令人满意的音乐乐谱留存，也不知道它们的曲调、和声是如何的丰富和精致。一个用文字和大理石完成如此高超创作的民族很可能也曾创造出高超而完美的音乐。我们不得而知。词句、大理石和乐器保存了下来，但是乐器和人产生的声音已经永远消失了。

抒情诗是希腊诗一个清晰、特殊的门类。希腊批评家们，像一切敏锐、精确的批评家一样，提出了清晰的界定。可当他们在现代歌剧广告中看到"'抒情诗'作者是杰罗姆，作曲者是维克多·罗宾孙"的时候，一定会感到困惑的。但是，这条广告透露出词汇史的实际情况。词语的历史几乎总是反映出有关的真实情况。我们觉得，所咏唱的词语是抒情的，不管其是在乐器的伴奏下还是随乐谱变化唱出的。此外，我们对词语的应用还包括"抒情"散文。就我们的目标而言，我们可以不去考虑那些细微的差别，把一切非史诗或非戏剧的诗称为抒情诗。荷马、维吉尔的作品里，莎士比亚的戏剧里当然有抒情诗行。一首抒情诗当然可以唱出，可以在笛子、交响乐队的伴奏下，或

阿尔凯奥斯与萨福

者完全没有伴奏，只用眼睛阅读，让耳朵听到。

现在我们要面对两种损失。第一个还算小，我们自己也许能弥补一些。我们很少能找到懂得朗读希腊诗行的人，即使是希腊语教授，并且能讲出其中的节拍和元音音值。第二个损失已无法弥补：绝大部分希腊抒情诗都已经从文献中消失了。我们只能通过只言片语来认识这些诗人。有些诗人完全不为人知，不是因为判断，而是因为时间的流逝：因此，知道他们的名字，仅仅是因为有作品流传在世的作者提及他们，或者模仿他们。

两个最引人入胜的片段是关于阿尔凯奥斯和萨福的。阿尔凯奥斯是一位伟大的诗人，这一点，我们可以从钦佩他的模仿者——拉丁文诗人贺拉斯那里得到印证。贺拉斯是一位中肯的批评家，他熟悉如今已经佚失的阿尔凯奥斯等希腊诗人的几千首诗。文学的故事，实际上，人类故事的这一大章都是负面的；我们的想象力常常受到已经消失的精神殿堂、诗人国王（还有女王）那被埋没的坟墓的撩逗。希腊抒情诗人中最早的一位是萨福。公元前6世纪，她被公认为是莱斯博斯岛诗歌流派的领袖。我们至今还能读到这位女王少量的诗，虽只是她大衣的残片，但已经显示出她的品格、她的激情、她的敏锐的欢乐和爱的痛苦。在希腊，她受到赞誉，几乎与荷马齐名；她被称为"第十位文艺女神"，这大概不仅仅是一句诗意的颂扬；她变成了一位浪漫的、传奇性的女主角。有关她的故事最通行的版本是，因为被自己所钟爱的法昂拒绝，她跳入大海，但不太清楚她是否因此丧生。可能她是一位极富天才和激情的妇女，像乔治·桑，或者像神性的萨拉·本哈特。有一种诗体是她发明或者推向完美的，就以她的名字命名。拉丁语诗人用过萨福体诗韵，其中有贺拉斯。我们要感受一下它的形式和节奏，最好的办法就是引用斯温伯恩诗歌的一节。他很擅长创作一切形式的诗；作为现代人，更充满了希腊精神：

整整一夜，睡眠没有降临我的眼帘，
露水没有洒下，没有抖动展开一根羽毛，
双唇紧闭，双眼是钢铁的目光，
静止中把我凝望。

阿尔凯奥斯推向完美的阿尔凯奥斯韵律，虽不断被希腊和拉丁诗人模仿，但大都没有进入英语，只出现了一个特例——丁尼生。作为一名现代诗人，丁尼生善于把握、变换英诗格律，也善于感受古代韵律。他的阿尔凯奥斯体诗，恰好是献给弥尔顿的：

啊，言辞有力，把和谐创造，
啊，你歌唱时间与永恒的技巧高超，
　享有神赋竖琴般声音的英国人，
　　弥尔顿，这个名字流芳古今；
你巨人般的天使，加百利，阿伯迪，
从耶和华豪华武库之塔闪现，
　宛如无限高耸深广昊天
　　伴随天使欢歌有洪声响遍。

如果希腊诗人的好诗都能保存下来，我们会享有一个怎样优秀的文库啊！梭伦是公元前7世纪至公元前6世纪雅典的一位智者和立法者。他有三百多行诗流传了下来。这些诗与其说优美，不如说有教喻意义。梅加拉的泰奥格尼斯的诗也是这样，我们可以从其留存的几百行诗中了解到。这些诗人及其生硬的道德灌输代表着希腊人性格的一个方面，我们称之为挽歌派。鉴于诗作的结构，我们就不再深入讨论这个技术问题了。希腊人一定不会理解格雷《墓地哀吟》中这个“哀吟”给我们指出的含义吧。除了形式问题，泰奥格尼斯根本不是在写悼念死者的哀歌，或者为穷人的简短朴实纪事落泪。他痛恨穷人以及他们的贫穷。他是一个实实在在的贵族，可惜我们没能读到他的更多诗作。

在希腊人中间，几乎和荷马一样光辉的诗人是阿尔基洛科斯。看来，他不但是一位挽歌大师，还发明了尖刻的抑扬格讽刺诗，一些类似于德莱顿和蒲柏那辛辣的十音节诗行。但是时间的大河淹没了阿尔基洛科斯之火，我们只能够从现存的一些诗行中猜测，贺拉斯所钦佩的“怒火”是什么，贺拉斯等希腊诗人和拉丁诗人所模仿的是怎样的辉煌。

像其他大多数诗人一样，我们只能在残篇中了解阿那克里翁；他描写爱情与美酒，方式优雅，比萨福轻盈，但又不像她那样富有激情。他的细腻和语句的精巧变化令希腊人和现代诗人十分钦佩，他的模仿者用阿那克里翁体写作，千百年来，这一诗体都属于他。现代模仿者和译者一般会谈论这些诗，而不是谈论阿那克里翁其人。但是，有些阿那克里翁体的诗十分可爱，无愧于大师之作。

像萨福和阿那克里翁这些人的诗，都是非常有个性的；是个人情绪的表露，是悲哀、痛苦、欢笑、怜恤的呐喊；诗人把这一切当作个人的经验来感受。规模更大的抒情诗类型是合唱诗，是为吟唱创作的，如合唱队演唱，表达某一团组的共同情感，如众神歌和颂歌，赞扬胜利者和英雄的歌。这些诗必定带有诗人那特殊天才的印记。但从本质上看，又外在于个人，因为这些诗是描述诗人周围的宗教生活和社会生活的。因此，这类抒情诗接近诗剧，像是戏剧中歌队的吟唱，虽然戏剧诗人可能从来没有写过一首颂诗，抒情诗大师也可能从来没有想要写一出戏剧。

合唱抒情诗人（几百人，其作品现在都已被忘记）中有三位最伟大的，即塞奥斯的西摩尼德斯、巴克基利德斯和品达罗斯。如果我们想到他们生活的年代是大约公元前5世纪，亦即萨福之后的一个世纪，这就是在有意忽视精确的年月日了。

西摩尼德斯完善了赞歌，这是一种歌颂伟人的诗，方法是回忆往昔的某位英雄，用于夸奖与比较；这样，传奇故事得以保存，而诗歌的主题却可能已经被忘记。

巴克基利德斯则是这样一种情况，给诗人带来声誉的是其去世后的奇异遭遇。他的诗佚失近两千年，但是在 1896 年却重被发现：纸草纸文本，破旧且不完整。记载人类经历的书籍有时候就会经历这样的奇异！巴克基利德斯的天才以及希腊歌颂胜利的诗歌，大都表现在颂扬骏马的诗里，那匹马是在奥林匹克运动会上获得赛跑冠军的骏马。希腊人对待体育运动比现代大学男生们更认真，因为体育比赛不仅涉及爱国（如美国队和英国队在泰晤士河的划船比赛），而且涉及超出我们经验的宗教体验。在歌颂这匹马的时候，诗人歌颂了锡腊库扎的统治者希耶罗。但是，这首诗的价值在于，它涉及神话的部分谈到了赫拉克勒斯和墨阿革洛斯在阴间的会见。在希腊文学中，这是故事发生的唯一地方。在纪念众神的狂欢节上，即在奥林匹克、德尔斐等城市盛大的狂欢节上，希腊人进行各种形式的竞技比赛，从摔跤、赛跑到音乐、诗歌、雕刻和哲学辩论。有些哲学家认为给运动员的荣誉太高，这是一种我们现在也能听到的学者的怨言；但当时和今天一样，公众的声音压倒了这些人。当然，诗人为颂扬赛马（或者赛车）中的冠军而创作庄严的赞歌，是一件荣幸的事。

胜利颂歌的作者中，最伟大者是品达罗斯。他之幸运，不仅在于他的天才，而且在于他身后的好运，因为他有大约四分之一的作品被保存了下来，除了几首完整的颂诗赞扬在奥林匹克运动会、波锡奥斯比赛会、地峡比赛会和涅墨亚比赛会上的胜利外，还有几百首诗歌残篇。因此，在现代，颂歌几乎和品达罗斯的名字特别地联系在一起，对于希腊人来说，虽然他并不比其他几位诗人的名气更大。

颂歌实际上是歌队为一种回旋舞的伴唱。一节歌词伴有一个从右到左的动作，即“回旋”；唱第二节歌词时候，动作反转；唱第三节歌词时候，歌队静止。这种三合一单元可以按诗人意愿重复多次。颂歌变成了英语诗歌中一个重要而优美的诗体，虽然其结构比希腊诗松散一些，但和希腊人的精神实质很少有共同之处。雪莱的《西风颂》、济慈的《夜莺颂》和《希腊古瓮颂》、华兹华斯的《永垂不朽的暗示》、斯温伯恩致维克多·雨果的《生日颂》、丁尼生的《威灵顿公爵》，都是现代意义上的颂歌。他们在本质上和他们的希腊祖先相似，即主题的尊严和情感的肃穆。对美国人来说，有一个有趣例子，一首算不得灵气的诗，即洛威尔的《纪念颂》。还有更贴近希腊文诗体的一例，是优秀诗人威廉－康格里夫庆祝马尔波罗胜利的《致安妮女王书》。他第一个指出，真正的品达罗斯颂歌在结构上是规范而准确的，并非像诗人考利在 17 世纪所说的“品达罗斯体”那样——随意、不规范地书写长短句。但是，品达罗斯的美并不完全在于其形式，也在于他思想的豪迈和崇高。他是一位对于艺术颇有感悟的艺术家。这样的感悟不为他独有，因为这是典型的希腊精神，不过是由他巧妙表达出来而已。例如，他承认诗与雕刻的亲缘关系，说出下面的话，其优美之处即使在译文中也没有完全消失：

> 我不是雕刻家，不能创造在一个台座上永恒伫立的形象；而你，我甜蜜的歌，乘着装满货物的船只，乘着每条轻盈的扁舟，从爱琴纳岛出发前进。

我们想到雅典是希腊世界的精神领袖，主要是在公元前 5 世纪和 4 世纪，有几百年。但是，希腊文明从小亚细亚扩展到了西西里和南部意大利，学艺在许多城市和省份里繁荣。有意思的是，有七个城市宣称是荷马的出生地。品达罗斯生在泰拜附近，巴克基利德斯和西摩尼德斯生在赛奥斯岛，阿那克里翁生在小亚细亚的泰奥，阿尔凯奥斯生在莱斯博斯岛上的米提利尼，等等。诗人和艺术家被从希腊其他国家吸引到雅典来，或者短期逗留，或者成为公民，正如法国作家努力奔向巴黎、英国人要去伦敦一样，虽然雅典从来不是像现代的大城市那样，是一个人口众多的政治和商业首都。

亚历山大大帝征服世界时，所有的希腊城邦都丧失了权力，虽然没有立即丧失其个性和地方特征，但是文学渐渐衰落了。文学不再是通过天才作者之口的表达方式。整个世界都说希腊语，文学人士以文字交流，这是一个广大而有知识的听众群，都是一样的，不再是热切而混杂的民众。文学发出的声音越来越脱离生活，越来越成为书籍互相模仿的对象。主要的文学中心，埃及的亚历山大城，是亚历山大这位征服者在公元前4世纪末建造的；很快，该城就拥有了三十万人口，部分原因是历代托勒密国王建造了宏伟的图书馆，它吸引了学者、艺术家和诗人。亚历山大城、帕加马城等新老城市的统治者们肯定是扶持艺术和学术的。学术繁荣了起来，包括哲学与评论，但是艺术，尤其是诗歌，出现了新情况。

没有得到确切解释的是，为什么亚历山大体诗歌（“亚历山大”是指时期，不是城市）失去了古老的希腊人的韵味和活力。有一个情况，就是新的诗人们写诗是为了阅读，亦即，是供眼睛看，而更早的诗是为了朗诵和吟唱，给耳朵听。也许是因为希腊的天才们已经言说了他们想要言说的一切，但又不善于更新形式和思想。

有一位诗人以独特的方式言说了清新的感受，这就是忒奥克里托斯。他使田园诗臻于完美，所以这一重要诗体的名称和他的姓名是等同的，正如颂歌几乎和品达罗斯的垄断性等同一样。田园诗，顾名思义，指的是关于牧人、他们的爱情、他们的迷信和他们生活其中的自然景物。牧人的对话和歌曲十分优雅，以至于文风造作时代的批评家怀疑，本色的农民是否会怀有这样细腻的情感。但是我们知道，所谓普通人的民歌是富有想象力的，其诗句和节奏常常是很可爱的。事实上，忒奥克里托斯的田园诗确实得自牧羊人；牧羊人在绿草如茵的山坡上，在西西里蓝莹莹的天空下唱歌、吹笛；他们的后代至今仍然如此。虽然他用精细的技巧加工了素材，虽然他本人是一名贵族，但是，使他成为描写生动、真挚诗人的是素材真实，是与朴实的生活息息相关。田园诗是他最好的诗；在他从牧歌主题转向常规的史诗主题时，他就不再是西西里的自然诗人，而成为亚历山大城咬文嚼字的诗人。他的继承者比昂和莫修斯都因诗知名：比昂因为《为阿童尼悲叹》，莫修斯因为《为比昂悲叹》。这两首诗是具有挽歌性质的田园牧歌；而在这一性质上，田园诗在许多现代模仿作品中是最可贵的。

因此，田园诗在现代语言中成为一个传统。维吉尔的《牧歌》是对忒奥克里托斯的模仿，更是一位尚未定型的诗人艰辛的成果。但是，他又有独特的魅力；随着他成熟诗作之美名的传播和巩固，人们对他的赏识也在增长。维吉尔对罗曼斯语各国和英国的影响力超过任何一位希腊诗人；而且，田园诗变得多样化，也部分归功于他。现代的田园文学大部分都不真诚，很愚蠢，就像法国宫廷中那些穿上丝制衣装和花边扮演牧童和牧女的闲散无聊人士一样。但是，大部分田园诗是质朴的，因为诗人热爱乡村；如果一位诗人给一位好看的英国女孩子起名字叫克洛爱，那么，这个芳名就和“苔丝”或者“安妮”一样芬芳了。

田园诗以四种方式发展。忒奥克里托斯－维吉尔类型的简短牧歌在几个世纪里一直是诗人们喜爱的诗体。伊丽莎白时代，英国文学中布满了“多情的”牧人和“激情的”牧人等等各种各样的牧人。英国的牧歌中，有些是可爱的，自然的；最有名的是斯宾塞的《牧人年历》，十二首，一个月一首，有意模仿古代古典作家，但是充满了英国精神。18世纪，约翰·盖依在《牧人的一星期》中，有意把牧歌英国化，开始描写“我们那诚实勤劳农夫的习俗；他们完全值得英国诗人去描摹，绝对不亚于西西里和阿佳地亚的农夫”。

田园诗的第二种发展是短小对话变成为一出完整的戏剧。在意大利语中，最有名的例子是塔索的《阿明达》。在英语中，最好的例证是本·琼生的《悲哀的牧人》，散发出英国林地的气息；还有约翰·弗莱彻的《忠实的牧人》，是受塔索的《阿明达》之启发而作，在背景、人物和神话方面都是希腊式或者伪希腊式的。我们也不要忘记艾伦·伦塞用低地苏格兰方言写作的《温柔的牧人》，这是一首生动、具有简朴纯真之美的诗。

第三种发展是散文传奇，或者散文与诗歌互相穿插，如意大利作家桑纳萨罗的《阿佳地亚》。以此为据，菲利普·锡德尼写了《阿佳地亚》，其风格华丽多彩，不仅远远超过了乡村农夫的言语，而且超过了除了御用文人之外的任何人。我们所关心的田园式散文其实就是描述乡村人民的传奇故事，如法国乔治·桑和英国托马斯·哈代的传奇式小说。他们很可能没有受惠于忒奥克里托斯的传统，但是他们同属于一个世界，因为他们的羊群和牧人是真实的。

第四种发展和最具高超诗意发展的例证是弥尔顿的《吕西达斯》和雪莱的《阿童尼》。悲悼亡友的诗人把自己和亡友设想成希腊人。在《阿童尼》中，几乎没有涉及田园因素；济慈这位逝世的主角，并没有被直接表现成一个牧人，而是被众人追悼：

> 他热爱并铸造成思想的一切……

而希腊装扮只表现在他的名字上。而在《吕西达斯》中，弥尔顿实现了田园诗的象征手法。他和他的友人金是大学同学。

在同样的山坡上受到抚养
喂过同样的羊群，在泉水、树阴和溪畔徜徉。

给死者任何形式的挽歌都是造作的，尤其造作的是用一个希腊面具来表达对一位英国友人的悲叹。当然，弥尔顿写得不错，而麦修·阿诺德在他的《蒂尔西斯》中把自己表述为博学的希腊学者——他本来就是希腊文化学者。不过，我们不必再举出例证了。我们对于这类诗歌的兴趣已经减退，只注目于过去的重大作品，它肯定不会再进入现代文学。

现存的希腊诗歌，即诗歌的最珍贵书籍之一是《诗选》，其中包含有从公元前6世纪到公元5世纪（或6世纪）的许多作者的短诗。这些诗，短小的颂歌、小田园诗、警句、简短情诗，简洁明了地描述了人类的情感，让我们真切看到了希腊生活的内心——或者这颗心的某些角落，胜过那些伟大的史诗、戏剧和历史记载。

《文选》的选编工作是由诗人墨勒阿革洛斯在公元前1世纪开始的。他汇集了约四十位诗人的诗，包括过去许多伟大的抒情诗作者，称选集为“花环”（在希腊语中，“文选”一词由“花卉”和“采集”二词组成：anthologia）。这一选集很受欢迎，后代的文选编辑者们竞相模仿。在墨洛阿革洛斯之后十个世纪，康斯坦丁·塞法拉斯（他的情况不为人知）制作了一种文选中的文选：拆借以往文选，又加上自己选的作品。这部选集的故事是“书”漫长故事中引人入胜的一章。14 世纪，一位名叫帕卢德斯的僧侣制作了新一版《文选》。他从塞法拉斯版本中删去很多优秀作品，并补充了其他作品，有的良好，有的平庸；这个帕卢德斯选本在很长时间之内都是标准本。后来，塞法拉斯版本失传，被人遗忘；直到 17 世纪初，一个年轻的学生在海德堡大学发现了一个塞法拉斯文选的手抄本。这个手抄本，虽然被从遗忘中挽救出来，却依然遭遇多次险情。三十年战争期间，在德国，容易毁坏的东西都不安全；这部抄本被送到了梵蒂冈。18 世纪末，法国人征服了意大利，大肆抢劫，并把抄本带到了巴黎，学者们争相观瞻。

《诗选》价值再高估也不为过。它保存住了许多或被遗失的诗歌。不仅几千朵花优雅细腻（当然得承认也有人工纸花），作为一个整体的选集涵盖了人的感情和经验。虽然我们对于许多诗人所知甚少，但是选集揭示出希腊诗歌从清晨到黄昏的发展历程。我们是否能在任何一种文学（中国文学应该除外）中找到这样漫长而不间断的、多声部的合唱呢？希腊人，不是单个的希腊人，而是民族，善于表述人类的思想和感情（当然，我指的是人类的基本事实，而不是在希腊崩溃以后生成的细节，即现代文明持有的各种思想）。希腊人是善于表达且言词清晰、坦然开朗的民族。他们能够把一首有毒的双刃剑般的讽刺短诗刺向敌人，高傲地噘起嘴唇，扬起哲人的眉毛，凝视最后的敌或友死亡；死亡是《诗选》的重要主题。

英国诗人已经把许多这样完美的小诗译成精美的英文诗作。我要引用的是卡利马科斯的一首诗；他是公元前 3 世纪的诗人、学者和亚历山大城大图书馆的馆员。译文是由 19 世纪的英国诗人和学者威廉 · 科理译的。

赫拉克里特，他们告诉我你大行归西，
他们送来噩耗，和夺眶而出的泪水，
我哭泣，追忆我们常常在一起
谈心，一直到太阳在西天下垂。

现在你已躺下，我亲爱的老年客人，
一把灰色的灰烬，永久永久地长眠；
你悦耳的声音，你的夜莺，依然清醒：
死亡带走了一切，却不能带走夜莺。

8

希腊戏剧

世上万物奇异又奇妙，
再奇妙也不能和人相比。

——索福克勒斯

可怕的事情发生之时，如战役、谋杀、暴行等，我们称之为悲剧。一本小说或者一出戏结尾“不愉快”，就是悲剧。而英语中的“悲剧”(tragedy 源于希腊语 tragoidia)一词怎会起源于“山羊”这个词的呢？我们觉得，山羊是一种有点可笑的动物。答案是，伟大的诗体文学希腊悲剧起源于一种为纪念丰收神狄奥尼索斯而演出的民间戏剧（或称露天戏）。在节日里的露天演出中，有些演员装扮成半人半羊神。原始的半羊神戏剧由“文学家”诗人发展成为高度精致的戏剧。当然，这种发展是一个缓慢的成长过程，我们不知道是几百年的时间，大概总要比莎士比亚和已知的最早神秘剧之间的时间长吧。

埃斯库罗斯

希腊最伟大的三位悲剧诗人中，第一位是埃斯库罗斯，他有几个剧本作品被完整地保存了下来。在现存的他的七个剧本中，有三个构成一个三部曲，即《俄瑞斯忒斯三部曲》，是唯一保存下来的希腊三部曲。埃斯库罗斯写作了七十个悲剧，在佚失的剧本中，很可能包括了他几部最好的作品。从深度和广度而言，这位伟大的悲剧诗人还从来没有被超越过。他的题材，像大部分希腊戏剧一样，都是宗教的或者神话的，涉及众神惩罚人类犯罪和傲慢之罪的权力。在众神背后，潜伏着阴森的超神，即命运，他是无人可以逃避的。希腊人的生活观包含着一些愉快的因素；而希腊人中最聪明者，如苏格拉底，是微笑着——如果不是极度欣喜——看待事物的。但是，悲剧诗人们的基本哲学是阴沉的，有如《旧约》中那冷面的道德。

在这些最伟大戏剧家的时代，我们不知道希腊舞台设施如何，因为没有留下公元前 5 世纪剧场的任何痕迹。技巧必定是高超的，因为在埃斯库罗斯的《被缚的普罗米修斯》中，海洋仙女歌队飘浮在空中，直到普罗米修斯呼唤她们下来。很可能当时没有我们现在所理解的表演，因为正如我们现在阅读时那样，文本的效果是伴有抒情合唱的叙事朗读的效果，而不是现代剧本中观众直接观看时带引出表演的对话。希腊舞台上只允许出现两个，最多三个主要演员，其朗诵伴有

普罗米修斯

歌队的解释。歌队享有对于众神意志的非个人性质的理解，而众神的意志是君临于遭受苦难而且在暗中摸索的悲剧主角的意志的。歌队和主角用诗的对话对遭遇做出评论。对于我们来说，接近埃斯库罗斯的最好办法是阅读罗伯特·勃朗宁英译的《阿伽门农》和勃朗宁夫人英译的《被缚的普罗米修斯》。英语诗歌的读者当然都知道斯温伯恩优美的《阿塔兰忒在卡吕冬》；关于这一诗剧，麦赫菲教授（没有比他更权威的了）说，它是“在现代对埃斯库罗斯之精神最真实和最深刻的模仿”。

希腊第二位伟大的悲剧诗人是索福克勒斯，比埃斯库罗斯晚一个时代。当时，诗人们都习惯于为得奖而参加比赛；在一次有埃斯库罗斯参加的比赛中，二十八岁的参赛者索福克勒斯得奖。从这一时刻起，他不断获得成功，直到在公元前400年以九十岁高龄逝世。他写了一百多个剧本，存世的只有七个剧本。他选用的题材是传统的，和埃斯库罗斯的题材有关联。希腊戏剧家，像莎士比亚等现代诗人一样，在处理题材上相互竞争，但在情节设计上并不追求独创。索福克勒斯在戏剧效果、快节奏、直接性、悬念和高潮等方面，推进了戏剧艺术。这是对索福克勒斯戏剧魅力的一般评论；他的《俄狄浦斯王》《俄狄浦斯在科罗诺斯》和《安提戈涅》，不断有英语、德语和法语译本和改编本问世。门德尔松为《安提戈涅》谱曲；近年来，理查德·施特劳斯创作了一个歌剧，用了霍夫曼塔尔的诗文，而这一诗文是以索福克勒斯的《埃勒克特拉》为依据的。在英译本中，主要是在杰布的散文译本，或者普兰特尔的诗体译本中，索福克勒斯戏剧中精彩的叙述很吸引人。除了其独特的和谐之外，只有真正听懂并且感受到希腊语特色的人才能说出他戏剧的本色。俄狄浦斯和他母亲伊俄卡斯忒的故事令人不寒而栗，而索福克勒斯以戏剧反讽的方式处置。对于希腊的观众而言，这一手法必定是惊人的。观众是熟悉这个故事的，知道俄狄浦斯的命运；但是，在这个剧本中，他并不知道自己的命运，他在傲慢与盲目中无意识地碰上了它。在文学中，还没有比这更富戏剧性的情景。

欧里庇得斯是希腊第三位伟大的悲剧诗人，比索福克勒斯年轻几岁。在半个世纪时间里，这两位诗人在雅典观众面前互相竞争。潜伏在希腊世界和我们世界背后的、可怕而无形的阴影，即命运。对欧里庇得斯来说，命运对他要比对其他戏剧同行善良一些。在他创作的九十部戏剧中，有十八部保存了下来。在希腊剧作家中，欧里庇得斯是浪漫的（“浪漫”这个词在现代批评中被折磨得死去活来），就是说，他运用了爱情的主题。

对其他的希腊诗人而言，这一主题并不陌生。帕里斯和海伦的私奔不是牵动起一千艘船，导致了特洛伊战争吗？但是，欧里庇得斯使爱情和人类的其他激情成为题材的主导。人比众神更重要，甚

美狄亚

至众神和神话人物也用普通人鲜活的语言。欧里庇得斯了解雅典社会；这个社会已经完备，开始讲哲理，怀疑一切，它不再相信众神；他知道，吸引观众的办法是通过表演抒发人们体会到的普遍情感和在人们血液中滚动、独立于宗教的激情。预言者美狄亚杀死自己的孩子，是为了报复伊阿宋；她还保持着传统神话人物的外在特征，乘一辆有翼的战车飞驰。但是，在她的言辞中，在她的内心里，她是一个受痛苦煎熬的女人，是像麦克白夫人那样真实的女人。

在《希波吕托斯》中，费得尔的自杀是因为继子不报答她的爱情；她这个人物是适合现代情节剧的。《伊菲格涅亚在陶罗人里》和《伊菲格涅亚在奥利斯》的女主角是一个有魅力的人；欧里庇得斯由衷地喜爱这个可爱的姑娘，像后来的任何一位小说家一样。所以，我们很容易能理解，为什么他对法国和德国浪漫古典戏剧产生的影响要比任何一位古典诗人要多。他虽然对人感兴趣，但是他的名作《酒神的伴侣》完全是描写神的：狄俄尼索斯惩罚了反对酒神崇拜的潘泰乌斯国王。这个戏剧十分宏大。不需要很多希腊神话的知识，我们读吉伯特·默雷的译本就会被深深打动。

对狄奥尼索斯的崇拜仍是悲剧的起源，但是，奇怪的是，这也是喜剧的起源。悲剧代表了仪礼的严肃，而喜剧则是其笑闹、狂欢和醉意十足的娱乐。公元前5世纪后半叶，是伟大的雅典滑稽剧作家阿里斯托芬创作的高峰期。古老的雅典喜剧不仅仅是一种娱乐，也是针砭时弊、表达抗议的载体。它所承担的功能，在现代则属于尖锐的社论和政治漫画。想象一下，把下列人士联系起来：E. L. 戈德金，托马斯·纳斯特，W. S. 吉伯特，杜利先生，乔治·艾德，维尔·罗杰斯，亚特扬……这些就是现代社会中类似于雅典喜剧及其天才领袖阿里斯托芬的对等物。上述这些当代地方性人物是符合阿里斯托芬精神的。因为他有地方性，局限于周围的环境。他的戏剧，无论多么机智，都不会让现代观众感兴趣，因为我们不能令笑话长上翅膀；那些笑话是说给雅典人听的，如果没有详细的注解，我们就会不得要领，而注解是要毁掉其兴味的。但是，有几个剧本的幽默理念总体上及于我们。在现存的十一个戏剧中，有两个是抨击雅典政客克利翁及其政治煽动行为的。针对当时的哲学各流派，《云》刻意挖苦讽刺了苏格拉底。《蛙》是对埃斯库罗斯和欧里庇得斯的一场文学批评。还有两个剧本是请求与斯巴达和平相处。在所有这些剧本中，最光辉的是《鸟》，这是对雅典，事实上是对全人类的讽刺；鸟要在云端建造一个城市的构思充满奇想，令人愉快。这个剧本很有诗意，阿里斯托芬既长于嘲笑人类的弱点，又是一位抒情诗人。

悲剧演员

阿里斯托芬没有继承人。显然，别的作家都不敢或者不屑于模仿他。希腊喜剧，新喜剧，离开了地方性的政治讽刺和公众的讽刺。在这方面，他已是明日黄花。喜剧转向习俗、奸计、闹剧和娱乐，以愚蠢的普通人为代价；我们大家都是这样的人。新喜剧的主要剧作家是米南德，他类似于一个遗失的链环，影响很大，但是我们只保存着他一些剧本的片段，而且还是最近三十年发现的。罗马剧作家普芬图斯和泰伦斯从他那里习得了内容、形式和精神；而近代戏剧家莫里哀和莎士比亚又从这些拉丁文剧作家那里受益匪浅。我们不能说，如果米南德和他同时代的喜剧家非莱蒙被扼杀在摇篮里，则莫里哀和莎士比亚就不会成为伟大的滑稽戏剧作家；对历史的假设，都是没有谜底的谜。但是，肯定可以说，这些希腊喜剧作家通过后来的剧作家走近了我们，而且，在某种方式上，还活跃在我们的舞台上。[1]我们已经看到，希腊的悲剧诗人依然活跃在舞台上，他们的作品有时是经过改编，特别是在法国古典剧院和不久之后的德国古典剧院。拉辛和歌德直接选取希腊题材。活力十足、讲求实际的剧作家和深刻的学者本·琼生对希腊悲剧诗人的了解不多，但对拉丁作家塞内加却很熟悉。但是，塞内加理解希腊人。起源是遥远的，像一切谱系一样。但是，无疑存在着一条线，或者链条，把现代戏剧和那些半宗教性的狂欢和礼仪连接了起来。在希腊，这些狂欢和礼仪早在这些伟大的希腊戏剧家诞生之前的千百年就已经存在。

1 在这个讲究时髦短发的时代，我们讨论喜剧这个主题，是提醒我们自己不要忘记米南德的一个喜剧，就算开一个最恰当的玩笑吧。他这个喜剧名称是《把头发剪短的女孩》，但在米南德的喜剧里，剪短头发是愤怒的情人施展的一种惩罚方式。

9

希腊哲学家、演说家散文和其他散文

一切人都自然地受到求知欲的推动。

——亚里士多德

在世界图书馆里，可能有一本内容最为深刻的书，一本优秀的希腊哲学史，其中包含了现代哲学！希腊精神乐于思辨、探索事物原因和人类精神的种种成长。大概像阿里斯托芬那样喜欢笑闹、受过教育的雅典人是唯一不相信形而上学论辩的。大部分有教养的希腊人都吸收、发挥哲学思考，就像呼吸空气一样。能说明这一情况的是，老师传授给学生的大部分哲学教导、智慧都不是在正式的课堂教学中，而是在随意的谈话中发生的。如果说，本章开头处所引用的亚里士多德名句是对人类精神的褒奖的话（我们可能会想到，那些在精神上缺乏好奇心的人无处不在），那么，他这句话是因为他是一个希腊人，是有思考特权的有闲阶级成员之一。

两千年间，人类在思考方面取得了一些进步。柏拉图的天体运行知识不如我们天文馆里最普通的天文学学生；现代物理学不再关心古代人分析物质世界时所划分出的四大元素；心理学研究，对思维的功能与习惯的研究，早已超过最博学的希腊人所隐约设想出的情况；哲学的自然基础已经发生变化并有所发展，且还在加强和丰富。然而，希腊精神在哲学的本质问题上已表现得透彻、深刻；有时候，当我们对柏拉图和亚里士多德进行探究之时，我们觉得，虽然我们知道现代哲学（其大部分还是依赖于希腊人的），我们不但没有取得多少进步，甚至远远赶不上那些热爱智慧的古人们。

柏拉图和亚里士多德总结了他们之前的哲学家的思想，做出了巨大且有独创性的贡献，构成了绝大部分重要哲学的基础。作为旁白，让我这样说吧：哲学是每个人的关注所在，而不是几个训练有素的专家所能垄断的。我们都是哲学家，或愚蠢，或聪明，或以我们自己的方式猜测人类生活和宇宙，或鹦鹉学舌般重复他人的种种猜测。其实，哲学家不过是比我们大部分人都善于深入、系统地进行思考的人。他为我们梳理思想观念，无论我们是否认同。哲学家似乎要用艰深的专业术语把他的思想包裹起来，令我们不得要领，如堕五里雾中；然而，这是因为，生活问题是错综复杂的。整体而言，专业哲学家对我们有帮助，给我们启发，尽管有时候说话绕圈子。在文科中，业余爱好者游戏时最感愉快的科目是哲学。我们都记得，现代思想家中最优秀者之一乔治·桑塔亚那先生曾说过：诗人和小说家所表达的哲学常常比专业哲学家那里的更为清明。

题外话说多了，让我们返回到希腊人那里去吧。在柏拉图之前，曾有两三位思想家萌发出伟大的思想。我们只能点到为止。赫拉克利特设想生命是一种连续不断的发展过程；任何事物都和瞬间之前的事

柏拉图

物不同，也不同于瞬间之后的事物。他认为基本的元素是火，火紧缩为液体和固体，液体和固体再分解为火。恩培多克勒提出了火、气、水、土四大元素的理论，这一思想一直主导着现代之前的物理学。他还有一种进化论和“适者生存”的基本观念。毕达哥拉斯，或者他的名字所代表的流派，推进了两门科学——数学和天文学；各种存在物之间的区别是数的问题。还有，就在昨天，物理学家们发现一种物质有别于另外一种物质是依据构成物质的电子振动率。很可惜，这些富有想象力的古希腊人不能参观一下现代的实验室，看到他们原始的构想被科学实验所证实。

早期希腊哲学业已成熟，讲授哲学被认为是可以获得报酬的职业，教师被称为“智者”。后来，公元前5世纪，与索福克勒斯和欧里庇德斯同时，雅典大街上出现了一位高尚而有独创性的思想家——苏格拉底，一个没有写过任何著作的伟大哲学家。他大部分时间都在和人们谈话，谴责聪明人的狂妄，鼓励青年人去寻找真理。他的风格幽默而讽刺。有时候，他直接做出论断，但一般情况下都是通过提问来得出结论的。他那关于无知的假设不能简单地理解为一种随意的姿态，一种戏剧的姿态。他是严肃的；他相信有一种内在的声音，或可以教导，或是“魔鬼”命令。理解他的人爱戴他，但他激进的思想、谈论国家时的非爱国言语、他让人恼怒的辩论方式以及他对生活常规的漠视，都让他树敌很多。他被起诉，被指控毒害青年和引入新的众神。诉讼当然是不实的，整个审判过程也是政治欺骗。苏格拉底以真正哲学家的姿态接受人民的审判。在最后的日子里，他和朋友们谈论不朽。人类对自己开的苦涩玩笑之一是杀死好人和勇敢的人，苏格拉底很欣赏这个笑话的辛辣讽刺。比较一下苏格拉底的命运和耶稣的命运，不无道理。有一个区别：苏格拉底已经七十岁，过完了一生，说

苏格拉底学园

出了想说的话，而耶稣则还是年轻人的时候就遭劫难。

为了学习苏格拉底的思想，我们必须去读他最优秀弟子柏拉图的书；柏拉图把苏格拉底当作自己思想的代言人。在关于人类智慧的这个故事中，无法断言，也无法区分，柏拉图对话中的哲学有多少属于苏格拉底，有多少属于柏拉图。苏格拉底与柏拉图的伙伴关系概括了希腊的最高智慧。文学形式是令人愉快的；这是有予有取的谈话，提问和回答，生动，富有人性和戏剧性。柏拉图对话约有二十篇，涉及人类思想的方方面面。苏格拉底当然是主要人物，柏拉图把自己最喜爱的思想借他的嘴说出来，而苏格拉底并没有以自己的方式说话。柏拉图以惊人的镇静和公平态度叙述其他人物的见解，因而问题得以全面展现。有些问题没有答案，必定永恒存在于真诚的哲学人士头脑之中。“绝大部分思想的萌芽，甚至是基督的思想，都可以在柏拉图那里找到。”这是本杰明 · 周伊特的见解，他的柏拉图著作英译本是英语经典，他为几篇对话所做的绪论是文学批评杰作。

在这里，我们无法解释柏拉图的思想，即使是肤浅的阐释；但可以提出两个见解。其一是苏格拉底那受人喜爱的观念——美德即知识，罪恶即无知。人因为无知而犯错误。这一见解是对于罪行的精辟解释，直到今天仍广泛流行。这也符合他被处死之前说出的下面几句教导："原谅他们吧，他们不知道自己在干什么。"柏拉图形而上学中的另一个中心思想是，真实的世界是理式，单个物体不过是这个理式的反映。如果你爱一个美貌的人，或者爱一朵美丽的花，那么，你的智慧的最高部分所真正喜爱的是有关美的理式，而不是美这个样本。这是对于柏拉图式爱情学说粗浅且不完备的说明，这个观念被错误地局限于男女之间的友谊。而柏拉图的思想是远比这一点更广阔的，见我们在下文对《会饮》的简介。

对于不太喜欢严密哲学的读者来说，最有吸引力的柏拉图对话是《理想国》《辩护篇》和《会饮》。《理想国》不仅是对于一个理想共同体的叙述，而且也是对人类灵魂、正义本质的分析；在理想国里，国王不是政治家，也不是富人，而是思想家、哲学家，正如在一个完美的人那里，精神远远高于人性。《辩护篇》是对审判苏格拉底及其最后日子优美而动人的叙述。苏格拉底的言谈是他确实说过的话，还是大都出于柏拉图这位艺术家和诗人的杜撰，两者没有什么区别，效果富有戏剧性，而且崇高。光辉的结论是："恶不能及于好人，无论在他生前还是死后"。

总体而言，《会饮》是柏拉图最富魅力的文学成果。主题是爱及其诸方面，参与辩论的是不同的人，当然包括苏格拉底；苏格拉底当然要说出最后且最智慧的话。参与辩论的还有天才的亚西比德，他后来在雅典政治中举足轻重。正是从这里，我们见到了对柏拉图式爱情的准确说明；"柏拉图式爱情"这个词被误解的情况很有趣，在一般语境下被滥用。其本质思想得到直接陈述，所以不太符合对话中细致的发展，这就是：爱情爱美，爱情爱的是理式，而被钟爱的对象仅仅是理式的一个形象或者显示。柏拉图式理想的爱情之诗歌表现可见于莎士比亚的十四行诗；当然，这些十四行诗还包含其他许多内容。在《会饮》中，有智慧和欢愉的因素：有几乎使柏拉图成为戏剧作家的性格刻画，有高超机智投入他最细腻思想中的幽默，还有优美的遣词造句，是真正诗人的文笔。现在的哲学家，无论属于什么流派，大概都会同意，柏拉图代表他们那一行的最高荣誉。

亚里士多德是柏拉图最优秀的学生，塑造了两千年的欧洲哲学进程。直到17世纪，他都是大家耳熟能详的“哲学家”。他的教导赋予基督教官方哲学活力，而基督教会是在他逝世后四百年建立起来的。他的权威后来被僵化，所以近代哲学家如培根，曾起来反对他的权威，并强调独立研究的权利；而这一点正好符合亚里士多德本人的精神，而不符合学者和学究们强加给他的形象。亚里士多德具有自由的精神和奇妙的求知头脑，他本质上是追求科学的，要探究事实。他当然尊重柏拉图，但在一个重大且关键的哲学问题上和他分道扬镳。柏拉图是幻想家、神秘主义者、艺术家、诗人，相信永恒的现实乃是抽象的理式，万物不过是理式的映像；而亚里士多德则更讲求实际，享有脚踏实地的常识，相信万物几乎就是其表象，虽然我们可能理解万物；但是，你，我，石头和木头是实在物质。像人、自然、美这样的概念只在意识里才有真实的存在，意识利用它们来进行分类。

时至今日，亚里士多德和柏拉图世界观之间的基本区别是哲学的基本问题之一。除了超然于上的哲学家外，这个问题是永远也解决不了的，以前也没有得到解决。如果亚里士多德今天还活着，他可能会和实用主义者站在一起，或者站在一位物理科学实验员一边，虽然这样做可能立即遭到不同意实用主义的人的否定。我所听到的关于亚里士多德（或者其他哲学家）最为雄辩的解说，来源于伟大的理想主义者约西亚·罗伊斯。

很巧的是，我们要为"形而上学"(metaphysics) 这个词语而感谢亚里士多德，这是表述基本哲学原理的概括性术语。亚里士多德称这一学科为"第一哲学"，但是他的编辑之一把他论这一学科的论文放置在他论物理学（physics）的文章后面了，所以有了"metaphysics"[1]一语。亚里士多德通晓他那个时代的一切知识，他动手整理智慧世界、第一原理、自然史、伦理学、政治学、文学评论。随着知识不断积累，知识呈现多样化和专业化，任何一位现代哲学家也不会做出同样的尝试，因此，现代哲学家也没有如此巨大的统一性，无论是康德、黑格尔，还是斯宾塞。也许亚里士多德的形而上学被后来的思想家们的著作所取代，而他又没有像柏拉图那样的文学技巧保持思辨常青、吸引文学读者。他的《伦理学》《政治学》和无与伦比的文学评论著作《诗学》，会让没有受过专门哲学熏陶的普通读者充分看到亚里士多德的精神境界。在S．H．布彻的英译本及其相关评论文章中，《诗学》有一种双重的活力。萧伯纳在他的佳妙喜剧《茅妮的第一出戏》中尽情笑话了那些对亚里士多德戏剧观顶礼膜拜的批评家们。但是，经过了数个世纪，包括19世纪光辉的批评思想之后，亚里士多德的《诗学》依然属于必读经典著作；凡是理解这本书的人，在文学判断上，即使在近期的小说方面，也不会出大错。

亚里士多德之后，两个大的思想流派统领了希腊和罗马世界，这就是斯多葛派和伊壁鸠鲁派。这两个流派没有取代柏拉图和亚里士多

1 希腊语词 meta 意为"之后、之中、之上"，依所要求后置词的"格"决定词义。

德；相反，他们从这两位大师那里获得许多智慧。斯多葛哲学和伊壁鸠鲁哲学是讲求实际的哲学，特别适用于世界上有知识的人，而且，这世界也正扩展并且变得能包容。亚里士多德最著名的学生——亚历山大大帝，征服了希腊人感兴趣的每一片土地，在埃及建造了亚历山大城。我们看到，这座城市已成为希腊文化的中心，虽然作为希腊文明心脏的雅典从来没有停止过跳动。在亚历山大的帝国崩溃、强人们的席位西迁罗马之后，被打败的希腊人变成了那些拉丁征服者的老师；罗马人不如希腊人那样倾心于纯粹的思辨，自然而然地就吸收、发展了与日常行为有关的更为实际的哲学。

斯多葛哲学给予我们一个普通的词语。我们说某人有斯多葛精神，意思是指他以镇静和坚毅忍受痛苦。这个概念适用于古代斯多葛派哲学家的精神，但是只显示出他们主体思想的一部分。他们不仅教导勇敢和忍受痛苦，而且还教导压制或者控制愉快的情绪。对于斯多葛派人士来说，聪明的人不允许情感控制自己，是不会感情用事的人。生活的目标是智慧、理智，最崇高的愉快是合乎美德的行为。

两个最有名的斯多葛派人士是奴隶爱比克泰德和崇高的罗马皇帝马可·奥勒利乌斯。爱比克泰德生活在公元1世纪。青年时代，他是一个奴隶，但是后来获得自由，并成为传道者。像苏格拉底一样，他用言谈施教。我们要感谢他的门徒之一保存下来他的思想，即《论坛》。他通过放弃尘世欲求而克服了穷困和健康的问题。他相信，真正的哲学乃是理解自然之道和顺从众神的意志的。他与早期基督教会的赤脚圣徒没有什么差别；在一定程度上，他按照圣保罗的精神教导说，我们都是团体中的成员，如果个人要想完善自我，就必须努力实现所有人的嘉善。但之后很久，希腊罗马的伦理观念和新的、异端的基督教观念实现了调和，发现了两者间的共同之处。（这在思想史上是一个复杂的问题。）而在之后千百年，那些保持了希腊和罗马哲学生命的学者，正是基督教教士和修士。

所以，如果我们发现聪明温和的罗马皇帝马可·奥勒利乌斯对基督徒怀有敌意也不必惊奇，即使今天，即使时间已经过去了很久，这些基督徒所教导的思想仍然相当符合他的思想。不同哲学流派的对立是人间喜剧和人间悲剧的一部分。马可·奥勒利乌斯是一位皇帝；他相信罗马国家的神圣、基督徒令人讨厌，因为他不关心罗马帝国。但是，奇怪的是，在公元1世纪，虽然马可·奥勒利乌斯从爱比克泰德等哲学家那里学习了许多思想，但依然把他们赶出了罗马，因为他们是“自由派”，反对图密善皇帝的专制。马可·奥勒利乌斯不是暴君，他献身于工作的精神有如林肯。那工作是一件艰难而困苦的任务，瘟疫、饥荒和战争更加重了这一任务的难度，而他真心痛恨战争，像我们今天的最彻底的和平主义者和不抵抗主义者一样。在斯多葛哲学那里，他找到了支持和安慰，义务哲学、节俭（在像罗马帝国这样的国家里是不同寻常的美德）、忍让、自治。在《沉思录》里，他又以那个直率的好标题“给自己”定名，这一小本的格言和道德劝告，是为了鼓励、帮助自己努力工作写出的。他的哲学不是对宇宙系统的描写，而是一本个人的书，一种描述。说这本书是一个人“从哲学角度”看待生活，我们都能理解。这位皇帝有些伤感地说：“生活更像是角斗，而不是跳舞。”但是，在结尾处，他引用了老师爱比克泰德的话：“没有人能夺取我们的意志。”这与斯多葛哲学的核心是背离的，没有其思辨内容。但是，我们为什么要把一位罗马皇帝塞进论希腊哲学的一章呢？虽然这位罗马绅士是拉丁人的性格，处理问题和事务也是拉丁式的；但却是用希腊语思考和写作的。后来，西欧国家都用拉丁文思考和写作（能写一定写！）。一个大概的情况就是这样一个事实，即：12—13 世纪有教养的英国人说起话来不像英国人，倒像是法国人。思想的地理界限不是由海关长官决定的。这一观念大概特别适合一位斯多葛主义者，或者是其他希腊哲学家。这位罗马皇帝，马可·奥勒利乌斯说："我们被创造出来，是为了彼此。"而犹太人基督徒——保罗，是说过类似的话的！

在一定的程度上，伊壁鸠鲁和他的拥护者们是斯多葛派的反对派，也是比柏拉图和亚里士多德更为高度发展的哲学反对派。伊壁鸠鲁哲学是慷慨的和富于人性的，不像斯多葛派那样富于清教精神（把"清教精神"这个现代词语注入希腊哲学，我们很可能会受到谴责）。伊壁鸠鲁派具有健全的心理；他们知道人是怎样形成的，人服从于自己的欲望，虽然永远不能达到目的。伊壁鸠鲁派强调"生活、自由和追求幸福的权利"。他们认为，感官是知识的首要来源。基于此，他们的名称，或者这一派哲学的名称，在普通用语中被奇怪地歪曲了："伊壁鸠鲁派"就是贪吃美食的人！对于这位伟大导师来说，没有比这一论调更为错误的了。就我们所知，伊壁鸠鲁的生活是平实的、很有节制的。他教导完成义务、生活简朴以及感官的愉快；他了解人性，脚踏实地，对那些走路时把头插向云团中的哲学家持一定的怀疑态度。对于英语读者来说，这一思想派别的崇高本质，最清晰地表现在英国批评家瓦尔特·佩特的《享乐主义者马里乌斯》。这是一本优美的书。在现代，不仅技术学者，就连艺术家和诗人也让这些伟大的希腊人重新复活并且重新被认识。

许多近代的文学工作者，如斯温伯恩、麦修·阿诺德、瓦尔特·佩特过分推崇希腊人，甚至成为一切希腊事物的崇拜者。与他们一样，我们也常常会这样做。应该批判性地论断，保持其公正，从而见识出时代和民族中最优秀的事物。然而，不过分赞扬希腊人并非易事，因为，除去某些现代科学之外，他们是艺术和科学的奠基人。

在希腊社区，特别是在雅典，达到高度技巧且极具力量的文科艺术之一是演讲术，如果言辞记录在纸上仍然通畅、可读、雄辩，那么，演讲术就是文学了。许多演讲，像歌唱家或者演员的艺术那样，随着发出的声音沉寂、消逝，而精神的或者智慧的声音有时候禁得住时间考验。埃德蒙·伯克似乎并没有给英国议会留下多么深刻的印象，或者他的口才多么有力量。但是，他的发言和演说在英国文学中享有不可动摇的地位。其他的演说家，如格来斯顿，虽然能够吸引狡诈的政客和张嘴呆望的大众的注意力，但是那些话一印成铅字，就平庸无味。还有一些演说家，似乎善于发挥声音的效果，且又有动听的言辞，能够禁得住被印成书本、束之高阁的考验。希腊演说家把演讲术提高到十分完美的程度，因为他们的政治生涯取决于演讲，其重要程度在报纸和《议会纪事》(刊印永远也没有直接念出的报告）流行的今天是无法设想的。雅典伟大的演说家之一吕西阿斯只有哑语，因为他不是合法公民，因而没有资格在法庭发言，所以只好把全部才能用于为他人撰写演说词。也就是说，他是专业演说词作者。有一次例外，他发表演说反击暴君埃拉托斯泰尼斯，这个暴君要为吕西阿斯的兄弟波来马丘斯的死亡负责。

吕西阿斯为他的顾客服务，十分内行，很有尊严；与顾客的关系，就如同精于起草纲要的现代律师之于法律顾问的关系（法律顾问要声音好，有技巧，善于说服法官和陪审团)。与吕西阿斯同时代的伊苏格拉底也是一位代笔，专事写作，而不以公众演说家的面貌出现。他是一位修辞和演说术教师，大概公元前 4 世纪时便负盛名。他以庄重的方式提升了演说的内容，使之脱离了吕西阿斯所注重的普通对象，上升到宏大的主题，似乎是为雄辩而雄辩。但是，他的著作不仅仅是宣告，而是很周到、诚恳地赞扬雅典，向雅典提出了忠告：勇敢抗击波斯，善待其他希腊城邦国家。

最伟大的希腊演说家是狄摩西尼。就是说，他是那个时代至尊的演说家。关于他口才威力的传奇故事被愚蠢的情节所搅乱。例如，说他为了改进发音吐字而把小石子含在嘴里——没有人为练习说话艺术会做出如此愚笨而又碍事的行为。但是，无疑，他的辩才抓住了听众，而保存下来的演说词是最高质量的散文：在清晰的结构上、形象的多样性及音节的响亮程度上，都是如此。他最有名的演说是针对马其顿的菲利普。当时，菲利普正在征服希腊各地，为他儿子亚历山大的帝国打基础。狄摩西尼对菲利普强烈有力的抨击为我们留下了这种演说体——菲利普体演说（书面的和口头的）。狄摩西尼是一位讲求实际的政治家，也是修辞艺术家，他高超的演说保护了雅典不受武器和北方豪杰的损害。他最光辉的演说词是《论王冠》。有人建议，为了表彰他为社会所做的贡献，雅典城应该给狄摩西尼一个金花环或者王冠。而他的政敌和演说对手埃斯基涅斯——为菲利普服务的工具，提出反对。不管此事价值大小与否，狄摩西尼无疑击溃了他的对手，作为一名散文大师留名青史（我们只能猜测言语的效果是何等有效），

狄摩西尼

而他散文的炽热活力，即使在译文中，也没有丧失。

弥尔顿对希腊文化十分倾心，竟把他对古代的知识插入《复乐园》，表现在与故事情节无关的优秀的诗行中——文学学者占据了叙事艺术家的上风：

从此以后学习著名演说家，
这些古人的无比的雄辩
随意铸造了那强劲的民主，
震撼了军需库，席卷了整个的希腊，
直到马其顿和阿塔薛西的宝座。

之后的希腊文学、语言的发展是令人神往的，但是我们只能简略提及。希腊，亦即以雅典为中心的亚提卡希腊，被马其顿和罗马征服过两次。在两次受挫中，被征服者在思想文化上都是征服者：雅典及其邻近小省统治了思想世界。在古典拉丁文的整个时期，有教养的罗马人理所当然都说希腊语，写希腊语。后来大约在公元 4 世纪，由于罗马的政治权威和罗马教会的精神力量，拉丁文在有教养人士当中成为主导语言，而希腊语则消失，达千年之久，直到学艺光辉再生，即文艺复兴时期才重获新生。

在之后的希腊作家中，有一位天才。他伟大，是由于他自己的创作；更由于他对现代作家们的影响而更伟大。这就是讽刺作家卢奇安，一个独特、诙谐的人。他是一位深刻的幽默家，是他那个时代的斯威夫特、伏尔泰、马克·吐温。他生活在公元 2 世纪。时过境迁，但他给我们留下了许多著作，并已经被译成英语。这些作品像希腊文学中的其他作品一样令人愉快，清新可读。《真实的故事》讲述了登月旅行、太阳人与月亮人之间的战斗，是一部想象奇幻的作品，预示了拉伯雷、斯威夫特和儒勒·凡尔纳。很可能斯威夫特的《格列佛游记》从卢奇安那里学习了一两点技巧，但是，当然，斯威夫特确实是个天才。无疑，卢奇安生活在怀疑论中。他不相信任何事物，虽然他十分敬重柏拉图和苏格拉底。他的讽刺锋芒直指传说中的众神和所有的哲学家，如果早生几百年，他可能也会有与苏格拉底一样的遭遇。在《亚历山大》中，他猛烈抨击一个提出神谕的骗子；这神谕在希腊和罗马世界很有名气。对卢奇安来说，所有宗教都是迷信，哲学——或者其大部分，这些都是强词夺理的文字游戏。但是，无论卢奇安的信仰如何，他是想象力丰富的大艺术家。能通畅阅读（或者声称能够阅读）希腊语的人，对他风格魅力极力称扬。他的思想魅力、智慧以及其广博的知识，即使在译文中，也完全及于我们。

随着希腊文学的衰落、诗歌消亡，作为希腊精神最高贶赠的希腊哲学的活力，也变成了诡辩派、学校职业教师们有气无力的老生常谈；这些人对世界上的思想毫无贡献。

然而，在希腊衰落时期，依然有两种思想现象具有文学意义和精神意义。一是小说，二是希腊思想和基督教的融合。希腊小说，或者说传奇，成就不算很大；享有真正天才的人都不太看重它；诗歌耗散成为散文。然而，它的重要性大于它的价值。它对罗马文学和中世纪文学有过一些影响，而且很可能演变成了探险故事体裁，这一体裁一直沿用到昨天出版的小说。最有趣的例证，是朗戈斯在公元 2 世纪写的《达夫尼斯和赫洛亚》。其他的希腊传奇主要靠令人兴奋的情节吸引读者。《达夫尼斯和赫洛亚》中情感的描写使其更接近近代小说。两个弃儿被牧人养育，他俩之间纯真的友情渐渐发展成为激情，给他们后来的际遇增添了一缕“保尔和薇吉妮”[1]的感伤色彩。

希腊思想与基督教的融合十分重要，其中许多对教会产生过影响的哲学家，在精神和语言上都是希腊人。基督教基本上是希伯来的，而它的主要宣讲者保罗则称自己是希腊的希伯来人。后来，随着罗马的胜利，拉丁文变成了教会的正式语言。但是，在这之前的几百年里，正如我们在《圣经》的希腊文本中所见，即使希腊思想不是基督教的主导思想，希腊语在其中仍占有主导地位。保罗一定是阅读希腊语的《圣经》长大的，并用希腊语宣教，因为希腊语是文化人所理解的语言。执意把希腊思想注入基督教思想的一位重要的希腊学者是奥里金，他是宣教者，也是《圣经》的编辑人。与其说他从事的是文学，不如说是宗教史。公元 4 世纪的亚大纳西和巴西勒与此类似。只有不再是古希腊强大的政治和精神力量时，基督教文学才成熟繁荣起来。但是，我们不要忘记，这股力量，原来一直占统治地位，时间达一千多年，虽然不是特别重要，但希腊文化的复兴是近五百年最重要的文学事实。经过一千年的活跃时期，又经过一千年近乎被遗忘的时期，希腊过去是，现在依然是，世界智慧的中心。我们没有必要阅读希腊原文（能做到这一点的人很少），但是有必要，或者说最好，从后来的文明和语言中得到某些最优秀的希腊思想。希腊人有许多弱点，但在有文字记载的历史中，没有任何一个民族有如此的能力，用一切可能的办法，用文字或者大理石，来表现这个世界的恐怖和美丽，表现外在的世界，和我们这些住在小小宇宙角落里的人类的幽默与情感。

1　法国作家贝尔纳丹·德·圣皮埃尔的小说。

10

罗马历史与史学家

我来了，我看到了，我取得胜利。

——尤利乌斯·恺撒

文人永远不是，不常常是能办事的人。纪事作者、生活描述者，常常是怯懦的人，不能领导一支部队，或者在辩论中面对一群政客。在文学和生活中也是如此，没有例外。但有时候，有的人却能武又能文。两个具有双重天才的人士是拿破仑和尤利乌斯·恺撒。恺撒创造历史，又书写历史。他的《高卢战记》和《内战记》(恺撒与庞培之间）是条理清晰、简明且忠实的记述。

因其内容和风格的简明，《高卢战记》被当作拉丁文教学的基础教科书。可以说，这本书比任何一本拉丁文书籍的读者都要多（姑且把学校的繁难语法解释为阅读吧)。我们中间有很多人从少年时代就讨厌这门课，正如我们讨厌要求我们多加分析、解析一些英语名著那样。但如果是成熟的读者去阅读恺撒的著作，原著也好，好的译著也好，都会发现他的《高卢战记》极为有趣，节奏快，充满活力。《高卢战记》向我们介绍了罗马北方诸省（这些行省现在已经是伟大的现代国家），而《内战记》则是理解罗马内部事务不可缺少的文件。

恺撒的写作目的是在罗马人面前为自己辩护，但作为一名艺术家

尤利乌斯·恺撒

和政治家，他理解节制的价值，所以在说明自己的个案时不说空话，或者夸大其词，而且对事件的评述没有严重失实。他的声望很高，流传极广，他的姓氏被当作皇帝的代称[1]，不仅在古罗马，即使在近代德国和俄国也是如此。他死于布鲁图斯等自由派或者嫉妒心强的爱国者之手，这是伟大的人类史中最具讽刺意味的事例（比拿破仑的生平更具戏剧性）。对于英语读者来说，他事业的悲剧和他性格的力量在莎士比亚的剧本中表现得最好。恺撒令现代史学家们着迷，而史学家们的论述又令一般读者入迷。最有说服力的叙述见于德国人西奥多·莫姆森的《罗马史》和更晚一些的意大利人古列尔莫·费雷罗写的《罗马的伟大与衰落》。两本书都有英语译本。

恺撒的著作是个人回忆录，是比他自身更伟大的冒险事件的记录。有一个类似的现代事例，即格兰特将军的《回忆录》。在今天，历数 1914—1918 年参加世界大战的众多将军、海军上将和外交家所撰写的自传、回忆录、辩护词和答辩书已不可能。

第一位伟大且客观的罗马史学家是与恺撒同时代的萨卢斯特，他是恺撒的拥护者。他事业有成，因为充任罗马－努米狄亚的非洲行省省长而致富。公元前 44 年恺撒死后，萨卢斯特退休回到自己的豪宅，过起绅士和学者的生活。他是一位优秀的史学家，雇佣秘书帮他研究和对比文献；他是一位艺术家，对风格极为敏感，还具有戏剧性叙事的才能。他留存下来的两部完整著作是《喀提林密谋的故事》（也是西塞罗著名演说的主题）和《罗马人与努米狄亚国王朱古塔之间的战争史》。恺撒和萨卢斯特的书仅仅是漫长的罗马帝国史的插曲，而罗马帝国仅仅是人类生活故事的插曲。恺撒的历史片段让我们

1 俄语中“沙皇”一词中“沙”是“恺撒”音译转化。

看到了罗马向北方的扩张；萨卢斯特的历史片段让我们看到了罗马跨过地中海向南方扩张的生动场面。

在恺撒、西塞罗和萨卢斯特之后的时间里，我们跨过界线，进入基督教时代。罗马帝国就是世界，一个事实上的帝国、形式上的帝国。杰出的皇帝统治着罗马，其中第一位就是奥古斯都。那个文学时代叫作奥古斯都时代，正如英国把莎士比亚所处的时代叫作伊丽莎白时代一样。奥古斯都时代首要的历史学家和最伟大的拉丁散文大师是李维。他试图讲出从罗马建城至他那个时代的罗马故事，著作标题可以说类似于“从罗马城奠基以来的历史丛书”。这是一项宏大的任务，他几乎全部完成了。现代历史学家们几乎一致认为，他存世的四分之一著作足以使他在最伟大的编年史学家当中占有一席之地。他创作了罗马的散文史诗，一如维吉尔创作了诗体史诗；其风格有丰富的诗歌色彩。

公元前的罗马史基本上是李维构建的，或者参照早期历史学家著作重新构建的。像史学家和哲学家们常见的态度那样，他对自己所处的时代感到悲观，他的爱国主义表现形式是回顾过去，既无限敬佩，又深感惋惜。在近期的著作者中，我们也见到相同的态度。例如他们认为，自从文艺复兴时期以来，或者从美国宪法制定以来，人类没什么好运。这不是一种批判的态度，但它却促进了说服力和戏剧意味的产生；一个不以自己民族和国家历史为荣的历史学家不是真正的历史学家。而李维却是天生的历史学家，他具有广阔的视野，凭着刻苦学习获得广博的知识，吸收了他之前不太著名的拉丁史学家的长处，并且超过了他们，这些都为他以后成为罗马史学家打下了良好的基础。不仅专业的学者，就是普通的历史涉猎者也会读他的书，而他的书甚至在低价的版本中也能找到可读的译本。

公元1世纪后半期、公元2世纪初，第三位伟大的拉丁历史学家是塔西佗。凭借他的《日耳曼志》，我们才能了解生活在两千年前的条顿族祖先。像恺撒一样，塔西佗十分尊重那些在文明的罗马人眼中的野蛮民族。实际上，罗马人得以统治世界的一个原因是，虽然他们残酷地掠夺其他民族，但从整体上看，他们对其他种族和民族抱有一种大度且富含哲理的理解态度。此外，塔西佗高度评价了日耳曼部落的种种美德，他们的简朴和诚实，为罗马社会表现了一种道德，因为罗马社会是极端奢侈浪费的。对于英语读者来说，他为他岳父——罗马驻不列颠总督写作的歌颂式传记特别有趣。他撰写了当代的历史，虽只剩下些许片段，但却让我们了解了早期的皇帝们。他们有好有坏——坏的居多。他的天才在于刻画人物的能力，用语简明而有力。他是一位严格的道德论者，在列举皇帝们的罪恶时毫不留情。但是，像绝大多数高尚的罗马人一样，他信任帝国和罗马人性格中的美德。他说："我相信，历史的最高功能就是让有价值的事物得以记载并留存。"像大多数古代历史学家一样，塔西佗的精神是道德论的，爱国主义的，艺术的；此外，这一精神，无论好坏，并没有从现代历史学家的著作中消失，包括那些坚持公平的研究文献以及坚持批判性探寻事实的史学家。

对于现代读者来说，罗马史并不在那些拉丁文编年史中，而在于当代历史学家的著作中。这些学者在研究拉丁文资料的基础上，摘录精华，以自己的方式，用我们的语言复述了历史。英国伟大的罗马历史学家爱德华·吉本的《罗马帝国衰亡史》是一部英国文学杰作。后继的学者们对他的著作进行了纠正，原因是吉本著作发表后的1775—1800年间又有新的文献被发现。吉本知道他那个时代所可能知道的关于罗马的一切，他把所有这些知识整合成一个坚实的整体，以致评论学者评价他是“研究罗马兴衰史最伟大的历史学家”。吉本亲近罗马精神，虽然现代学者也能办到，但是他的方法更为细腻，因为他早年的教育是用英文和法文完成的。他的第一部著作是用法文写的，据说他的英语在风格上有法文的痕迹。不管怎么样，他都是英语散文名家之一。他是一个异教徒，是生活在图书馆里的隐士，然而，他是颇具世界眼光的人，视野不局限于英国，蔑视像牛津大学这样神圣的英国学府。他对待基督教的方式是非基督徒的，亦即他那异教徒的、罗马人式的态度在人们中间引起很大争议；这些人从小到大都相信罗马皇帝们的主要乐趣就是用基督徒制造殉教者。如果说，他是有先见和偏见的话——其实人人都有——那么，这些先见和偏见在新版《罗马帝国衰亡史》中的注释和绪论里都得到了纠正；新版《罗马帝国衰亡史》是最具创见的历史学家——剑桥大学的 J．B．贝雷校订的。吉本的史书始于公元 2 世纪。想要获得罗马通史全貌的人最好阅读美国学者谭尼 · 弗朗克教授的《罗马史》。

11

拉丁史诗

啊，谦恭的曼图亚精神，你的荣誉依然存在于世界。
而且将会永存。

——但丁

罗马作家们的艺术雄心和爱国豪情是创造出与希腊文学一样伟大的文学。在戏剧上，罗马没有超越希腊；但在诗歌方面，优秀的拉丁诗人维吉尔却创造出一个可以与希腊相媲美的成就。他不仅把早先拉丁诗人们的作品推向完美，而且在几百年之内还被称为欧洲诗人，正如亚里士多德被称为欧洲哲学家那样。尽管拉丁语曾借用并吸收了希腊语，但走过中世纪的欧洲古典文化属于拉丁文化而再非昔日的希腊文化。无论过去，还是现在，维吉尔都是罗马最响亮的声音。奇怪的是，基督教世界把他塑造成圣徒、先知和魔术师，迷信传说的主体；而13世纪的但丁则选择他作为父亲和向导。尽管被歪曲，甚至19世纪初还曾遭到无见识的批评，但他的伟大声名不会因此蒙尘。所有的文学家、诗人和批评家都视他为最伟大的拉丁文作家，是世界上五六个最重要的诗人之一。

在维吉尔之前一百多年，诗人恩尼乌斯创作了长篇叙事诗《编年纪》。存世的几百行残缺片段表现出强烈的戏剧性和诗的力量，像是一部民族史诗。但是，民族精神还没有巩固下来，更重要的是，民族语言还没有发展到最高的程度。恩尼乌斯把六音步诗用于拉丁文；到维吉尔时，六音步诗日臻完美。丁尼生评价说，六音步诗是“人的双唇所能朗读出来的最庄严典雅的格律”。

维吉尔的第一部重要的作品是《牧歌》，是传说的田园诗，描写乡村生活。《牧歌》模仿忒奥克里托斯的希腊语，但充满了维吉尔对大自然，对所生活的意大利北部农地的热爱。仅凭《牧歌》一部作品，足以使维吉尔成为古代意大利和新意大利的民族诗人之一（即使作为民众口头语言的拉丁文已经死亡）。因为意大利的风景和意大利的春天没有变化，而且，没有诗人能像维吉尔那样有敏锐的感觉。他的人情、同感和魅力给有些造作并已过时的牧人和众神带来了生命，弥补了早期诗歌的不成熟之处。真正的诗人，即使在青少年时期的作品中也会崭露头角。关于《牧歌》，有一个奇异而迷信的故事，表面上是荒谬的，但在文学史上很重要，因为它隐约道出了基督徒对维吉尔的尊敬。故事语焉不详，说一个小孩将会出生，并且给大地带来和平；这个故事被解释为对基督的预言。在人们没有批判能力的时代，有价值的作品常被忽视或者销毁。幸运的是，维吉尔的声誉虽受到损害，但声望犹存。

《牧歌》虽然在有些方面表现很好，但它只不过是件经过加工的习作，是《农事诗》的练笔罢了。《农事诗》是纯真的自然诗，“一首歌颂农牧林业的诗作”。维吉尔之所以颂扬乡村生活，很可能是由

维吉尔

于其富有的保护人梅塞纳斯想要开展一场“回到农田去”的运动。无论如何，这个题材正是使维吉尔的天才得以发挥的天地，比在《伊尼德》里更为游刃有余，更为自然。他热爱乡村，像他的希腊先师赫西俄德那样，爱得深厚；此外，他很熟悉乡村生活。两千年后的今天，他描写的场景依然那么清新，夜莺依然在歌唱，像济慈的夜莺一样可爱。

在一定的程度上，《伊尼德》体现了一种爱国情怀。长诗的真正主角不是一个普通人，即忠实的伊尼亚斯，而是永恒的罗马城。早期的诗人们确认了一个没有事实依据的传说，即：来自特洛伊城的没落英雄们流浪至此，并建立了罗马城。维吉尔把这一观念当作创作题材的架构，因为伊尼亚斯离开特洛伊后必定经历了长途跋涉才到达拉丁姆这块地方，路上遭遇了很多，像《奥德赛》一样有趣；在“武器与人”的背后，有常见的众神在天上的计谋，还有引导主角、个人和伟大的罗马城走向更高目的的命运。在我们的时代，诗歌仅仅是一种让人愉悦的艺术品，所以我们几乎不能理解罗马人对《伊尼德》的感受。它表达了罗马国家全部的理想所在。主题以及超凡绝伦的拉丁文表达使《伊尼德》统领了之后的拉丁文文学。

维吉尔生前并不知道他的写作有多么伟大。长诗是在他去世之后发表的。传说，他对自己的这部作品并不满意（每一位认真而细心的艺术家都熟悉这种感觉），想要把它销毁，他的朋友挽救了作品，这也是奥古斯都皇帝的命令。因为皇帝是长诗最终的个人英雄，是一大段赞颂辞的主体，所以他有特殊的理由保存这部他最杰出的臣民的作品。如果维吉尔还健在，他的地位会仅次于这位皇帝的。因而，他的陵墓变成了一座宗教性的祠堂。他的盛誉无人能及。

如果我们不懂拉丁文，就无缘欣赏拉丁文诗歌的韵律，那就让我们读读《伊尼德》最平易的译本吧——约翰·科宁顿忠实的散文译本。我们能读到什么呢？首先读到的是一个故事，而欣赏这个故事，不必非得是罗马人或者学者。故事中可称败笔的部分是战斗的场面——虽败犹荣！维吉尔必须描写这些战役，因为涉及他对争斗和征服中的罗马的叙事。但是，他的温和不适合描述战役；他几乎感受不到荷马在战斗中体会到的那种强烈兴奋愉快。维吉尔比荷马更具哲理和人情（我们无意提出“谁是更伟大的诗人”这样愚蠢的问题，因为一切伟大的事物自有其伟大之处，不可加以比较）。在诗歌引论中，他的主旨是人们在建造罗马过程中表现出来的努力、勇气和艰辛。

在歌颂罗马荣耀和伟大的过程中，维吉尔感受到了“情景哀戚”。这种“哀戚”忧虑至极，源自罗马。他是十足的浪漫派，是传奇故事作者。当时的罗马人还没有创作过类似今天看到的小说作品（可能佩特罗尼乌斯是一个例外，稍后我们再谈他），而他们对传奇之感受，主要来源于那些表现在戏剧和诗歌之中的爱情故事，他们喜爱这些故事并从中得到满足。在传奇文学方面，维吉尔的贡献是《狄多的故事》。这是个伟大的故事，在描写伊尼亚斯的英雄事迹时，穿插了其与狄多的爱情故事；对于狄多而言，这个故事也是她最后的悲剧。人性就是如此，人性是一切文学、小说或者神话史诗的基础。

拉丁文学主导了后来的欧洲文学，因为维吉尔是拉丁文学中影响巨大的天才，所以他也是英语诗歌中一股巨大的力量（在那几乎已成为过去的、英国诗人理所当然阅读拉丁文作品的时代），他吸引了许多有才之士去翻译他的作品。德莱顿的译文是一部英语经典，正如查普曼的英译荷马或者蒲柏的译本那样。19 世纪，威廉·莫里斯令人惊异地在早餐之前写出一百行诗，在午餐前又设计出一幅壁毯；他拿出了一本有神韵的译本，句子很长，有些像查普曼的荷马。如果麦修·阿诺德写一篇《论翻译维吉尔》，就像他论荷马的文章那样，他大概是要猛击莫理斯等译者一掌。我很喜欢散文译本，即科宁顿和J.W.麦凯尔的译本。麦凯尔通晓拉丁文，有如第二母语，而他的英文文笔又极好。科宁顿的引论文章不仅评议了以往的维吉尔的译本，而且对于翻译诗歌这一复杂问题提出了新的见解。

诗人也是人吧；但如果“他们有灵感”这句话有道理的话，那么，狄多关于伊尼亚斯的话也许是适用于他们的创造者：“我相信，在他的血管里流淌着众神的血液。”

12

拉丁文诗体戏剧，诗体哲学和抒情诗

这个妖怪用什么死法吓唬人呢？

——卢克莱修

罗马思想对希腊的依赖，表现在各种体裁的文学中，在戏剧中表现尤甚。几乎一半以上的拉丁戏剧都是从希腊戏剧翻译而来的。在拉丁文本中，场景和人物至少在名称上都还是希腊的。这情况就好像是，在纽约上演的戏剧都来自法国，保存着法国人原有的姓名和巴黎场景，却又加上几个标准的美国人和美国笑话。戏剧家，甚至那些极富天才的戏剧家常常都是最好笑的文学窃贼。莫里哀和莎士比亚与其同时代人都从古代人那里借用，而现代国家的戏剧家则互相剽窃，有时承认，有时不承认。我们很难说出，希腊或罗马的滑稽戏剧作家在他们同胞眼里到底有多可笑，有多忠实于生活。幽默，尤其是具有地方色彩的幽默，是一种易损的商品。我以为，现代读者，甚至是对古典作品最为内行的学者，也很难理解两位最杰出拉丁喜剧作家普芬图斯和泰伦斯的笑闹，更不会笑得前仰后合。普芬图斯生活在公元前 2 世纪，他向我们说明了这本概要性质的书想要提示的几个原理之一，亦即文学的连续性，即小人物和大天才都是一代一代传承思想这一事实。普芬图斯从希腊喜剧那里获得许多理念，尤其是米南德。米南德的作品大都已散佚，但通过普芬图斯的作品，我们仍能约略看到米南德戏剧的概貌。后世的戏剧家，无论是法国的，还是意大利的和英国的，都会借鉴普芬图斯的故事架构，因此，普芬图斯在戏剧史上的地位不可小觑。他存世的剧本大约有二十部，其中《孪生兄弟》特别有趣。莎士比亚的《错误的喜剧》便取材于此。

泰伦斯继承了普芬图斯的风格，写作更为完美，更为接近希腊人，但却是过度的模仿——这是艺术的大忌。他在《自责者》中有一句名言：

> 我是一个人：人的一切对我都不陌生。

罗马人在戏剧文学上没有取得更大的成就，我们也不知道原因何在（正是文学上的不解之谜才让我们研究时感到快乐和有所收益）；如果他们模仿希腊戏剧时，也模仿其他的希腊文学，并表现出真正独创性的才能。也许因为罗马人过分关注角斗士的格斗等表演，才未能培育出更好的舞台——就像垒球和电影虽然被摧毁了，却也威胁着我们的剧院一样。还有一个尚待解决的问题，为什么像塞内加悲剧那样的二三流作品，会受到现代诗人的高度喜爱。这些作品，虽然是伟人或者堪称伟人的人写出的，却是枯燥乏味的。与莎士比亚同时代的本 · 琼生是最有学问的，他在为莎士比亚剧本第一个对开本选集作序时，认为塞内加可以和埃斯库罗斯、欧里庇得斯相提并论。这不过是个笑话——对此，我们必须谨慎对待。而莎士比亚则肯定是在开玩笑，他在《哈姆雷特》中让伤感的老糊涂告诫演员们："塞内加再沉重也不过分，普芬图斯再轻逸也不过分。"塞内加是一个不太高明的戏剧家，但他却是重要的斯多葛派哲学家。他需要所有大胆的哲理。他是尼禄——荒谬绝伦的皇帝的老师；在尼禄庇护下，他有钱有势，但最终还是被赐死的命运。

在希腊人的调教下，罗马精神极富哲理。在罗马人那里，哲学和拉丁诗歌结合，形成了卢克莱修精神孕育出的《物性论》。诗是优秀的，就其探索生活本质的深度而言，几乎是预言性的。哲学思想一般都以散文为自然的载体，虽然许多早期希腊哲学著作是诗体。卢克莱修是少数成功把哲学融入诗句的诗人之一；那不仅仅是韵文，而且是真正的诗歌——具有伟大诗歌的魔力。在现代力学出现之前很久很久，他就预示了原子能和人从神秘起源的进化。幸运的是，我们有他留存的诗作；这些诗作是最为宏伟、最为雄辩的拉丁文诗篇，仅次于维吉尔。我们有美国诗人和学者威廉·埃勒里·利奥纳德上乘的英文译本。卢克莱修总结了伊壁鸠鲁的哲学，并加上了自己的认识与视野。走近卢克莱修，认为古代哲学枯燥、陈腐的读者会发现，他的著作异常生动，若想进一步走近希腊和罗马思想的精髓，现代哲学家乔治·桑塔亚纳的《三位哲学诗人》为我们指明了途径。

奴隶

卡图卢斯是与卢克莱修同时代的人。他是一位光辉的青年诗人(逝世时候年仅三十岁，是那个时代的济慈或者雪莱)，对“物性”不感兴趣，只注重自己的个性和感情、爱情、友谊和憎恨。他崇拜、虐待他的情人淑女莱斯比亚，并使之不朽。在他身上，情感和艺术结合起来。他的热忱是真挚的、强烈的、抒情的，是人的呼喊，但受到了诗句巧妙的控制。

在想到卡图卢斯的时候，我们很可能认为他像是伊丽莎白时代的人，写锡德尼或者莎士比亚式的十四行诗，或者类似晚些时候的彭斯的充满活力的抒情诗，或者像雪莱那样充满活力和更为可爱的抒情诗。他之后的拉丁诗读者，罗马人和现代人，感受到了他诗篇中的锐利、可爱、自然的完美和技巧的完美。如果你问，像丁尼生和斯温伯恩这样的诗人，谁是拉丁诗人第一，他们大概会先考虑声望，并说是维吉尔，但在心里却说：是卡图卢斯。

卡图卢斯之后，仍是公元前那个灿烂的世纪，出现了贺拉斯。在所有拉丁诗人中，贺拉斯最诙谐，拥有的读者最多，其作品最常被人引用和重译。贺拉斯没有卡图卢斯那样的激情（真实的和文学上的)，他很清醒、镇静、机智，内里很严肃，但又不乏讥讽之意，在遣词造句和格律方面十分认真。接受生活现状、心态平和地生活，就是他的哲学。因此，天下的人都喜欢他便不足为奇了。18 世纪，英国议会有教养却玩世不恭的大人先生们经常用他的词句来装点自己的演说。严肃的政治家格莱斯顿和写轻快诗行的巧手尤金·菲尔德（及其写新闻的门徒）是贺拉斯的仰慕者和翻译者。我们可以读一读某位不知名的现代诗人翻译的诗歌，是贺拉斯为他的保护人梅塞纳斯写的一段颂歌。从中，我们可体会到他的精神：

信心十足，又摆脱了忧愁，
他说："我又把今天享受！"
明天无论是晴天还是下雨，
没有人能够巧夺过去。
有实力者会变得衰朽，
好运的游戏总是未卜，
很少见同样的事重复，
她的辛劳翻云覆雨
有时援助，有时发出打击。

贺拉斯远远不仅是一位作诗的文人，他还是一位文雅绅士，他喜欢和保护人一起饮酒畅谈。他是一位深刻、严肃的诗人，表达着讽刺、反思、悲怆等等情感。但是，对于这一切，他驾轻就熟，他的风格简洁、富有节奏感且想象力丰富。在弥尔顿翻译的精美颂歌《致佩拉》中，英语读者可以见出其最优雅的情怀。贺拉斯既是诗歌大师，又是诗歌理论大师。他的《诗艺》，一封简短随意的书信，对现代文学产生了巨大的影响：在意大利，诗人维达模仿他；在法国，诗人和批评家布瓦洛学习他；在英国，以蒲柏为首的诗人又在模仿布瓦洛的过程中进行创作。也许，因为19世纪席卷欧洲的浪漫主义运动更具扩张性，更少受约束的理想，所以蒲柏著名的《批评论》才失去了一度享有的权威，甚至连影响文坛两千年的贺拉斯精神也备受冲击。但是，无论趣味和诗歌理论发生了什么变化，我们都只能在贺拉斯那里找到对忠实于艺术的理想的最好表达。作为艺术家，贺拉斯的为人一样伟大。通过他的诗句闪现出来的人格魅力，令人愉快，极具尊严却又不失幽默。他的力量、见地、平和、智慧，在掌握最终准确的文句写作上，都有长足的进步。拉丁文抒情诗没有随着贺拉斯逝去而消亡，而是又繁荣了几百年。然而，没有任何诗人能达到贺拉斯那样的多样性和活力。

但与贺拉斯同时，稍微晚一些——正值公元前后——出现了一群有趣的诗人，即哀歌派诗人。在谈到希腊哀歌派的时候，我曾简单说过，这个词语本来和诗的内容无关，只涉及诗体。诗体问题不在我们的讨论范围，虽然这是一个有趣的论题，但篇幅有限，我们无法展开讨论，还有文学技巧等问题也是如此。但是，我要引用柯尔律治言简意赅的哀歌双行诗：

在六音步诗行中喷泉银柱升起，
在五音步诗行中音调又跌落转回。

吹牛大王

"哀歌"渐渐具有了我们赋予它的意义，即哀悼亡友并歌颂其美德（丁尼生的《纪念》是我们所感受到的"哀歌"）。哀歌作者把死亡作为主题，但并非都是如此。第一位，也是最老的一位诗人——加卢斯，在学习希腊诗体方面很有贡献，他不写死亡，而是写爱情。他的成功引发出时尚，一段时间里，哀歌诗人在数量上超过其他任何文人。最伟大的哀歌诗人有三位，即普罗佩提乌斯、提布卢斯和奥维德。

普罗佩提乌斯是一位早熟的诗人，

二十岁时便透彻地学习了希腊典范，成为一位有独创性的诗人（几年之后，他不幸逝世）。爱情是他诗歌的主题，他的辛齐娅成为诗歌中最有名的女主角之一。正如麦凯尔指出的那样，这位多情的诗人本身就是19世纪浪漫主义诗歌、小说中为大家所熟悉的人物，多愁善感、顾影自怜，又有些神经质的大男孩。英语文学学者也许有兴趣看看诗人格雷模仿普罗佩提乌斯的诗作。

看来，普罗佩提乌斯拥有青年人的某些缺点和神性的活力。罗马人在评判标准上变得越来越像希腊人，所以对于他的缺点啧有烦言。他的缺点似乎是急躁；我们无法下断语，因为现存的抄本残缺不全。要求严格的罗马人喜爱另一位青年哀歌诗人提布卢斯。他的诗句清新细腻，与他轻柔的思想非常契合。他连普罗佩提乌斯的一半力量都不及，而力量仅仅是抒情诗的一个因素。提布卢斯也是一个热恋中的青年，常常为女友的无情而落泪。那是真情之泪，但心如铁石的黛丽娅看上去就像诗人现实中的情人一样。有一条总则（也少不了例外）能够指导我们阅读大部分的情诗。其实，诗人并不是在赞扬塞莉娅，或者辛齐娅，或者朱丽娅，或者珍妮，虽然他可能与鲜活、现实中的女人有过悲剧性或滑稽的情感体验。他是在赞赏爱的激情，表述他想象中的女人或者女神。马丽、梅宝和杰茵可能存在过，莎士比亚十四行诗后面可能有一位黑肤女郎。但是，真正的马丽、梅宝、黑肤女郎是在诗人的想象之中。

哀歌诗人中最受欢迎，当然也是现代最出名的奥维德。他写道："提布卢斯是加卢斯的继承人，普罗佩提乌斯是提布卢斯的继承人；从时间上看，我是第四个。"

他是个贵族，是围绕皇帝的宫廷高层人士之一，后来不知因为什么皇帝把他逐出了罗马。人们猜测，皇帝惩罚他是因为他写了《爱的

食客

艺术》，但可疑的是，这种有趣且令人愉快的诗（虽然不是主日学校文库的一本藏书）有无可能震动了那个玩世不恭且精神成熟的世界；而奥维特正是产生它和解释它的人。《爱的艺术》是一本诚实的书，表达直接而精彩；但它缺乏情调，浪漫不够，因此对于性格懦弱、天真无邪者不太会有吸引力。专业文人一向喜欢奥维德的诚实、活泼和想象力。他的想象力在《变形记》中发挥得最好。在这部书中，他把许多希腊和希腊－罗马神话搜集在一起。对于现代诗人、文艺复兴时期的意大利人、莎士比亚及其同时代人以及18—19世纪的英国诗人而言，这是一部汇集古代传说的重大史料典籍。他如果能预见到自己死后的重大影响，他在流放时也许就不会那么痛苦了。也许奥维德没有写出一鸣惊人的名句，但我似乎没有找到比他更好的拉丁文著作者了。他是天生的说书人，一位拥有超常能力的诗人。作为整体，他的作品对于现代国家的文学产生过不可估量的影响，甚至连维吉尔也不及他的影响。从马洛到德莱顿，甚至是后继者，英国诗人都深受奥维德的影响。这种影响不仅是因为他把古代传说故事讲述得十分清晰（其他诗人使这些故事普及），而且也因为他在《爱的艺术》中探讨过十分敏感的题目——不是以道德论者的面目，而是以一位诗人、学者和绅士的态度讨论的。

在奥古斯都时代（我们省去准确的时间，就大约设定在公元纪年开始的时期吧），拉丁文诗歌开始走向平庸，接着又从平庸走向末流。但是，这个过程不是连续发生的，也不是合乎逻辑的。文学不是按照工程师或者地图绘制人在图纸上画出的曲线发展的。作为文学素材的生活也是如此。拉丁文诗歌衰落了，但这一过程，就像帝国的衰落一样，持续了几个世纪，其间也不乏虽不伟大却很真挚的诗人。在公元1世纪的诗人中间，有塞内加的侄子卢卡努斯。他是一位优秀的青年演说家，其著作《内战记》是诗体纪事，在当时和中世纪都拥有很多的读者。由于他对高乃依的影响，他对法国古典诗歌也产生了持久的影响。马洛的《内战记》(第一卷）英文译本非常出色，英国读者对它很是推崇。在这个世纪里，一个重要的人物是斯塔提乌斯，一位多产的史诗诗人。许多人认为，他比维吉尔更优秀，他的《泰拜战记》得到英国诗人蒲柏和格雷的高度评价。之后，他们翻译了几段——这几段虽很优雅，但显得缺乏神性的激情。

公元1世纪白银时代，出现了两位的诗人——讽刺诗人马尔提阿利斯和尤维纳利斯。就其性格而言，他们与以往诗歌的继承人不同，他们是优秀的大师。罗马精神习惯于讽刺的情调，而且还发明了传达这种情调的诗歌类型。贺拉斯给讽刺诗带来了一种细腻的文学品格，变得雅致而轻柔。但是，讽刺只是他天才的一个方面。他讽刺马尔提阿利斯和尤维纳利斯，尤其讽刺尤维纳利斯时，出手很重。当时，腐败和丑事给他们提供了许多素材。所有的时代和地方都能给讽刺作家提供丰富的素材，但是，讽刺是一种十分珍贵的艺术，并非一切诗人都能驾驭。英国人很擅长这种艺术。伊丽莎白时期和詹姆斯时期，诗人把这一艺术融入锐利的大砍刀。德莱顿表现更为细腻，蒲柏则将其变为一把有弹性的长剑。所有这种英国讽刺诗直接或间接地受惠于罗马人，从尤维纳利斯那里得益更多。

马尔提阿利斯的《警句诗集》所收诗歌虽然良莠不齐，却有一种稳定的优点：诗作描述的是他亲眼所见的罗马生活。粗俗弊病不但被观察到，而且被忠实地记录了下来。虽然其形式有时候略显粗糙，但表达严谨且极富表现力。从他那个时代起，警句就有了天才的印记。与马尔提阿利斯相比，尤维纳利斯性格更为冷峻。就其无情的现实主义、对虚伪和造作的痛恨以及对暴政和自以为是的优越感的痛恨而言，他更像是一位老牌讽刺家。谈到他的作品时，他说："愤怒成诗。"他的粗糙（或者他人所指出的粗糙）直接表现为生活的粗糙；举起镜子，诚实人不必为这种粗糙负责。在词语的运用上，在提示并且把具体形象提高到二三级的讽喻形象的能力方面，尤维纳利斯首屈一指。德莱顿翻译了尤维纳利斯的五首讽刺诗，他的助手们翻译了剩余的作品。琼生博士的两首模仿诗作大概是忠实于尤维纳利斯精神的；因为琼生是一位大学者，生来不是写诗的人。

我们不能伴随拉丁文诗歌走入中世纪的幽暗。我们可以从拉丁诗选中看到拉丁文诗在优雅中衰落了。它不像希腊诗选那样是本国诗人自然加工积累而成，而是由一位现代学者编辑的。诗作来源于以往的选集，或者来源于恩尼乌斯到11世纪诗人的作品。选本中最可爱的一首诗是《维纳斯守夜》，是歌唱母亲维纳斯的春日祭歌，作者不详，作品写作日期只是推测。我们只知道，这样的节日表达了罗马人想象力较为细腻的一面，这种想象力借用于希腊人，而作者是一位真正的歌手。这是一个美妙的曲调，用以向罗马诗人告别。拉丁文诗歌消亡了，而拉丁文散文比较活跃，之后又存在了数百年。

13

拉丁文散文

凡卑劣者，皆不合宜。即使认定所得物有益，
也不合用。

——西塞罗

公元前1世纪前半期，西塞罗著书立说；在当时，甚至在之后的几百年中，他都是拉丁文散文的领导者。他是政治家、历史学家、演说家、哲学家、批评家、道德论者、律师。不仅如此，他还为他之后的六个世纪（或更久）写出了标准的拉丁文散文。在他以后，优秀的拉丁文都是西塞罗式的。当然，中世纪教职人员和哲学家的拉丁文和优雅的古罗马人的风格相差很远。据我所知，文学里，除了西塞罗之外还没有什么人的风格能影响到每一个尝试使用他的语言获取艺术效果的作家。他被罗马政治的残酷奸计所谋杀，头被砍下。马可－安东尼的妻子用一根束发针刺穿了他的舌头。但是，这个舌头继续演说千百年。

西塞罗

西塞罗演说时，引经据典，出口成章，所以他是我们了解他之前的文学知识的源泉。例如，恩尼乌斯最好的文段得以保存下来，就是因为有西塞罗，因为他将那段富有诗意的话语引用到他的演说中。他的哲学是学院派的，但伦理学上却明显倾向于斯多葛派。他是高度的道德论者，所以许多基督教著作者，如圣哲罗姆和圣奥古斯丁，都接受他。此外，对于贯穿了18世纪的许多英国作家来说，他是文辞雄辩和雅致的楷模，这且不说我们身上有多少受到西塞罗的影响。有的人反对他，说他没有深刻的创见，是派生的，有剽窃之嫌，不过是舞文弄墨罢了。确实，他许多关于政治和法律问题的言论都是应景之作，没有生气，比不了那些去年在议会大厅里引发响亮回声的大演说。在我们当中，有谁研读过反对卡提利那的著名演说后却不对密谋者和演说家感到厌倦的？然而，如果说西塞罗擅长辞令，那么，他的作品还很有技巧；归根结底，辞令就是文学，无论辞令背后的冲动是浅薄还是深刻。他是伟大的书信作者，他著名的信札不仅读起来令人愉悦，而且还提供了他那个时代珍贵而私密的细节。这些书信为青年普林尼提供了直接的书信灵感，而普林尼的书信又是关于生活与自然的十分珍贵的短小文章。在 18 世纪，书信写作是一种艺术，而在一定程度上，用英语写作的最佳作家乃是西塞罗的门徒。

西塞罗虽然颇有影响，但在他之后，拉丁文散文被认为开始衰落。不过，在这古代经典的末期，还有几道彩光。佩特罗尼乌斯的《萨蒂里卡》十分有趣，且对罗马生活的描写很重要；因为作者是尼禄皇帝的朋友。在保存下来的片段中，我们可以见出拉丁文学中类似现代小说的唯一一部作品。它表现的是一个社会，或者说其中可笑却忠实的画面是社会的缩影。那个社会是放荡粗俗的，这幅图画也完全不能给人教益。这部作品近期的一个英文译本，引起谨慎道德家们的不安。但是，拉丁文学和英国文学权威——牛津大学教授麦凯尔公正地把佩特罗尼乌斯、莎士比亚与菲尔丁做了比较。让我们再一次强调，这本文学概述所依据的原则，亦即“任何有思想的人都可以阅读白纸上印出的东西，且不会因此遭到丝毫的道德损害”[1]，没有思想又无幽默感之人士是安全的，他们大概都不读文学作品，或者读了也不懂。

佩特罗尼乌斯的作品近似于习俗小说，亦即日常生活小说，在我们的时代称之为现实主义。一个世纪以后，出现了阿普列尤斯的《金

1　或可意译：读书无禁区，有识者无损。

驴记》，其中包含了丘比特与普绪喀的故事，一个非常优美的传奇。如果这个故事被用于学校的教科书，而不是用于伟大的恺撒、西塞罗和令人极为厌倦的家伙内波斯的沉重作品的话，我们大家就会更喜欢拉丁文学了。然而，我们必须依赖拉丁文学对现代作家的影响而形成的间接的知识。丘比特与普绪喀的故事，我们见于威廉·莫里斯的《人间天堂》，而《金驴记》是《堂吉诃德》《吉尔·布拉斯》和《十日谈》故事的来源。

阿普列尤斯欢快而奇想的创作是沉闷河流上的一个光明之岛。因为拉丁文变成了烦琐哲学家和教会人士的官方语言，尽管这些人中不乏天才，但他们的思想是论说性的、宗教性的，哲学的，而不是艺术的。

有很多作者在史学、哲学、宗教方面都是重要人物，但他们不是语言艺术家；有很多作者不守规则、胡乱写，不关心旧世界何去何从，却是天生的艺术家，有神奇的语言天赋。有个人，虽然不是伟大的艺术家，但在确立拉丁文在古典文学中的贡献有如西塞罗，他就是昆提利安，一位批评家和修辞学家。他论演说术的著作让我们了解了拉丁文学，其中的知识超过任何一个罗马人写的任何一部著作。他是唯一成功的教师——积二十年实践经验后撰写了一部教育论著。当时，大学里没有教授职称标识其教职职位，但当时又是一个竞争的时代，所以昆提利安纯粹是凭借自身的学术造诣保持了在那一行业的领先地位。在精神上，他类似于亚里士多德，虽然两者不能等量齐观。让我们清醒地理解这一点：在绝大多数的思想领域里，拉丁精神都远不如希腊。这样的比较令人十分厌恶，类似的概括性言论也是令人生疑，我们应该谨慎。

昆提利安所培育起来的西塞罗式传统的一个产物是小普林尼的书

信。小普林尼是塔西佗的朋友，也是其忠实的拥护者，是图拉真皇帝得意的官员。他的叔父老普林尼是一位杰出的博物学家、活动家，为他提供了一切教育机会与社会地位，但也把他变成了呆气的腐儒。他的书信之所以重要，是因为它谈及那个时代的社会和政治生活。但是从文学观点看，其价值远非一流。

在基督教会征服罗马的同时，罗马以其语言征服了教会。直到今天，拉丁文都是天主教会的语言。而且，在许多语言发展的时候，拉丁文仍然是智慧的母语，是有教养的人应知应会的第一要务。

拉丁文保存了下来，因为罗马是一个世界，因为罗马已经是基督教国家。一千多年间，学术著作、教会和世俗的著作，都是用拉丁文写成的。虽然基督教的拉丁文可能失去了古典拉丁文的某些优雅，但在古老罗马终结之后还是有名作问世。举几个著名的实例：奥古斯丁在 4—5 世纪写的《忏悔录》和《上帝之城》；大约同时的还有哲罗姆的通俗拉丁文本《圣经》；13 世纪有圣托马斯 · 阿奎那的哲学和神学著作——这思想是深刻之士撰写的记录，变成了罗马教会的标准哲学。学问没有被局限于修士和传教士。世俗哲学家斯宾诺莎用拉丁文写作，也是理所当然的事。

在今天，即使文化素养极高的学者也可能“解释”不了西塞罗或者维吉尔的一个句子。作为学习古代经典的文字，希腊文和拉丁文正在衰落。但是，无论如何，拉丁文是渗入我们血液的。因为它已经融入现代欧洲语言之中，如罗曼斯诸语言：法语、意大利语、西班牙语，还有我们又说又写的宏伟、折中的贼话。法语是现代拉丁文，保存了古代语言的形式和神韵。在一定程度上，英语在形态上是日耳曼语，其中有一部分词汇来源于日耳曼语，但也有很丰富的一部分来源于拉丁文。一个耳熟能详的劝告：使用“简短有力的盎格罗 - 撒克逊词语”，是十足荒谬的。英语语言的大部分词根（涉及人和动物的躯体活动等）是盎格罗－撒克逊语，但在我们论及人类各种关系，亦即文明生活之时，词汇就必定变成拉丁文。我们“行走、启程、停步、呼吸、睡觉、醒来、谈话、活着和死去”，这些词在英语里都是盎格罗－撒克逊语词根；但是，“前进、撤退、接近、退休、鼓励、鼓舞、商议，讨论、比较、否决、争论、毁灭、生存”，更不必说商业，贸易、金融、政务、外交以及各种职业的词汇了——全都是拉丁文词汇。没有拉丁文语源的词汇，就和肩膀上方没有脑袋一样。的确，没学过拉丁文的作者们使用英语很有效，甚至很优美。但是，同样真实的是，绝大部分伟大的现代作家至少都对古代经典只有小学生的水平，仅对希腊和拉丁文语义有一丁点儿了解，对词语词根意义有一点了解。无疑，古时对古典著作的课堂讲习是枯燥而无益的，也曾有许多毫无想象力的书呆子会熟读拉丁文诗句，但是他们从来就没有学会有条理地思考问题、熟练地用母语写作。但是，那些想要把仅存的拉丁文从学校里清洗出去、让普通中小学生无法学习的人士，不是在为教育做贡献。麦考利说，一个真正的学者是靠近火炉暖着双脚阅读柏拉图的人。这里形容的不仅是学者，还有阅读欣赏的文学爱好者；并非自我修身的严肃任务，而愉悦，才是阅读的真正动机。无论麦考利的理想学者是否存在，他的理论依然有广大的受众。他们都在聆听英译本古代经典的言说。让我们不要把拉丁文说成是死的语言；它双重的不朽品格，寓于现代语言中，又寓于永不磨灭的崇高的自身。罗马依然是一座永恒的城。

PART Ⅱ
THE MIDDLE AGE

第二部
中 世 纪

14

日耳曼人、凯尔特人及其传奇故事的因缘

最有趣或者最重要的革命就是欧洲各国民族的语言逐渐推开古代语言并且取而代之，因而现在即使学者也不考虑使用拉丁文写作。

——詹姆斯·哈维·罗宾孙

一直到近代，永恒之城的语言、文学和宗教统治了欧洲大部分地区。中世纪时，以“德国”为基本构成的恺撒帝国被称为神圣的罗马帝国。按伏尔泰智慧但不太准确的说法，这个国家既不神圣，也不是“罗马”，更不是帝国。罗马的教皇，作为世界教会的首脑，发挥着协调、凝聚的作用。他不仅主导着许多欧洲国家和公国的精神生活，而且还影响着世俗生活；伟大且强有力的人——教皇格列高利七世希尔德布兰德至少是最高的君主，他统治着欧洲各国的国王。

因此，在我们称之为中世纪（或者黑暗世纪）的漫长时间里，罗马对欧洲仍有影响。中世纪又指的是什么？在史书中，这个时期指5

世纪中期到 15 世纪中期，大约经历了 1000 年。文艺复兴时期，人们重新发现了古典人本主义者。他们在激情之中觉得，他们在精神上和希腊人、罗马人同在，而在他们和古代世界之间的一切都是“中间”，大部分是“黑暗的”。但是，他们不是冷静的历史学家，他们不理解他们之前刚刚过去的几个世纪，而他们在“中世纪”这个词里注入的蔑视含义依然在发挥作用，只能暴露出世间对欧洲文明故事的深广误解。

在那十个世纪中，黑暗的潮流，一定意义上也的确在那个时期存在过，但也曾散发出伟大的光辉。那光辉从来没有消失，虽然曾经微弱，但一直都在闪烁。中世纪的活力、喜悦、艺术热情战胜了愚昧、迷信、持续的战乱和恶劣的物质环境。此外，我们还应该牢记，人类的思想、人类的生活，并不曾因此中断，而是一个不断发展的过程，或变得更好，或变得更坏。5 世纪，日耳曼人奥多瓦克尔驱逐了最后的一位罗马皇帝，成为意大利的统治者。这一时期，人类精神进步没有停滞，或者发生突然的变化。我们不知道文艺复兴时期开始照亮地平线的钟点。历史不能泾渭分明地划出确切的时段，所有的时段划分都是模糊的、不明晰的：4 世纪进入 5 世纪、15 世纪进入 16 世纪。我们应该牢记，涉及种族、语言、地理的人类活动和思想也是界限不清的；在欧洲，没有哪个民族、哪个国家或者行省是独立于邻居而以个体形式发展的。

中世纪最高的艺术天才不是表现在文学（这是我们专门研究的对象）之中，而是表现在建筑和与之相关的艺术中。哥特式大教堂即使没有矮化现代人，也是在斥责现代人，因为现代人对他们的中世纪祖先抱着降尊纡贵的态度。从艺术的角度看，中世纪文学中最丰富的是诗歌：史诗、传奇和抒情诗。对于历史、哲学、神学来说，散文的重要性不可估量。但是，我们的中世纪祖先唱歌，用不同的诗体书写故事，甚至将叙事著作也写成诗体。一直到13世纪，德国人都认为散文不是艺术的载体。在英国，直到乔叟之后才有优秀的散文，而口语经过很长时间才发展成为书面语。

以种族和语言划分，中世纪文学主要可分为有日耳曼（包括斯堪的纳维亚和英国）文学、凯尔特文学、法国文学、西班牙文学、意大利文学。这些文学互相借鉴，想准确叙述它们之间的依存关系就要求我们进行长期的比较文学研究。应该注意到这样一个十分重要的事实：在“黑暗”世纪，小国家间频繁交战，和平的进程极为缓慢，但各种思想依然在欧洲往返流动，在偏僻角落中发源的小溪也汇聚成大河。很多时候，我们不知道故事中哪种形式起源最早，或者是最古老的；于是，我们便随意拿任一欧洲文学体裁来接近中世纪文学这硕大的躯体。

先谈一下所有这些体裁的共同特点。绝大部分的传奇、史诗、传说、歌谣都在描述骑士们战斗中的业绩以及爱情上的成功；分成小组或者纪事，围绕某个真实的（或者杜撰的）国王，如亚历山大大帝、恺撒，或者查理曼，或者亚瑟。故事情节相似且重复，包括遭遇凶龙、拯救落难淑女、保护纯真、惩罚恶行。神话的内容是异教和基督教的混合。传奇的理想骑士是基督徒，是有血有肉的骑士；他们为自己的主公战斗，参加前往圣地的十字军东征。当时的社会法则和伦理法规就是骑士精神（这一精神在一定程度上是存在的）和一种诗意的梦想。骑士精神的理想和实践一直繁荣延续到文艺复兴时期，其特例是法国人巴雅尔（一位大无畏且无可指摘的优秀骑士）和英国人菲利普·锡德尼。在某些故事里，有些经历十分“高妙”，塞万提斯在《堂吉诃德》中以永恒的笑声讽刺了这些做法。西班牙传奇，如流行很广的《阿马迪期·德·高尔》(在写作上是西班牙风格，但其起源大概是法国的)，十分夸张。其实，我们在为其荒诞不经而发笑时，读读塞万提斯即可。

中世纪传奇的拉丁渊源是支离破碎的古典传奇译本。只有少数教士和学者知道古代经典，他们的知识是不完备的。如果荷马和维吉尔在世，定会大惑不解，因为一大组故事围绕着伊尼亚斯和狄多等等（“特洛伊素材”）成长起来。我们看到，奥维德会说故事，又是爱情艺术家，他成为高雅的宫廷式恋爱的权威，而这样的情爱正是老爷、太太们休闲解闷的消遣。亚历山大大帝成了一个半神和封建的君王，而最崇敬他的希腊人大概是不认同的。

凯尔特人对中世纪传奇的贡献有两个。首先，有些著名的诗体和散文体故事，富有诗意，是爱尔兰、苏格兰、威尔士诸文学的组成。这些故事对后来的大陆浪漫主义文学，而不是对早期的文学，产生了一些影响；英语读者是通过现代英语译本得知这些故事的，如麦克菲森假托的高地苏格兰的《我相作品集》，盖斯特夫人威尔士语的《马比诺吉安》，还有凯尔特复兴运动领袖们更为近期的著作。千百年来，凯尔特文学中大量的诗歌和传奇被拒于欧洲之外。

凯尔特人早期的另一个贡献是“布列塔尼主题”，即许多法国传奇的源泉，主要是亚瑟王的故事。法国西北部的布列塔尼省就在海峡对面；而英国海岸的一部分，康瓦尔和威尔士，依然是凯尔特人的；在那更久远的时代，那里完全属于凯尔特人。撒克逊人入侵之后，原有的不列颠人穿越海峡来到法国，在习俗和语言上变成了法国人。但是，他们保存了凯尔特人远远早于文字记载的许多故事。下列两种情况之一必定出现过（二者的区别几近于无）：或者是法国北方的凯尔特人把这些故事告诉了法国作家；或者是留在英国的凯尔特人把故事告诉了诺曼人的英语作者，之后他们又把故事带到法国。无论情况如何，与亚瑟之名相关的一组故事，就其最初的文学形式而言，是法国的。我们不知道亚瑟这个国王是真实存在，还是仅为传奇人物。如果他是真实的历史人物，那他就是一位凯尔特人的国王，是英国人的敌人。他之所以被描写成征战远至罗马的伟大征服者，是由于亚历山大和查理曼传奇对于亚瑟王传奇的影响。

亚瑟王及其圆桌骑士的故事越过海峡，以法语，或者译自法语的译文返回英国。在英语中，13 世纪的一部韵文纪事中最早提及亚瑟。这部纪事即莱雅蒙的《布鲁特》，其依据是泽西的诺曼诗人瓦斯的法语韵文纪事；而瓦斯的纪事来源于蒙毛思的杰弗里的一部拉丁文纪事，纪事旨在完成一部不列颠的历史。如果说莱雅蒙的想象多于事实，那对文学来说更好。在纪事中，我们不仅看到了亚瑟和术士墨林，而且还能看到莎士比亚《李尔王》的情节萌芽。

在《亚瑟之死》中，我们愉快地看到：在法语中经历多种变迁之后，亚瑟的故事进入英国文学同样也经历了很多插曲，并成为一种风格。《亚瑟之死》是托马斯 · 马洛礼在 15 世纪后半期依照法文各种传奇编写的。几部英语诗体传奇都描写了大骑士，如朗斯洛、朗法尔，或者加万等人。但是，马洛礼的作品是为英语读者写的关于亚瑟的故事，是一些现代英国诗人尝试过的许多变体写作的依据和灵感。现代英语诗歌中，最受欢迎的亚瑟王故事之一是丁尼生的《国王叙事诗》。丁尼生把亚瑟描写成一位具有十足英国气质的国王，不戴头盔，戴丝帽，因而缺少古老故事中凯尔特人的神韵。尽管近期批评界有低估丁尼生的倾向，尽管比丁尼生饮用了更多中世纪之水的斯温伯恩一再反对，但《国王叙事诗》中仍有许多精彩段落，仍是英国诗歌中的杰作。

以亚瑟之名有很多故事，有的互相重复，有的来源于原本与亚瑟没有关系的传奇。故事主要涉及他本人、他与圭尼维尔的婚姻、圭尼维尔对朗塞洛的爱情、王室的衰败和亚瑟死于歹毒的摩德瑞德之手等。

圣杯的故事是第二个最有诗意的故事，是一个糅合基督教传说与另类故事的有趣例子。在最早的形式中，所谓的另类故事很可能与基督教没有接触，甚至有一些是早于基督教时代的。圣杯是保存基督血液的容器；是完美的象征，只有基督那样的纯洁骑士才能得到允许仰望。朗塞洛的品德有污点，所以看不到。据不同版本记载，成功的主角有加万、加拉哈德和波塞瓦尔。法文版本和德文版本中，波塞瓦尔

帕齐法尔

是一位纯粹的骑士；在瓦格纳歌剧中，他是帕齐法尔。

与亚瑟传奇相联系的第三个伟大的故事是特里斯坦与绮瑟的故事，其本身是一个完整且独立的故事。从故事的性质和背景看，这个故事显然是凯尔特人的，因为绮瑟是一位爱尔兰公主，而派特里斯坦接她到宫中来的马克国王是康瓦尔的国王。这个故事是中世纪传奇中最为流行的一部，在欧洲各地都十分有名。法文读者会发现，约瑟夫·贝狄埃在《特里斯坦与绮瑟》中十分精妙地复述了故事。斯温伯恩的《里昂尼丝的特里斯坦》文句照人，节奏如歌。在瓦格纳的歌剧中，故事词句被配上了最为美丽动听的乐曲。

在民间传说中，朗塞洛的对手是骑士英雄加万；他虽然与亚瑟有关，但他自己就是另一个传奇的主角，是在更早的故事中，比亚瑟更为重要。毫无疑问，英语故事中最优秀者之一肯定是凯尔特人（也许是威尔士人）。此外，我们还知道法文原著《加万与绿衣骑士》。这是个生动的故事，比悠闲的中世纪步调要快，是早期英语头韵诗的优秀范例。

但是，不能认为所有的英国文学在题材和精神上都受益于凯尔特人和法国人。因为，它身上明显表现出日耳曼的特征，这源于其撒克逊的出身。与凯尔特人和邻居法国人相比，英国人和撒克逊人的想象力较差，因此学艺上也落后于他们。作为文字，他们的语言经历了艰苦的斗争，为的是要在一个学者说拉丁语、绅士说法语的世界中生存下去。它生存了下来，但是，英语诗的节拍、脉搏、重音、语调、韵味至今仍然是日耳曼的，虽然古代诗的诗律与现代英语诗律相当不同。盎格罗－撒克逊语作为一个独立的语言消失了，我们觉得它是一种外语，和它的亲族语荷兰语、德语一样。它的文学留给了我们，虽不丰富，但是值得牢记。

盎格罗－撒克逊诗歌中最长、保存最好的例子是《贝奥武甫》。这是一个英雄故事，比史诗规模小得多；素材也是一样，都见于各国传说中的几百个骑士奇遇故事。它的完成时间肯定是在5世纪，即1000年之前，亨吉斯特与霍萨领导日耳曼人入侵不列颠之后，这一时期曾经产生了现存最老的抄本（在大英博物馆）。语言虽然是盎格罗－撒克逊语，主角和场面却是斯堪的纳维亚和德国的。这表明它可能与大陆有渊源。在被记载下来以前，《贝奥武甫》也许是一个描述伟大时期的口头故事，其中的一些插曲好似冰岛萨迦的《强人格雷蒂尔》(下文我们简述冰岛文学会提到)。贝奥武甫当然是一个强壮的武士。他去保卫一位邻国的国王，因为一个可怕的妖魔侵袭了他的宫殿。贝奥武甫杀死了妖魔和妖魔的母亲，后来又杀死了一条龙，龙喷出的火和毒牙导致了他的死亡。故事中有很好的童话故事，大概是现存欧洲文学中类似故事的最古老的范本。《贝奥武甫》不是杰作，但其内在的价值是纯正的。几个现代英语的译本中，威廉·莫里斯的译本是其中之一，他一向喜爱古代和中世纪的作品；而最优秀的译本之一是由美国诗人、学者威廉·埃勒里·列奥纳德完成的。

还有其他盎格罗－撒克逊语的诗，如《维西思》和《狄奥尔》，对于文学史学者是重要的，因为这些作品属于盎格罗－撒克逊文学的范围，虽然这一文学的大部分都已经佚失。《水手》是一首短诗，很美，是现存英国海洋诗中的第一首；因为有了约翰·麦斯菲尔德，这条线索保留了下来。

凯德蒙和基涅武甫是两位宗教诗人，我们不太知道他们写了什么、生活在何时。但是，凯德蒙显然在8世纪以诗体改写了《创世记》和《出埃及记》。有人说，弥尔顿熟悉凯德蒙改写的《创世记》中的一段。讲讲凯德蒙的有关故事很必要，因为他为我们呈现了那个时代的一些色彩和情感，并介绍了那位崇高的老撒克逊人——令人尊敬的比德。比德属于英国文学，仅仅因为阿尔弗雷德国王翻译了他的《教会史》。这个故事讲述的是：凯德蒙，一名修道院的听差，不得不离开一个欢会，因为他不会唱歌，也不会演奏传递过来的竖琴。睡梦中，一个陌生人命令他歌唱造物的始端，于是他没有听到过的诗句来到他嘴边。

基涅武甫肯定是组诗《基督》中三首圣诗的作者，因为他用离合体诗句把他的名字写入诗歌。他还很可能是四篇圣徒传的作者，这些传记的片段具有相当大的戏剧、叙事的力量。诗歌一向是宗教的女仆。在宗教诗悠久的传统中，基涅武甫在艺术和精神上都享有很高的地位，而歌者从他那里，从他的信仰中汲取了真正的诗歌灵感（最虔诚的宗教诗人一向是这样的）。

诗人首先把我们的母语用于写作，又给予它以文学的形式，也许是因为诗歌比散文更适宜于崇高的题材；也许与抒发感情的语言相比，充满说理性语言的散文发展得相对迟缓。然而，数量可观的盎格罗－撒克逊语散文确实存在过，其中最有趣的是阿尔弗雷德大帝的作品。9 世纪最后的三十年，阿尔弗雷德大帝实行仁政治国，不仅从律法，而且努力在学艺和哲学上教化臣民。他翻译了晚期罗马哲学家波伊提乌的著作，可能还参加了《编年史》的写作。《编年史》是盎格罗－撒克逊语最重要的散文文献，是从 8 世纪中期到 9 世纪中期英国的大部分史料的来源，对历史和文学而言，是珍贵的文献，目前已经被译成现代英语。

作为一种语言，盎格罗－撒克逊语（“英吉利语”）在诺曼人征服后便衰落了，但并没有因此而彻底消失；又过了一百多年，中期英语才形成。12—14 世纪这一时期，散文依然处于落后。所谓文学，就是诗歌，是诗体传奇和其他更为具地域性质的英语作品，而不是来自凯尔特和法国源头的诗。我们应该记住并阅读两篇性质不同的作品——《珍珠》《丹麦人哈夫洛克》。《珍珠》描写了一个少女的死亡，十分动人和优美；《丹麦人哈夫洛克》，从标题可以看出，根源是斯堪的纳维亚的。中期英语不断发展，虽然依然有些古旧，但我们可以轻易辨别出其为我们的语言的时候，意大利文艺复兴到来了；而此时的英国，正是黎明，以迎接乔叟那空前优美的诗歌。

现在，让我们越过英吉利海峡，去看它伟大的邻国法国、西班牙和日耳曼诸国。

15

中世纪法国文学

在这里可以看到崇高的骑士风度：礼仪、人情、友谊、勇气、情爱以及怯懦、谋杀、憎恨、美德和罪恶。向优良者看齐，抛弃邪恶。

——凯克斯顿（摘自马洛礼《亚瑟之死》序）

如同在地理和政治上，中世纪的法国在语言和文学上沿着法国中部偏南一条东西走向的线展开。与地理范围一样，法国南部文学要比北方小。北方的文学居先，而南方的语言和文学已经衰落，今天只存在于一组诗人的作品中。这些诗人保护和培育普罗旺斯文化，表现了他们对家乡的热爱。现代普罗旺斯诗人中最有名的是弗雷德里克·米斯特拉尔。在中世纪，这种南方文学，普罗旺斯文学，曾高度繁荣；12—14 世纪，在这片阳光充足的土地西南，生活着他们的西班牙人邻居，东南部生活着意大利人邻居，曾经享有欧洲最绚丽和迷人的文明。

这些诗人被称作抒情诗人。“抒情”一词在法语中源自“发现”

或“找到”。这些抒情诗人在其伟大的艺术活动时期并不是吟游诗人，并没有穿着大歌剧中的服装、弹着吉他，而是绅士、骑士、贵族，甚至是国王，他们创作出优雅的诗歌和音乐。抒情诗人的称号令人向往，却很难得；只有证实自己是有作曲天才的人才能入选；但也有民主的性质，即社会地位低下的人也能赢得这一令人渴望的称号。有些贵族自己不是诗人，但保护支持诗与歌的艺术。他们邀请抒情诗人住在其深宅大院，并且还招待来做客的其他名门的诗人。除了抒情诗人，当时社会上还有职业艺人，他们不擅长写诗，但演唱歌曲和朗诵歌谣、传奇的技巧很好。

抒情诗人的诗是爱情抒情诗。许多存世的诗歌简洁而动人，接近民间传唱的歌曲，有些经过深度打磨，十分完美。诗人们竞相创造新的诗歌形式，革新了原有的旧形式。抒情诗人也创作和保存了较长篇的叙事诗，至今仍在欧洲广泛传播的伟大的传奇故事，很大程度上归功于他们。我们可以说出一百多个普罗旺斯抒情诗人的名字，也能说出一些传记的内容。这一艺术的昌盛依赖于封建宫廷昌盛的程度。13世纪，南方的贵族们因战争而衰落，抒情诗人的诗歌也因之衰落，仅仅在西班牙北部和意大利还保存着一些抒情诗歌。

与此相较，法国北方的诗（和散文）有较为持久、连续的生命力。这就是一般所说的法国文学。它领导欧洲几百年，有超过一千年不间断的传统，直到最近仍有年轻的法国诗人创作抒情诗。普罗旺斯抒情诗人在北方的伙伴是叙事诗人；对于这一艺术，他们很早就培育出比南方兄弟更具职业性且更少爱好者的态度。他们对叙事、故事、生活的兴趣大于音乐——从文学观点看，这是更为重要的。结果就是，在几百年之内，南方一直是歌的国度，而北方则成为叙事的传奇国度。虽然法国抒情诗很早繁荣，且从来没有消亡，但普罗旺斯的歌者们也创作出优秀的叙事作品。

得到蓬勃发展的第一种法国诗歌是武功歌，顾名思义，主题是某一位骑士或者宫廷英雄的功绩。在精神和内容上，武功歌是史诗；其情感上是爱国的，体现了高度的民族性，是真正描写法国历史（“法国主题”）的歌曲。其他的故事则是以模糊的古代巨人为主题，如亚历山大大帝、荷马与维吉尔神话中的英雄（“罗马主题”）以及描写亚瑟王和他的骑士们（“不列颠主题”）的。这些之后发展为散文体的传奇歌曲和诗都是大部头作品，能够满足或者部分满足人们对故事的渴求，正如这一渴求于今天是用千百种小说（亦即某种新式作品）和百万本杂志来满足一样。对我们来说，这种中世纪的叙事大部分都是枯燥的，如果我们不是学者（对于学者来说，每一块旧纸片都珍贵无比），我们情愿忘记其中的大部分，或者再也不看它们一眼。但是，在存世的约一百部作品中，还颇有几部杰作，其中之一就是《罗兰之歌》。罗兰是查理曼的一个骑士，一个真实的历史人物。他所在的军队在西班牙被击溃，他在撤退至比利牛斯山的途中被杀死。脾气急躁的罗兰拒绝吹起召唤查理曼来援救的号角，以致他和同伴陷于绝境。罗兰和他的堂弟奥利维死在一起。临死之际（这是感人的一刻），纯真的罗兰向上帝发出挑战。《罗兰之歌》，还有许多其他的早期法国诗歌，直到大约一百年前才被重新发现。在此之后，人们对它进行了多次校订，并且翻译成现代法语和英语。中世纪到文艺复兴时期，《罗兰的故事》有无数的版本。在意大利，《罗兰之歌》得到公众广泛的欢迎，并最终形成了阿里奥斯托的《疯狂的奥兰多》（奥兰多，即罗兰）。在这个故事变得缓和、散文化之后，英国才接纳了它。伟大的法－英故事不是查理曼，而是在上一章里简要提及的亚瑟传说。

罗兰与费拉古斯

在早期的法国诗人中，有两个重要的天才人物发展了这组故事，这就是玛丽·德·法兰西和克雷蒂安·德·特罗亚。玛丽·德·法兰西一生的大部分时间生活在英国，久居亨利二世的宫廷；在宫廷，文化是法国的，而王后埃丽阿诺是一位普罗旺斯公主。在玛丽的叙事短诗中，我们看到了特里斯坦与朗法尔，形式短小，有童话故事韵味。她是一位真正的诗人，率真，没有意识到自己的故事有多么巧妙。从另一方面讲，也许她是以一种十分成熟、职业的智慧来看待自己的事业的。现代学者倾向于认为，早期诗人事实上不算是最早期的，在他们之前几百年，已有很多的先驱和诗歌底蕴；他们感受并且熟知这一情况，但其生动、深刻程度是现代学术界无法揭示的。玛丽的叙事短诗有译本和改写本。对于英语读者来说，有些短诗的自由体译文很有趣，那就是 19 世纪诗人亚瑟 · 欧绍尼西翻译的。

在亚瑟故事的长期发展中，有一位诗人具有鲜明的个人特点和重要意义，那就是克雷蒂安 · 德 · 特罗亚。12 世纪后半期，他生活在商帕尼宫廷。他的《雄狮骑士》《埃里克和伊尼德》《战车骑士》以及朗塞洛故事之一的《特里斯坦》《波西瓦尔》，是法国早期叙事诗之花，是见于马洛礼译文中的散文传奇的基础。克雷蒂安对德国文学也产生了很大的影响，详见下一章。

除了与亚瑟等英雄有关的传奇，还有三类诗歌具有天才想象力的例证（当然无用的也多）。其一是寓言，从伊索时代起到我们现在，哄婴儿睡觉的小兔故事，一直大受欢迎。与这些动物故事联系较弱的一组故事书是《列那狐传奇》。英语故事中关于列那狐故事的范本是乔叟的《修女普里斯特的故事》。在故事里，狐狸不像人们想象中那么机灵、聪明且无往而不胜，而是像伊索寓言中那样总是“失算”。后来，重要的法国寓言作家拉封丹，没有从中世纪法国祖先的作品（是在 19 世纪才被重新发现的）中借鉴，而是引用古代经典，并凭借自己丰富的想象力和敏锐给予了辛辣的讽刺。古老的寓言是简单的动物故事，不具备任何的社会肖像，只是幽默地呈现人的性格，就像我们的莱穆斯大叔的故事一样。

另外一类诗是寓意的、教化的，或者是教喻的，人物是抽象的美德和罪恶：情爱、仇恨、嫉妒，等等。重要的例子是《玫瑰传奇》，这是一首长诗，主题是爱的艺术，其中的风流故事伴有令人清醒的些微讽刺。中世纪的人，尽管拥有明晰的骑士风度、社会规则和豪爽的姿态，但还是喜欢大笑的。就其严肃、沉稳、幽默和其对时代的忠实描写而言，《玫瑰传奇》是一部重要的作品，大概是唯一一部由两位不是合作而是继承关系的作者完成的诗篇。较早的部分是洛里斯的威廉在 13 世纪前半期写的，第二部分是两代人之后由让·德·蒙恩写的。蒙恩是一位真正具有实力的诗人，其诗歌题材也不仅仅限于爱情。他总结了中世纪绝大部分的社会思想，但他是向前看的。最优秀的法国批评家之一朗松教授说，这位诗人的作品表达了将要萌芽和成长的事物，其中包含了未来。因为这是生活，人民的生活。乔叟曾翻译过《玫瑰传奇》的片段，但学者们怀疑其他篇章也出自他手的说法。这部诗作激起了人们的想象力且盛行于中世纪达三百年之久。这部诗作揭示了中世纪精神和人性的许多方面，其历史意义是不容置疑的。至于作品中所散发的愉悦，则是另外一个问题了。一部长篇寓言，即使注入了幽默，或者具有崇高的诗意（如斯宾塞的《仙后》这样重大的著作），现代读者也不会像他们的中世纪祖先那样去细细品味。

中世纪诗歌的第三个重要门类是抒情诗，非常丰富，多样。大量令人惊异的作者之名为人所知，但大部分人是不为人知的。他们属于社会各阶层。有的学者把曲调与学问结合起来，给文学语言以更多的形式和尊严。有的贵族人士资助艺术，自己也从事艺术。在那些年代里，甚至君王也是歌手，如商帕尼的提保四世。此外，我们同时还能回忆起有歌唱天才的几位君王：英国的理查一世（“狮心的”）、苏格兰的詹姆斯一世，还有西班牙的阿尔方索十世（“大学者”）。比诗人贵族多产，而且技巧不逊的是大众作者。他们的大众歌曲接近生活，如同国家的民歌，表达了基本的情感：沉重与欢快，嬉戏与激情。

一本14世纪的伟大著作可以恰当地归于骑士传奇类，这就是傅华萨的《闻见录》。这部著作包含“法国、英国、苏格兰和西班牙”几乎整整一个世纪的历史，是比传奇更令人感兴趣的著作。它是那个时代的肖像。傅华萨是一位不知疲倦的旅行家，他以永不减退的好奇心观察世界，而且记录了他人的言谈和自己的所见。他的风格生动、清新，所述内容鲜明、诚实。这些特征都使他成为重要的历史学家（托马斯·格雷称他为“野蛮时代的希罗多德”）和叙事艺术大师。16世纪早期，伯纳斯的英译本使《闻见录》成为英国文学的一部分。傅华萨的诗艺精妙，但他生活的时代是属于散文的；直到之后的15世纪，法国的抒情诗才发出有魔力的声音。傅华萨对法国散文的影响促进了法国文学稳健、清晰风格的形成，尽管他的文章内容庞杂。

与中世纪法国文学相关，尤其是与南部的普罗旺斯文学相关的是西班牙文学。与法国的《罗兰之歌》相当的西班牙民族史诗是《熙德》。熙德是一位真实的人物，曾奋力抗击过摩尔人。他的真名是鲁易－狄亚斯·德·比瓦尔，其“熙德”之名来自阿拉伯语“大将军”的西班牙语音译。像罗兰等历史人物一样，熙德成为当时传奇性的描述对象。聪明的塞万提斯让他笔下的一个人物说：“毫无疑问，熙德确有其人，但令人困惑的是，他所谓的事迹是否都归于他身。”（这一评论既是文学的，也是历史的；应该记取的是，评论对于大部分的中世纪传奇都适用。）熙德是除西班牙外欧洲文学中最受欢迎的题材之一，也是法国戏剧作家高乃依同名悲剧著作的主题。

史书中有明确记载，卡斯提利亚国王大学士阿尔方索，取得过令人难以置信的功绩。13世纪他在位期间，一边战斗，一边进行文学创作。在精神上，他是个内行，通晓自己所概述的内容，并为卡斯提利亚的诗歌奠基，写过或者审阅过所有的人文与科学的著作，在自己宫廷里接待过法国艺术家与歌者，尤其是那些在普罗旺斯因政治动乱而遭受迫害的抒情诗人。西班牙抒情诗人从来没有像法国抒情诗人那样活跃，因为西班牙是一个穷国；但是他们创作了大量描写情感的短诗和歌谣，质量不一，从拙句到精美佳作。从现在或者过去受西班牙文化影响的国家中寻找西班牙诗歌那耳熟能详的韵味，必须要追溯到中世纪去，并且赋予西班牙抒情短诗特有的色彩。在现代国家中，今天的西班牙已不是落后的国家，虽然表面上仍保留着某些中世纪精神。关于文艺复兴时期的西班牙，我们将在后面的章节里讲述其引人注目之处。

16

早期的德国文学和斯堪的纳维亚文学

古代故事向我们讲述了伟大的奇迹，
那是百代流芳的英雄和豪迈的业绩。

——《尼贝龙根之歌》

尽管政治状况、民族和语言多有不同，但中世纪的欧洲国家在精神上彼此并不是隔绝的。思想在各国之间的传播虽然不及电报的速度，但如果从长时段的观点来看待思想史中的时间因素的话，那传播也是快速的。工匠们，真正优秀的工匠们，加工大教堂的木材和石料；他们走遍欧洲，走到有建筑工地的城市。与拉丁文的教士和学者相比，他们是名副其实的四海为家。所到之处，文学大使都必定受到款待。政客们或神秘地死去，或在凶杀中死亡；而喜欢诗歌、不干预实际事务的人们很少会有胡作非为的记载（虽然许多人也有争吵）。不仅上层阶级接待歌手、提供食宿，就连普通人也成群结队地前去听他们吟唱，听他们说故事，听他们描述战争、骑士作为和异国风光。当时，许多人都想投入吟游诗人这一行业，因为唱一支歌就可换得晚餐和留宿。

诗人在任何国家都不如在德意志诸国那样受到敬重，尤其是在德意志南部、巴伐利亚和奥地利。在普罗旺斯抒情诗人的影响下，德国形成了情歌传统，即伴有精细礼节的诚挚爱情。德国情诗作者不像普罗旺斯诗人那样夸张，他们更强健、诚挚。他们十分严肃地接受了法国诗艺，在12—13世纪创作出大量抒情诗（其中有许多是普通的，有一些是真正诗歌天才的表现）。这些诗歌和更为天真烂漫的民歌结合，在曲调和歌词上都为德国歌曲奠定了基础，使德国人在这方面达到了当时最高的水准。情歌作者通常是较为低级的骑士，其主题多表现对社会地位高不可攀的淑女的追求。有时候，这样的女士就是骑士主人的夫人，有时候则是他的想象。青年恋人和他对于不可企及的王后的忠贞爱情的主题贯穿了中世纪和文艺复兴时期的大部分诗歌。这是一种半戏剧性的时尚，但常常由纯真的激情引发，用优美诗句表达。

最伟大的情诗诗人是瓦尔特·封·德尔·福格威德。他在诗艺上出类拔萃，但更重要的是，他拓展、加深了抒情诗的内容，并给予诗歌一种具有奇异的现代色彩的情感力度。他的情诗不是追求者对美人的胡乱弹唱，而是发自诗人的内心。现代诗人十分珍视他，觉得他比大多数那个时代的人都更接近我们。凭借《在椴树下》，他被认为与海涅“同宗”。情诗中的女郎不是名门望族的贵妇，而是民间淳朴的女孩，且其中的感情是真挚的。

13世纪早期，在图林根宫廷，福格威德会见了沃尔夫拉姆·封·埃申巴赫。这两位诗人是德国最有朝气且颇具独创性的诗人。沃尔夫拉姆是一个情诗诗人。不仅如此，他还写作了史诗传奇

《帕齐法尔》，这是圣杯传奇中最为优美的版本。故事来自法国，一部分出自克雷蒂安·德·特罗亚，一部分来源于其他的法国资料。沃尔夫拉姆是比克雷蒂安更为强健的诗人，有更宽阔的叙事视野和戏剧价值观。有时候，他显得粗糙和模糊，其中的原因是，作为叙事工具，德语还不够发达，且更像是“口头歌曲”的工具。像其他诗人一样，沃尔夫拉姆生活在自己的传奇世界中，并最终成为之后浪漫主义中的浪漫人物。在瓦格纳的歌剧《唐豪塞》中，他向成千上万没有读过他一行诗的观众歌唱。这表明，作为有竞争力的艺术家，情歌诗人和为得奖而参加竞赛的希腊诗人、剧作家不无共同之处。历史上的情诗诗人唐豪塞也许生得太迟，又或许他没有敬重不太尊严的沃尔夫拉姆之面貌。这是事实，但无关紧要。在传奇中，一切时刻都是真实且合乎标准的。此外，在真实的文学史上，精神是最重要的，而不是日历。

沃尔夫拉姆、瓦尔特和另一位同时代的人士组成德国中世纪诗歌的三巨头。这位人士是戈特夫里德·封·斯特拉斯堡，他写出了德国，或者说是欧洲最优美的史诗传奇。他的《特里斯坦》是以法国文献为依据的，但在表现力、构思的完整和对人性的忠实（这种忠实被情爱纠葛及迷信设想破坏，最严重者莫过于巫师对《麦克白》的损伤）等方面，他的作品比其他法语作品都高明，是之后特里斯坦故事所依据的标准版本，其中包括华纳格的歌剧。之前，我们曾提及特里斯坦故事与亚瑟故事的关系。

在起源、发展和最后表达上纯粹是德意志的史诗故事的，是《尼贝龙根之歌》，中世纪最伟大德国诗歌。该诗用 13 世纪起用的高德语[1]写成，作者是一个不知名的诗人，或者说是非一个诗人完成的集体创作，其故事是由许多英雄故事以及或多或少有关的神话汇编而成的。

关于渊源，只能猜测。但可以肯定的是，这些故事早在有文字记载的文学之前就已流传。这个故事，或者系列故事为现代世界所熟知；这要归功于流传很广的瓦格纳音乐剧。瓦格纳是否重塑故事以适应自己和当时19世纪的象征主义时代，这无关紧要。故事几乎原封未动，存在不同的版本是由于说书人不同以及长期以来故事的诵读和重复。中心人物是西格弗里德、布伦希尔特（半人半神的英雄）和女性特点十足的神女王后。西格弗里德源于冰岛版本故事中的西古德，而这一故事本身就是一个传奇。

北欧人[2]远及美洲海域、已知和未知的数次航行，目的是发现、征服和掠夺般的海盗行径。在诺曼底、法国北部，在西西里和意大利南部，他们留下了血脉，但却放弃了自己的语言（只留下一些痕迹），接受了被征服民族的语言。在冰岛那个孤零零的岛屿上，他们不必征服什么民族，由此便远离了欧洲的许多动乱，并渐渐培育出一种尊严、优美的文化，这一文化和他们在爱尔兰、苏格兰及其西部岛屿的文化是相关联的。我们从这些冰岛人处习得的文学起源不明，也不知道他们怎样就和德国文学联系起来，虽然其间延续了约三个世纪，但其亲缘关系不容置疑。

1 “高德语”中的“高”字与知识水平的高低无关。这是简单的地理问题。高德语方言，或者说得更确切些，高德语分支，见于德国南部和中部。我们还应知道与之对应的词语——“低德语”。低德，指“低地”国家，“尼德兰”，即下游国家。“中德语”是指时间，是学者们或多或少随意使用的词，指“古德语”和“现代德语”中间的时期。在英语中，同样也使用这个词语：中英语是古英语与现代英语中间的时期。

2 即德国人、英国人的斯堪的纳维亚人同宗。

我们的维京（亦译为海盗）祖先是强壮的，是战士。关于他们的歌手的生活，现存的记录很少，但是幸而他们的歌还保存着。13世纪，有一位诗人学者名叫斯诺里·斯图鲁松。他收集并编辑了一本故事书，称《小埃达》。“埃达”这个名称有一种童话故事的韵味，意思是“曾祖母”，表明这些故事是由最有独创精神和说话最最啰唆的说故事之人讲给儿童听的。第二部《埃达》，又称《老埃达》，由许多首诗组成；这些诗，就连冰岛人那里似乎也没有了（除非他们以口头

西格弗里德

传说来加以保存)，直到 17 世纪，一位有学问的主教再次发现了它。这些诗歌片段在 18 世纪进入英国文学，因为当时的毕肖普·帕西和托马斯·格雷等人对北方诗歌很感兴趣。冰岛故事在英语中大放光辉仅仅是在五十年以前，当时威廉·莫里斯推出他改写的《强壮的格雷蒂尔的故事》《沃尔松与尼贝龙的故事》。这些萨加（意指“故事”）现在是众所周知的西格弗里德（西古尔德）和其他英雄的故事。就像我们都熟悉灰姑娘和大杀手杰克那样，我们知道西格弗里德如何铸造宝刀、如何屠龙，知道布伦希尔德的爱情和她的悲哀以及她是怎样杀死了西格弗里德的。沃尔松萨加也许不像莫里斯说的那样，是“世人说出的最宏伟的故事”。这是一个很宏大的故事，在斯堪的纳维亚国家也许比在德国更有生气，因为当时的德国文学保留有中世纪传奇色彩。瓦格纳版本除了宏大的音乐让人感兴趣外，其英文译本没有什么诗意。萧伯纳的评论《完美的瓦格纳风格》富启发性，也很清新，不过他的某些论述大概也会令瓦格纳目瞪口呆的。

《尼贝龙根之歌》自有其伟大之处，是古代德国人民天才的纪念丰碑。但是，它的突出是因为其周围国家的平庸。文艺复兴之前，德国几乎没有值得称颂纪念的文学；而在文艺复兴时期，我们遇到了工匠歌手和奇异的教士、诗人、反叛者和清教徒路德。工匠歌手是抒情诗人的直接继承人。他们在诗歌格律、篇章规范上有较少的自发性和较多的传统性，但他们推进了德国抒情诗的传统，这一传统没有终结。

17

但丁

整个世界的中心人物，完美而平衡地表达了最高的想象力、道德和精神特性，这个人是但丁。

——罗斯金

任何一个历史时期都不会在一个明确的年份开始或者结束。人类的生活（和记录人类生活的文学）穿过浅滩和激流，经历多种曲折和地下潜流向前发展。时间上的分期不过是为了便于标出我们在旅途中大致的位置，而在实际航行中帮助不大——仅仅是勘测人在岸上的标记而已。“中世纪”和“现代”这两个术语，除非我们保持其意义的伸缩性，否则是毫无价值的；如果我们在任意一点上筑坝以阻挡激流，这些术语就要失效。“中世纪”一词被当作自卑身价的指责词语来使用，意思是已经过去的“古代”，或者尚未到来的“现代”，都必然更好。这完全是对人类历史的曲解。最天才的界定是超越人为划定的时期，因为这样的天才具有普遍性。在生命长河中，为什么他诞生在某一特殊时刻？这一问题从来没有得到解释——也永远无法得到解释。

但丁诞生在13世纪，后半生在14世纪度过。他比公认设定的“文艺复兴”年份早生几年，但他本人就是一种复兴。他的故乡佛罗伦萨在那个时代和他以后的两三个世纪里都是文学艺术活动的中心，只有黄金时代的雅典可以与之相比。但是，但丁不是在佛罗伦萨进行创作的。在当时激烈的政治纷争中，他因站在败北的一方而被驱逐出佛罗伦萨。之后，他在意大利的多个城市，特别是维罗纳和腊万纳富有的保护人家中避难。

《神曲》的通用名称不是来自但丁，其原名是《喜剧》。《神曲》是走过地狱、炼狱和天堂的梦幻旅行。它是一部规模宏大、达到完美程度的文学作品；在关于它的论述中，最高级的形容词、副词都变成了原级。这部作品不能归类于“史诗”，或者收在任何一种已知的文体之中，因为在此以前没有类似的作品，而之后的作品也不能和它相比。但丁创造了《神曲》的内容、形式和语言；虽然任何人不可能不借鉴以往精英的思想就能“发明”，但《神曲》确实是个人智慧的独特创作。

顺理成章，可以这样说，但丁创造了他的题材，同时也总结了那个时代世界上所有的智慧。在行将“审察死者”之时，他已经读遍历史和传记：他以奇妙简洁的诗句复述或者提及一切等级的罪人，包括尚好的、得到祝福的罪人的故事。正是这些故事给予了诗作特殊的人性关注，尤其是在《地狱篇》里，因为罪人比圣徒更具戏剧性的遭遇。但丁对罪人的处理有一种清教徒风格的严酷性，有时甚至是可怕的；地狱里的折磨是肉体与精神上的。然而，主导的情绪不是复仇式的惩罚，而是同情。但丁再现了罪人的痛苦和快乐者的狂喜。个别片段的情感力量，例如《地狱篇》中著名的第五歌，即保罗和弗朗切斯卡的故事，在叙事诗歌方面是无与伦比的。更为奇异的是，这种力量

保罗与弗朗切斯卡

还贯穿了全诗，并被引入一个理性的层面，一个有关人与上帝整个宇宙的比喻。梦幻朝拜的尽头是一种神性的景观，是个人意志融入“推动着太阳和其他星体的爱”。

但丁明言的目标是将这一意境展现在我们大家面前，把我们从悲惨处引向至福。但是，即使是对于那个动荡不安时代的人们来说，他也没有成功：这远远超过一个诗人的力量。此外，从可以观察的结果来看，这也远远超过了但丁所模仿和追随的老师的力量。作为一位诗人，佳境的创造者，他是成功的。他留下了许多学问与哲学的缠结（因为生活就是一团缠结）；六百年来，学术界力求为其释解，但都归于徒劳。作为普通读者，我们可以从表面价值上看待但丁，选读诺顿那样的译本，即使只有很少的注释也能读懂——其中包含着许多本质、深刻的美。但丁把一层又一层的意思叠加起来，但他所说的细小吠声的主流是清晰的。关于引导他去天堂的贝阿特丽丝，批评家争论所在多半纠结于“她是个真实的女人，还是一个复合的象征物”，这只能掩遮她美丽的容貌，却不是但丁所想要的诗意面纱。

但丁构思的宏伟、奇异之处见于作品的形式。其结构，可以视为高超的技巧，是一个布局奇迹；在形式和连贯性方面，是其他任何一部诗作不可企及的。《神曲》由三部分组成：《地狱》《净狱》《天堂》。每部有三十三歌，《地狱篇》开头处有一首序曲，共一百首歌。歌的长度大约相同，一百四十行左右。每一诗段为一个“三韵句”。下面是英译本中三韵句的范例，即《地狱篇》第五歌最后的十行，英译者为现代诗人瓦尔特·阿伦斯贝格。[1]

1 韵脚为曲 aba，bcb. cdc……汉译很难表现出这一韵脚。这十行汉译摘自朱维基译著《神曲·地狱篇》。

当我们谈到那么样的一个情人
怎样地和那亲切的微笑着的嘴接吻时，
那从此再不会和我分开的他

全身发抖地亲了我的嘴：这本书
和它的作者都是一个“加里俄托”；
那天我们就不再读下去。

当这个精灵这样地说时，
另一个那样地哭泣，我竟因怜悯
而昏晕．似乎我将濒于死亡；

我倒下，如同一个尸首倒下一样。

每一段三行诗都和前一段、后一段连接起来，直到最后一行完结序列，把一首歌收尾。每段三行诗中间的一行，都要和下一段第一行与第三行押韵。但丁的这一百首诗歌都严格遵守了这一形式。他发明了这一诗律。他觉得，这一形式不仅可以作为格律妙技使用，而且三韵句是一种自然的载体，适合于表达他叙事的、描写的、警句的、哲理的思想等；同时，它还是将整体织入一种机制的手段，而从这一机制中是连一根纱线也不会跳脱出来的。对他这一技巧的否定性的证明就是，在他把三韵句确立为一种常规诗体之后，许多诗人都尝试使用，但是谁也没有能够像他那样运用自如、准确有力。这是他的创造，至今依然是他个人的独特表达方式。

不仅在诗段形式上，就是在语言上，他也是具有独创性的。在学者们用拉丁文写作的时代，他使用了托斯卡纳方言，并使之成为文学语言；这一语言经过后来的修饰，变成了现在我们见到的古典意大利语。过去和现在，意大利都有许多方言，其中有些还形成了自己的文学，因此是民间的，或者说是刻意显出艺术特色的。托斯卡纳方言（亦即佛罗伦萨及其周围城乡的语言）取代其他方言成为有教养人士正确的、正式的语言这一事实，几乎归功于但丁。当然，即使没有但丁，佛罗伦萨及其邻近区域的文化也会为整个大皮靴样子的半岛确立标准的。但丁走过地狱时的向导是维吉尔；年少的诗人欢迎他的导师，从导师那里学习了“美丽的风格”。的确，维吉尔对但丁有很大的影响，对“中世纪”和“现代”欧洲的学者型诗人都有很大的影响。然而，如果说有一位诗人凭一己之力创造了一种优美风格的话，这个诗人就是但丁。

朗费罗写了一首优秀的十四行诗作为自己《地狱篇》英译本的前言，他在诗中把但丁的诗比喻成一座大教堂。这是一个恰当且崇高的比喻，显示其结构的恢宏与牢固。但是，对于观赏者来说，一座岩石杰作和一部文学杰作之间是有区别的：文学作品由文字组成。在我们走近并进入这座大教堂之时，它的宏大辉煌会立即感染我们，不管我们以后花费多少时间去研究细节。一首诗不可能产生这样突如其来的效果，我们必须从第一行读到最后一行，才能得到整体的印象。但丁想象他的诗是一个球体——宇宙；如果我们把球体分成小块，它就不再是球体。不过，我还是建议，一般的读者可以不理会但丁的构思及其整体的逻辑，随便翻阅《神曲》，在某个地方找出感兴趣的一段，例如，《地狱篇》第五歌和第二十六歌。我在朗费罗描述的大教堂形象中所见到的内容比他所设定的还要多。在我进入罗马的圣彼得大教堂的时候，我久久伫立在米开朗琪罗的《哀悼基督》前，这座雕像只

但丁

是装饰的一个细节，不足以支撑起它巨大的圆顶。是啊，这不是深入研究但丁的学者之法，但这是一种十分人性且愉快的方法。

不懂意大利语的英语读者可以在若干译本里见出但丁作品的内容和精神（虽然其诗句的语言魅力不可避免地丧失了）。其中最好的译本是查尔斯·埃略特·诺顿的散文译本。除了《神曲》之外，诺顿还精美翻译了但丁早期的一部著作《新生》。这是青年但丁与贝阿特丽丝的爱情故事，是《神曲》这部诗作不可或缺的绪论。19 世纪早期，亨利·F. 凯利用无韵诗翻译的《神曲》后来成为英语经典。朗费罗的译本也是无韵诗，很好，很忠实，但是节奏慢，缺乏激情。略懂意大利语的可以读读坦普尔古典丛书的三小本《神曲》，会让人很愉快；译本中，意大利语原文印在左页面上，右页面上几乎是与之逐字对照的英译文。但丁是一个“艰深的”思想家，他的思想细腻、纷繁。表面上，他的意大利语还不太难理解。他的确是在对一切人说话，因为他说的话很有价值，他是一个自豪的有宗教内涵的预言者。如果我们必须对日益增长的多种语言的译本、注释和传记加以评论的话，他的作品是接近他曾经骄傲并希冀的那无所不及的境界。

PART Ⅲ
MODERN LITERATURE BEFORE THE NINETEENTH CENTHRY

第三部
19 世纪以前的近代文学

18

意大利文艺复兴

文艺复兴这个比喻大概是指欧洲各国从总体上进入了一个充满蓬勃活力的新时期，意味着享有比中世纪时更为充分的意识，和个人才智更为自由的发挥。

——约翰·阿丁顿·西蒙兹

有一种观点认为，文艺复兴把人从“中世纪思想”那种特有的对权威的盲目依赖中解放出来；而支持这一谬论的人自己就很依赖历史学家的权威，而对于思维最为普遍的过程却视而不见。

——詹姆斯·丁·肖特维尔

几年前，J．P．摩根先生购买了一部中世纪的手抄本，他买书的钱足以令那不知名的抄写者和佚名作者一夜暴富。乔万尼·薄伽丘生于但丁的时代，当他去参观某个著名修道院的图书馆的时候，发现许多抄本被肢解：修士们撕下纸页，把它当作魔力护符出售给迷信的人们。今天，世人依然粗鲁，一如既往，可能从来没有像今天这样残暴，破坏成性。但在 19 世纪，我们对学问或者学问的各种象征物、文献文物都持有一种敬重的态度；正是这一点使我们有别于 9 世纪的人们。14—15 世纪，有一种变化，是一线光明，或者是增长中的光明来到欧洲大地。光明首先来到意大利，所以“文艺复兴”一语在事实上是意大利的，尽管其原来是个法文词语。光明的一部分来自薄伽丘对那些修道院里的手抄本的兴趣，所以，文艺复兴的确又是知识的复活，或者说再生。此外，天才人士的出现，发现了这光明，并给予光明方向，将其发扬光大。

其一是彼特拉克，他比但丁晚一代。在当时及之后的二百年间，他的声誉超过了但丁。在罗马，他是桂冠诗人，享有他同时代人所能给予的所有荣誉。对于我们来说，他是以其抒情诗，尤其是十四行诗知名的。英语中，最优美的十四行诗仍然用他的名字：彼特拉克体。他不仅仅是一名诗人，而且还是一位文化使者，一位“人本主义者”，亦即文明的宣教者；对于他来说，这就是希腊和拉丁文明。

薄伽丘，即使不能称之为人本主义者，也可以说他是更为人性的作者。他是意大利第一位伟大的叙事散文大师；甚至有许多评论家认为，他至今依然是无与伦比的短篇小说大师。像他的朋友彼特拉克一样，他是一位热情的学者，收集、抄写手抄本，鼓励人们学习希腊语。他比大部分与他同时代的人更能理解但丁的伟大，曾经还写了一本但丁传记。他也是一位多产的诗人。但他的其他作品都因为无与伦比的《十日谈》而暗淡无光。《十日谈》这个集子收录有一百篇故事，篇篇精彩。17 世纪的英译本标题是：“欢乐、机智、雄辩与对话的楷模”。故事的题材不同凡响，从滑稽到最细腻的悲情；其中有些故事太过猥琐，有些不宜于在现代家庭杂志中刊登，但没有一篇是枯燥的。像其他伟大的文学作品一样，《十日谈》令人愉快、安然自得，只要读者还有基本的常识和头脑即可。薄伽丘的故事，有的是把流行的传说轶事改写成了故事，有的是从法文寓言中借用的。《十日谈》已成为欧洲文学的组成，从乔叟到济慈的英国诗人都曾借鉴过它。但是，在时间和地点上，它依然具有强烈的地域色彩——这是一幅（或一组）关于 14 世纪意大利人的图画。

薄伽丘

薄伽丘的散文明快、活泼，是一种令人愉悦的艺术载体。在他之后的一个世纪，马基雅维利把意大利散文铸造成为一种说理和分析的锋利工具。他是一位政治家、事业家和语文艺术家。在意大利文艺复兴时期，精英们各种不同的活动是并行不悖的。一个人可以既是政治家，又是诗人；一位雕刻家写诗、参战，还参加市议会会议。佛罗伦萨的暴君，美第奇家族的洛伦索（马基雅维利研究他的生平事业），比马基雅维利年长几岁，不仅是学艺保护人，而且是文学家。马基雅维利曾任驻外国大使，见多识广。他仔细观察所置身的政府的体制，虽然遭受欺压，但试图解决这一国家的问题。在《君主论》中，他写出第一篇关于政治社会的现实检验。他告诉读者，从事实上看，一个统治者为取得成功该怎么办；“马基雅维利式”指在政治上要无限狡诈。这是因为马基雅维利毫不虚伪，说实话，不虚言政府是（或者可能是）完全诚实和仁慈的。他远远不是

马基雅维利

无政府主义者，他相信政府有存在的必要。他没有去追求空想的社会，而是寻求平实的组织和控制原则。《君主论》是一篇伟大而有独创性的思想记录，虽然有些细节颇具地方特征或已过时，但主导思想依然清晰。谈论政治的作者，尤其是那些奢谈道德和民族荣誉的人可能对该书有误解，但是对于近期把世界搅成血腥一团的政客和外交家们来说，他们深知，马基雅维利关于世道的叙述是忠实的。他的著作，就其精神、方法而言，都是诚实的且符合科学的，但达到了危险的程度，虽然马基雅维利是保守派，在一定程度上为暴君体制辩护并且制定了相关的法律。以他的姓氏来表现政治欺诈，这种做法与医生发现某种疾病后以其姓氏为症名类似。

我们此篇简述谈的是文学，但文学仅仅是学艺之一，而学艺并不只是生活的一个部分。我已经提示过，在文艺复兴时期，有一种知识的统一观念；这一点，对于思想繁杂的我们而言，是无法企及的。当马基雅维利思考国事时，很可能就在佛罗伦萨的大街上，或者是随着人流行走在美第奇宫殿，看到天才中最强大恢宏者——米开朗琪罗。这位雕刻家和画家也属于文学，因为他不满足于刻刀和画笔，他也写诗。他在六十岁时还将多余的精力注入十四行诗！几年之后，另外一位雕刻家本维努托·切利尼，发表了引人入胜的《自传》，为意大利散文增光添彩，也给各国读者带来愉快的阅读享受。可以说，《自传》是切利尼的浪漫主义的自画像，他骄傲、自大、目空一切；他的青铜作品《帕修斯》至今仍屹立于佛罗伦萨兰齐宫的敞廊中，那是他这种自命不凡的资本。

阿里奥斯托

文艺复兴时期的作家、艺术家既是浪漫主义者，也是古典主义者，但界限并非绝对分明。阿里奥斯托的传奇史诗《疯狂的奥兰多》完美地将骑士传奇故事和某种类似古典叙事的模式融为一体。在众多传奇中，这部书在15—16世纪最受欢迎，为作者赢得了“神性的路多维科”的称号。关于这部书的好处，我们无法通过阅读来进一步认识，因为目前还没有引人入胜的英译本。像许多法国和意大利传奇一样，约翰·海林顿在16世纪末发表的英译本为伊丽莎白时代的诗人所熟知。奥兰多当然就是法国故事中的罗兰，查理曼的重要伙伴。

16世纪最光辉的意大利诗人是托夸多－塔索。其著作《被解放的耶路撒冷》讲述了十字军东征时，高弗莱多－底·布留尼攻取圣墓的故事。长诗几乎具有史诗的规模，宗教的主题对于塔索和他同时代人都有一种启迪，尽管我们现在已经感受不到了。对于我们来说，《被解放的耶路撒冷》的价值似乎与司各特的小说《塔里斯曼》相当。但是我们仍同意19世纪意大利诗人和批评家卡尔杜齐的见解：塔索是但丁的继承人。塔索创作伟大诗篇等作品的时候，是一个年轻人；到中年时，他精神有些失常，落下残疾。可以说，他在凄惨中代表了他那个时代的历史。在他之后，黄昏降临到了意大利文艺复兴时代。这个比喻很美，但不合逻辑。因为文艺复兴从来没有完结。它靠那一时期的作品与世长存：这些作品以大理石、青铜、色彩和语言的形式长存。文艺复兴传播到了其他各国。在意大利，诗歌虽然衰落了，思想却留存下来，也许正因为政治的黑暗而变得更为茁壮有力；这些都可在乔丹诺－布鲁诺和伽利略的哲学散文中看到。这些人不仅是哲学家：就其风格而言，他们属于文学。有一个故事说，教会当局曾强迫伽利略否认地球围绕太阳旋转；他从忏悔的下跪姿势站起身来后高呼："但是地球在公转！"这个故事不一定是真实的。但是，如果想到作为文学的天文学、生活，或者生活的一部分；那么，这句话就是一句完美的格言。

塔索

19

19 世纪以前的法国散文

对于善于恰当选阅书籍的人而言，书籍具有并且包含各种令人愉快的品格。

——蒙田

主导16世纪法国散文的思想家中，拉伯雷和蒙田是最为神奇且令人愉快的，同时也是最重要的领袖。拉伯雷生活在16世纪前半期，蒙田生活在后半期。两个人气质完全不同，拉伯雷滑稽直率，蒙田则在庄重中微笑沉思；似乎没有证据表明，蒙田读过伟大的先驱者的作品。蒙田是一个重视书本的古典主义者，有几分轻蔑纯法国式的著作。但是从各自的创作来看，他们又一起创造了法国散文：他们对英国散文作家和讽刺作家产生过重大的影响，他们所确立的传统鲜明地存在于像法朗士这样的现代作家当中。

文学之中有两种奇观：散文作者是诗人，幽默作家滑稽。拉伯雷是滑稽的。一类幽默作家与另一类之间的区别，是严肃的哲学与心理学论文的主题。我们可以举例提出问题，而不是给出答案。斯威夫特无疑是知道拉伯雷的。斯威夫特令你战栗，他的幽默几乎是悲剧性的，他永远也不会令你哈哈大笑。狄更斯和马克·吐温都是十分严肃的人，他们理解生活的艰辛，以欢愉和对荒谬的滑稽感受令你痴笑，令你尖叫。拉伯雷也是。他是一个聪明人，是一个引人发笑的大腕。在他结构松散的小说中，他向现实世界和想象世界推出了巨大的人物——卡冈都亚、卡冈都亚的儿子庞大固埃，以及书中最为吸引人的人物——和蔼的饭桶巴汝奇。在他们的遭遇中，他们见到了、遍阅了那个时代的生活，一切都见于广阔的滑稽描述，但都是真实的，因为对人性的滑稽透视可以十分真实。人，尤其满是学问的行业，教士和律师的品格和境界都被揪出来痛打一番。拉伯雷曾经是一名修道士，后来成了医生，他不尊重教士和律师。正如一切良好的滑稽写作那样，无法无天的愚弄中含有一种基本的严肃态度。他对“毛茸茸的法律老猫们”的嘲笑，是一种带刺的嘲笑，在律师协会的会议上朗读一定是冒险。他的不敬态度冒犯了当时几位极其狭隘且虔诚的人士；他的不敬和他的粗鲁是与我们时代极端细腻的感觉不合拍的。但是，他那铺天盖地的嘲笑，有如硕大无朋的主人公那样气派，令造作的假正经丢丑；他就是一剂对付虚伪和郁闷的良药，如果说精神与心灵的这些疾病还有药可救的话。他的词汇异常丰富，有些是他发明的，他罗列了很多形象（或类似之物）且十分迅速。拉伯雷是幸运的（我们也幸运），因为有了 17 世纪的英语译者乌格哈特与莫图。这两位译者再现了他的充实和丰满、他怪异笑闹的措辞，从而丰富了英语语言。在现代的礼貌用语之中，我们是不能使用某些语句资源的，喧闹有趣，但是太过尖锐。乌格哈特和莫图的译本是英语经典，已经重印多次。伦敦的查托与文都斯出版公司的版本配有居斯塔夫·多雷的插图，插图和正文一样生动。在莫利世界文库中，有一个删节本，是为了需要读删节本文学的人制作的。我相信，凡是有好胃口和健全精神的人都可以放心大胆地吞噬拉伯雷的作品，不会有丝毫毒害。柯尔律治具有细腻的文学感受力和健全的伦理判断力，他说："我可以写出一篇文章来赞扬拉伯雷作品中高尚的道德境界；这一境界会令教会目瞪口呆，令教众哼哼叹气，但这是真实，是真实而绝非其他。"但是，拉伯雷不需要这样的歌颂文章。他在本质上是健康有益的；更重要的是，他实在是滑稽得无以复加了呀。

"开心吧，我的小伙子们，打起精神来。"这就是拉伯雷的信息和情感。蒙田关心的不是开心的小伙子们，而是用他自己的个性和著作轻轻地交流。杂文是一种文学体裁，它的来源和诞生年代不能确知。戏剧、抒情诗、短篇小说、长篇小说的起源可以模糊地追溯到久远的过去，没有一位天才可以被认定是其中某一体裁的创造者。杂文有自己的一个有记录的日期：在此之前，杂文不存在；在此之后，一直存在。1571 年 3 月，米合尔 · 德 · 蒙田退出喧嚣的世界，隐身于城堡的塔楼之中，开始与自己谈论自己。于是，散文被构想出来；散文在九年之后诞生——《散文集》第一版出版。这第一位散文作者是最伟大的。蒙田之后，蒙田之前，各种语言中都有杰出的散文作家，比如，姑且把亚里士多德和西塞罗的论著也算作"散文"。但是，孤独隐居于高塔上，蒙田至今依然领先，是公认的船长。

"我对纸张说话，把它当作我遇到的第一个人。"他说，在另一个地方，他又说："我自身就是我的著作的地基。"从来没有人怀着更好的目的，从更为坚实的地基出发，对着纸张谈论过更为多样的题材。《散文集》的索引就其所包含的内容范围而言，是百科全书式的。蒙田消化了他全部的藏书，使之成为自我的第二天性，他也

拉伯雷

仔细审视了自己的性格，凭着深入的好奇心保持非个人的超然态度。他是一个怀疑主义者，对他的时代提出许多疑问。然而，这些疑问都是从最好的方面慷慨地相信有关人性的评论的。他的矛盾是生活的矛盾，是以不同情感来观察生活的同一个人的矛盾。“我不是哲学家。”他说。如果说哲学意味着理性的思想系统，那么，这话是对的。但是，如果哲学家热爱智慧，那么，他就是一位哲学家。他以嘲讽、坚毅的态度，毫无怨言地忍受着各种烦恼和肉体的痛苦。一位现代作家，约瑟夫·康拉德言称，叹息不是抽噎，微笑不是咧嘴。蒙田说：“世界不过是不断的唠叨和言辞罢了。”接着，他自己就“唠叨”起来。

这是光辉闪闪的言谈。标准的英文译本是约翰·弗洛里奥在17世纪早期完成的。弗洛里奥原籍意大利，懂数种语言，在牛津大学讲授法语和意大利语，他的世界主义把蒙田的著作变为一部英语杰作。蒙田从他那以自我为中心的塔楼上看到整个宇宙。而蒙田这位孤独的哲学家对于英语读者来说，如对他自己的同胞一样，变成了在人世间最好的伴侣。

没有读者会认为拉伯雷或者蒙田晦涩，对于依靠他们得到教育成长起来的法国人来说，他们也不显得是旧式老派。他们都以各自的方式表现得有些自由和随意，像伊丽莎白时代早期英国的散文作者那样。在法国散文进入17世纪的时候，其明晰、规范的风貌和形式逻辑都有增进。加尔文与拉伯雷大致上属于同时代人，他在均衡而明晰的论述中表现出了自己的力量；这种风格大概是从他的拉丁文风格传输给了他的法语的。他的《基督教原理》是写给专业学者的。他的文风冷峻，有拒人以门外之嫌，但是文学的优雅令他离开神学，进入文学。17世纪初，让－路易·巴尔扎克[1]对法国散文做出的贡献（如果可以说是贡献的话）和马莱伯对法国诗歌的贡献一样。他的目标是节奏和思想的正确、通畅、精准。这一理想占据上风，因为“伟大世纪”，即古典主义时期的伟大散文作家之大部分，都是以巴尔扎克为楷模的，无论他们意识到与否。法兰西学士院建立，这是对风格的纯洁性进行官方评审和检查的机构。不能说演说家的优雅和西塞罗完美的更新更严谨的标准有损于法国的散文，因为这个世纪有很多天才作家，而天才善于从老师那里学艺，却又不使精神受到压制。我们记得，在英国，在稍后的时期，部分是因为受到了法国的影响，也发生了同样的运动。这种运动倾向于节制、尊严和注重用词造句。但是，和法国人比较，英国人的性格一向倾向于漠视规则，我行我素。

关于一些思想家，很难说他们属于文学，还是属于哲学的或者科学的某一特别分支。一般的读者不需要去做这个判定，因为他们可以兴之所至，在书林当中漫步，这是最好的阅读方法。但是，在一本类似本书这样概要通论文学的书中，我们必须在法国人所说的“美文”和虽然重要但不是文学之一部分的著作之间，约略画出一条线来。只论哲学而对戏剧、小说和诗歌绝不投以一瞥的简短不详的评述，都会形成比本书还要厚重的书本。我们尝试画出这条简略的线条，必定会犯判断的错误，因为定义松散、可疑而有过失。让我们摸索着找出画线的大致原则。柏拉图，一位哲学家，一位一流的文学艺术家。弗朗西斯·培根也是。叔本华也是。其他享有巨大天才的思想家，从纯文学观点看，可以随意取消，例如阿伯拉尔、托马斯·阿奎那、康德、黑格尔。对于这几例的任何不同看法，我都欣然接受。这几个例子至

1　与19世纪同名小说家无关。

少表明，我是在散漫思考着什么。

17世纪，有两位法国哲学家不仅仅是最杰出的思想家，也是法国散文大师：笛卡儿和帕斯卡。笛卡儿用法语讲授哲学，正如培根用英语讲授哲学一样。在此之前，最讲究的学问讨论是用拉丁文进行的，笛卡儿和帕斯卡都用那传统的学术语言写了大部分著作。笛卡儿的《方法论》用法文写成，是条理、清晰和逻辑的光辉典范。我们都认为，这些品格理所当然是法国散文习以为常的优点。我们不必讨论笛卡儿的哲学，让哲学家们忙去吧。但是我们可以揭示出一个中心要点，即他正好诞生在蒙田去世后一两年。他信赖理性，即人类思维的能力；他的哲学始于名句："我思故我在。"他的思想以十分准确、十分明洁的句子写出，因而变成了之后法国思想家的楷模，尽管有些人不同意他的见解。他的主要著作已经被翻译成英语等语言，属于世界文学。

笛卡儿是一位理性主义者，相信我们知道的所有真实之来源就在我们身上。笛卡尔之后，大约一代人后，是帕斯卡。他不相信人的理性，认为真实在我们身外，可以凭信仰找到。他属于异端的詹森派，这一派力求从内部来改造天主教教会，并且攻击耶稣会。对于我们而言，这一古老的争议变得越来越枯燥，但是帕斯卡的《外省书信》和《沉思录》与众不同。这两部著作独树一帜，使神学辩论和宗教沉思变得很有人性，令人愉快。帕斯卡是格言大师，他的一句话可以顶替书中的一章。他热情的雄辩表现在完美的风格之中。他写道："人们见到自然的风格时感到惊异和喜悦；人期望找到一位作者，又发现一个人。"他很可能会令他所钦佩的蒙田喜悦；他的确令伏尔泰喜悦，因为伏尔泰在评论《外省书信》时写道："各种雄辩之技巧，尽在此书中。"

新古典主义时期最有成果、最有精力的散文作家是博叙埃。他精力极为充沛，生活十分勤劳；他是老师、教士和主教，是当时法国文学界的领袖。他取得了崇高的地位，在法国文学研究者们的头脑里，这一地位保持至今；但这一切的取得不是通过一般可能想到的文学体裁，而是通过宣教，通过大量引起争议的文章和演说。在演说体裁上，他是一个艺术家，他的演说属于重要的雄辩杰作，尽管演说是时代几乎不屑一顾的文学体裁。原因可能在于，在方法的运用及效果上，博叙埃永远是一位演说家，不论是在英国女王的葬礼上，还是在抨击剧院的做法，抑或是在羞辱新教徒，甚或是推出真正的天主教教义之时。他不是一个枯燥古板的教士，而是一位具有强大性格力量，又精于表达艺术的人士。他有学问，但不卖弄；是教职人员，但不顽迷；他打击得力，但是公正。虽然他善于做出宏大的姿势、发出响亮的言辞，但是，从整体上说，他是朴实、诚恳的，能够把握从崇高到惯常的种种心态和语气。另外一位善演说的教士，影响力比博叙埃小，是费讷隆。他是冈勃莱的大主教，一个温和的人。他的写作和他的职业工作，与他关于教育、道德和宗教的思想的发展密切相关。应该提示一下，没有感受到天主教国家精神的读者，在教会的那些伟大世纪里，具有强大智慧力量的人是自然而然地选取神职的。因此，我们看到红衣主教充任总理，各种级别的教职人员对于伟大的世俗散文与诗歌文库做出贡献，正如我们看到，意大利画家不是穿着画室工作服，而是穿着修道院长袍一样。世人在忘记产生艺术家和文学家杰作的某些宗教动机之后很久，仍然还会珍视他们。费讷隆在《圣徒格言》中表达了他的信念，即：在与上帝的关系上，我们应该忘记自己，把基督看成是人类的救赎者，而不是某一特殊罪人的救赎者。博叙埃抨击了这一观念，费讷隆的书遭到罗马的咎责。但是，两位教士都在文学中长存，他们二者的争论引不起我们的兴趣。教皇英诺森十二世应该在文学史上被提及，因为他在指责费讷隆时幽默而机智地说，费讷隆错就错在爱上帝爱得太多，而博叙埃错在爱自己的邻居爱得太少。在有点类似于寓言的《忒勒马科斯历险记》中，他勾勒出了一种空想的社会状况，从中预示了18世纪自主派和民主派的某些梦想。

17世纪的散文，并非全都是知识渊博的教职人员的作品。俗人当中也有才华四溢的散文作家，其中之一是拉布吕耶尔。他是一位律师，善于观察世界，他的《品格论》刻画了当时真实且典型的法国人。这部著作原来是以希腊哲学家台奥弗拉斯图斯的著作为依据的。但是，拉布吕耶尔超越了他先师的教导。他的利刃切割得深痛，得罪了许多同时代的人。但是，他的兴趣是研究各种人，这令我们感兴趣，而且，他观察伙伴熟人，并无恶意。他的格言与警句都很精辟，有见地，是风格明澈的法语楷模。

另外一位格言作者，才华不如拉布吕耶尔，但是精明，叫拉罗什富科。他是一个诙谐的人，因为实际生活中的挫折让他感到有些失望。他不是玩世不恭的，但他的主导思想（或者许多思想之一）是：人类的全部动机，都可以归结为某种形式的私利。在重复了两个世纪之后，他的格言仍然鲜明犀利。他说的话不一定是大智慧，但话说得很好。例如："我们大家都有足够的力量经受他人的种种不幸。"

在这个"伟大的世纪"里，妇女在政治和文学上都起了重要的作用。在很多方面，她们的教育受到了限制；但是，她们同时又享有可观的自由，而善于使用才能的女人可能变成一股地区的力量，无论正统的教师爷们对她们的教诲如何。由著名女士主持的沙龙对文学产生过重大的影响，几位妇女，当然全是上流社会的成员，在文学上留下了印记。

最有魅力的妇女之一是塞维尼夫人，书信作家之女王。她早年的生活因为悲哀、失望而看不到光明，但她有一颗强壮的心、冷静的头脑，能够坚毅而泰然地忍受各种烦恼。她的书信就是一个有高度文化教养的妇女的闲谈，她信笔记录每日的生活琐事，有时也论及公共事务与文学。但是，她不是盲目地书写。她细心审视自己的写作内容与风格，就像一位夫人注重一件外衣的衣料和款式一样。她的书信揭示了那个时代贵族圈子里生活的大部分，显露出她令人钦佩的清醒和诚实。

另一位具有特殊表达才华的妇女是曼特农夫人，她出身低微，家境困苦，后来成为路易十四国王的王后。婚事从未正式宣布过，但是人人皆知。三十年间，曼特农夫人经历了一个王后实际拥有（或遇到）的特权（和种种困难）。她很恰当地处理了路易十四的事务，但她从来不干预国王的治政。她的书信属于这一时期重要的政治和社会文件。在她的寓所，她主持了一个私人学校，还有感而发，著文论述女子教育。她是天生的教师，且极能理解青年人的种种动机并加以表述。

塞维尼夫人和曼特农夫人都没有当文学家的想法，与生俱来的才能把她们引入了重要作家群之中，但她们并没有明显意识到这一点。还有一位不太重要的作家——但是确实是一位作家，是拉法耶特夫人。她的《克莱芙王妃》也许是一位妇女能够写出的第一部诚实的小说。而且，她还是小说革命的开创者之一。她用简明的情境取代繁复不可信的冒险情节，用生活的自然语言取代夸张、大肆渲染的风格。拉法耶特夫人没有走得很远，但之后的法国小说受益于她平实的真实感，正如受益于拉布吕耶尔光辉的《品格论》那样。

小说是在 18 世纪发展、前进的，虽然前进不多，但文学的某些体裁脱离了古老的传统。大部分伟大的思想家都长于阐释，是散文作者。这是理性的时代，或者从时代的严肃性看，是这样的时代（因为放肆和轻浮作风仍然比比皆是），也许是健全意识的增长有助于立即摧毁诗歌中的艳丽和脂粉，又把盐和健全思维输入小说。新时代的第一位小说家是勒萨日，他写了许多剧本和短篇小说，但主要以《吉尔·布拉斯》闻名。《吉尔·布拉斯》是一本流浪汉小说，以西班牙人物类型为基础，场景也是西班牙的，但是，在情感和风格上却都是法国的。更重要的是，小说表现了普遍的人性。然而，引人入胜之处不在于其人性的内里和内在的情感，而在于外在的经历。吉尔·布拉斯在很短时间内经历了很多大事，根本没有时间休息和思考，但他有很多时间为下一次冒险做准备并对它加以生动的叙述。这本书传遍欧洲，似乎在英国比在法国更为重要；因为它在自己祖国没有继承人，而在英吉利海峡对岸，它影响了它的英译者斯摩莱特和一位保持“更”伟大得多的小说家菲尔丁。

在文学中获得永恒地位的一个传奇故事，也是作者得以留名的唯一作品，是教士普雷沃的《曼侬·列斯科》。这个小故事在题材和语气上都给我们以小说的感觉。这个爱情故事是悲怆的、激情的，主题得到完美体现，行文简洁、直接，没有所谓的虚浮。在经过两个世纪后，小说不断发展，世人依然为曼侬的悲剧流下真诚的泪水。

18 世纪的主要力量不是来自那个时代的小说家或者诗人，而是来自于思想家孟德斯鸠、伏尔泰、卢梭、狄德罗；他们采取各种各样的方式表达思想，但主要的形式还是哲学论述或者杂文；一定程度上，他们都反叛当时的社会制度，并以自己的方式为思想大体系（对法国大革命产生重大影响）做着贡献。

在当时，孟德斯鸠声誉仅次于伏尔泰，是一位自由派改革者，但他不是卢梭那样的梦想者，也不是一个革命者。就像我们现在认为的那样，他是一个保守的贵族，对自己所处的阶级权利和美德不抱幻想。他从《波斯人信札》开始，嘲笑教会、国家、社会、文学等等的愚蠢可恶之处。他的这部作品语气轻快，但却是包含了许多智慧的好书。在后来的著作中，他变得严肃多了，成为一位有深刻见地的历史和法学的学者以及政治科学的先驱者之一。他写了《罗马盛衰根由考》。关于这部书，吉本无疑是知道的；吉本的教养大体上是法国式的，就像孟德斯鸠的教养部分是英国式的那样。但是，孟德斯鸠有一个缺点。这个缺点是之后的历史学家——如吉本那样颇具天才的人物——能够避免，或者不允许自己一犯再犯的缺点。那就是：他太过轻率地从简单的事实中得出结论。因此，哲学史家会和他争论，而普通读者在他的提示的刺激下，高兴地欣赏他对历史事件的明晰考察。无论如何，他应该归于吉本和泰纳这些进行历史概论的大师之列，其作品最大的优点是可读性很强，其风格引导他穿越种种思想。

卢梭

孟德斯鸠

他的主要著作是《论法的精神》，这篇论文论述司法、社会和政府体制，是对古代和现代各国风俗和习惯的研究，内容丰富。有朝一日，至少十个学科的教授会急切地对它进行剖析。

在那个时代，人们可以自由地对许多事物提出权威见解。许多人也觉得，知识是分门别类的，走向真理之路是把精英的智慧汇合起来。这就是百科全书派的基本思想，主要归于狄德罗；要把当时被称作科学的一切和其他许多知识编纂成卷。最优秀的法国思想家们都写作条目，有些不太优秀的也欣然命笔。对这一巨著的修纂是狄德罗的重大业绩。而他自己撰写的条目文章也使他成为顶尖文学家和独特的思想家之一，这些文章有点像百科全书，价值不等，从天才文章到仓促而平庸的应景之作，涵盖的科目非常之广。也许他的条目文章没有一篇是杰作，但是，每篇文章都有意义，颇具启发性。他以一种旺盛的活力触及每一个科目；他的精神大无畏的独立性，他要看到一切的愿望，都表现在他的写作之中，从早期著名的《给明眼人读的论盲人的书简》到《画论》(歌德认为《画论》十分出色)，还贯穿了他对基本哲学的表述。这一哲学就是自然。像当时其他的思想家一样，他也认为大自然包含和解释了一切，而“她”变成了传统的上帝之“他”之诗化的女性替代者。狄德罗的大自然不像卢梭的大自然那样，温和而富感性；狄德罗的大自然诗意较少，但更具理性。狄德罗艺术的最高点不是他的杰作《拉摩的侄儿》。这是一篇极富幻想的讽刺作品，后来经过歌德的翻译介绍到整个欧洲。狄德罗的天才在于他敏捷且极具个性的辩论之中，这种“有灵感记者”谈话体风格是最佳的事例。

狄德罗的大自然和布丰的大自然有些区别。布丰是一位博物学家，一位职业的生物学家。他研究植物、动物和矿物，同时对其进行描写和分类。他不是一位在田野和实验室里工作的现代生物学家；他是一个具有伟大想象力的人，总是设法找到并且表达出自然的秩序。他所找到的秩序被重新审定，甚至被否定；显然，有千百万种事实被发现，而布丰对此却一无所知。但是，他的秩序留存了下来，因为这是具有深厚综合能力的构想家的秩序；他把宇宙化为一个真实的单元，而非僵硬的体系，用一种鲜活的风格来保存多种多样的被创造物。不管科学的最终评价如何，他的《自然史》是一部文学巨著。当研究科学的布丰入法兰西学士院时，他的演说《论风格》给文学家们上了一课。

布丰在观察自然的时候，是平静且沉稳的。他的大自然没有机会用爱默生的话对他说："渺小的人，激动什么呀？"在当时，许多至今仍引人注目的作者，有些已被人忘记——原来总是很激动或者装作激动的，他们的作品很多，或者说得过多，他们都用一种论争的笔调。论争作家的首领多才多艺，不只限于争论，这就是伏尔泰。他的一生有四分之三的时间都是在 18 世纪度过的。他尝试过各种文学体裁：戏剧、诗歌、讽刺小说、历史、评论、书信。他和生活有多方面的接触，因而他本人成了那个时代的概要。一方面，他像琼生博士一样：关于他生活的故事比他任何一部著作都更令人感兴趣。他曾经和教会势力、政治势力斗争，也曾经是普鲁士腓特烈大帝的宾客。他成了传说中那种嘲弄成性的反基督者，但是他攻击的不是基督或者现存的基督教，而是精神上的暴君。他的机智令那个时代的敌人和批评家困惑，也令后来的批评家迷惘，包括托马斯·卡尔。卡尔在写作他著名的论文的时候，似乎顿时失去了他的幽默感。但是，为了卡尔，也为了伏尔泰，我们必须阅读这篇论文。在伏尔泰浩繁的著作中，令我们感兴趣的是散文，是那灵巧、清澄、透明的散文；后来的每一位法国作家，即使有人蔑视伏尔泰的思想，但对他的散文是钦佩的。伏尔

伏尔泰

泰的大部分作品，而非全部，都已经被翻译成欧洲的主要语言。他精神的严肃性见于他的《查理十二世生平》。他滑稽的讽刺脉络最好的实例是《老实人》，一部充满乐观精神的滑稽故事。邦葛罗斯老师及其学生虽然历尽艰险，但这位老师依然坚持认为，“在这个一切可能存在的世界中，一切都是为了最好的世界的最好的利益”。伏尔泰精神的活跃、多样以及他性格中的强和弱，都完全呈现在他的书信中。在所有的文学中，恐怕没有比他更机智有趣的书信作家了。

伏尔泰是一个理性主义者。他拥有极活跃的智慧和不可穷尽的幽默。较他年轻的同时代人让·雅克·卢梭，虽然对思想、对历史进程都产生过更大的影响，但生来缺少幽默感；不过，对于悲情和美，他的感受更强烈。他饱含感情向当时的社会秩序发起挑战，变成了法国大革命的预言者；当然，不是他，也不是其他某位讲思想或讲行动的人制造了革命，但是卢梭雄辩地讲述了革命的许多动机；他的思想超越了革命，成为传遍欧洲的浪漫主义文学。卢梭的思想中，有一部分已经过时，但仍有一部分依然超前于我们现实的世界。他的《民约论》详述了一种不以经济事实为基础、不可能存在的社会状况，但在有关政治讨论的黑黢黢的丛书中，依然闪着光。他相信人性善，是腐败和错谬的社会组织把人变坏了。他认为，个人必须牺牲自己的自由来培育总体的善。"把最大的善献给最大多数的人"，是尚未丧失其意义的理想。卢梭的民主是一种混合体，其中包括一种回归自然的运动、向天真纯洁境界和希腊罗马旧日美好的理念回复（这一理解没有得到历史的证实）。像卢梭这样重感情的作者，其著作多有启发性和激励性，而不长于精确和逻辑。他的信念是"我们生来纯洁"，这一信念构成了他的教育理论，之后发展成为类小说《爱弥儿》：其主要原则是，儿童应该自由，不要受其长辈错谬知识的束缚。这个思想不很实际，但是很好，其精神贯穿了所有的开发教育体系，直到蒙特梭利博士。在《尤丽又名新爱洛绮斯》中，卢梭这位重情感、重描写的小说创始人，表现出了他对人性和外在自然的热爱；他是第一位把自然风景和内心情感结合起来的小说作家。在他之后，这种结合变得平庸，甚至十分荒谬，令人厌倦。卢俊关于各种人与物的观念、客观的观察，对过去和现在都具有重大的意义。但是，最令人感兴趣的书是他讲述自己的《忏悔录》。这本书是他晚年时写的，当时他的精神还没有丧失活力，但敏感且有些怪异的心灵使他失去了平衡。有些事值得怀疑——不论哪本自传都不可能道出全部实情——但它揭示了这个人的性格。

20

19 世纪以前的法国诗歌和戏剧

“爱”字首先在我们所有的歌队之首响彻，维庸，我们悲伤恶劣欢乐疯狂兄弟的大名。

——斯温伯恩

15 世纪以前，抒情诗人已经制出各种各样的韵律和诗体，并将其变成造作的规定，常常不讲感情，没有真的诗意。但是，诗体已经存在，诗人可以运用，以生活加以充实——只待诗人到来。15 世纪，他们的确来了，有几个人拥有真正的诗歌天才，其中有三个人最为突出：奥尔良的查理，维庸和克莱芒·马罗。

奥尔良公爵查理即使不是诗歌中一种新的声音，也肯定是一个真正的声音。在诗体和思想上，他是一个中世纪贵族，但他是有感而唱；虽然他没有大激情，但他有魅力，他的欢情是自然的，他的春天是真实的。公爵曾被囚禁于英国，在历史上不是一个值得纪念的人物。但是，这位从英国海岸唱出怀念法兰西家乡的诗人将不会被忘记。

和这位文雅的公爵形成奇异对比的是紧随其后的弗朗索瓦·维庸，一位更伟大的诗人。他是一个流浪汉和窃贼，曾不止一次陷入绞索的危险之中。他一定是具备令人赏识的人格，因为他找到了一个保护人，并被送进了学校。关于他，我们确知的是，他把自己的个人故事和性格都投入了过往世纪宫廷诗人设定的格律之中，他给这些常规带来了活力，这种活力是这些常规原来所没有的，大概以后也不会有。下面这首歌谣是维庸写的，当时他认定自己和同伴们将在次日被处以绞刑。

在我们身后继续活着的人们，
对我们不要铁硬起你们的心，
因为如果对可怜的我们还怜恤，
上帝会更快地对你们施以大恩。
看我们被吊在这儿的五六个人，
我们的肉体，原来都强健十分，
到如今已被咬噬，已经腐烂，
只剩下骨头已经枯干化作灰尘。
请世人不要笑话我们境遇悲惨，
请祷告上帝，赦免我们的罪愆。

我辈称你兄弟，请莫嫌丢人莫厌烦，
尽管法院裁定并处死了我们。
不仅如此，你们会有同样观感：
对人对事，世人少有真知灼见。

维庸

我们已经死去，请把我们举荐，
向圣母玛利亚的儿子耶稣为我们进言，
愿他的恩典对我们不至于枯干，
并保护我们免受地狱里惊雷的劈砍。
我们都已经死去，不要再行驱赶。
请祷告上帝，赦免我们的罪愆。

雨水横竖弹打、冲刷了我们，
阳光晒得我们发黑又枯干，
喜鹊和乌鸦啄食我们的双眼，
还把我们的胡子和眉毛拔完。
我们再也得不到一刻的安宁，
风忽然向西忽然向东吹不断，
我们听凭摆布随风不断旋转，
鸟雀的啄咬早超过了裁缝的顶针。
虽是兄弟也不能与我们共苦同甘。
请祷告上帝，赦免我们的罪愆。

耶稣我主啊，你才是我们的主人，
让地狱不要再为难我们，
我们和地狱无关，绝不恋战，
世人啊，这些话绝对不是戏言。
请祷告上帝，赦免我们的罪愆。

在法国诗歌中，像维庸这首诗及其他类似这样鲜明畅快的作品，我们必须等到19世纪才得重见。现代的英国诗人一直受到其精神和诗体的吸引，并以很高的技巧来翻译他的诗作，如斯温伯恩。关于这位诗人的细致评论见于罗伯特·路易·斯蒂文森的《人与书细致研究》，还有一篇有趣的在维庸生平的基础上凭想象写成的短故事，即斯蒂文森的《夜宿》。斯蒂文森的《论奥尔良的查理》也令人欣喜。

在维庸这里，我们可以确定，我们已离开了中世纪的法国诗歌。他的继承人和作品编辑人马罗是一位优雅的诗人，他把我们引入了16世纪。他的诗已经具有某种近代韵味，其最好的诗使用日常语汇，笔触轻盈，不严格使用周密严谨的诗律。因此，他变成了第一位社会诗作者，这是关于轻题材的诗句，优美而不空洞，简洁但难写，因为还没有刺绣能够掩遮肌体上最细微的缺陷。英语读者可以看到，19世纪的英国人奥斯丁·多勃森是这类诗歌的完美大师。现在，爱好讲技巧但不造作的诗人，都钦佩马罗，因为他这种诗也许不伟大，但是令人极为喜悦。曾经有一段时间，他被冷落，可以说被全然忘记，因为有一组新诗人开始出现；他们更强有力，更严肃，目标是要纯净法兰西语言和模仿古代经典作品。他们属于我们所说的文艺复兴运动，他们不仅仅学习古代经典，还向意大利学习，把意大利十四行诗引入法语。他们模仿七位希腊诗人，自称“七星诗社”。他们想尽办法摆脱古老的法国诗歌，所以在提炼和精致语言方面，他们就已经脱离了法国生活的一个重要部分。他们断定，法语应该像希腊语那样优雅。实际上，他们几乎成功地把它改造成那样，但改造得造作而生硬。他们确立的法语诗律一直被沿用着，直到19世纪才被“自由诗”作者等“造反者们”打破。在16世纪的这七位明星中，最重要的两位人物是约阿辛·杜·贝雷和彼埃尔·德·龙沙。他们的诗确立了法国诗歌的外貌，尽管已经有大约两百年不再时兴。还有，他们的作品传入我们的文学，成为注入英国文艺复兴的一个波涛。斯宾塞翻译了杜·贝雷的《罗马古迹》。显然，这些法国诗人为伊丽莎白时代英国诗人们所熟悉。他们是文体上的实验艺术家，太过于关心诗歌的修辞，而无视法国本土诗歌的优点。但是他们并不缺乏人性和真挚的情感。让那些认为法国诗歌清冷而只注重形式的人读读杜·贝雷的《小狗墓志铭》吧。这首诗在语气和感情上像是19世纪的诗歌。如果说16世纪的抒情诗看似呆板，像是伪古典的，那么，它所表达的情感是真实的、自由的，其程度高过之后两个世纪的诗；这些诗变得精确而生硬，大道理满篇，感情皆无。竭尽了全力给予法国诗歌以冰冷的整齐格律的人是马莱伯，一位诗人和批评家；如果我们回顾一下他那几乎毫无生气的诗句，那他的巨大影响就真的是不可思议了。现代精神透过这一冰冷的平板玻璃照耀到了维庸、奥尔良的查理和马罗温暖的人性。

在这里，让我们就法国诗歌谈一两点观感，这很可能有助于我们理解现代诗歌。从韵律、音步和段落上看，诗歌就是对词语的人为安排。但是，诗也是一种自然而然的流露；人唱歌是因为想唱，歌声来自许多人的双唇和内心，但是他们丝毫不懂得诗律的理论。因此，诗有两个来源：大众的和文学的，即自发的和刻意追求技巧的。这两个方面不能断然分开，也不是互相对立的；在民歌中，可能包含有最奇巧和高明的艺术，在高度“文学的”和精致的诗行中可能有对生活意义的强调。完美之处在于我们所说的自然和我们所说的艺术之结合（二者都是十分模糊的术语）。危险在于，诗人当然十分注重形式，这可能变成形式主义，也可能使各种思想僵化和被绞杀，或者掏空了思想中的生气。法国诗歌的情况就是如此。《法国诗歌选》（牛津版）的编者说：“对秩序的追求……这个怪影跨上了诗人背后的飞马。”

因此，相当一部分的法国诗歌虽然写得精致，却让人觉得冰冷。同样僵化的倾向也见于但丁之后的意大利诗歌；而正是但丁把平常的俗语和繁复的诗歌韵律高超地结合了起来。英语诗歌，即现代文学中最伟大的诗歌（这并不是语言爱国主义，因为欧洲各国的评论家都会同意这个“最伟大的”形容词的），一向自由、灵活、多样，符合活的言语的自然节奏，同时也符合稳健的结构和细致的表面。在18世纪英国诗歌中，文学风格胜过了内容。这是暂时的胜利，是因为部分受到法国人的影响。18世纪末，英国诗歌重获自由，在近一百五十年内再也没有丧失；因此，“自由诗”在英语中不是新事物，无论单个的例证有多么惊人，有多么不同凡响，或者优美。在德语中，民歌的传统一直没有中断，即使在古典时期（歌德是其中一位巨人）也是如此。德国人把荷马和维吉尔的希腊－拉丁文六音步诗体引入德语；德国人还成为全欧洲研究古代经典最深刻的学者。但是，德国人的抒情诗依然保持了德国精神，诗歌天才和德国音乐结成神圣的艺术同盟。在俄语、匈牙利语等语言中，也有类似的同盟，但我们接受这一事实是凭观念或者权威，因为我们听说过音乐和一切结盟的说法，但是我们绝大多数人的耳朵都听不到雄性言语的声音。每一个人都会发现，他成长其中的那种语言的诗最自然、最优美，而在一位真正的诗人吟唱每一种语言的时候，这种语言都必定十分优美。但是，区别本身是有趣的，可以帮助我们走近任何一种文学。应该注意，这些区别不很鲜明；我们可以说，英语诗歌就是它自己的音乐。英国几乎没有一流作曲家，英国诗歌既是民间的，又是文学的；德国诗歌得到德国音乐的提升，保存了其民歌的感觉和形式，所以是一种民族的艺术，甚至在最博学最审慎的诗人那里，也是这样；法国诗歌几乎永远是文学的，审慎而冷静地注重形式。一位法国诗人虽然可能在思想上叛逆，在表达上谋求革新，但他依然保持着某种华美和对常规的忠诚。从某种意义上讲，其中有一种局限性，但从另外一种意义上讲，它又是法国诗歌一个优美的本质组成。而且，这与法国散文特有的清朗与整洁有密切关系。

形式主义倾向很早就出现在法国诗体戏剧之中，而且一直延续到现在。法国戏剧——实际上是所有的西欧戏剧，其来源有二（很像抒情诗的情况），即文学的，或者文本的（希腊的和拉丁的）与民间的。民间戏剧包括道德剧、奇迹剧和神秘剧，对话十分简单，内容包括从圣经故事到天真的滑稽。（在第二十五章中，我将会就英国戏剧谈谈这些早期的剧种——英国戏剧的发展大体上和法国相同。）16—17 世纪的法国戏剧家几乎完全无视中世纪这些早期戏剧，而把大部分精力都用于改写和归化古代经典戏剧。

法文中第一位伟大的悲剧诗人是彼埃尔·高乃依，他的一生几乎涵盖了整个 18 世纪。他创作了三十多出喜剧和悲剧，有一些当时就大获成功；时至今日，这些剧作仍统领法国舞台，而且大致上确立了法国诗剧的进程。高乃依远远不只是古典戏剧的模仿者，虽然他的几出戏的素材取自古代。他最受欢迎的戏剧——《熙德》，是以西班牙故事为根据，主角是半传奇、半历史的西班牙长官；这样的人我们多见于中世纪传奇。高乃依的这个剧本已经被翻译成现代欧洲语言。在当时的法国，《熙德》曾引起很大纷争，彼此竞争的诗人和批评家们，包括红衣主教黎合留，都曾向他发起攻击。攻击无效，因为人们喜爱这出戏。我觉得，这出戏剧的活力与是否遵守古典形式无关，而是因为高乃依风格的崇高，更是由于这样一个事实（也可以认同于），即这是极度的、浪漫的情节剧。我还觉得，许多其他被埋在大堆评论和注释之下的伟大剧本和故事，应该抖动肩膀，站立起来，以其原初的感情力量来引导我们。高乃依具有造就出崇高悲剧的全部才能。他的作品情节有序，有戏剧情境，有动作。他对人物的把握是牢靠的，对人性，尤其是内在的冲突、意志的冲突，有深刻的研究。而且，他具有对于诗人来说最重要的艺术，即恢宏的风格；他以巨大的力量保持了这一风格，虽然他的诗句有些也很平庸，像莎士比亚那样。尤其是，他令诗句听着自然，像现实生活中的语言。在《西拿》《贺拉斯》《塞托里乌斯》《罗多根》中，我们都可见出其最为崇高的戏剧诗句。法国观众早就给予了他当之无愧的欢迎，称颂他一些现在看起来不是最好的戏剧；他的戏剧在舞台上已独领风骚二百多年。在高乃依古典戏剧之后，我们看到了比高乃依说理情节更热情、色彩更丰富的浪漫主义戏剧；此外，还有更为接近生活的现实主义戏剧。大部分古典戏剧已经衰落，高乃依的作品也并非都值得阅读，但是他最优秀的作品是不会被磨灭的。

高乃依的继承者，年轻的竞争对手是让·拉辛。他选用希腊和罗马题材，如《安德洛玛刻》和《费得尔》；还有圣经题材，如《爱斯苔尔》和《阿达莉》。他因为风格优异而备受称赞。这一风格在法国人听来是激情的、动情的，但在我们听来却相当清冷。然而，在这种清冷的下面，甚至透过冷漠的英语译文这一更加清冷的媒介，我们依然可以发现拉辛的内在灵魂：他对人性的深刻理解。他的人物不是希腊人，也不是希伯来人，甚至不是法国人；他们就是我们大家，就像莎士比亚或者易卜生笔下的人物就是我们普通人一样。拉辛的理想是形式与修辞的完美，他在其最伟大的五六个剧本中实现了这一理想，这是结构与词语的优雅（指该词最高的意义）紧密结合——从高乃依到克劳代尔的法国诗人无一能够超越。他是一位尖锐的批评家，在他的诸剧本前言中，他毫不谦让，或者说不无吹嘘地提出他的信条；信条虽然被浪漫主义作家打破，又被现代戏剧家们推翻，但对于古典主义戏剧而言却是绝对健全的。在《布里塔尼库斯》序言中，他表述出的理想没有过多内容，是简明的，永远不脱离自然而坠入特殊，一步一步地走向终结，一直保有对人物的兴趣，得到人物的感情和激情的支持。习惯上，大家都要拿拉辛和高乃依做比较，其实这一做法无用，正如把本·琼生和莎士比亚，或者把丁尼生和勃朗宁比较无用一样。但是，需要指出的是，高乃依是一位更为蓬勃且具独立性的天才，而拉辛则更为细心、细致、循规蹈矩。

英语读者若要找出法国悲剧的秘密，可能是要做出一些努力的；而法国喜剧驰名世界，能启发我们之中的最为愚笨者。文学中最伟大的滑稽戏剧家——莫里哀，与高乃依和拉辛同时代。他是法国人，生活在17世纪，但是，他属于那种一切时代和一切国家的嬉笑作家——这些人包括他的同胞拉伯雷、阿纳多尔·法朗士和西班牙人塞万提斯，以及我们在语言上的亲属莎士比亚、菲尔丁、萧伯纳、马克·吐温。

像传说中的莎士比亚一样，莫里哀也是一个演员和剧场监理；他的剧本不仅可读，而且适合演出——法国的剧院从来没有忽视这些剧本。在文学上，他享有独特的、统领的地位。他勾勒出典型的愚蠢形象，来嘲笑人类。有人说，莫里哀的人物是极为典型且具概括性的讽刺漫画。他的伪君子是彻底的伪君子，他的悭吝人是彻底的悭吝人。但是莫里哀知道，舞台上的人物刻画必须迅速而确定，他画的轮廓线简约，但是贴近真实；线条十分坚实，所以在译本中虽然大部分机智的对话可能会丧失，但其本质的形体能够保存下来。塔尔丢夫，《伪君子》中的丑恶主角，和狄更斯的佩克斯尼夫同类；《醉心贵族的小市民》中的汝尔丹先生当然是和辛克莱·刘易斯的乔治·F. 白壁特同族。莫里哀把矛头直指傲慢、造作、虚伪、贪婪等重大罪恶的同时，也指向次要的、无辜的罪过以及简单的愚蠢、徒劳。他的矛头有些是锐利的，甚至有毒，所以树敌不少。他被称作是道德学家、哲学家和社会改革家。也许，他都是。我认为，他首先是一位剧本作者，致力于写作用于消遣的演出底本。有人说，喜剧是已经死去的作者所写的滑稽剧。莫里哀作品的大部分是滑稽剧，有些至今依然新鲜、滑稽。他的杰作都比滑稽剧深刻，是对生活的滑稽批评。

莫里哀

除了戏剧之外，滑稽精神还表现在莫里哀的朋友拉封丹的作品中。拉封丹的《寓言诗》就是这种故事的最好例证；在这里，人被披上动物即鸟兽的外衣而加以表现。这是一个老故事，可以追溯到《伊索寓言》之前很久，在那个时代，人相信“动物”会说话。在民间故事和童话故事中，例如以传统的黑人神话为依据的乔尔·哈里斯的《莱莫斯叔叔》故事，动物“像人”一样说话和行动。近来有一位作家肯尼思·格雷厄姆，他在《杨柳风》中刻画了小动物们迷人的直立的两脚兄弟。关于动物的故事，无论是否涉及人性，都永远是受欢迎的，而且以后还会受欢迎，直到最后一名儿童长大，一切故事终结之时。我们在童年时代就已知道的《伊索寓言》中的动物寓言，是得出教化格言的短小故事。拉封丹把散文的寓言转化为生动愉快的诗句。他以细腻的幽默感勾勒出人性的特点。在法国诗人当中，他的作品被重印的次数最多，读者也最多，因为儿童欣赏生动的故事，而成年人欣赏对人性精辟的评论和诗句的精巧。

有一位天才人士领导了所有这些戏剧家和诗人，他比从亚里士多德到麦修·阿诺德的任何一位批评家都更有权威，他就是布瓦洛。他是一位十分傲慢的天才人士，对当代和过去最精致的文学认识深刻，并对与他同时代的弱者报以讽刺和敌意的态度。他当时就承认了拉辛的美和莫里哀的机智。他的天才，如果输入到我们最熟悉的价值观中，就像是贺拉斯和亚历山大·蒲柏。他的《诗的艺术》是以贺拉斯的《诗艺》为依据的，一如蒲柏的《批评论》和《夺发记》以布瓦洛为依据。但是，布瓦洛像蒲柏那样，是坚定维护自己的立场的，有一种鲜明的、振作的个性——慷慨、正直、敏锐，尽管有些狭隘和学究气。我在他的诗中没有见出魅力；对于我这个非法国人的耳朵来说，他的诗冰冷尖利，像一根冰棍。至于那种属于他的智慧，戈蒂耶的

《艺术论》和魏尔伦的《诗艺》在我看来比布瓦洛的名诗所包括的意义与美要多一千倍。他说：

> 在所有这些明显的缺陷之中，
> 让我们留给意大利这引人注目的愚蠢。

他指的是17世纪意大利诗歌的某些弱点。但我们倒想知道他是否读过，是否能读懂但丁的作品。这位法国批评家在时间和地理上都是受局限的。

17世纪，有两位喜剧作家，他们的笑声依然有力和真诚。我们已经看到了勒萨日，他是一位幽默小说大师，其尖酸讽刺的喜剧《杜卡莱先生》在滑稽文学中享有很高的地位。在他之后，出现了一位怪异的天才人物——马里沃。他不能被列入理性的、循规蹈矩的、得到很多评论的法国作者之列。他的小说《玛丽安娜的生活》是向着现代现实主义的跳跃——亦即现代和古代的心理学——人的心理过程。马里沃的剧本，尤其是《爱情与偶遇的游戏》，有机智与优雅，有一种略显随意的独创性：他不愿意像其他人那样说话，他厌倦搭配使用太过长久的形容词和名词，他拆散了一些根深蒂固的惯用方式。他是文学上最为独特的人士之一，法国批评家们虽然指摘他的缺点，但都喜欢他；他的比喻太多且有很怪异的奇幻风格，给法语带来一个有意思的词——“马里沃式用法”，虽然内容不同，但是可以比拟为英国文学中的夸饰文体。

马里沃的天才虽然伟大，却走上了歧路，法国读者不喜欢他；而在法国之外，几乎无人知晓。在他之后，一位戏剧家成为整个世界的快乐，他就是博马舍，他的《塞维尔的理发师》和《费加罗的婚礼》

让世人大笑，超过世界上的其他戏剧，连《查理的大姑》也不例外。这些喜剧的愉快更由于莫扎特和罗西尼的音乐而成倍增长。费加罗是文学中一个崇高的滑稽人物。如果作者们在天堂某一角落会面，我想博马合和谢立丹会谈论情节，构思出对众神和众人戏耍的笨拙把戏。

21

古典时期以前的现代德语文学

我不能够，也绝对不会把它撤回。因为行为既违背良知，也完全不妥当。我就站在这里，我不能改变。上帝保佑我。阿门。

——路德（在沃尔姆斯议会上）

有很多重视行动的人也是文学家，如瓦尔特·罗利和葡萄牙诗人卡莫恩斯。而在历史上，在本国实际事务中和文学中都是一股最强大个体力量的是马丁·路德。若把他个人性格中的一方面与其他方面剥离，或者把生活与他对文学的表达分开，都是不可能的。我们不能断言，路德在宗教和政治上的强力在何等程度上归功于他的语言技巧，也不能解释他成为德国民族英雄这一事实在多大程度上说明了另一个事实，即：经过了他的发展，撒克森的德语变成整个民族现代文学德语语言的基础。我们感兴趣的主要是文学事实，近似于这种一个人统领一个国家，或者关系松散的一组国家之语言与文学情况的唯一文学事例，是但丁把托斯卡纳语和他自己特殊的写作——托斯卡纳语的风格加诸意大利文学。从文学观点看（我们不要忘记，这一观点在历史上不是完备的），是路德的德语《圣经》译本让他获得权威，并赋予其重要意义。16世纪的德国宗教改革不完全是反抗教会的滥用权力，也不完全是神学上的改革。但是，这一改革具有极强的德国特质；路德很清楚，把受他影响各派力量联合起来的一个办法是给人民一个以他们的语言印刷出来的《圣经》版本。在此之前，《圣经》一直以古代语文流行，是有知识者、学者和神父的特殊财宝。他的动机有点像《圣经》的早期英语译者，是要给人民这一基本文献，因为所有基督教论争都集中于此书。当然，当时很多人不会读书，也买不起这本书；但是，如果为他们朗读该书，他们是能够理解德语的。后来，德国学者和哲学家们的散文变得名声不济，语句冗长繁复，连德国本国的读者也难理解。但是，路德的普通德语至今依然是受欢迎的德语散文基础。就最初的旨意而言，路德不是一位文学家。他写作是有实际的目的的；说他把墨水瓶扔向魔鬼这令人起疑的故事，从象征意义上看是真实的，但他所投抛的是墨水，不是墨水瓶。然而像许多同时代人（无论王公还是农民）一样，他熟悉简单的音乐，并以琴技闻名；他是在15世纪复兴的赞歌下长大的，这些歌在曲调和词句上像许多英国颂歌（音乐常常从德国借用）一样。路德写了几首最强有力的德语颂歌，当然是作词，很可能也作了曲。他的颂歌中最著名的是《最坚固的堡垒是我们的上帝》。这种生动简洁的德语从来没有被翻译成英语——大概是无法翻译的，崇拜德国天才的托马斯·卡莱尔就没有理解路德的意思。有一句话，从上下文看意思是：没有上帝，我们人类的力量于事无补。卡莱尔翻译成“用武器的力量我们一事无成”，这是对原文的误解，很差的英文诗句。这仅是我们简明概述中的一个微

路德

小细节，但它透露出译事之难，这是文学故事中一个十分重要的问题。

路德和德国宗教改革并没有吸引16世纪德国的精神生活。在工匠歌手行会中（这些行会由工匠、商人以及绅士、骑士组成），世俗诗歌兴盛。他们延续了12—13世纪情歌歌手的传统。他们的艺术很严肃；为了达到工匠歌手的级别，候选者必须证明自己的作词作曲能力，如若成功，会被封为骑士，或者被授予大学学位。工匠歌手的精神，诗歌与喜剧，保存在瓦格纳的歌剧之中。最著名的诗人是汉斯·萨克斯，纽伦堡人，路德的同时代人和拥护者。萨克斯是一位鞋匠，在那个时代，一个鞋匠并不意味着比一位绅士和学者差。对于君主和小贵族来说，那是一个民主的时期。工匠不是机器的奴隶，而是独立的工人，是十分强大的行会成员。有一件事是在一般的事实范围之内，但作为一个特殊的细节可能并不真实：在15世纪，一名鞋匠成了伦敦市长——这是伊丽莎白时代剧作家托马斯·德克快乐喜剧《鞋匠的节日》中的故事。汉斯·萨克斯是一位多产的散文和诗歌作者，其大部分作品已经成为德国文学的经典。但是比任何作品更为持久的是整个运动的效果；普通人民、市民与手工业者当中，有几千名训练有素的爱好者写歌，而那些不能创作的人至少听到了诗歌的回响。在这一民众性的艺术和下述事实之间，存在着深刻的联系；这事实是，德国所有阶级的儿童都理所当然地学习诗歌和音乐课程。即使最普通的德国人，他们也唱歌，也演奏巴赫和舒曼的音乐，也阅读歌德和席勒的作品。因此，伟大的德国音乐家和诗人到来之时，他们的同胞有能力理解并且欣赏他们的作品。

但是，在德国，伟大天才的到来一直推迟到18—19世纪。17世纪，在法国和英国十分辉煌，而在中欧，则是黑暗世纪。三十年战

汉斯·萨克斯

争一直延续到1648年，即使在还没有结束的时候，也已经使德国一片荒芜，压垮了成年人，屠杀了青少年。（有谁知道一场战争中被杀死的男孩子中间有多少人可能是天才?）曾经照耀欧洲其他地区的文艺复兴之光，在德国暗淡下来，结果不外是枯燥的假古典主义，或者是对邻国文学毫无灵气的模仿。幸运的是，思考没有停止，即使在绝望的时期也没有停止。在三十年战争末期，伟大德国哲学家中的第一位——莱布尼茨诞生，他的理性主义在18世纪的德国和法国的职业思想家中占有主导地位。但是，德国文学虽然没有熄灭，却又经历了一百年之久的黯然才得复兴，见第四十章。

22

19 世纪以前的西班牙文学和葡萄牙文学

啊，无与伦比的作者！
啊，快乐的堂吉诃德！
啊，闻名遐迩的杜尔西内娅！
啊，滑稽可笑的桑丘·潘沙！
为了全人类的愉快和消遣，愿你们几位都世世代代长生不老！

——塞万提斯

对于我们来说，西班牙这个国家有传奇、热血、黑眼睛、艳丽的服装和引人入胜的冒险。给西班牙带来这些性格的不是感受力强的旅行者，而是西班牙作家，甚至包括一些最优秀的现代作家。但是，除了自豪、骑士精神和优雅的派头以外，作为对这一切的正确反应，西班牙人都具有一种外在的幽默感。在 17 世纪初，塞万提斯写了《堂吉诃德》，这是文学史上最伟大的滑稽小说。甚至拉伯雷也无法和塞万提斯竞争（做不同事情的天才人士之间自然是存在竞争的），因为拉伯雷写了浩大的滑稽作品，人物鲜明而荒唐，而塞万提斯所写的人物在立意上都不可否认是忠实于生活的。他笔下的怪异骑士——堂吉诃德，因为

塞万提斯

读了太多的骑士故事而变得迷狂，竟去寻找故事里面的境遇。他把风磨误认为巨人，把平静的客栈误认为是坚固的城堡。他的随侍——桑丘·潘沙讲求实际，以务实精神评论这些事件和失败。这是梦想与现实之间的碰撞。而塞万提斯，和读者一样，是把同情几乎都给予了这位梦想者。堂吉诃德是一个老糊涂，是一个令人喜欢的老糊涂，是一个误入歧途的好人。塞万提斯的恶气指向造成堂吉诃德错乱的原因；在小说结尾，他说，他唯一的目标是“揭露有关骑士精神过分而愚蠢的故事，世人有理由蔑视这些故事”。

这是他唯一的目标，但他写得比设想得更好。骑士精神已经寿终正寝，骑士故事亦然。像生活本身一样，塞万提斯写的故事广阔而多

堂吉诃德

样，令读者愉快——而读者对他所鄙视的传奇小说一无所知，也不在意。他故事中的省略比滑稽故事，或者滑稽模仿更为深刻。塞万提斯很可能是要在讽刺嘲笑的曲折小径上行走，但他却发现自己走上了人性的大道。他热爱他的两个傻子，以一种父亲式的，而不是温情的姿态。在小说第一部分发表后，有一个不知羞耻的对手写了一本续书，这本拙劣的续书令塞万提斯十分恼怒，于是他写作了真正的第二部。第二部比第一部更好——这在续书写作史上是很少见的。他假设，他的故事来自一位名叫熙德·阿麦岱的作者的真实纪事，而在本章开端所引用的诗文是发给这一虚构的原本的。如果说，这是塞万提斯的自我赞颂，那么，他是当之无愧的。《堂吉诃德》被翻译成各种欧洲语言。标准英语译本是莫特克斯的译本，他也是拉伯雷作品的译者。这是所有时代的杰作之一。堂吉诃德和他的忠实随侍在旅途中见识了各种各样的人和事，而塞万提斯在这一切之中描写了西班牙的生活。这些人不仅仅是西班牙人。他们就是我们自己；狂放的骑士和精明、实事求是的哲学家依然遍布全世界。

如果塞万提斯没有写《堂吉诃德》，那么，作为剧本和短篇故事的作者，他在文学中也占有一个荣誉的、有趣的地位。同样，如果乔叟没有写《坎特伯雷故事集》，他在历史上也是一位十分重要的诗人。但是，如果一个人因为一部超群杰作誉满天下而不堪重负，他就会拥抱着自己其他的小作品并安然地在这一杰作之下睡眠。

在塞万提斯的时代，西班牙正经历着政治和精神力量的鼎盛。塞万提斯逝世以前，西班牙首要画家委拉斯凯兹诞生，其精神和艺术的崇高地位一直持续到 17 世纪。政治的霸权地位在 1588 年的一个事件中结束：当时塞万提斯四十岁，西班牙的无敌舰队被英国的舰队摧毁。西班牙水手中有一位青年，洛佩·德·维加，日后变成西班牙戏剧的奠基人，几乎是17世纪西班牙文学的绝对君主。他的作品在西班牙之外是没有实在价值的，对英国文学当然也是如此，虽然他对伊丽莎白时代的戏剧多少有些影响。但是，他是西班牙文学引以为荣的作者之一，而且他这个人也真是不同寻常：他写的剧本超过一千部，或者如果这个数字太过夸张，也可以说，他写的剧作之多，是没有一个西班牙人敢吹嘘说全部都读过。除此之外，他还写过许多非戏剧著作。也许，没有哪部独立的作品可以作为他写作的天才范本，原因是他写的实在太多了。但是，在我们的故事中，我们必须暂且止步，向一位能够在二十四小时内写出一部三幕剧剧本的人致意！

几乎在17世纪整整一个世纪里，充实西班牙剧院的人，是卡尔德隆。他是洛佩·德·维加真正的继承人，但他更多时候是一位诗人，而不是职业戏剧家。西班牙有过一种戏剧，主题是宗教性的，接近英国和法国的奇迹剧，即讽喻短剧：有戏班子沿街走过，服装奇异而庄重，受到国王或者主教的接待。卡尔德隆是公认的写作这类戏剧的大师。他也写作传奇性的寓言戏剧，如《奇妙的魔术师》，得到所谓的浪漫主义时期的德国和英国诗人的钦佩。我们可以列举这些诗人的大名：歌德、雪莱以及半个世纪以后的《鲁拜集》译者菲茨杰拉德。这些大部分都是遭到不公正待遇的人防剑和用剑的事，是涉及个人荣誉的大事，是古老的骑士精神的残余；而堂吉诃德正是依凭这一精神赶着瘦马前进的。西班牙人还贴近它，维克多·雨果也是如此。这是大歌剧的好素材，但是必须有优秀的音乐家和真正的诗人来把它提高到真正的悲剧高度。卡尔德隆是这样做的，高乃依也是这样做的，还有雨果。

在半岛末端，是西班牙的邻居和亲戚葡萄牙，这是一个小国，但在16世纪曾是一个强大的海上强国。当时，葡萄牙诗人之王卡莫恩

卡莫恩斯

斯是敢于乘小船向汪洋大海挑战的水手之一。从自己的亲身经历中，他理解了他所崇敬的英雄所遭受的艰难险阻；这位英雄就是瓦斯科·达·伽马——葡萄牙航海家，他绕过了好望角，发现了通往印度的航线。以这位杰出而残酷的老海员（他在卡莫恩斯诞生的那一年去世）的冒险为素材，诗人创作了一部杰出的史诗；它杰出，并不因为葡萄牙语在欧洲诸语言中只是小弟弟之一而遭冷落。卡莫恩斯的伟大史诗——《卢济塔尼亚人之歌》(卢济塔尼亚是葡萄牙在传说中的名称)，不仅仅是达－伽马的故事，甚至不仅仅是葡萄牙的故事。这是关于发现大海并且与之搏斗以及征服奇异国度的故事，是在《奥德赛》之后最强有力的海洋诗篇。如果哥伦布是一个诗人，那么，这可能就是他写出来的那种诗。19 世纪，这本书有一个活泼的英译本，译者理查德·伯顿也像卡莫恩斯一样，是一位文学家、旅行家和冒险家。西班牙人占领了里斯本、西班牙语成为官方语言之后，正是卡莫恩斯的杰作拯救了葡萄牙语使其免遭消亡，而且鼓励了他的同胞反抗入侵者，维护了民族尊严。笔可能不如剑有力量，但有时候却能够协助并确定民族的命运。

23

伊丽莎白时代以前的英国文学

乔叟是第一个把今天看得和昨天一样美好的伟大诗人。

——洛威尔

乔叟之前的大部分英国文学多属于历史，而不是艺术，虽然创作的动机可能出自艺术。当我们读其中的一部分，可能会觉得有趣，但不会感到十分愉快。突然之间（这是无法解释的），出现了一位伟大而令人欣喜的诗人。乔叟是沙漠里的棕榈，或者可以说是灌木丛中高耸挺拔的松树。乔叟的文化教养是法国的，像 14 世纪英国绅士那样。国王理查德二世的宫廷里都说法语，还有些鄙视英语。乔叟翻译法文作品，还大量借用意大利语。他的语言是英语；但不是现代英语，必须经过学习才能理解他的词汇、他的诗句的音步以及他的语词元音的丰富价值。有些人，甚至包括像德莱顿这样聪明的人，都尝试把乔叟英语翻译成现代英语的语句和韵律，但都没有成功。乔叟的杰作《坎特伯雷故事集》，来源不同，但却在一个联结的情景下集合成故事。说故事的人是前往坎特伯雷的朝拜者们——这不太像一次朝拜，倒像是一次假日出游。故事都很动人，但是比故事更为精彩的是描写这一群人的语言。骑士、牧师、女修院副院长等等都被几行精妙的文字勾勒出来。在文学中，这是最为简洁明快的人物刻画。人物十分不同，来自各行各业，所以这一个小组就是 14 世纪英国的一幅写真。故事揭示出叙事的种种情绪，从庄严的悲剧遭遇到欢快的喜剧。

即使乔叟没有写《坎特伯雷故事集》，单凭别的诗，他在英国诗歌中也占有很高的地位。《特罗伊勒斯和克丽西达》，也是莎士比亚的一个剧本题材，叙述得很有趣，但不是一个十分令人兴奋的故事，无论是在乔叟笔下，还是在莎士比亚笔下，或是在薄伽丘的《菲洛斯

去往坎特伯雷的朝拜者

特拉托》(乔叟从该故事中借用)中。乔叟"次要"诗作中最优秀者是《公爵夫人的书》，是一篇可爱的杂录，取材多样，他读的书和他的梦境全都投入一个松弛但十分美好的单元之中。乔叟的诗作值得阅读，大部分都令人愉快。他的散文，尤其是他完成的哲学家波伊提乌著作的英语译本，至少让人感受到一种考古学的兴趣意味；乔叟时代，包括他之后一千年之内的思想家们都比我们更加敬重这位哲学家。而我们不读他的书。

在一个荒凉的时代，乔叟十分杰出；我们不曾记得，但他却又提醒我们，当时还有两位在思想和语言上都完全不同的两个人，即高尔和朗格兰。

乔叟

高尔是一位很好的传统诗家。他用法文、拉丁文和英文写作，受到同时代人的高度尊重。他的《情人的忏悔》中有不错的诗句，但是整体过于注重形式，十分枯燥，除了学者是没有人读的。伟大的乔叟有一行诗句对他是真正的赠贶，在《特罗伊勒斯和克丽西达》结尾处：

> 啊，德高望重的高尔，我把本书献给你

乔叟是一位伟大的艺术家，了解他同时代的人，我们可以相信他的判断。但是，时间已经令高尔失去光彩。对于我来说，他的诗歌既不吸引人，也没有诗韵之美；不过，英国诗歌最普通的浏览者也许能够看看瓦德或者其他文选作者选中的若干诗行。

有一位奇异的诗人极具活力，这就是朗格兰，写了《农夫皮尔斯的梦境》。关于这位作者，我们一无所知，但是，在这独特而有创意的诗作的背后，一定有一位精力充沛的人。这部诗作是关于天堂与地狱以及基督生平的梦境寓言，结构松散。其粗糙的头韵诗代表了更为古老，而不是之后的诗律，几乎没有乔叟的优雅和魅力；但仍是好诗，极富想象力，庄重，真挚。

在乔叟之后的一百年，英国诗歌平淡无奇，部分原因是没有一流的诗歌天才，部分原因是他们必须和一种既不属乔叟也还不属莎士比亚的语言搏斗。必须重新学习诗艺。最可爱的抒情诗句来自北方的苏格兰，来自亨利森、邓巴、道格拉斯和詹姆斯国王（尽管对他是否真正具备诗作者资格存疑）。他们都是乔叟的门徒，但是他们都未曾模仿，他们的个性特点因为苏格兰词汇而丰富起来；苏格兰词汇则一直保持着其清新和自然的活力。

15 世纪文学中的诗作虽然不丰富，但仍是伟大的民间谣曲时代。流传至今的英格兰、苏格兰谣曲最好的文本之大多数显然都是用 15 世纪的语言写成的。虽然不可能——也不需要——精确其具体的年月日，虽然之前就有许多谣曲有更早的文本存在过。关于作者，我们一无所知。因为一篇诗文不可能自然生成；谣曲的文本都是由某人最后确定的。但是，像童话故事一样，其来源不明。曾经存在过职业的谣曲吟唱人或朗读者，他们很可能改动过那些大家所熟知的诗句，以适应他们自己的需要。后来，甚至印刷和销卖单首谣曲的形式也都发生了改变。谣曲的题材都是简单的恋爱故事，多少是神话般的冒险故事，如著名的罗宾汉故事始末，是对某一真实事件、战役，或者像帕特里克·斯宾塞那样英雄之死的纪念。

谣曲和中世纪流行的史诗，与传奇密切相关，以更为简洁的形式处理同样的素材。重要的谣曲稿本来是帕西对开本。18 世纪，托马斯·帕西编汇了他的《英诗辑古》，这部著作在浪漫主义复兴中起了重大作用。最终的选本是美国学者柴尔德教授的重要著作。除了我们认为是自发形成的民间谣曲之外，还有刻意的文学模仿作品，如柯尔律治的《老舟子咏》、奥斯卡·王尔德的《雷丁监狱谣曲》和斯温伯恩的许多优秀的谣曲实验作品。但是，类似《老舟子咏》这样的韵味是不同于传统谣曲的，正如香槟酒不同于苏格兰麦酒。瓦尔特·司各特也许熟知各种谣曲的韵律，但他在创作时也不能准确把握韵味。然而，谣曲对精心创作的诗歌有很大的影响，每一位真正的诗人都感受到了其中的魅力。

16 世纪早期的诗人，作为伟大伊丽莎白时代来临的先驱者而备受关注。两位最重要的诗人是托马斯·华埃特和亨利·霍华德（即萨里公爵）。华埃特模仿、翻译了彼特拉克的十四行诗，十四行诗从此成为英国诗人所喜爱的一种诗体；他还实验过其他音步诗律。萨里比华埃特年轻，他的诗更为流畅，在《伊尼德》的一卷译文中给英国文学带来无韵诗的最早范例，即莎士比亚和弥尔顿的十音节诗行。开拓者、发现者总是有值得钦佩的作为。但是，萨里不是一位伟大的诗人，伟大诗人还有待来临。

华埃特和萨里尽管不是大诗人，但是他们给英国诗歌带来一股清新的韵调，是从意大利带来的。英国青年在离开大学之后总是要访问意大利的，我们只要说出弥尔顿、雪莱、济慈、勃朗宁夫妇的名字，就可以想到，在几个世纪之内，意大利是贴近英国诗歌心灵的。不仅华埃持和萨里，即使《托特尔杂录》中的其他小诗人也显示出了意大利的影响。这部杂录是英国诗歌史上的一个里程碑。在那个时代，绅士们都写诗，以示修养良好，还在亲朋好友之间交流传阅诗文手稿抄本。有开拓精神的印刷业者会收集一批与之类似的抄本印制成选集，而不顾什么先后次序和作者版权。我们感谢类似《托特尔杂录》的书，因为杂录保存了许多可能佚失的诗——事实上已经有许多诗佚失。

这一时期，有些小诗人值得纪念，因为他们是先驱者和开拓者，其中就有盖斯科因。他的《钢杯》是英诗中第一篇讽刺作品，是一个不可忽视的开端。还有一位很好的诗人——萨克维尔，写了《长官之镜》的一部分，唯一真正有诗意的一部分；这是一本描述国王之死的悲戚故事。这是在乔叟与斯宾塞之间出现的韵律最为优美的诗歌。

15—16 世纪，英国散文的大部分，在我们听起来，都是比诗歌更古老的。真正的诗歌是超越时间的；而散文则会变得陈腐，不再流行。但是，在这一时期，有几位散文作家，其活力超越了他们那个时代与我们这个时代之间语言上的差别。15 世纪末，有一位才智之士——托马斯·马洛礼，我们已经评论过他的《亚瑟之死》；这是从几种法国传奇中译出的，松散地放在一起成为一个整体，但是有几段插入语讲述得很好，以一种对我们说来略微有一点过时的风格写成。

英国文学最初是靠从不同外语翻译、改编而丰富起来的。最早和最勤奋的译者之一是凯克斯顿，他是英国印刷业之父，是一个学识渊博、趣味高雅的人士。他认识到乔叟的英语是“美化并且装饰了”。通过研究法文原文，他也模仿大师美化英语，对我们的散文产生了持久而良好的影响。他翻译了二十本书，在他自己的印刷厂——英国第一家印刷厂，至少还多印制了五十本。他印刷了马洛礼的《亚瑟之死》。

在马洛礼开始译事之时，最高贵的英国人之一——“有福的”托马斯·莫尔诞生了。莫尔的杰作《乌托邦》在英国文学中享有重要的地位，虽然该书最初是用拉丁文写成，直到莫尔逝世之后才被译成英语。《乌托邦》也被翻译成其他几种主要欧洲语言，书名变成了代表社会理想状况的普通名词。在提出完美国家的种种美德的同时，他当然要攻击那个时代的种种罪恶——类似我们这个时代的罪恶。莫尔的国家原则、柏拉图的理想国，任何一位哲学家政治家的好设想都未能付诸实践。历史的讽刺之一，绝不是一般的讽刺，就是：莫尔虽然是那个时代精英中的最优秀者，竟被处死；对于亨利八世时代来说，他太过正直和诚实。他的人品比他身为作家更为重要。他是英国第一位人本主义者，在知识和性格上——虽然不是在文学天才上——和他的荷兰朋友埃拉斯穆斯相等。人本主义者不在于成为自己母语的语言艺术家，而在于传播经典之光明。

托马斯·莫尔

较少宗教争论和说教能够引起一般读者的兴趣。坎特伯雷第一位新教大主教克兰默的天才证明，优美的风格保存了内容，因为这内容会因措辞雄辩力减少而丧失；他的节奏具有十分现代的色彩，似乎至少超前于他生活的时代一百年之久。除了他在宗教改革史上的重要意义以外，他还是伊丽莎白时代之前英国散文的首要作者。

虽然不如克兰默雄辩，但同样有力和诚挚的是另一位主教——拉提莫。他也是宗教改革史上的一位重要人物；正因如此，他的《讲道集》才得以保存下来。但是，《讲道集》因为风格直率和强劲有力，才值得阅读；它的力量在于其中没有任何“牧师”的口气，在于它使用了来自生活而不是来自书本的平实叙述。

结束这一章时，我们还需提及阿沙姆，从实践的意义上看，是他启动了伊丽莎白时代，因为他是伊丽莎白的教师。他最有名的书——《教师》，是第一篇重要的论教育的英语论文，虽然有关的问题已经被讨论过许多次，但著作中某些片段至今仍然没有过时。阿沙姆可算是一个学究、学者，而不是艺术家。有一事可以揭示出这个人的判断尺度，《亚瑟之死》比当时任何散文都给人提供了由衷的愉快，但他认为这部作品是有害的！

24

伊丽莎白时代：戏剧以外的文学

我的诗神对我说，蠢人啊，细看像自己的灵。
然后就下笔吧。

——锡德尼

16世纪中期，菲利普·锡德尼、埃德蒙·斯宾塞、瓦尔特·罗利诞生；还有些人，我们甚至无法一一提及，因为此时的英国文学之花开始盛开，尽管我们无法数清花的数目。锡德尼因为用笔写作而成为诗人，在生与死之中，都是一个诗的形象。他在战场上的恢宏气概，即在遭受致命伤之后仍把最后几口水留给一个垂死的士兵。这一点使他无愧于罗兰，或者说无愧于任何一位传奇中的骑士。锡德尼爱斯黛拉，但在他意识到自己对她的激情之前，她嫁给了另外一个男人——无论这个故事有多少真实的成分，它至少是一个很好的传奇故事，启发他写出第一组优秀的英语十四行诗《阿斯特罗费尔与斯黛拉》。他的诗作感情真挚，诚挚是文学中的首要因素，而非全部因素，因为使用语言的能力也同样重要。锡德尼掌握了十四行诗，使之成为英文诗歌自然的，或者全然被驯化的格律。

如果说《阿斯特罗费尔与斯黛拉》没有直接启发斯宾塞写作十四诗组诗《爱情小诗》，那么，它对一位更伟大的诗人是有过一些影响的（甚至莎士比亚绝妙的十四行诗组诗）。但是，应该知道，写作十四行诗在当时是时尚，绅士和职业诗人都学习写十四行诗，正如学习使用刀剑一样。有些十四行诗只注重形式，不过是一种高雅的习作而已；而有些则充满真情。虽然诗中歌颂的爱情是给某位女士的，但是像在锡德尼那里一样，在大多数场合不能确知，莎士比亚十四行诗

锡德尼

中的黑肤女士就是一个未解之谜。仅次于斯宾塞和莎士比亚十四行诗组诗的，而且在我听起来同样优美的，是德莱顿的十四行诗。除了戏剧之外，德莱顿留下了一大批真正的诗歌，比那一时期任何诗人（除了斯宾塞）都多。几乎是最好、最深刻的关于人间之爱的十四行诗的开头是：

别无他法，就亲吻再告别。

写作光辉十四行诗的另一位诗人是丹尼尔，他有一首诗的开头是：

未出生者会说，她在那里！
美人教他说话，打破聋哑。

这样的诗句可以令他和莎士比亚并列。

德莱顿称锡德尼是“既擅长诗歌又擅长散文的英雄”。他有两篇散文——《彭布罗克伯爵夫人的阿佳地亚》和《诗辩》；后者为前者的附文，但更为重要。这些优美的散文，既简洁又富音乐性，是英国文学评论基础的三四篇论文之一。它是关于高森对于戏剧与诗歌的攻击言论《骗人学校》的答复。这些文章很能说明问题，显示出文学的状况，即诗歌在最后战胜评论界并且走上正确方向之前所经历的真实的斗争。应该和《诗辩》一起提及的还有韦伯的《英诗论》，该文也许是受到《诗辩》的影响。比锡德尼论文更富教导意义的是《帕廷汉英语诗艺》，这是当时最重要的诗歌批评著作。锡德尼的论文是最好的散文，他英年早逝，却是其他人的先师。

现在放下这位年轻先师的散文和诗歌，来看看《阿佳地亚》是很有意思的。这部作品出自一位聪明的爱好者之手，是一部懒散的、造作的、虚饰的作品，虽然有些段落精美。当时，《阿佳地亚》在趣味上是被认可的传奇之一，远远超出现实世界的范畴（只是在脱离散文并且变成诗歌之后才适合我们的趣味），就像莎士比亚把洛治奇幻的《罗莎琳德》变为魔幻富传奇色彩的《皆大欢喜》后，洛治自己在歌曲中接近了魔幻一样。诗歌自然而然地具有一种夸张特质，而这一特质对于散文而言，则成了一种不堪忍受的负担。一个重要的例证就是黎里的《尤弗伊斯》，其高度造作的风格让人觉得可笑，但当这种风格浸染了当时的诗歌之风时，却没有造成损害，反而常常是一种恰当的装饰。

有人说，夸饰体（该术语来自黎里这本书的标题）对莎士比亚的风格造成了有害的影响，其实他们是不理解诗或者风格的。夸饰体广泛存在，不应由某位作者负责。英国人自然而然地要使用高度雕琢的语句，令句式花样翻新，来讨女王或者某位女士欢喜，就像他要穿花边皱领、粉红色丝质短裤、绣花外套和佩镶有珍珠的长剑一样。这就简要说明了，为什么诗歌崇高而庄重，却常常太过矜夸，而散文常常太过无力，雕琢得怪异——亦即传奇的散文，因为解说性的散文是清醒、尊严和健全的。这一点在《阿佳地亚》和《诗辩》中都曾略微提及。散文体的论据坚实、流畅、健全，是一流的评论。抒情的点滴很有魅力；其余的就很接近无聊，就如一大块婚礼蛋糕上还有一个瓷制的牧羊女。

但不久以后，英国诗歌中就有了生动活泼的牧羊女，田园诗（我们在前面已经谈过）很快就变得十分自然，以至我们几乎忘记英国乡村从来没有听到过牧笛或者阿马丽莉的声音；而赫里克的迷途牧羊女名叫爱丽莎。1759 年，斯宾塞发表了《牧人月历》，这是英国诗歌中的一个重要时刻。它宣告了一位一流诗人的来临，后来的“短小杂诗”证实了这一宣告。经常出现的情况是，一位创作过浩大杰作的伟大诗人，其较小的诗作却隐没在杰作的阴影中。斯宾塞，或者弥尔顿，都是如此。把他们二者相提并论是恰当的，无论如何，他们二人都是无与伦比的抒情诗人。

抒情诗人写作简洁，可以用四行诗来表现整个宇宙。从作品的长短推测（如果可以这样衡量的话），大诗人一般构思有广阔的计划或者情节，然后用各种抒情技巧来填充架构。斯宾塞是继乔叟之后的第一位英国诗人。他有巧妙的构思和实现构思的技巧。《仙后》是一个缜密的寓言故事，计划有十二卷，斯宾塞却只完成了六卷。一卷叙述一位骑士的功绩，这位骑士象征一种“美德”，如神圣、节制、贞洁等等。也许我们对于寓言传奇的兴趣没有应有的深度，《仙后》太过冗长，在《人人丛书》中整整占了两卷，而且是那种印刷密集的全球版，有四百页之多。因此，它不符合爱伦·坡的法则，即一首诗的长度，应该让我们在一次阅读中读完。这诗作是巨大的业绩，受到斯宾塞同时代人及之后诗人的钦佩。查尔斯·兰姆称斯宾塞为“诗人中的诗人”。原因之一是，诗人们都佩服他的写作力量；诗是用他独创的斯宾塞诗段写成的，在几百个诗段中，虽然内容有时候枯燥乏味，但在技巧上一直没有衰竭。另外一个原因是，斯宾塞具有高超的诗歌才能，尤其在曲调、节奏和形象等方面。不通读《仙后》(只有诗人、学者和清样审校者才能通读，再无他人）的人可以随意浏览其中的任何一歌，并都会为诗句华美肌质有如古老壁毯而觉得耳目一新。“老旧的音韵和不合时宜的词语”(在当时曾因此受到诘难）只能加强色彩的丰富。

在一个享有歌曲宝库的时代，充当一位杰出抒情诗人就必须伟大，因为从伊丽莎白—詹姆斯时期到17世纪（第一期不间断地滑入第二期）有众多抒情的声音，我们几乎不可能悉数倾听。那种丰富，那种清新，那种令人惊讶的多样性，就连无限丰富的19世纪也难以匹敌。事实上，19世纪的诗人们为了存活，灵感曾经回归到那里去——这一切的秘密何在？如果我们打开当时的文选或者杂录，例如1600年出版的《英国的帕纳索斯山》《我们现代英国诗人之精选奇葩》《英国的赫利孔山》，就会看到精美的诗句，有些是不太著名诗人的作品。或者，当我们看看戏剧家，甚至二流作者的剧本，我们就会发现，凡是为舞台写作的诗人，都会唱歌。也许更好的方法是，为了体会到一种“抒情欢宴”（赫里克致琼生的诗中用语），我们可以打开一本现代诗选：是鉴赏力强的编辑选取了最佳作品，或者某些最佳作品，如谢林教授的《伊丽莎白时代抒情诗》、与之并列的《17世纪抒情诗》、阿伯的《英国谷仓》和巴伦的《伊丽莎白时代歌本抒情诗》。

伊丽莎白时代的诗的确是抒情的，而不是史诗的，或是戏剧的，或是讽刺的，或是警句式的；这一时期的诗歌明显的共同特点是可以唱，而且从事实上看，有些抒情诗肯定是被唱过的，当然包括戏剧中的那些抒情诗；另外一些是按传统的曲调写的；其他一些则是为新曲调写的。在有些情况下，诗人既通音乐，又擅长音韵。最突出的诗人音乐家是托马斯·坎皮昂，他的《歌曲四书》包含有歌词和音乐，所有的歌词和绝大部分的音乐都由坎皮昂创作。他的每首诗都有一种歌唱品格，即使只有歌词，没有音乐，也几乎可以让人感受到其中的曲调。奇怪的是，这个完全的歌唱家轻视自己创作的歌曲；他提倡无韵诗。他完全被人遗忘，直到现代学者重新发现他。得到诗人承认的歌曲之王是本·琼生，我们谈戏剧的时候还要谈他。每个人都熟悉的歌曲：“你只用秋波向我敬酒”，只是他众多诗作中的一首；这些诗作之优秀，不仅仅在于其形式美，用词妥当，而且在于其情感有尊严，强烈而有节制。也许，琼生的博学使他的悲剧显得有些笨重，但在歌曲里，他用强有力和优美的翅膀承载了他的学识，他的声音不是猫头鹰的，而是百灵鸟的。他用对待古代经典的忠诚态度对待自己的诗，对追随他的诗产生了有益的影响，因为他不是古人的奴隶，他熟读他们的作品是为运用和受益。贺拉斯、卡图鲁斯、马尔提阿利斯影响了他，是他的楷模。像几位后来的诗人，如阿诺德和丁尼生那样，他赏识罗马诗人，认为他们的对称风格有益于英诗。伊丽莎白时代的诗歌有陷入怪异的危险，而琼生以其盛名令其保持规范，不死板，注重形式但不循规蹈矩，清明但不平庸。

琼生的一位友人在英国诗歌中享有很高的地位，这就是德拉蒙。他的情歌和十四行诗都很优雅、细致，充满感情。他的一首《致夜莺》是极好的，我想济慈一定读过。

伊丽莎白时代的英国和16—17世纪西欧的优秀特征是精神上的进取心、对冒险的热爱和使用新思想与表现方式进行实验方面的勇气。正如丁尼生所说，那是“追求空间的时代”。人们多才多艺。瓦尔特·罗利，一位探索者和船长，是最好的抒情诗人之一。他被囚禁在伦敦塔里，以写作《世界史》为消遣，度过了漫长的十二年。

伊丽莎白时代的抒情诗表达了人类心灵所知晓的每一种可能的情感，十分丰富。我们应该用一个欢乐的曲调，一支温柔的爱情歌曲来结束论述。但是，那个时代，生活中和舞台上，都充满了悲剧，因此，引用一下罗利有些悲哀的《结论》是恰当的，特别是因为在思想上和行动上，他像其他人一样，可以代表那个变化多端的时代。

甚至时间也是如此，凭信任劫走

我们的青春、欢乐，我们的所有，
偿还我们的是灰尘和泥土，
当我们走完全部人生旅途，
我们在黑暗寂静的坟墓内部，
时间封存我们走过的道路；
但是，从这泥土，这坟墓，这尘土，
我深信，上帝让我回生如故。

最为独立和富独创精神的思想家之一是弗朗西斯·培根，现代英国哲学的奠基人。关于他是否也是一位诗人的问题，我们在这里不做讨论。他最著名的书是《论说文集》，在文集中，他把五十个题目（或一百个题目）所能够说的话都压缩在一起。看来，他阅读过世上所有的智慧之书，又将其提炼到本质上来。在一封著名的书信中，他写道："我收纳了所有的知识，使之成为我的家园。"即使只写了这些论说文，培根也无愧于他的称号。他的风格近警句体，流畅，类比丰富，显示出一种平易特色，这使得他的风格有别于那个时代的那种过度奇幻的散文。但是，《论说文集》只是他拉丁文和英语著作的一小部分。他最重要的著作是《新工具》，是他计划完成但未得完成的浩大的哲学著作的一个片段。没有人能完成这样的工作。他认为，一个人可以认识关于宇宙的所有并且把这种知识以最终形式组织起来——这是他唯一，也是最大的错误。他重大的贡献是他的实验方法和他对各派权威的反抗。许多世纪以来，亚里士多德及其门徒几乎统治了所有的思辨，他们首先接受原则，然后开始就细节进行争论。培根颠覆了这一过程。他说，我们必须逐个找到真实，再从中推导出一般的原理。这一思维方法叫归纳法，类似于苏格拉底的方法。这种探索的精神在欧洲思想界引发了革命，在现代科学中占主导地位。培根的《新大西岛》引导了皇家学会的建立，学会在科学的进步过程中起了巨大的推动作用。在追求思想的独立性，在确立个人进行自己研究时的权利和义务方面，培根的贡献最大。在《学术的推进》中，他说："人过多地脱离了对自然的观察和对实验的审视，却又不断地在自己的推理和奇想中往来奔跑。"还有："一方面，更有恒心和忠实的教授们应该对自己提出要求，给自己的学科添砖加瓦；一方面，他们却把争取进步的辛劳限定在某些二流的奖掖之中，成为有力的冠军或者保卫者，成为方法论的混合者或者省略者，所以原有的知识有时候能得到改善，但是很少扩大。"培根之后，我们已经取得长足进步，但是他的评论对于目前学术界某些方面仍然不失为一种斥责。

弗朗西斯·培根

伊丽莎白时代文学之丰富，多多得益于译者。译者们不仅瞩目于古代经典，也瞩目于当代欧洲文学。我们已经提及，弗洛里奥译蒙田，托马斯·诺恩译普鲁塔克，查普曼译荷马。在风格上，今天的译文一般都不是太好，但却应该忠实于原文；对于一个翻译工匠来说，甚至要求某种文字上的忠实。伊丽莎白时代的翻译者没有这样的概念。他们对原文有种种侵犯，将其当作资料，为所欲为，以真正的英语独创性为借口，丝毫不尊重外国作者的思维权利。结果就是，外国经典作品的伊丽莎白时代版本具有十足的英国气概，与其说是翻译，不如说是归化，因而几乎成了本国文学的组成部分。这种文学趋势旺盛。

25

莎士比亚以前的伊丽莎白时代戏剧

如果诗人手中曾经握住的笔，
给主人的思想提供了感情，
如果每一种甘美充满了他们的心灵，
他们的精神，和对崇高主题的沉思；
如果他们从诗歌永恒的花卉
择取天上的全部精髓
……
如果这一切造就了一首完整的诗，
一切都结合成为美的价值，
则在他们有思绪不断的头脑中活跃着
至少一个思想，一种优雅，一种奇迹，
任何的美德也不能将其化为话语。

——马洛

英国戏剧有两个主要来源，民间的和文学的。莎士比亚的民间先驱者是中世纪的奇迹剧。奇迹剧是以圣经故事为依据的简短对话，如《亚伯拉罕和以撒的故事》和《救世主诞生的故事》。实际上，这些奇迹剧是在教堂演出，毕恭毕敬。但是教士或者俗人把世俗思想，甚至滑稽观念引入其中，教会当局是禁止这些进入教堂的。普通人喜欢，就在公共场合继续演出。有些同业行会把戏接过来，并为他们的优秀演出十分自豪。留存下来的几组戏剧是以产生这些戏剧的地方命名的，如切斯特、约克、考文垂。它很可能还有另一个名称——“神秘剧”，和题材的神圣不相关；在英语和法语中，“神秘”这个词本意指经商，因为演员们是手艺人。无论如何，这是戏剧对话，是经过训练的演员和原始的舞台演出技巧的开端。除了奇迹剧，不久以后产生了道德剧，其人物都是含有寓意的抽象概念。有些剧本具有真正的文学价值。一个很好的例证就是《普通人》，几年以前又重现在我们的舞台上，证明它十分有感染力。

的确，大部分礼拜式戏剧，用粗糙对话表现的诗化圣经插曲，以抽象概念，如罪恶、憎恨、傲慢、愚蠢等为人物的道德剧，还有完全是世俗消遣的插剧，对人性经常性的嘲笑——所有这一切都是走向几乎没有诗歌品格的伟大戏剧的准备。其兴趣在于历史、考古。但这是不容忽视的一种兴趣。正如圣兹贝里强调指出的那样：“现代戏剧来源于神秘剧。神秘剧进入道德剧。道德剧进入现代剧。”但是，如果可以用自己的无知来对抗渊博和可敬的学问的话，我想冒昧地说，圣兹贝里的话是言过其实了。他说：“虽然对古典戏剧的模仿，在学校和大学的演出感染、塑造和在总体上大大地影响了现代戏剧，但是这现代戏剧并非起源于它们，正如斯宾塞并非来源于维吉尔，胡克并非来源于西塞罗一样。”

无论如何，具有类似现代戏剧形式的英国戏剧最早的粗糙样本，都是具有大学背景的人士写作的，他们应该是见识过古典作品的。英国最早的“合法”喜剧——《拉尔夫·罗伊斯特·多伊斯特》，大约是由16世纪中期的尤多尔写的（他是伊顿公学的校长，毕业于牛津大学）。这个剧本内容是英国的，幽默粗糙却鲜明，含有戏剧的外貌和连续性，这就意味着古典的戏装穿到了英国人的身上。但其用词是拙劣的英语，没有什么价值。

另外一个闹剧，粗糙而低廉，十分滑稽，是《加默·戈尔顿的针》，作者约翰·斯蒂尔是剑桥大学毕业生，后来成为其母校的校长。《加默·戈尔顿的针》带来粗大的笑声，全然是英国的，但是其结构有如古代经典的作品；不过，这结构对于英国人来说又是全新的。

具有惯常的塞内加式的第一个英国悲剧是《戈杜巴克》，据认为这部剧全部或者部分是萨克维尔写的；我们已经看到，他是一位早期的抒情、叙事诗人。这是一个枯燥的剧本，诗句没有灵气，笨重而乏味。但是，它显示出一种追求形体匀称、动作循序渐进和人物性格化的趋势。

这些戏剧都只是摸索中的实验，在伟大的女王统治早期，其他戏剧也是如此。所以，马洛之前的戏剧绝大部分都是起始的，枯燥乏味。但是，几乎与马洛同时，围绕着他的有一组戏剧家，他们也是抒情诗人、散文作者和杂文作家。他们是所谓的大学才子派，即黎里、格林、纳什、皮尔、洛治和基德（他没有上大学，而是上了公学）。除了马洛之外，这些人的优点不太突出，而且是越来越弱，因为我们是透过成熟的伊丽莎白时代戏剧之耀眼光明来看待他们的。

黎里的夸饰体散文颇多奇想和荒诞，但在他走向传奇戏剧的时候，他克服了很多缺点，增加了优点。《恩底弥翁》和《月亮上的女人》即使没有不朽的形象，也有精美的想象。莎士比亚显然知道这两个剧本，而琼生在为莎士比亚对开本所做的诗体纪念前言中，把黎里、基德与马洛算作一组，也并非没有意义。

皮尔有两个很好的剧本——《帕里斯的受审》（一出牧歌式的宫

廷假面戏剧，包含有精彩的诗行）和《大卫与贝丝赛白》(是真正对圣经故事的戏剧改编，有很多段落颇具诗歌之美)。

格林最好的戏剧《僧人培根和僧人邦格》是一部超自然的、马戏和爱情故事的混合体，这种结合后来以更高级的形式见于马洛的《浮士德》。格林的杂文比他的戏剧更为有趣，如《百万忏悔换取的一先令智慧》，但其中有对莎士比亚很不恭敬的评论。

与戏剧家的身份相比，洛治的抒情诗人和杂文作家的身份更重要；而纳什是精明的杂文作家，几乎没有接触戏剧。

基德在《西班牙悲剧》中提出有鲜血、充满喧嚣与谋杀的悲剧的早期范例；换句话说，就是吵闹的情节剧。

远远超出这些人，甚至没有因为最伟大的莎士比亚或者弥尔顿而相形见绌的是马洛；他是英语中第一位伟大的悲剧诗人。他拥有一种强烈的骄傲的精神，在短短二十九年的生命中，他完成了许多美的奇迹。他写了四个剧本，主题都是人对野心和权力的追求，以及人要潜入宇宙令人困惑之秘密意志。他最好的戏剧是《浮士德》——以关于魔术师的古老传说为依据；这位魔术师把灵魂出卖给了魔鬼，以换取短时间内无限的权力。歌德把这个故事写进他繁复的哲学诗篇《浮士德》，这也是古代长盛不衰的歌剧主题。在马洛的剧本中，悲剧主角是诗人自己，他叛逆，反抗人类的桎梏，努力奔向无限的知识。剧本含有许多浮夸的语句，但也有走向马洛“令人向往的主题”片段，那是用英语写出的最为辉煌的诗句。即使在莎士比亚手里，这些无韵诗也不会比他的更响亮。在梅菲斯特召集特洛伊的海伦时，浮士德说出名句：

难道就是这张脸抛出了一千艘战船，

焚烧了伊里昂极高的塔楼？
甜美的海伦，你的一吻足以令我不朽。

浮士德问：

那么，你怎么就走出了地狱？

梅菲斯托菲尔回答：

这为什么是地狱，我却没有走出。
你以为我目睹过上帝的风采。
尝试过天上永恒的欢乐，
所以虽然被剥夺了永恒的幸福
就不受一千种地狱的折磨？

《浮士德》是马洛的杰作。但是，他的另外三个剧本同样有特色，并多有精彩之处。《帖木儿》是他第一次对诗歌世界的傲慢挑战，是修辞大观，充满拜伦式的青年朝气。在这里，的确如序言所许诺的——有高级的令人惊异的词语，有琼生所说的马洛的奔放诗行。它野性的辉煌如果再向前推进一级，就会破碎，成为平凡的舞台装饰。但是，马洛控制住了强大的自然力量。《马耳他岛的犹太人》及其可怕的残酷，是血腥悲剧的一个好样本。它十分清楚地揭示了马洛的一个缺点：缺乏智慧。这也许来源于他血气方刚，来源于他对人性的冷漠，或者无知。在《爱德华二世》中，历史和事实制服了他，他有点不知所措；剧本中没有许多精彩的诗句，但从戏剧上看，从人性上看，这个剧本是他最好的作品。

马洛是一位伟大的抒情诗人和叙事诗人，仅《希罗与利安德》就足以使马洛不朽，因为长诗里有一行人人皆知，虽然不见得人人皆知是他写的：

凡是感受过爱情者，谁不是一见钟情？

不是马洛，也不是其他人创造了无韵诗，或者突然创造了英国的悲剧。但是，斯温伯恩的见解中有真知灼见：他是最伟大的发现者，最大胆和最有灵感的开拓者，在我们全部诗体文学之中……在他来临之后，就给莎士比亚打开了道路，修通了阳关大道。

26

莎士比亚

想象的产物，最甜美的莎士比亚。

——弥尔顿

1623年出版了英国文学中最为重要的一本书，莎士比亚戏剧第一个对开本选集。（我们不必把《圣经》从我们最重要的书籍中剔除，因为《圣经》首先不是创造性的英语文学作品。）关于这个对开本及其作者，一直有种神秘感。这个秘密至今没有答案，因为太过复杂，不能在这短小的篇幅中进一步讨论；我们只能提出这个问题，因为它在英国文学的故事中很重要，或者至少是有趣的。莎士比亚是谁？关于他，我们所知甚少，正如我们对许多天才人士所知甚少一样。传统传记中，莎士比亚于1564年生于斯特拉特福；十八岁时娶了安·哈瑟维；大约二十岁时去伦敦当了一名演员；在大约三十岁时成为知名的诗人和剧作家，作为作者、剧院经理和所有者，事业日益成功；大约四十五岁时隐退到斯特拉特福，1616年在那里逝世。在 19 世纪中期，有几个持怀疑态度的人提出这样一个问题：一个人，没有受过大学教育，或者至少没有很多机会读书，是否能够写出显示了渊博学识和具有高度文学修养的剧本。答案还没有被学者们广泛接受：莎士比亚是弗朗西斯·培根的一个笔名，或者“假名”。我们不必追踪争论的细节。其概要是：培根派坚持说，斯特拉特福的那个演员不可能完成这项伟绩，是培根完成的；莎士比亚派则坚持说，培根的散文著作已经表明，他不可能写出那些剧本和诗篇，莎士比亚不仅能够，而且事实上已经写出。

让他们争论去吧。我们享有这些作品、十四行诗和剧本；而这些杰作，从整体看，是英国诗歌中最精华者。这些十四行诗也许具有重大的传记意义，但是，关于这些诗意味着什么、谁是莎士比亚强烈情爱的对象等等的争论，不但没有揭示其更为深刻的价值，而且还遮蔽了其字面的优美。勃朗宁痛感过多的评论给注释家造成干扰，认为莎士比亚并没有用十四行诗来抒写胸臆，我们可以同意这一见解。“果真如此，他就不太是莎士比亚了！”十四行诗（情诗组诗）是莎士比亚时代的时尚。许多诗人都写，我们已经看到；有些人写得很好。诗人以诗人的身份写诗，而非以情人的身份；唯一的问题是：一首十四行诗可能很美。理解类似下面的十四行诗的可爱之处自然是没有困难的，这首诗表达了人人都可能有，但是只有真正的诗人才善于表达出来的一种情感：

我一旦失去了幸福，又遭人白眼，
就独自哭泣，怨人家把我抛弃，
白白地用哭喊来麻烦聋耳的苍天，
又看看自己，只痛恨时运不济，
愿自己像人家那样：或前程远大，

或一表人才，或胜友如云广交谊，
想有这人的权威，那人的才华，
于自己平素最得意的，倒最不满意；
但在这几乎是自轻自贱的思绪里，
我偶尔想到了你啊，——我的心怀
顿时像破晓的云雀从阴郁的大地
冲上了天门，歌唱起赞美诗来；
　　我怀着你的厚爱，如获至宝，
　　教我不屑把处境跟帝王对调。[1]

莎士比亚的剧本，收集在第一对开本里，包括有十四个喜剧、以帝王之名命名的十个历史剧以及十一个悲剧。我们不能确知，或者说也不怎么热心，这些剧本写作的次序。我们甚至不相信，最差的作品写作最早这样的准则；一位甚至没有活到高龄的艺术家也可能在年轻时候创作出优秀作品，而在生活过程中有时候也可能脱离他最高的标准。这是莎士比亚学者们没有取得统一见解的原因，不必让我们为此伤脑筋。看看剧本吧，“剧本才是核心”。

如果你仅从表面上看莎士比亚戏剧史，那么，引起你注意的一个实际情况是，直到现在，占有舞台的莎士比亚戏剧要多于其他伊丽莎白时代剧作家作品的总和。此外，在三百年时尚和趣味的变化之余，即使他从来不受欢迎，他也从来没有被忘记，从来没有失去对观众或者对于进取心强的演员的吸引。19 世纪的伟大演员，如埃德温 · 布思、亨利 · 欧文、莫德耶斯卡和萨尔维尼，都因为扮演莎士比亚的人物角色而取得重

1　屠岸译：《莎士比亚十四行诗》，重庆出版社，2008。

大的成功。在最近的一代人里，我们看到了下列剧作或多或少的成功演出：《错误的喜剧》《仲夏夜之梦》《威尼斯商人》《皆大欢喜》《第十二夜》《理查二世》《亨利五世》《罗密欧与朱丽叶》《尤力乌斯·恺撒》和《哈姆雷特》。在德国，莎士比亚的剧作经常上演，据说演得很好。这一情况的重要意义在于，包含有最优美英语诗歌的戏剧是最有效的“展示”，这些戏剧很可能是有意为之。在莎士比亚时代，人们不像我们这么容易能接近书籍，相对而言，剧院是更为重要的传播思想的场所。

莎士比亚戏剧的基本特点是绝大部分都有很好的情节，有引人入胜的故事。他在一切能找到题材的地方索取素材，从古老剧作中，从意大利故事、英国编年纪、普鲁塔克的《列传》中，他的创造在于改编故事，用他自己的语言——活的血肉给架构披上衣装。有些题材单薄而平庸；虽然他很可能是讲述实际的剧作家，有驾驭故事的能力，但他的天才是在人物和语言，且在对话的诗意与幽默中表现得出类拔萃。即使是最平凡的剧本，几乎没有一个剧本不包含有极其优美的诗行——我们会辨认出，这是莎士比亚式的诗行。但是我们必须牢记，这一诗歌风格在某种程度上不是源于某个天才，而是源于一个时代的天才；还有其他好几位诗人写莎士比亚风格的诗。莎士比亚无论是什么样的人，都不是一个神；他常常从其最高水平跌落，写出许多平庸的戏剧场景，且诗句拖沓。所以，在遇到疑似为他的剧本之时，我们不知所措，不知是否应该依风格优点或缺陷肯定还是否定作者。

也许，我们辨认莎士比亚文字之美的依据在于事先知道是莎士比亚写作的。但是，又有谁具有他那样的文字魅力——时间不能使之衰败，引用不能使之望而生厌？

《暴风雨》中普罗斯彼罗的话：

我们的狂欢已经终止了。我们的这一些演员们，我曾经告诉过你，原是一群精灵；他们都已化成淡烟消散了。如同这虚无缥缈的幻景一样，入云的楼阁，瑰伟的宫殿，庄严的庙堂，甚至地球自身，以及地球上所有的一切，都将同样消散，就像这一场幻景，连一点烟云的影子都不曾留下。构成我们的料子也就是那梦幻的料子；我们的短暂的一生，前后都环绕在酣睡之中。[1]

克娄帕特拉在被小毒蛇咬之后临死之前的话：

静，静！你没有见我的婴孩在我的胸前吮吸乳汁，使我安然睡去吗？[2]

《哈姆雷特》所有的，包括现代舞台演出本删节掉的段落，都是完美的。措辞完美，每一行诗都紧扣人物性格和情境，《哈姆雷特》是莎士比亚最佳的、无与伦比的杰作。

麦克白在听说王后死去时说道：

她反正要死的，迟早总会有听到这个消息的一天。明天，明天，再一个明天，一天接着一天地蹑步前行，直到最后一秒钟的时间；我们所有的昨天，不过是替傻子们照亮了到死亡的土壤中去的路。[3]

---

1 朱生豪译：《莎士比亚全集》（一），人民文学出版社，1988。
2 朱生豪译：《莎士比亚全集》（十），人民文学出版社，1988。
3 朱生豪译：《莎士比亚全集》（八），人民文学出版社，1988。

哈姆雷特

我们还可以无限地使用引文。其他诗人可以完美地说出某些事物，而莎士比亚能道叙一切。他思想所及是巨大的，适应于其人物的宏大和多样。他所道出的思想和情感适合于国王、令人开心的无赖福尔斯塔夫、困惑犹疑且不幸的哈姆雷特、机智的鲍西亚和悲剧人物麦克白夫人。从闹剧式的折腾到可怕的痛苦，所有人类的情感或者经验，莎士比亚都以准确的技巧触及。他只有一个闪光的弱点，就是丰富。在情景揭示出某种思想之时，诗人随剧作家奔跑，表达出多种思想来。正因如此，在我们这个缺少耐心的时代，演出本有较大的删节。例如，当麦克白谋杀了睡眠中的国王之后，恐惧地说：

> 我仿佛听见一个声音喊着，“不再要睡了！麦克白已经杀害了睡眠。”[1]

莎士比亚把他送入关于睡眠的抒情诗，有六种精彩的比喻，这对于一个处在激动状态的人来说，是太过分了。莎士比亚伟大的竞争对手和崇拜者本·琼生曾表达过一个愿望，但愿莎士比亚能删去一千行，他指的大概不是这样的精彩段落，而是那些不十分精妙的段落。但是，正是琼生恰如其分地评价他说：

> 他不是属于一个时代，他属于一切时代！

1　朱生豪译：《莎士比亚全集》（八），人民文学出版社，1988。

27

伊丽莎白时代的其他戏剧家和詹姆斯时期的戏剧家

啊，亡故的诗人的幽灵，
你们看过哪个青苔洞，
哪个极乐世界或桃源，
比得上“美人鱼”酒店？

——济慈[1]

为方便起见，文学时期以一个君主之名或者世纪定名（在英国文学中，似乎女王们领先，伊丽莎白、安妮、维多利亚）。但是，没有一个文学运动与统治者动荡多变的生活或者日历精确、死板的数字相符合。伊丽莎白时代的大部分戏剧是在伊丽莎白去世（1603 年）后至詹姆斯一世登基以后写作的，但这位女王的名字却留存在文学之中；这也是公平的，因为她本人是一个重要的诗歌人物。伊丽莎白时代的戏剧高峰是在 17 世纪第一个二十五年。除了莎士比亚，

1 查良铮译：《济慈诗选》，人民文学出版社，1958。

还有巨人以及许多二流剧作家。没有意向，也没有机会查阅这众多剧作家全集的读者，可以在可贵的《美人鱼丛书》中找到他们的佳作。若只想欣赏一下最佳片段的人，可以阅读《莎士比亚同时代英国戏剧诗人作品撷英》。

这一时代的代表人物之一是乔治·查普曼，但是，他能留名不是因为他的戏剧，而是因为他翻译了《荷马》。查普曼不是天生的戏剧家，他转向戏剧，是因为戏剧在文学体裁中最为“时兴”，就像在我们时代里具有不同文学才能的人士都尝试或者想尝试写小说一样，也不管是否擅长。查普曼的喜剧相当沉重。玩世不恭的《笨人大全》不能逗人发笑，还不如琼生粗糙的幽默。他的悲剧《布西·德·昂布阿》及其续集《复仇》，是以当时的历史事件为依据的血腥悲剧。有些段落写得很好，有的夸张而愚蠢。查普曼是一位哲理深思的诗人，是大天才，但是作品质量很不平衡。

最靠近莎士比亚“国王”宝座的人是本·琼生；或者可以说，如果莎士比亚和当时的诗人们在美人鱼酒馆，即大学才子们聚会之地会面，那么，琼生将会坐在餐桌上座，并主持欢会。在整个17世纪，他的声誉和权威甚至超过了莎士比亚。如果我们只能挑选他的一个剧本，那就是《人人高兴》；这部剧旨在嘲笑时代的缺点，是一部有力而重要的“风俗喜剧”。如果需要证实该剧在剧本之外的活力，我们可以提及：查尔斯·狄更斯挑选它作为自己剧团的第一个剧本。琼生是一位学者，也是人间喜剧的观察者，他的渊博表现在他的悲剧《西亚努斯的覆灭》和《卡塔林的阴谋》。没有卖弄学识，悲剧意味深长。如果说在人物和语言的魅力方面，琼生的罗马主题戏剧不能等同于莎士比亚，这只能说，琼生不是莎士比亚。莎士比亚，以及除琼生之外的其他诗人都没有，也写不出来的罗马剧本是《冒牌诗人》；在这出戏里，奥古斯都时代的诗人们——维吉尔、贺拉斯、奥维德、提布卢斯——进行讨论的风格，貌似他们言论的译文，其实是琼生的创作。另外还有一重意义：在罗马人的外衣下，其中有对琼生同时代人德克和马斯顿的微妙攻击。正如弥尔顿所说，琼生的“学者袜子”里藏着一只踢得厉害的脚。

琼生最伟大的喜剧是《狐狸》《安静的女人》和《炼金术士》。琼生喜剧的方法是令人物代表一种动机、一种“性格”——悭吝，或者狡猾，或者傲慢。在琼生的滑稽人物之中，最丰满也最令人深信的是《炼金术士》中的伊壁鸠鲁·马蒙[1]，名字代表性格，但在言语和行为上是一个无出其右的吹牛大王，像福尔斯塔夫一样真实。

琼生是一个多产的写假面戏剧的作家。假面戏剧是17世纪前半期极为流行的一种娱乐，但是从一种意义上说又不普遍，因为十分昂贵，只有宫廷和贵族的奢华消费才能实现演出。那是一种轻喜剧，或者更像我们的“活报剧”，有舞蹈、唱歌和表演；建筑一般是很精细的，还有最好的音乐家提供的音乐。作为整体，他们的兴趣取决于演出。留给我们的是数量很大的优美抒情诗。除了培根之外，他是当时最有学问的人，而且，虽然有粗鲁和好吹牛的名声，但他却具有轻如蝴蝶翅膀抖动的笔触。就连最简短的论琼生的随笔，也不能不提及他缜密严实、坚固、丰富的散文。有一本散论人与物的小书叫《发现》，是一本包含有锐利智慧的金色珍宝。在威斯特敏斯特大教堂他的墓碑上刻着：“啊，罕见的本·琼生。”

琼生自身充满了矛盾，因为他的天才表现在多个方面。他的抒情诗细腻轻妙。他的幽默粗糙生硬。一位更为纯粹的幽默家（在这里先

1　名字意为：享乐家·金钱。

不必说莎士比亚）是琼生的合作者、友人和仇敌：托马斯·德克。伊丽莎白时代剧作家们在一起工作，他们争吵，在舞台上唇枪舌剑互相挖苦；他们饮酒作乐，乔装打扮，生活方式本身就是一出大喜剧，抑或是一系列的喜剧。德克最佳的剧本是《鞋匠的节日》，是伦敦生活和人物嘻嘻哈哈笑闹的场面，其中穿插着迷人的传奇故事。我们谈到这出欢乐戏剧时就会联想到德国鞋匠诗人汉斯－萨克斯。德克的鞋匠不是一位诗人，而是一位幽默家，这是萨克斯一定愿意看到的。

本·琼生

托马斯·海伍德的杰作是《被善良杀死的女人》，一位受虐待的丈夫用宽恕惩罚妻子，正如标题所示。剧作真诚、感伤而实在，用现代的话来说，“心理”是真实的。在用词上，是伊丽莎白时代戏剧中最朴实、最少修饰的。在我们的舞台上，这出戏会和莎士比亚其他戏一样成功；其主题可能曾在 19 世纪的戏剧中再现，即：

男人们复仇并不总是用手枪或者匕首那样残忍的手段。兰姆称海伍德为“散文中的莎士比亚”，他的意思是，正如他随后解释的，海伍德的人物是自然主义的，来自日常生活；但是，他缺乏莎士比亚的魔力，能够让我们相信太阳下面，或者阳光之外的任何事物。

在评述伊丽莎白时代剧作家们的同时，自然要用莎士比亚这个标准来衡量其他所有的人，要尝试确定这些天才人士当中有哪一位位居第二，紧靠大师。诗人斯温伯恩崇尚伊丽莎白时代的一切，即使是他使用了这一方法，这一方法也不够细腻；但这是揭示出价值标准的良好方式。第二位最优秀的悲剧作家是约翰·韦伯斯特，他的《马尔菲公爵夫人》十分惊人，令人战栗。当时有几十种类似意大利式，或者伪意大利式流血与骚乱的戏剧，但绝大部分不过是诗化情节剧而已。其中有几出达到了诗的高度，其一是莎士比亚的《奥赛罗》，另外一出是两个世纪以后雪莱的《钱起》，还有一出是韦伯斯特的《马尔菲公爵夫人》。在《马尔菲公爵夫人》中，感情十分炽烈，似乎要冲破诗行与音步，如斐狄南目睹姊妹死亡时的话语：

盖住她的脸；我已眼花缭乱：她死在英年。

兰姆对韦伯斯特的评论最为精辟：“《马尔菲公爵夫人》中汹涌、沉重、超常奔腾的悲痛极度动人心弦。”韦伯斯特的另一个剧本——《维多利亚·戈隆包纳》，描写了一个所到之处都带来死亡与灾难的美丽妇女；这个剧本如果没有提升到有如希腊悲剧或者莎士比亚最崇高剧作诗的尊严水平的话，则是因为笼罩了死亡和衰败，令人不寒而栗。

争取紧靠莎士比亚近旁地位的其他竞争者还有鲍蒙特和弗莱彻，

约翰·弗莱彻

两位是不可分离的合作者，直到鲍蒙特去世。他们写悲剧和喜剧，而令他们出类拔萃的似乎是他们的作品一直优异，而不仅仅是激起恐怖或者笑声的神来之笔。从门第和教养看，他们是训练有素的绅士；德莱顿在他们身上所发现的优点（他的判断力极准）是："在他们的手里，英语语言达到了高度的完美。"他们的作品涉及很广。在其所写的五十个剧本当中（有单独写的，有两人合作写的，也有和我们只能猜测其姓氏的其他剧作家合作写的），代表性的严肃剧本是《菲拉斯特》和《少女的悲剧》，极富传奇色彩但不真实；很感人，富人情味，细腻诗意；作为剧本来说，其结构完美，几乎毫无瑕疵。只有琼生和莎士比亚对编写戏剧这一行业才如此熟悉，或者所知更多。他们的喜剧范例是《燃杵骑士》。几年以前，耶鲁大学的学生曾上演该剧，并赢得人们发自内心的笑声：这是它长盛不衰、诙谐可爱的最好证明。

还有一位较为次要的戏剧家是马斯顿，他的大部分作品都与合作者们密不可分。一个合作完成的有趣例证——

《向东方去》，是由琼生、查普曼和马斯顿写作的。即使在这样只言片语的叙述中，也值得记上一笔，即因为莫须有的对苏格兰人的侮辱，查普曼和马斯顿被关进监狱。当时，琼生自愿和他们一起坐监。作为讽刺作家，马斯顿生前享有相当大的声誉，具有一种苦涩的厌世的力量。他的讽刺作品现在读起来让人感到吃力，其剧本也都不超过二流水平；刀剑可以雕刻出艺术品，但是成不了大头棒子。比较《愤世者》中他对那个愤世者的处理和琼生与莫里哀笔下的同一类型人物，马斯顿的缺点便一览无余。

在米德尔顿丰产的作品中，至少有一件杰作——《丑儿》。他特殊的天才力量在于家庭的悲剧，与英雄式悲剧有别。在这方面，在他表现于日常生活中的人性方面，他像海伍德。从消极方面说，他很平庸。从积极方面说，他很优秀，而且，如果他不像德克等职业剧家那样，总是在匆忙中写作，他会更好。他的《捉住老家伙的妙计》在刻画“性格”方面，类似并可以与琼生相较。《巫师》有特殊兴味，因为它很可能暗示了《麦克白》中的巫女们。在两个剧本中，米德尔顿从现实主义飞向了诗的传奇。《西班牙吉普赛人》又生活在《皆大欢喜》的奇幻世界之中。《美丽的争吵》，像兰姆所说的，是充满了“感人的激情”的紧凑戏剧。

伊丽莎白时代戏剧的黄昏（依然是伊丽莎白时代，虽然已经越过詹姆斯的统治进入了查尔斯的统治）是光辉而华丽的。莎士比亚和琼生已经去世。但是，有谁会说马辛杰、福特和舍利不是体面的继承者呢？马辛杰留名史书主要是因为他的一出优秀喜剧——《偿还旧债的新方法》。直到19世纪，这出剧一直在舞台上演出，主要人物“太机灵”，是一个吸引很多演员的角色。马辛杰是一位没有大激情的诗人，但是，正如兰姆所指出的，因为没有大激情而免于风格的猛烈；

他的作品是平易、温和、可读的。

福特是戏剧诗人当中最为悲哀和阴郁的，温柔得几近伤感，悲惨中稍有造作之嫌。但是，他以一种十分现代的分析方法探索灵魂，文字细腻优雅，是一个真正的诗人，虽然在描写血腥和尸堆之时显得苍白无力。他的戏剧标题显示出了他的情绪：《情人的忧郁》《破碎的心》《爱的牺牲》。

舍利已经到了暮年。但这是宜人甚至美丽的暮色，虽然德莱顿认为它枯燥乏味。在舍利尝试悲剧之时，例如《少女的复仇》，他又提醒我们，戏剧正在衰落。在他写作喜剧（他写作了许多喜剧）时，例如《快乐的女士》，他又提醒我们有一种戏剧，即复辟时期喜剧正在来临。但这发生在许多年以后，在许多历史事变之后。1642 年，清教徒关闭了剧院，伊丽莎白时代的戏剧寿终正寝。

28

17 世纪的英国抒情诗

玫瑰花蕾要及时采集，
时间老者却依然健步如飞。

——赫里克

几乎所有伊丽莎白时代的剧作家都是抒情诗人，他们的剧作中镶着宝石般的诗歌。如果说，他们自己不能制作珠宝，但他们却很机灵，能摘取他人的成果，并置入新的环境。珠宝很多。伟大的，或者也可以说，巨大的构建物，史诗、戏剧、长篇小说，兴衰反复。英国文学中的抒情诗是永恒的，火焰众多，永不熄灭。火焰永不熄灭，但是会变颜色，有时候几乎不可察觉，一种色调与另一种混合。喜欢分类的人会在 17 世纪的抒情诗中找到三个类别。在属于第一类的那一代，伟大的本·琼生依然在世，且很活跃，正在铸造比英国文学中其他人都更重大的权威。另外一类权威是多恩，多恩完全不同于琼生。多恩是模糊的、内向的，是音韵的叛逆者；而琼生在理论和实践上都是新古典主义者，他注重形式，虽然不受形式的束缚。随着时间的推移，“琼生的子弟们”(在不十分直接和不太有意识的方式上，也是多恩的子弟们）虽然还保持着琼生学识活力的外观，却遗失了不少。他们不能习得多恩这位奇异而不可仿效诗人的细腻力量，却多少受害于他最明显的错谬，他扭曲的比喻，对句法的破坏，牵强附会的构想。德莱顿所说的（琼生博士借用了的)“玄学派”在下一个世纪里遭受指责，大部分是不无道理的。

接着是第三时期，诗人们寻求明朗、健全、规则。我们已经遇到了德莱顿，日后才能遇到蒲柏。文学的反应有如钟摆，虽然不十分规律，不十分确定。但是，蒲柏时代对多恩时代的逆反，几乎准确地得到了反向平衡，这就是后来华兹华斯和柯尔律治对于蒲柏和约翰逊清规戒律的反抗。我们这些生活在伟大浪漫主义时代之后的人都倾向于发现多恩及其继承者们的“金银财宝”，却认为蒲柏精心铸造的金属并不珍贵。从评论的观点看，从纯粹爱好者欣赏的观点看，这都是错误的。我们应该借助每个诗人、每个诗人所独自完成的功绩，来欣赏、评价、珍视他们，无须计较“在他之前，在他身边，或者在他之后有什么建树”。对于两种类型的优秀范本而言，有谁能说，有谁需要说，哪种类型更好?

因此，虽然这些文学的谱系，这些历史的沿革是我们这一故事旨在显示其连续性的一个组成部分，但是，接近一位诗人的方法是用最简单的“介绍”向他走去的。书写这一章最为生动的办法应该是给出各位诗人的名字，和几行他们最精美的诗句，因为他们的诗歌就是他们的故事。

最深刻、最有独创精神的英国抒情诗人之一是约翰·多恩，这位诗人的朦胧之处和神秘主义妨碍人们去更好地理解他。在青年时期，他写了爱情诗和讽刺诗。后来他成为著名的教士，把诗歌热情注入宗教诗。在 17 世纪，宗教诗具有一种热切的美；这种美在以后的诗中就很少能够看到了。英国颂歌和其他形式的虔诚的诗歌的宗教性多于诗意。即使在 19 世纪，虽然有众多诗人，我也怀疑在遇到弗朗西斯·汤普逊之前，我们是否能够找到在诗意表达宗教情感方面堪与多恩诗歌相比拟的作品：

天父上帝颂

你能否原谅我带来的罪，
　　是我的罪，但是在我以前已经铸成？
你能否原谅我所经历过的罪，
　　现在还在经历，而且依然哀痛？
你完成的事，却依然没有完成，
　　因为我还是罪孽深重。

你是否原谅我，我也影响了他人
　　犯过的罪，我的罪成为他们的门径？
你是否宽恕我一两年前
　　躲避的罪，但又重犯了十年？
你完成的事，却依然没有完成，
　　因为我还是罪孽深重。

我有恐惧之罪，在我纺完
　　最后的一条线之时，我会消亡，在岸边，

但我向你发誓，在我死期，你的儿子
　　会发出光明，一如现在和以前；
你完成的事，业已全部完成，
　　我也不再诚惶诚恐。

我相信，有一种说法是错误的：多恩不懂诗律艺术，他的鲜明优美的诗歌段落因为一种歪扭丑陋的音步被狂热的心情一扫而光。他作诗有自己的道理。他倒装的重音和中断的韵脚是有意的，是新颖的。只要愿意，他能够像琼生那样规规矩矩地写作，如下面精彩的诗行：

最甜蜜的爱人啊，你既然疲倦，
　　我也不再前进。

有一位性格比多恩开朗得多的牧师——罗伯特·赫里克，是短小抒情诗的大师，诗作十分令人愉快。他写了很多如下的好诗；我选这一首是因为它精美，但是它却不代表他诗歌中令人愉悦的幽默特征。

致水仙

美丽的水仙，我们落泪，因为
　　看见你如此匆匆地离去，
因为太阳在清早升起
　　还没有走到中午的区域。
请停步，停步，
　　等紧忙赶路的白昼

走过天际
　　直到唱晚祷歌的时候；
一起做完晚祷之后，我们
　　将伴你同路前往。

我们逗留的时间短暂，和你一样，
　　我们的春天也同样短暂，
我们匆匆成长，接受衰亡，
　　像你，和万物同样，
我们死亡
　　像你的时辰一样，会萎谢，
枯黄
　　像夏天的雨水一样，
或者像清晨露水的圆珠
　　消失，踪影皆无。

赫里克是本·琼生最伟大的子弟。正如斯温伯恩形象地指出：他把一只懒散、不懂规矩的手放到大师精心调谐好的乐器上，于是抒情诗诗谱“立即因他的接触而做出本能、智慧的反应”。如果说，琼生是他的父亲，那么，贺拉斯和卡图卢斯就是他的曾祖父了。像拉丁抒情诗人一样，他写颂歌和婚礼欢歌，向想象中的淑女们致辞；他完全是异教徒，同时又是真诚而虔敬的基督徒；他能够把一首讽刺短诗写得十分不雅，以至不宜在现代书本上引用；但是紧接着他又写作人间少见的轻柔细弱的歌词。美国作家奥尔德里奇称他为伟大的小诗人。这句话意味深长，但是处于某种情绪之中，可以删去那个“小”字。

卡鲁是多恩的一个门徒，他为多恩写了一首典雅的挽歌，但是他避开了多恩的缺点。像赫里克一样，他喜爱花卉，也喜爱美酒和美人，《路德三部曲》的第三部明显见于他的作品。他的诗轻柔，有音乐性，明快。他的笔触仍然是伊丽莎白时代的，即已经在退却中的时代的形象；他向前瞻望那灵巧、冷漠的，几乎是口语化的社会诗，这一诗体的大师是普莱奥尔，他豪迈地跨过了 17—18 世纪。

圣兹贝里先生热情而惋惜地感叹道，这一时代的诗人众多，又引人入胜；他们引人入胜之处常常在于短小的章节，所以我们可能受到引诱，多加关注，重视得有失比例。在这本拥挤不堪的简述中，很多很有价值的作家甚至没有被提及，所以我们不能再在后伊丽莎白时代

乔治·赫伯特

合唱团人士身上花费更多笔墨了。对于下面几小段简单文字中论及的三位宗教诗人，只道出三言两语，实在觉得可惜。

我觉得，温和而虔诚的诗人乔治·赫伯特没有写出一首令人叫绝的诗，但是，从其全部奇异的“构想”来说，他全然是甜美的。他的构想虽然不合我们的趣味，但却十分诚挚。亨利·沃恩的诗具有更为奇特而感人的美，有他“经久不衰的清亮幼芽”。你读到下面的诗行之时，就知道你遇到了一位诗人：

那天夜晚我看到了永恒的容颜：
像是纯洁而无尽之光明的巨环。

在理查德·克雷肖身上，我们看到了这个时代所特有的世俗与“异教”，与宗教的结合，或者冲突。克雷肖有一首诗的开头几行很美：

无论她是谁——
她都不会难以对待，
都要控制住我和我的心意。

他还写了一首绚丽的关于圣泰蕾莎的诗，在风琴的伴奏下娓娓道出：

啊你是种种欲望的不屈的女儿！

在骑士诗人当中（之所以如此称呼，是因为在大动乱中他们站在国王一边），有两位值得纪念，即萨克林和洛夫莱斯。萨克林的情歌有一种令人欢愉的魅力；这些情歌注重人在世俗生活中的抒情欢笑，但却没有随复辟而来的玩世不恭态度。他最好的诗写得很清纯，没有太多的知识“构想”(这种论调败坏了这一时期的大部分的真正可爱而技巧高明的诗作)。他的一支知名的歌最有代表性：

心爱的情人，为什么这样苍白？
你说呀，为什么这样苍白？

萨克林的大部分作品，包括戏剧，都不具可读性。不具可读性的还有洛夫莱斯的一些作品，但是他有两三首诗却是完美的。《参战》：

亲爱的，我对你的爱不能更多，

约翰·萨克林

我爱荣誉也不会更多。

还有《狱中致奥尔泰娅》:

顽石墙壁不能造成监狱,

铁棍也造不出牢笼。

那个世纪,有奇异的连续性,但却又被战争分裂为两个部分。在这样的时代,赫里克的一个兄弟是马韦尔。他们的亲缘关系在于他们对大自然,对鸟类、昆虫和花卉的纯朴的爱。如果说,马韦尔的《刈草者致萤火虫》被偶然印刷在赫里克的诗集中,没有人会以为不妥:

你长生的灯盏,你亲切的光亮

让夜莺整夜地歌唱。

马韦尔是绝妙的花园诗人:

忘记一切人造的万物

走向绿荫中一种绿色的沉思。

《刈草者对花园》是对花园的话里有话的赞美。他的《少年情爱》很动人,预示了半个世纪之后普莱奥尔写的《致一位资质优异的孩子》。他的《赞克伦威尔自爱尔兰返回》庄严而动人,是英语诗文中接近贺拉斯的精神和风格。

生前颇受赞誉,而现在可能被评价过低的诗人是考利。在当时,他是比弥尔顿更有名的,而在我们的眼里,弥尔顿大大地超过了他,他几乎渺无踪影。但是，他不应该被轻视。他的《品达卢斯体颂歌》至少具有精巧而细致的结构，而且，如果所谓的英雄双行诗没有在下一代人中被德莱顿更有力地发挥、被蒲柏更灵巧地加以处理，那么，他的有韵双行诗及其单调的程式看起来会更好一些。像许多人一样，考利标志着，并且促成了从玄学时代向理性时代的过渡。所以，对于他同时代人而言，他看起来是一个新颖而奇异的现象，就不足为奇了。但是，他留下的诗缺乏力量，且的确正失去生命，他也没有努力奔赴英国诗歌无意识奔赴的那个目标。

过渡时期的另外一名诗人是邓汉，他的作品仅仅在有韵双行诗的发展中具有历史意义。具有同样意义的还有沃勒的作品，不过，他是当时最有能力掌握双行诗艺术的人。他善于写诗，有一种实践的本能提示，他这种诗是“大势所趋”。像法国人马莱伯那样，他喜欢把自己看作是古典主义的真正与生俱来的声音。他的双行诗皱缩而刺耳。但在两首抒情诗中有真正的诗意：《去吧，可爱的玫瑰》和《花环》。

如果说，这些过渡时期的诗人摆脱了被纠缠其中的旧诗歌那些伪玄学荆棘，那么，他们也丢掉了野花和蜜蜂。但是，有一位伟大的诗人大体保存了旧诗的光彩，它的戏剧力量，它的抒情之美，同时又是新诗，没有被人超过；这位大师就是德莱顿。而另一位更伟大的诗人，可以和旧诗，和斯宾塞、莎士比亚、琼生相提并论，那就是弥尔顿。

29

弥尔顿

弥尔顿！此时此刻你应该活着。

——华兹华斯

弥尔顿度过了17世纪的前七十五年，正如我们现在看到的，他是那个时代的巨人，也是莎士比亚之后主要的英国诗人。他的传记比大部分诗人的传记都更为重要，也更为有趣，因为他的传记和他那个时代的历史联系在一起。当然，每一个诗人都受到生在其中的那个世界的影响，而且他们是所在时代的产物，有些诗人还参与了实际事务。但是，弥尔顿的一生可以被视为17世纪精神史的基础。在青年时代，他是一位优秀的学者和早熟的诗人，精神上属于伊丽莎白时代。他初次发表的作品是1632年莎士比亚第二对开本的颂诗序言。他写了精美的短诗《欢愉篇》《忧思篇》和《吕西达斯》。如果他此时离开人世，他就会在英国抒情诗人当中享有崇高的地位。1642 年内战爆发时，他站在叛逆者一边，背离诗神二十年。为了自由，他把全部精力投入政论文章。他成了盲人，部分原因是在出任克伦威尔的外语秘书时过分劳累。共和制垮台、君主制复辟之时，朋友们挽救了他，使他免于被送上绞刑架，还因为官方操心的事比一个穷诗人重大。他隐居起来，把后来的岁月全部用于创作他的杰作——《失乐园》《复乐园》《力士参孙》。依据那个世纪的政治史，他的生涯分为三个时期：伊丽莎白末期，共和制时期和君主制复辟时期。

弥尔顿的早期诗歌没有少年习作的痕迹，并一下显示出自己抒情诗的天才。他二十一岁时写作的《圣诞清歌》十分壮观，显示出诗人以后要把基督主题化为一部史诗。《欢愉篇》充满了生活乐趣：

少长老幼齐来游戏，
共同欢度喜庆节日；
待到日曛，天色渐晚，
春酒漉漉，香溢杯盏。

这几行诗提醒我们，清教精神并不一定是敌视世间享受的。弥尔顿本人就证明，清教精神在其早期不是艺术或者自由思想的仇敌。清教精神原来是一场净化教会和改正明显错谬的运动。它有狂热的一面，麦考莱曾用一段著名的话讽刺说：“清教徒之所以反对逗熊游戏，不是因为怕熊受伤，而是因为游戏能令观众开心。”清教反对剧院，结果剧院关闭，观看表演成为犯罪：这其实不是对戏剧艺术，而是对一种事实上已经变得腐败的道德机制的叛逆。弥尔顿是喜爱剧院的，他写道：

或者聆赏琼生名作，
浅靴伶人肆其淹博；
或者往观绝妙莎翁，
野趣爽籁，逸韵葱茏。[1]

一个人成为艺术家，热爱生活，同时还是一名清教徒，是完全可能的。斯宾塞和锡德尼身上就有一股强劲的清教精神。他们不会比弥尔顿更同情清教所跌入的那种狭隘的愚昧之中。对于弥尔顿和17世纪的其他诗人而言，宗教不是令人痛苦的严格限制，而是一种严肃中的愉快。《忧思篇》中的下列诗行提示我们，他自己是一名管风琴演奏者，他父亲对他进行过音乐训练：

有时我的健足一双
也常瞻谒虔敬僧房，
危拱飞峙，巨柱森立，
气象恢宏，大乃无艺，
圣迹懿行雕满彩窗，
隐隐透出天国之光，
庞硕风琴嗡然轰鸣，
伴着歌队优美欢声。
或做礼拜，或做清吟，
纷纷溶溶，入耳动心。

---

1 高健编译：《圣安妮斯之夜》，北岳文艺出版社，1988。

此时恍若飘飘欲仙，
顿见天国粲然眼前。[1]

弥尔顿早期诗作中最有力量的是《吕西达斯》，是哀悼一位友人逝世的挽歌。这是英国文学中的三大悲歌之一。其余两篇是雪莱的《阿童尼》和丁尼生的《怀念》。假面剧《科玛斯》是为了私人娱乐而写作的，显示出弥尔顿与伊丽莎白时代戏剧的密切关系。他如果生活在更早一些，无疑会成为一位戏剧家；他在晚年写的《力士参孙》就已表明了这种可能性。

《失乐园》是一部具有古代经典史诗尊严的英语史诗。虽然题材取自《圣经》，但却很像古典作品，而非但丁的《神曲》，虽然常常有人将其与《神曲》比较，但有几分徒劳。《创世记》用三言两语讲述的故事，弥尔顿用十二卷的篇幅，以庄严的无韵诗来对它进行详述。本质上，这是希伯来－基督教主题，而诗歌中的英语十分完美，已经变成诗歌语言公认的标准；但是，大多数结构、方法、比喻和典故都纯粹是异教的。夏娃比潘多拉更可爱，当亚当与夏娃的“伟大创造者”和“丘比特真正的火焰”出现在同一页上时。既然人人都熟悉这个故事，情节也不生疏，那么我们的目标仅是欣赏弥尔顿语言的辉煌，因此我建议，只要用心阅读前四卷就已足够，而《复乐园》是不如《失乐园》嘹亮的。这是异端，但它享有像查尔斯·艾略特·诺顿这样的学者的权威评论。诺顿认为，《失乐园》中的两卷就足以让我们对它有个整体的印象。但是，我们不能舍去第三卷的开端，因为这是盲诗人向天上光明的祷告。每一卷里都有光辉的片段。由于天才一

1　高健编译：《圣安妮斯之夜》，北岳文艺出版社，1988。

弥尔顿

时懈怠，以及弥尔顿完全缺乏自我批评式的幽默，诗卷中有一些枯燥的诗句；除此之外，他把其“宏大的风格”保持到了最后。正因为这一风格，我们才阅读《失乐园》，人们对于题材的兴趣如今已经不像过去那么强烈了。当时人们相信那是福音真理。对于我们来说，除了语言运用之外，弥尔顿的独特性在于他丰满了撒旦的性格；撒旦是诗歌的真正主角，亚当和夏娃仅仅是牺牲品，上帝和天使是陪衬。撒旦的形象突出而生动，是所有行动的第一推动者。

弥尔顿的最后一部杰作是《力士参孙》。诗人离开尘世的告别辞不会比这一件更为高妙。他以戏剧的形式在失明的参孙身上表现出自己的失明。在英语中，《力士参孙》最接近于希腊悲剧，它以平静的语调结束：

精神平静，全部激情都耗尽。

弥尔顿是当时最重要的散文作家之一，是一个强劲有力的辩论者和杂文作者。那个时代充斥着激烈争论，有些争论变得冷了，有的因为性质恶劣而模糊不清。但是，他的一些文章或演说依然放出光明，甚至有一篇的光芒灼热不可磨灭，即《论出版自由》，是一切时代相信言论自由的人们的宣言。“杀人者杀死的是一个有理性的造物，上帝的影像；但是，销毁一本书的人杀死的是理性本身，杀死的是上帝的形象。”在大约三百年之后，我们依然提出弥尔顿的问题：“如果出版自由被贬低成少数人的权力，那么，有哪一个官员得到的不是错误的信息，而且越错就传播得越快？”在华兹华斯一行可爱的文字中包含了诗意的真实：

你的灵魂像是一颗明星，在远处驻留。

但是，事实上，弥尔顿中年以后的二十年岁月中一直处于冲突焦点中；在英国诗人当中，他因无与伦比的精神而出类拔萃。

30

17 世纪的英国散文

全部的创世，尤其是人的创造，都是一个秘密。
因此，回顾古老时代、观察我们的列祖是理所当然的。

——托马斯·布朗

诗和散文的重大区别是，诗能保持清新和长生，而一个时代的散文对于下一个时期而言就可能会变得陈腐、怪异，或者不合时宜。如果一位现代诗人写了一首十四行诗，一首真正优秀的十四行诗，像弥尔顿那样的；那么，这首诗一定会像刚刚出炉的面包那样芳香。但是，在面对国会或者劳工运动集会的一场争论时，如果有人使用弥尔顿式的风格，就会成为令人无法理解的呆瓜，比那些使用当时风格进行辩论的人更为愚蠢。在我们和 17 世纪的散文作家之间，有 19 世纪光彩耀眼的明丽散文。对 17 世纪散文的品味习得是一种文学趣味，其习得过程是值得的，特别是查尔斯·兰姆邀请读者，不妨尝试一番。兰姆喜爱的作家之一是罗伯特·伯顿，兰姆称他为“神奇、伟大的老人”。伯顿的《忧郁之解剖》是已经写出的最不忧郁的书；这是一部大摘要，一部文选，是作者对一千部古书的读书札记，充满了奇思和雄辩言辞，一种气质贯穿其中；这一气质之独特与魅力有如蒙田，虽不很沉稳但富哲学精神。

托马斯·布朗具有更为内省和哲理的气质以及一种奇异的雄辩力量。他的《医学礼赞》(布朗是医生）和《古瓮之埋葬》是对生与死的沉思，简洁而富尊严感，而非故作老成，所用的英语是庄严且随意的。现代心理学是和弗罗伊德的名字联系在一起的；即使放弃大部分的现代心理学，我们也不会放弃布朗对睡眠与梦幻的思考。“我们称，

托马斯·布朗

睡眠如死亡，但是睡眠是清醒的，会杀死我们，会摧毁作为生活收容所的那些精神。”布朗沉稳超然的态度，体现在他的任何一部著作中；没有一点迹象表明他曾经历过大叛逆时代。不同于弥尔顿等大多数同时代人，他是超越了教会与国家之间的冲突的。

两位富有文学才华的人，杰利米·泰勒和托马斯·富勒，本来应该更有名气一些，因为他们的著作大部分是讲道，而俗世读者，无论信仰派别如何，无论在礼拜日如何情愿听取一位牧师的说教，都是不喜欢读讲文稿的。但是，泰勒的《神圣之生》与《神圣之死》具有一种文学的品格，可以令其脱离说教文丛。富勒的品格表现在《神圣与世俗的国家》《英国俊杰史》，令他得到兰姆和柯尔律治的喜爱，这已经是对这两部著作的推荐书了。

如果说，人们一般都不喜欢阅读宗教与道德方面的书籍，那么，他们是喜欢读关于钓鱼的书的。以撒·沃顿的《垂钓大全》在钓鱼爱好者和从来没有甩过钓鱼竿的文学爱好者中间一直备受欢迎。书中谈的不仅仅是钓鱼，沃顿是一位十分令人愉快的人，坐在水边听他谈话是一大乐趣。除了他的杰作之外，他还写了多恩、赫伯特等人简短而精彩的传记。

这一时期的伟大思想家，培根和洛克之间最杰出的哲学家，是托马斯·霍布斯。他的大部分著作都超过了纯粹的哲学领域，而且，他也没有把哲学转化为文学的风格魅力。但是他的《利维坦》属于文学。《利维坦》是英语中第一篇关于国家令人信服的叙述；通过唤起同情或者反对，它影响了以后的政治哲学。其主要的思想是，国家是至高无上的，是一个巨兽，或者“利维坦”，它要吞噬个人；它公正的叙述不是国家或政府应该如何，而是实际上国家和政府一向如何。如果说，霍布斯没有风格魅力，其作品依然可读，他的简洁明快得益于他对修昔底德的终生研读。

17 世纪的大部分散文作家的风格不是我们所想要的，尽管其中不乏雄辩和优美；而且，19 世纪的兰姆、柯尔律治等作家从中受益。但是，17 世纪后半期出现了一位作家，他的散文在结构、节奏和辞藻方面都值得我们模仿。这就是德莱顿。

31

复辟时期的英国文学

在诗歌上是一个旧时代的黄昏，
在散文上是一个现代篇章的拂晓。

——佚名

这一章也可以称为“德莱顿时期”，因为斯图亚特王朝国王的登基，不如德莱顿前往参加这一典礼重要。他很优秀，或者说，他同时代的人太不优秀，所以，文学史上的这一时期以他的名字命名。我们都知道，各个时期是互相交错的，生活的发展和文学的写作都不以日历为凭。青年德莱顿承认并且钦佩老年弥尔顿，老年德莱顿因为完善了押韵双行体而成为18世纪的诗歌祖父。本章开头引用的双行诗的第一行内容不够确切，因为德莱顿在诗歌和散文两方面都是真正的革新者。他的诗显得模糊或者褪色，是因为我们是尾随着他观察旧戏剧和诗歌的，而他，即使很有才能，也不能与之等同。他的天才是广大且多重的。他写作抒情诗、讽刺作品、剧本和评论散文。

他的抒情诗具有那个时代的品格，直到多年以后，我们才在英国诗歌中看到如《圣塞西莉亚日之歌》和《亚历山大的宴庆》那样富有音乐性的恢宏诗作，耳熟能详的一行是：

只有勇士才配得到佳丽。

德莱顿的押韵双行体强劲而灵活，他把这一形式用于不同题材，用于英雄悲剧和鞭辟入里的讽刺，这虽然不是最为高级的诗歌，却包含了文学中最富机智的诗行。他用词十分准确，例如“误入歧途”一词在《麦克弗莱诺》中的双行句，他描写一个穷苦诗人：

下余者追求某种微细意义，
但是谢维尔不会误入歧途去说理。

德莱顿

德莱顿的戏剧对于那个时代来说更有趣味；对于我们这些盲目崇拜莎士比亚的人来说，他竟在《一切为了爱》中试图推出新本的安东尼与克娄帕特拉的故事，简直是有点放肆了。但是，他成功写出一部很好的戏剧；剧本比莎士比亚的好，或者不如，都不重要，它有自己的优点。

德莱顿是第一位伟大的批评文论作者，他就戏剧发表的见解比他的戏剧更为有趣。他的《论戏剧的诗歌》等文章，在英国批评界和英国散文风格中都是划时代的。他所处的时代和之后的那个世纪是散文时代，而他是散文时代的第一位大师。

对于我们而言，德莱顿同时代的戏剧作者徒有其名。喜剧衰败得最快，两个世纪之中，趣味的变化足以让人们把复辟时期的大多数剧本忘记，只有专门的学者才会翻出来一览。但是，当时一位青年剧作家经久不衰的机智甚至还使一个轻快的“社会”剧本保存了下来。这就是威廉·康格里夫，他的戏剧对白晶亮光洁。

他的《两面派》和《如此世道》巧妙揭露了罪恶。清教徒当时依然强大，对剧院的淫乱感到震惊，认定复辟时期的戏剧罪恶重重；其实，对于我们来说，那戏剧不但巧妙，有时候还滑稽。

大多数文学家和其他艺术家全是有文化的人，享受到教育的种种好处——不管教育这个含义广泛的词语包含什么内容。博学的弥尔顿在创作其最后的伟大诗篇时，机智的作者们在撰写光辉闪闪又有些笑闹的戏剧；与此同时，大众的宗教则表现在班扬的天才创作中。《天路历程》于1678年出版，同年出版的还有德莱顿的《一切为了爱》，这是在弥尔顿逝世四年之后。现在，我们不能确知德莱顿是否听说过班扬的名字；比较肯定的是，班扬没有读过德莱顿和当时任何一位绅士学者的文字。班扬属于人民，他所属的世界对大部分世俗文浑然不知，或者与其势如水火。

班扬

但是，这是一个人口众多的世界，班扬在这里找到了任何文学人士都找不到的大量的听众。《天路历程》变成了“第二圣经”，而班扬正是从第一部《圣经》，从普通口语里习得并练就了自己风格的。这一风格正好适应它的目的，俗语化，直接，有圣经文句的修饰。主题是一个梦境寓言，代表了基督徒生活斗争和最后的胜利。总体而言，它是一部成功的寓言，因为靠一个可读的故事来承载它的信息。宗教的重要性已经减弱，但天真的文学表达艺术依然存在。对于基督徒灵魂经历丝毫不感兴趣的人也会在阅读《天路历程》时感到愉快。

文学故事中，有些极为有趣的插曲都是偶然的。班扬是偶然的，他的目标是宗教真理，却获取了文学上的不朽。一个更加不同一般的事件是撒穆尔·佩皮斯的《日记》(它本来不是为了发表）是在 19 世纪初被发现和解读的。最近一百年来，读者喜欢它，就像对待佩皮斯时代的重大艺术作品一样。这是详尽的闲言碎语，毫无连贯性，但是在不知不觉中，至少是无意之中，佩皮斯给我们提供了许多关于大事和小事的记录，从而勾勒出他那个时代伟大而宏阔的画面。佩皮斯、班扬、德莱顿和康格里夫是同一个时代的产物；的确，思想背景十分宏阔，产物也就各有千秋。

32

18 世纪的英国散文

那一时代最伟大的人当然是乔纳森·斯威夫特。

——卡莱尔

英国文学中的18世纪是一个散文的时代，不是因为诗歌很差，而是因为散文很好。这个世纪前半期的杰出大师是斯威夫特。《格列佛游记》是一部每个男孩子都喜欢的经典作品，他们都高兴看到格列佛在小人国的遭遇。小人很小，而格列佛成了巨人；而在大人国，格列佛却又成了侏儒般大小。成熟的读者都知道，格列佛的船装满了讥刺，这本书是对人类淋漓尽致的讽刺。在慧湼姆之国，马是真正的人；而人，又称稚虎，是他们丑恶的仆人。这段叙述所具有的粗犷和强力，在英国文学或者其他任何一国文学中都是无与伦比的。力量的秘密在于看不见愤怒的迹象，没有惊呼大叫，语调冷静，有节制，但却是讥讽的，只因不时闪现的滑稽词语而有所变化，斯威夫特的滑稽感有时候会控制住他。

但是，在斯威夫特的幽默中没有笑意；他本人几乎从来没有开口笑过。他的生活很苦，因为他极度骄傲，（他有骄傲的道理！）因为在教会里他没有被提升到较高的职位，因为他患有某种精神病症：大概因此他没有结婚。但是，使他“痛恨和厌恶被称作人的动物”的，不仅仅是个人的痛苦遭遇。他冷眼观察，用炽烈、愤怒的心情奇异地看到，我们是多么愚蠢的造物。于是他无情地开始了鞭笞。倒也不是他全然无情，因为在严酷的表面之下，存在着深深的怜恤和同情。他十分关怀自己的朋友。正如他所说，他爱汤姆、狄克和哈里[1]，但是他痛恨人类。然而，他常常用笔为人类服务，尤其是为爱尔兰人伸张正义。他假装蔑视他们，但他们崇敬他。他的《小小的建议》，即建议把爱尔兰的婴儿当肉食用，虽然残忍，却是对于英格兰人之残忍的切中要害的抨击。《木桶的故事》是对教会三派，即罗马、英国、加尔文三教派缺点的讽刺。从主题上看，虽然不如《格列佛游记》有趣，但《木桶的故事》代表了真实的斯威夫特，他在老年时的感叹是合情理的：“我写那本书的时候，是有一股才华的！”

《信致斯泰拉》作为表现那一时代的详尽历史和闲谈之重要，犹如佩皮斯《日记》之于以往那个时代，揭示出了斯威夫特的心情。但是，它也是一本欲言又止、谜一般的书，我们一直不能从这本书或者其他资料中得知，斯威夫特和美丽的斯泰拉（埃斯特·约翰逊）之间到底是一种什么样的关系。我们不关心伟大作家们的私人生活，更不会刨根问底地闲话；通过作品，我们就可以了解作家。但是，为了理解斯威夫特的写作，了解他的生平是必要的。而对于他这个人的误解

1 托马斯、理查德、哈罗德（或亨利）等最常见英、美男子名之爱称，泛指天下人。

会造成对他天才的误解，这一情况就出现在萨克雷光辉但又错误的文章之中。令人满意的斯威夫特传记至今尚未写成，或许永远也写不出来。他的作品极具个人色彩，是讲求实际的；他的作品与其性格十分相关，甚至表现在《格列佛游记》和《木桶的故事》这两部映射其内心的叙事。因此，他的传记比大多数作家的传记都更值得研究。越研究他，我们就越相信，他坚毅地忍受着剧烈的痛苦，他冷酷、凶狠地掩盖了慷慨而温和的天性。他痛恨的不是人类，而是虚伪；他自己是一位极为诚恳的人。这种诚恳对他的风格有直接的影响：他的风格是平实而直接的，没有虚饰和美化，虽然不及诗歌作家优美，但在纯粹的运动员般的活力方面是无与伦比的。

和斯威夫特坚实活力形成对比的是约瑟夫·艾迪生和理查德·斯梯尔的轻逸和文雅。他们合办的刊物（还有其他撰稿者）是《旁观者》。这是一种很小的日报，每期只登载一篇短文和几则短小的广告和声明。当时是没有现在我们这类的日报的；当时的英国绅士在早餐桌上看到的不是《泰晤士报》，而是大约出版了两年的《旁观者》及其谈论世俗、道德、书籍、宗教、性格等短小精悍的文章。艾迪生和斯梯尔是道德论者（尤其是斯梯尔），他们的目的在于提供娱乐，同时提供教化并引导高尚趣味。他们的幽默是纯真的、自发的，却又有意包含了批评和哲理。最好的文章之一是艾迪生论“机智与幽默”，第一句话就充满智慧：“在各种写作中，作者在幽默作品中最容易遭遇‘流产’；在这里，作者想要出类拔萃的雄心也最大。”为《旁观者》撰稿的人很少“流产”，他们在微笑中闪现的智慧依然清新，因为社会上的种种弊病依然如旧（虽然旁观者先生尽心竭力地加以纠正），因为这些文章的笔触含有一种无法模仿的、轻快之中的严肃性。约翰逊博士认为，为了学好写作，我们应该日夜研读艾迪生。这位博学的博士在气质上过于沉重，难以得益于他自己的忠告，但这条忠告是很好的。我们很可能难以把斯威夫特作为楷模，因为他太高大了。

《旁观者》中，包括艾迪生和斯梯尔的主要文章以及捕捉了大师风度的较小作者的著文，则是英语中未遭污染的一股泉水（或者纯净的溪流）。有些文章是当时介于德莱顿与兰姆之间最优秀的批评文章，因为即使艾迪生的爱憎不是我们的爱憎（当然是他的），他是知道如何探及作家的核心或者本质，并且用三言两语表达出来的。德·柯夫雷的系列文章描写了一位善良老乡绅的平静生活和单纯的经历；在这里，我们看到了小说最为重要的因素，即人物与社会背景。而另一个重要的因素——情节，是缺少的，因为这些短小插曲都是片段的，散见于《旁观者》那些联系松散的单篇短文。罗杰爵士只是简单地生活和死去，他是英国小说中最为真实的人物之一。

旁观者先生公开承认的雄心是："让哲学走出书斋和图书馆、学校和大学，并且扎根于俱乐部和集会、午茶桌上、咖啡馆里。"这是指最广泛的、最一般意义上，也许是最智慧的哲学。当时有一位真正的哲学家，他也属于文学，因为他善于写作。乔治·伯克利是否算作伟大的哲学家，是留给哲学家们讨论的问题；他那有争议的唯心论超出了我们讨论的范围。但是，他是英语散文大师之一这一事实是绝无争议的。大部分英国和德国哲学都是晦涩难懂的。伯克利的《视觉新论》和《人类知识原理》，以及其他著作都流畅易读。

善良的伯克利主教稳健、深思，在争论中保持着节制。而一生忙于争论的丹尼尔·笛福，是缺乏伯克利、艾迪生和斯威夫特那种文雅的。他的活力无与伦比，使他的许多评论文章保持生命力，尽管主题已经变得无足轻重。但是，我们牢记笛福，不因为他是一位评论文作

鲁滨孙发现脚印

者，而是因为他是《鲁滨孙漂流记》的作者。

这部作品大概是读者最多的英语故事了，只要提及书名，我们就会回忆起其优点及其在童年时期给予我们的快乐。我们成年之后，更欣赏它，因为我们欣赏它的技巧。绝大多数小说和故事都是在社会中、在人群中的个人的故事。《鲁滨孙漂流记》是孤寂中的个人故事，其英雄精神，让我们大家钦佩，但很少有人具备的英雄品格——自力更生。笛福具有一种奇异的现实主义的想象力。《鲁滨孙漂流记》据说是以一位名叫塞尔科克的水手的经历为依据的。但是，真实的印象并非得自事实上可能存在的依据，而是得自笛福如同事实的细节创造才能。回忆一下就会发现，我们一直相信，鲁滨孙的故事正该如此：在沙滩上，惊人地发现脚印不是那小说中无人居住的荒岛上的发明，而是像哥伦布发现美洲那样的一个事实。同样，细节也把生命给予《瘟疫年纪事》。这是一本意趣不如《鲁滨孙漂流记》的书，但是生动，引人入胜。在黑死病疫之年，笛福还是一个小孩，不可能亲历那可怕的日子，但是这本书让人信服，他经历了整个事件。在《辛格尔顿船长》中，我们来到了非洲；而《骑士回忆录》很像是历史，令柴塔姆先生和许多受教育较少的读者信以为真。笛福的较为次要的作品被《鲁滨孙漂流记》所排挤，但是这些作品也足令一位次要作家扬名。如果他生活在今天，会令H. G. 威尔斯先生等人警惕以保护他们自己的桂冠，他肯定会成为一流的报道人士和新闻记者。笛福是第一位伟大的现实主义小说家，最少也是“大众版小说作者”，往最好处说，他是一位天才。他的兴趣更多在于行动，而非性格；在外观上，在行动上，他的人物是真实的，但他很少关注他们的心灵。

深入内心，尤其是深入妇女内心的第一位英国小说家是撒缪尔·理查逊。在他之前的一百年，戏剧作家们就已经开始研究和刻画人物，而在诗歌中对人的描述至少可以追溯到乔叟。小说的素材、以简短的形式对素材精细加工，都已见于薄伽丘；爱好文学的英国人都读过他作品的译本。散文体传奇及其匪夷所思的英雄式主角可溯源到中世纪。但是，我们所理解的英国小说，始于18世纪（如果说事事都有开端的话），而理查逊则是英国小说之父。《克莱丽莎》是第一部重要的感伤小说，小说的重要之处不完全在于情节或者遭遇，而在于一个妇女的种种情感。情节当然有，但很简单，即一名浪荡公子对一名无辜少女的迫害。小说是用书信体写的，对我们来说，这是一种呆板的文体。它还是篇幅最长的英语长篇小说之一，全无幽默可言。但是，这位少女——克莱丽莎，是生动的。她那凄楚的故事不仅在英国很快受到欢迎，即使在法国和德国也是如此，对现代小说产生了巨大的影响。在司各特和拜伦之前，还没有一位英国作家生前就在国内外赢得这样广泛的赞誉。

理查逊较早的一部小说《帕美拉：美德有报》，虽然就其感伤的说教而言几乎是荒谬的。它很重要，不仅是因为其成功鼓励了理查逊继续写出杰作，而且还因为它启发英国小说家中最伟大者——亨利·菲尔丁，写出了第一部滑稽小说。在《帕美拉》中，一个穷苦的姑娘反抗她主人的搅扰，而给她的奖赏则是他娶她为妻！故事有其优点，主要是忠实于妇女的性格、美德和讲求实际的精明。就小说本身而言，尤其是在小说史上的意义而言，这部小说值得一读。我们也不必为种种盛名而不安，与我们现在所说的好电影素材相比，《帕美拉》也不见得有多好。

《帕美拉》的好心说教激起了菲尔丁的说笑；在《约瑟·安德鲁传》中，他把情境逆转，让一位有德的青年男子成为布比夫人追求的对象。如果就此止步，他就是向我们提供了一场可笑的戏谑或者滑稽的模仿。但是他忘记了，或者脱离了嘲笑理查逊的原有意图，写出一本描写性格与习俗的真正的小说。他的兴趣——当然，这也是我们的兴趣，并非因为是约瑟夫，而是在于斯利斯洛夫人和亚当斯牧师；他是一个不朽的人物。在《约瑟·安德鲁》中，菲尔丁找到了自己的方法，属于自己特殊的才能，并且在《汤姆·琼斯》中予以发挥。

在谈论我们钦佩的书籍之时，我们把“伟大的”和“最伟大的”这样的字用得太频繁、太滥了。但是，对于《汤姆·琼斯》来说，却没有别的词可用；这部小说有小说可能具有的所有优点，而且，一百五十年来，每一位有抱负的小说家对它都是既钦佩又嫉妒。菲尔丁规定了英国小说的形式。他给每部作品写的绪论都是离题的议论，我们时代的小说家是不用这种闲篇来打断故事的：在18世纪，菲尔丁享受了他性格中强烈的真诚所必不可少的表达之自由，这种自由是为下一个世纪的趣味所禁止的。萨克雷感到遗憾，他说：“自从《汤姆·琼斯》的作者去世以后，我们当中的小说作家都不再被许可来尽其最大可能地刻画人物。”但是，菲尔丁的手法见于《汤姆·琼斯》之后的大部分的英国幽默小说之中。他的人物不仅属于18世纪的英国，还属于今天和明天。菲尔丁本身就是一位极为有趣的人物，一位十足的男子汉，一个诚实而正直的长官，他与这个世界上的罪人们接触的经验加深了他的同情，提高了他的感知力。他以讽刺的眼光看待生活，但是他的眼光是公正而大度的，他的讽刺没有恶意。

18世纪，可以称为笑声的世纪、散文的世纪，因为除了理查逊以外，几乎每一个人，都有与生俱来的滑稽感。滑稽感就是生活感受。当时一位强劲的幽默作家是托比亚斯·斯摩莱特，作为艺术家，不如菲尔丁，但是他像菲尔丁一样精于观察世人。他曾一度在海军中充当外科医生的助手，有机会熟悉英国水手的性格，他首次以粗糙的幽默描写他们。他是航海作家中的第一位，这批人还包括库伯、马利亚特和约瑟夫·康拉德——这些人当然不像斯摩莱特那样肆无忌惮地坦率。斯摩莱特也了解陆地上的人，他的杰作《亨佛利·克林克》中的场景就不是在海上，而是在苏格兰和英格兰。他最有名的故事——《蓝登传》和《皮克尔传》对于胃口不好的人是一道浓重的小菜，但充满生机和行动，受到司各特和狄更斯的无限推崇；狄更斯从斯摩莱特那里学会了描写怪异但在人性上是真实的人物艺术。

笛福、菲尔丁、斯摩莱特和斯威夫特共同的特征是蓬勃健康，他们坚实的常识，至少在他们作品的结构和机制上是如此。劳伦斯·斯特恩的幽默是闪亮的、奇幻的、怪异的。《商第传》大概是世界上疯劲最大，也最令人愉悦的杰作。这本书没有明显的顺序，而是随心所欲，反复无常，随时从一个话题跳到另一个话题。但是斯特恩知道自己的行为，在看似轻率却是最深刻的统一，性格的强壮，商第的父亲和叔父托比，是永远有魅力的、单纯的老感伤主义者。写作时，斯特恩貌似嘲弄，眼睛里在示意，但是一旦放开嗓子，那张嘴真是伶牙俐齿；眼睛里也绝无恶意。《感伤旅行》是一本短小的、半自传体的小书，在这里，斯特恩善于描述悲情和幽默，但在风格上不像《商第传》那么稀奇古怪。

我们可能像之后的感伤幽默作家萨克雷那样不喜欢他，对于有损天才的风格主义吹毛求疵。我们不可能不喜欢那些可敬的朋友——撒缪尔·约翰逊和奥立弗·哥尔德斯密斯；但是我们承认，无论他们有什么缺点，他们继承了标准健全的散文传统。

约翰逊博士是18世纪后半期精神生活的重心，是领袖和当时的批评标准的化身。一个半世纪的批评活动及其不同的标准，和一种更为细腻的美感把他和我们分离开来，他不再享有他同时代人几乎诚惶诚恐奉献给他的权威。有一个说法很确实，即他最好的著作是鲍斯威尔为他做的评传。如果说这是最佳的文人传记，那么，其原因不仅是鲍斯威尔有恰当的才华和描写这位主角的诚心；还因为这位主角是真正的伟大，是一个伟大的人，极善言谈，却不是一位大作家。因为约翰逊是绝无仅有的没有留下重要文学作品的重要作家。他的《辞典》标志着他的勤奋和学识，辞典序言赫然显示出了他的人品及个性，但是一本辞典，即使条目定义独特又有趣，也不是文学。他一度闻名的小说《拉塞拉斯王子传》枯燥乏味。他模仿《旁观者》写出的杂文十分沉闷，缺少早期大师们的优美，奇怪的是，几乎没有约翰逊最佳谈话的那种活泼愉快风格。他的《诗人列传》中记录了许多末流诗家，除了他自己的趣味和当时的趣味，几乎形同虚设。他的诗可以忽略不计。然而，约翰逊是一位伟大的人，鲍斯威尔保存了他，当时最有才智的人士都爱戴和尊敬他。

哥尔德斯密斯除了为糊口而滥造之外，各方面的表现都是艺术家。《威克菲牧师传》因其传奇性情节和幽默的人物勾勒，得到广泛阅读，并被多次重印，要多于18世纪的任何小说。当然，《鲁滨孙漂流记》可能除外。也许，世界上唯一不喜欢它的人是马克·吐温，他认为男孩摩西在集市上受骗不可笑，倒是痛苦而悲哀的。

但是，哥尔德斯密斯自有他的道理，他深知生活喜剧背后的悲痛。不是只有英国人欣赏《威克菲牧士传》。萨克雷的话几乎完全是事实："凭这本甜美的故事"，哥尔德斯密斯"在欧洲走进了每一个城堡、每一间草屋"。歌德谈到了哥尔德斯密斯"高尚而仁爱的讽刺，对各种弱点和错误有公平而宽容的见解"。

《委曲求全》是哥尔德斯密斯两个较好剧本中的一部，已经在舞台上演出了一百五十年；这个剧本和谢立丹的《情敌》与《造谣学校》是那个时期为数不多的具有持久活力的戏剧。无论在剧院里观赏，还是作为读物来阅读，它都是一出好的喜剧。除了诗歌气质和叙述才能之外，哥尔德斯密斯还有写随笔的才能，这是约翰逊所缺少且随着艾迪生及其同伴消逝的一种才能。在《世界公民》中，一位中国绅士对英国生活有过评论，该文具有奇想的魅力和真正的讽刺口吻。哥尔德斯密斯诗作不多，但有好诗。他的《荒村》几乎全诗都可引用。诗是以当时常见的韵调写的，那时人们都在倾听蒲柏；不同的是，那韵调属于哥尔德斯密斯自己，蒲柏是写不出来这样的韵调的。

哥尔德斯密斯

哥尔德斯密斯用《复仇》机智地责备他的友人，诗中有这样的句子：

为普天下诞生的人把精神局限，
把给全人类的贡献送给了同伴。

这两行诗句所指为爱德蒙·伯克，一位演说家和政治家；如果进一步对他进行描述，那就是：把应该给予文学的一切交给了政治实际。他的演说和杂文所涉及的内容，在我们今天看来都不如在当时那么重要。其中的《论与美国和解》令人特别感兴趣，它的雄辩力和逻辑不会因为时间而流逝，不会因为英国政治家们没有注意到它的智慧这一直接事实而受损。伯克激烈地维护他的信念，即使在遭受误解之时，他的诚挚也给其出色的修辞带来真实的气韵。他的形象常常饱含诗意，他最好的语句中有一种宜人的语气。

与伯克同时代的人也许具有同样高超的雄辩力，尽管类型不同，这就是爱德华·吉本。他的《罗马帝国衰亡史》是英语写作中最为恢宏的史学著作。后世的史学家们添加了细节，纠正了不够精确之处，重申了他的一些阐释。然而，在他视野的广度、组织素材方面，尤其是使历史著作成为引人入胜的文学作品的能力方面，他远远领先于他们。

吉本的巨著是文字的艺术。而大卫·休谟的著作则是介于纯文学与另外一种写作之间，这后一种写作不够优美，但是因为内容重要而具有经久的价值。《人性论》的思想，休谟在以后的论文中又加以发展，但没有被超越；休谟的《人性论》是为思想走势指出方向的重要著作之一。它不仅给予苏洛兰和英格兰哲学一个新的开端（虽然休谟的同胞没有很快承认他），而且也是大部分德国哲学的根源，包括康德的两三种核心教导。

大部分 18 世纪散文经典都曾多次被重印。18 世纪的散文与我们靠近，而许多 19 世纪的散文当然是它的延续。后来的英国作家们越来越多地赏识了“奥古斯都时期”的优点，不仅赏识突出的散文作家——斯威夫特和菲尔丁，而且还有他们的兄弟——诗人们。

33

18 世纪的英国诗歌

诗歌表达包括声音与意义；德莱顿说，音乐是无言的诗歌；
因此，在蒲柏的种种优点之中，应该提及他音步的韵调。

——约翰逊

在最近一百多年的时间里，英国有许多金嗓子诗人不间断地合唱，他们的曲调让我们对于早一百年的银嗓子诗人或者充耳不闻，或者不闻不问。他们的诗，连最伟大的亚历山大·蒲柏的作品，在我们听起来，也比约翰逊博士的缺少乐曲之美。蒲柏的双行诗，虽然有机智和雕琢出来的美，但一次读得多了，也显得有些单调。不过，在短小的段落中，他仍保持在自己的形式范围之内，他狭隘的意念表达展现在完美、光辉的遣词造句中。除了莎士比亚，他比其他任何英国诗人写的箴言式句子都多。关于他翻译荷马作品之事，我们已经谈过；译事说明了他的勤奋和聪慧，也让他颇为受益，但是这不是他个人天才的表现；他的天才不足以令他写出庄严豪迈的诗行。他最优秀之处见于《夺发记》中突出的喜剧特征和《群愚史诗》中的讥讽戏谑（用以严厉批评他的仇敌），也见于鲜明的警句和讽刺诗。他的哲学和美学在当时属平庸，但是被表达得空前绝后，举例说明他自己的定义：

> 真正的智慧是穿上优雅衣装的自然，
> 是经常的思考，而且得到最好的表达。

如果说靠表达明晰也能作诗的话，（即使缺少抒情的微妙或者思想和深度）蒲柏几乎就是一位最伟大的诗人了。模仿他的人成群结队，但没有人成功，多数人如今已经被忘记。在没有被忘记的精明诗人中，有两位仅次于蒲柏——麦修·普莱奥尔和约翰·盖依。普莱奥尔是一位轻快诗歌的大师，优美社会诗的创造者，机智的警句之大手笔；他的情诗即使没有激情也有魅力。《致最佳儿童》的确完美。盖依仍为人所记，不仅是因为他偶然的诗作和《琐事》；也不是他个人对城镇的观感，而是因为他的《乞丐的歌剧》(这是一出诙谐而欢快的戏)。两个世纪之后的今天，这部戏仍在舞台上演出，取得相当大的成功。他和那一时代的最佳诗人，尤其是普莱奥尔和蒲柏，共有的特点是：在他们所处的条件下，他们学会了诗的艺术，即使在他们显得最为随便和随意之时，他们也要细心巧妙地写出句子。17 世纪和 19 世纪那种令人神往的抒情诗超出了他们的才能范围。

蒲柏

然而，对于歌曲，即有别于蒲柏那光亮呆板的诗的感受，并没有完全消失，虽然它的闪烁微弱。在威廉·科林斯几首好诗中有一种可爱的抒情，这一特色使他与济慈很相似，而不太像蒲柏。科林斯的名气太小，虽然一般都把他的名字和格雷联系在一起。

我们只要提及《墓地哀吟》，就可以听到回荡在记忆之中的那些耳熟能详的诗节。每一节都是完美的，或者都有完美的诗行，而全诗组织得十分优异。格雷只写了几首诗来愉悦自己和友人；狄更斯在谈到他的时候说，还没有哪个诗人腋下夹着如此小的一本诗集就进入不朽的行列。他是一位学者，一位历史教授，熟悉艺术、建筑学和音乐，是当时欣赏自然风景的少数人之一；他同情浪漫主义的复兴，亦即对英国古代歌谣、爱尔兰与威尔士的古代凯尔特人文学新生（或者复兴）感兴趣。在《歌手》中，浪漫主义因素和古典主义因素结合起来，威尔士的传说以一种品达卢斯式的颂歌被铸造出来。他向前追溯的是德莱顿和弥尔顿，展望的是华兹华斯和柯尔律治的浪漫主义时期，我们在下一章里将要讨论。麦修·阿诺德认为，那个时期的平庸压制了格雷，他没有把话“说出来”。但是，他大概是畅所欲言了的，但关于那个时代的平庸气质是言过其实的。情况就是那样，没有人知道诗人们为什么没有与生俱来的那种最高的诗歌强力。

但是他们是真正的诗人。对大自然的爱表现在詹姆斯·汤姆逊的《四季》以及温和而忧郁的威廉·柯珀的诗中。柯珀是一个受损的，却又是真实的天才。他的《任务》朴实而不讲究修饰，这在当时的诗歌中是新颖的。他有一种令人愉快的幽默感，表现在他的歌谣《约翰·吉尔品》中，又更好地表现在他无与伦比的书信之中；至少他是最好的英语书信作家：他善于让生活中的小事变得有趣，使生活中的大事变得明朗。

布莱克

英国诗歌中的一个新声音是乔治·格拉贝。在他的诗体短篇故事《乡村》《自治城镇》《大厅的故事》中，他向英国诗歌注入了一种与以往大不相同的现实主义，以代替虚假的田园诗。他刻画了真实的场景和现实生活中的人，因而给文学注入了新的血液。他和彭斯一样真诚。他的缺点是听力不敏锐，语句有时生硬而平淡；但是他精神振作、诚实地讲故事的时候常常显示出很大的力量。

我们最为珍视的18世纪晚期的两位抒情诗人是威廉·布莱克和罗伯特·彭斯；他们二人在精神上相距不远（虽然彭斯可能从来没有听说过布莱克），一致之处肯定是他们对人和动物的爱。布莱克是一位画家和版画制作者，又是诗人，他的几种艺术是互相影响的。他用自己的方法在铜版上镌刻下自己的诗文和插图，然后再把从铜版上印下来的纸页用手工着色。他作为画家和诗人的声誉一直稳步增长，是青年诗人们崇拜的大师之一。让我们引用他最有名的一首抒情诗。

猛　虎

猛虎，猛虎，目光炯炯，
在夜晚的森林之中，
是何等不朽的手或者眼睛
能造就出你威严的对称？

在何处深渊或者九重天上，

闪烁着你双眼中的光亮？
它向往乘上什么样的翅膀？
哪一只手才敢获取这火光？

什么样的肩膀，什么艺术
铸造出你心脏的力量；
你的心脏开始跳动之时，
那双手双足是多么强壮。

什么样的锤子？什么样的锁链？
你的心智在什么熔炉中冶炼？
什么样的铁砧？何等强力的铁腕
才敢控制它恐怖的震撼？

众星投下它们闪光的长矛，
又用泪水浇灌了上天，
上帝看到自己的造物是否微笑？
他造就了羊羔，是否也造就了你？

猛虎，猛虎，目光炯炯，
在夜晚的森林之中，
是何等不朽的手或者眼睛
能造就出你威严的对称？

布莱克的《天真之歌》和《经验之歌》包含有奇异比喻和简洁和

彭斯

谐的许多抒情诗行；但它的神秘象征常常晦涩，有如17世纪宗教诗人的诗作；他与这些诗人密切相关，所以他在生前不十分受欢迎；他的天才之伟大现在也只为诗人等文学爱好者所知。

罗伯特·彭斯的才华有两个方面：令文学家着迷，又深入不懂文学者的心灵。他在生前得到了苏格兰桂冠诗人的称号，一直保持至今；他还是英国文学伟大的抒情诗人之一，我们当中有千百万人知道他，歌颂他，虽然我们在民族和语言不一定属于苏格兰。我们语言的苏格兰分支（和爱尔兰人“土腔”言语比较，这个分支更加不是一种“方言”）是完全能够让人听懂的，只需加上一两个字解释，世界上说英语的人就都能听懂。彭斯是一个帝国和两三个共和国的共同财富。他的诗作《约翰·安德森，我的爱人》《友谊地久天长》等一百首诗是他对旧诗词的改写，艺术加工成固定的形式；而这些旧诗在苏格兰传统中，在他之前不知已存在了多久。但是，他的贡献远远超出对自己民族老歌的改写。他创作的诗《写给小鼠》《致雏菊》《佃农的星期六夜晚》《汤姆·奥商特》《快乐的乞丐》，无论怎样得益于早期的苏格兰诗歌，在其情感、幽默感和技巧上，都是一位天生的诗人和高超艺术家的作品。只有在他尝试像18世纪英国人那样写作之时，他才遭遇挫折：他变得呆板，刻求形式，缺乏文学趣味。因为他是一位苏格兰人。然而，幸运的是，那一时期的英国诗歌正在结束，因为不列颠北部传来强大的、激情的、悲壮而又欢笑的声音。正在结束吗？应该说正在走向顶峰。

PART Ⅳ
THE NINETEENTH CENTURYAND TO-DAY

第四部
1 9 世 纪 与 现 今

34

英国文学之浪漫主义的出现：诗歌

生活在那个黎明已是幸福，
但那时你若年轻就胜似天堂！

——华兹华斯

1798年，柯尔律治和华兹华斯发表了《抒情歌谣集》，这一小卷诗集中收录了柯尔律治的杰作《老舟子咏》、华兹华斯最好的诗之一《丁登寺侧感怀》。《抒情歌谣集》包含着某种全新的且具有革命意义的事物，常被认为是英国诗歌的转折点。其实，其中的浪漫主义因素并不新颖；那篇著名的《序言》中所述的原则，即使是一百年前的德莱顿也能理解；其真正新奇之处在于，它推出了两位新诗人，两位十分伟大的诗人。

华兹华斯写了无数的诗，其中大部分作品意趣皆无，不堪卒读，但其中最好者却颇富神性。他崇拜上帝和自然，觉得星星和雏菊之间有很多的相同之处。为了崇高的报答，上帝，或者自然，或者星星，或者雏菊，都成为他笔耕不辍的诗歌主题。作为引子，让我们回忆一下他的几行诗，然后再读一些，但不能读得太多，麦修·阿诺德的选集大约就足够了。

在《孤单的收割人》中：

没有人告诉我她在低唱什么。
也许那悲哀的诗句涌出，
为往昔的远方的不幸遭遇，
为很久以前的战斗。

一首完美的十四行诗，《加莱海滩夜晚》的开篇：

美丽的夜晚，宁静的悠闲，
神圣的时间清寂
像拜神时屏住呼吸的修女。

另外一首十四行诗，《西敏寺桥上》的第一行：

人间没有比这更美好的景象

《不朽给予的暗示》：

悬崖中传来瀑布的号角齐鸣，
我的悲哀不再损伤这个季节，
我听到回声在山谷中翻滚，

微风从沉睡的田野向我吹来。

但是，仅摘出其中一段是不公允的。爱默生认为，《不朽给予的暗示》是19世纪诗歌隆盛的标志。华兹华斯并非偶尔才能写出好诗；他的优秀作品，从第一行到最后一行都是完美的。当然，其中不太好的诗可以被忽略不计，虽然在舍弃这些作品时也许会错过一些灵感的闪光。他试图对人，对自然和社会进行哲理的思考，但没有成功。在一些短篇作品中，如《麦克尔》，他已经像彭斯或者狄更斯那样开始触及人类的命运和心灵所承受的痛苦。他描写自然的诗深刻而细腻，所以后来以诗文描写自然的英国作家，包括那些离开英国乡村前往荒蛮奇异国度的人，都是华兹华斯派。

华兹华斯

《抒情歌谣集》选篇的目的是：华兹华斯要化平凡为神奇，而柯尔律治则是化神奇为可信。柯尔律治的想法在《老舟子咏》这篇魔幻的歌谣中得到绝妙的体现；因为它是魔幻的，所以可信。结构与韵律来自于古老的英国歌谣，而绝妙的措辞则属于柯尔律治：

日轮刚刚下沉，登时群星跃出：
夜的到来何其迅速！
那女妖的呼声依然隐隐水上，
怪舟早已不知去处。[1]

除了《老舟子咏》外，他那奇异、骇人的才能，还突出表现在《克里斯特贝尔》（故事没有写完）神秘的故事中，表现在《忽必烈汗》的梦境片段中。

但是，啊，那深深的奇幻的裂缝
斜着滑下像杉木桌面的绿山！
荒蛮的地域！神圣而迷醉，
是在迷蒙月光下受到
为魔鬼式情人哭泣之女人的引诱。

柯尔律治是重要的批评家，他教导、鼓舞了那个时代的人；在德国和英国浪漫主义双向的精神交流中，他是一位重要的联络官。他的《文学传记》内容丰富，其中不仅表现了柯尔律治个人的观点，也总

1　高健编译：《圣安妮斯之夜》，北岳文艺出版社，1988。

结了那个时代的诗歌与哲学。

瓦尔特·司各特的诗才虽然不及柯尔律治，但在普及新诗方面却有很大的贡献。与他的叙事诗相比，读者更喜欢他浪漫的散文体故事。无论是因为拜伦的声名日盛，还是因为小说更好销售，他从诗歌转向小说对文学而言都是很幸运的事情。他是最伟大的小说家之一，却不是伟大的诗人。他有能力用韵文写出情节紧凑的故事，并让大多数读者理解和赏识，即使这些人不理解柯尔律治和雪莱的神秘之美。他的《最后的行吟诗人之歌》《玛密恩》《湖上夫人》获得巨大成功；在当时玄学诗人被忽视、拜伦备受钦佩而非热爱的时候，他是备受崇敬的浪漫主义之王。我们中的大部分人在中学时候读过《玛密恩》，都还记得那是我们阅读过的真实的或虚构的作品中最容易理解的一部。这就是它的优点：浅显而明朗；故事无须解释，诗句有时候虽然显得平庸而单调，但并不妨碍我们阅读。关于司各特的散文，我们将在下一章里简述。

司各特的后继者和竞争者是拜伦。突然之间，拜伦成为英国，甚至欧洲的偶像。二十四岁时，拜伦发表了《恰尔德·哈罗德游记》的第一章和第二章，正如他所说，清晨醒来，发现自己已驰名天下。《恰尔德·哈罗德游记》用诗歌记述了作者在欧洲大陆上的冒险和旅游中的所见所闻，壮观，别致，令人愉快。诗是斯宾塞体，这一点就显示出浪漫主义的回归。拜伦的诗歌有一种速度和热情，与斯宾塞的庄重优雅完全不同。他自视颇高，无须费力，用心便能写出诗来。他即席咏诗，令人不禁惊异他到底有多少好诗。对诗歌艺术，他没有雪莱那样忠诚，但他的诗歌充满了激情、活力和智慧。之后，他参加希腊独立运动，为希腊人民而战。但不幸的是，他因身染热病在希腊去世，年仅三十六岁。这就是他如暴风雨般的一生；也许，虽然他情

拜伦

愿战死在疆场。短暂的一生中，他创作了《异教徒》《契伦的囚徒》等大量的叙事诗、戏剧和抒情诗，光这些一百年以前被阅读和记忆的作品名称就能填满一页纸；这些作品有许多缺点，但并不孱弱。他最后的长篇《唐璜》，虽未完成，但却是最杰出的作品。《唐璜》几乎展现了拜伦所有的思想：各种幽默、讽刺，各种人性，各种风景，还有哲学（这一哲学曾一度被认为是阴郁的，是悲观主义的，但我们可以相当愉快地感受到它，就像当年拜伦欣赏的那样）。拜伦在欧洲的声誉很高，没有哪位英国诗人能超过他，就是莎士比亚也不例外。有研究表明，在英国，他的声誉近五十年内又有增长。

拜伦的影响是强大的、直接的，而且是持久的，部分是因为他的思想鲜明，或者可以说容易理解，而且可以翻译——已经被译成其他语言。和同时代的抒情诗人雪莱相比，雪莱是细腻的，而他是粗犷、残酷的了。说某位大诗人比另一位更伟大是愚蠢的，但是承认他们的优点各不相同并不愚蠢。像拜伦一样，雪莱也是那个时代的产物，属于那精神震荡的一部分——法国大革命时期为争取自由而进行的斗争几乎是徒劳的。旺盛的精力被拿破仑主义耗尽，或者摧毁，只剩下了梦幻。拜伦笑得有些玩世不恭，看透了所有罪恶的把戏（当时做到这一点的记者和政治家几近于无），为自由的事业做出最后的、实际的牺牲。

雪莱有梦想，梦想着人获得自由后那个模糊的未来。雪莱去世

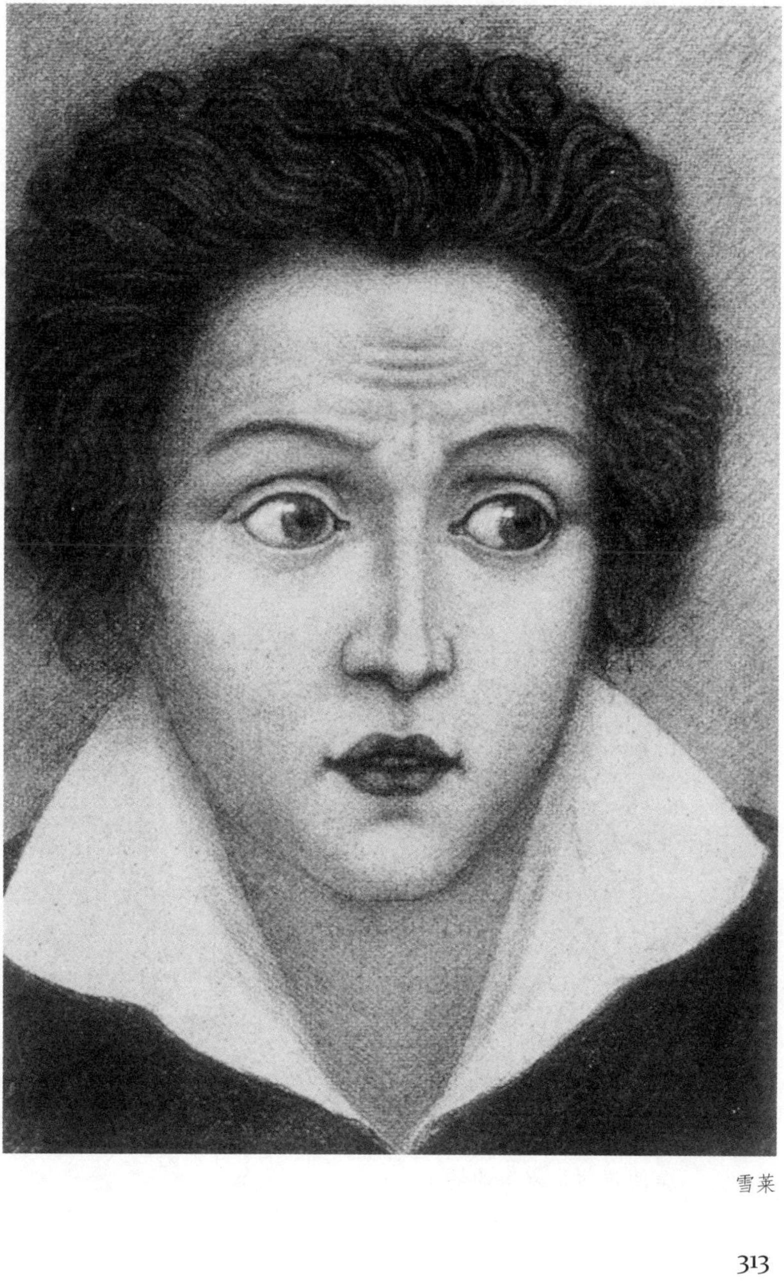

雪莱

五十年后，麦修·阿诺德称他为“无用的天使”。的确如此，阿诺德本人亦然。面对现实世界时，所有诗人和梦想者都是无用的；1914年以后的岁月里，我们在痛苦中领悟了这个道理。其实，只要我们研读一下公元33年前后有记载的历史，我们就可以领悟出这个道理。但是，诗歌翱翔在事实之上。重要的是，雪莱是一个天使，像天使一样歌唱过。他像“云雀”(《云雀》)，他就是弦琴（即他在《西风颂》中祈求充当弦琴）。在他的琴上，只有一根弦是松的，幸而他也很少弹这一根弦：和弥尔顿一样，他缺乏幽默感。其他的琴弦声响真实，经常发出饱满的声响。他三十岁时溺水身亡，大概是因为众神不能宽宥这位青年无休止的歌唱吧。他的长诗有《伊斯兰的起义》(亦即《人类的起义》）和《解放了的普罗米修斯》(亦即《人类的解放》)，其中许多抒情的片段可能会让读者阅读时忘记，雪莱充满激情的描述是有目的的，是前后一致的。他的戏剧——《钱起》，充满了美丽的诗行，但却使戏剧的表演有所缺失，这是他唯一不及莎士比亚的方面。为悼念死去的济慈，雪莱写了《阿童尼》。这首诗让雪莱成为不朽，而非济慈。只有最伟大的诗人才能写出：

> 生命像是彩色玻璃的拱顶，
> 给永恒的白色光泽涂上亮丽颜色。

雪莱，轻灵而梦幻，他虽然对人类怀有强烈的爱，却生活在众星之间。

济慈属于大地，属于大地最美的时候，五彩缤纷，桃李芬芳，拥有青春和永恒。他歌唱欢乐：

> 美的事物是永恒的愉快

也歌唱悲哀：

> 她和美共存，而美必定死亡：
> 欢乐的手永远在他的双唇上，
> 正在告别行礼。

令人难以置信的是，二十六岁便去世的济慈竟能用形式整饬、极具修辞的语言写出《希腊古瓮颂》《秋颂》《夜莺颂》等三首颂歌，并达到极致。诗歌和音乐是属于青年的，许多诗人和音乐家尚在少年时期就创造了辉煌。济慈是蓦地成熟的。倘若没有去世，他还会有怎样的造诣。当然，这只是无谓的猜测罢了；未完成的《海波里昂》也只不过是对他的天才发展提出了些许暗示。但也不必扼腕叹息。他的诗作已经不是少年的练笔，而是完美的成果。麦修·阿诺德对济慈的评价是公正的，令人耳目一新。他相信，济慈属于永恒的英国诗人之列："他永远存在。他和莎士比亚并列。"

他是一位羽翼丰满的诗人，是大师们的同侪，他写出《希腊古瓮颂》中的这一段：

> 我，希腊的形式！唯美的观照！
> 　上面缀有石雕的男人和女人，
> 还有林木，和践踏过的青草；
> 　沉默的形体呵，你像是"永恒"
> 使人超越思想：啊，冰冷的牧歌！
> 　等暮年使这一世代都凋落，

只有你如旧；在另外的一些
　忧伤中，你会抚慰后人说：
“美即是真，真即是美”，这就包括
　你们所知道，和该知道的一切。[1]

济慈英年早逝，而比济慈年长二十岁、几乎与柯尔律治和华兹华斯是同时代人的瓦尔特·塞维奇·兰德却在19世纪生活多年，并受到青年诗人勃朗宁和斯温伯恩的理解和钦佩。他的诗歌从一个世纪跨入另一个世纪，他属于两个时代。他一直是位诗人，即使到了生命的终点，不像华兹华斯那样，诗情因年老而衰退。他因为《想象中的谈话》而知名（理应更为知名）。这部作品是散文体，记述了历史人物与传奇人物之间戏剧性的对话，其中包含了各时期的智慧。兰德争强好胜，性格急躁，像当时的大多数作家一样，受到欧洲大动荡的强烈影响（大动荡始于法国大革命，却并没有随拿破仑的败北而告终）。与拜伦等诗人相比，兰德的确更为积极地参与了社会事务——他在西班牙组建并领导了一个反抗拿破仑的军团，但他的诗是宁静而纯洁的，具有一种从希腊人那里习得的奥林普斯式的庄严。他写了一首豪情的四行诗——《记七十五岁生日》可以恰当总结那个狂飙突起的时代：

我与人无患，全然不值得，
我热爱自然，自然之后就是艺术，
我用生命之火温暖双手，
火光熄灭，我也向天堂奔赴。

1　查良铮译：《济慈诗选》，人民文学出版社，1958。

35

19 世纪的英国小说

人的生活并不是小说的素材，而是取之不尽的大仓库，可从中挑选素材；素材数不胜数；面对每一种新的素材，真正的艺术家都会变换手法，改变进攻的目标。

——斯蒂文森

作为一个整体（或者一个聚合体），英国小说都是出类拔萃的。它无限多样，数量庞大的作家从生活那“取之不尽的大仓库”里巧妙而有力地汲取素材。19 世纪，英国产生了几乎所有种类的小说，且互不排斥。司各特和奥斯丁生活在同一时代，斯蒂文森和亨利·詹姆斯是朋友。

菲尔丁之后，尽管不乏尝试写作且小有成就的作家，但小说曾一度低迷。这种情况一直到 1814 年司各特系列小说的第一卷——《韦佛利》出版才有所好转。而随着这部小说的出版，司各特之后的一系列长篇传奇小说给世界各国的读者带来愉悦。对于没有去过苏格兰的人，或是甚至出生在那里的人（在某种程度上）来说，那个国度是瓦尔特·司各特的国度。他熟悉和热爱那里的每一个角落，所以其中的故事背景不是华丽的装饰，而是发生故事的岩石和土地。司各特丰富的历史知识，是他在冒险故事中塑造传说中闪耀英雄形象的源泉。还有，他深刻理解普通的大众，他笔下的玛丽·斯图亚特女王不及淳朴女孩艾菲、吉妮动人（《罗沁中区的心脏》）。在《兰莫默的新娘》中，我们不仅记住了笑闹多动的拉文斯伍德，而且还记住了年老的卡利布·鲍德斯顿。司各特的创作极其丰富，尽管有时候会因草率而有所疏漏，但他总是朝气蓬勃，即使在生病和工作过劳时也是一样。他天生会讲故事，其情节、风格浑然天成。他品德高尚（这类评论已超出我们叙述的范围），承担了法律上本应由出版商偿还的债务；因为还账，他疲惫不堪。尽管如此，一直到最后，他的小说都没有令读者厌倦。不论是无忧无虑的少年，抑或是成年读者，尽管偶然也有批评，却都能从头到尾读完《韦佛利系列小说》——《盖·曼纳林》《罗伯·罗伊》《艾凡赫》《护符》《昆丁·杜沃德》。这些书名常常让人浮想联翩。

司各特

司各特生活在自己的小说和诗歌中，生活在充满传奇的大时代中；而在现实生活中，他备受关注，虽享有声望和富贵，但也因骑士的封号而遭受质疑。

简·奥斯丁，司各特那个时代最伟大的小说家。她是一位羞怯的妇女，生活在外省小镇，远离尘嚣。直到去世，她的作品一直鲜为人知。而司各特却熟悉她的小说，对她的称赞尤为中肯："这位年轻女士的天才在于描写普通人，在于描写他们的生活、情感，这是我所见到的最为奇妙的事。我也能像其他人一样大呼大叫，但让情感真挚、使平常的人和事变得有趣，这种精妙的笔触是我望尘莫及的。"

奥斯丁写了六部小说：《诺桑觉寺》《劝诫》《理智与感情》《傲慢与偏见》《曼斯菲尔德花园》《爱玛》。对读者而言，她精妙的讽刺以及对人物简洁而细致的分析，让每一本都很完美，无法从中评出优劣高下。她的小说里不存在英雄式的豪情，也没有发生令人震惊的事。在《诺桑觉寺》中，她言辞和缓，但却讽刺了那些关于闹鬼城堡的神秘故事。小说中关于青年人的恋爱严肃且引人关注，而幽默的讲述使这一主题为我们大多数人更易接受。她是第一个描写非主流的中产阶级的小说家；在之后的英国小说中，有很多类似的优秀之作。她的小说平易而流畅，是完美的范本，正如德·昆西所说：我们应该仔细研究一下这位有教养妇女的散文，以避免英语受到俚语和套话的浸染。

查尔斯·狄更斯出生在奥斯丁的《傲慢与偏见》、司各特的《韦佛利》出版前后。他是司各特之后英国小说家当中最受爱戴的一位。二十五岁时，他就因《匹克威克外传》成名并有收益。这部小说中包含了他后来小说中所有的元素（有些手法无人能及）：诙谐、笑闹、精力充沛的好情绪、悲情以及对动作和场景的体察。他降服了读者，更令批评家惊呆。一本又一本的小说中，他不断塑造出忠实于生活的神奇人物、构想出错综复杂的情节，并透过无穷尽的书页来捕获读者。如果有人能够找出天才的秘密的话，那秘密就是：狄更斯拥有极充沛的精力；但他对这种精力的滥用最终把自己耗尽了。他热爱生

狄更斯

活，喜爱写作。（为了消磨时间，他写了很多的私密信件。）他极为欣赏自己创造出的人物，并相信他们。这些人物是一个人数众多的群体，我们的父辈和祖父辈都很熟知，年轻的一代人知道这样的人物吗？他们是：威勒、佩克斯尼夫、斯诺德格拉斯、班勃尔，斯威夫勒、佩戈提、波得斯耐普、卡特尔、塞克斯、南茜、耐儿、爱米莉等等。

据说，他的肖像“画廊”里没有贵族，没有在司各特、莎士比亚和萨克雷那里常见的元素。的确，他对上层社会缺乏了解。他的世界是大众的世界以及只存在于人们头脑中的传奇故事世界的混合物。他最好的一本书是《大卫 · 科波菲尔》。这本小说容纳了他所有的优缺点，真实与笑闹，悲哀和伤感，如暴风雨般优美的描写，但用词太多。贯穿其中的是他巨大且永不停息的动力，所以，就连最差的段落也丝毫不会减弱读者阅读的兴趣。他左右我们情绪的力量是无比的，这一页上他能够让我们哈哈大笑，而在下一页又让我们潸然泪下。狄更斯黑白分明，却又泼洒上亮丽的描绘性的色彩。他的黑色是永远没有好下场的恶棍之黑；他的白色是可爱的女孩和勇敢的青年男子，他们都有好报，都会得到资财，或者于悲哀中静静地死去。尽管他相当用心地描写可怕的谋杀和流氓行为，但一位伟大的小说家依然这样评论他：“《大卫 · 科波菲尔》的作者带给我的孩子们天真的哭声和甘美洁净的书页，为此我心中充满感激。”

这位小说家就是萨克雷。萨克雷早期作品是滑稽散文、随笔、讽刺描述，都很有文采。之所以提及这些，是因为我们要牢记萨克雷后期的作品。他凭借《名利场》站住了脚，并变得不朽。这是一部他所说的“没有主角”的小说，实际上，其中有一位女主角，蓓基 · 夏泼。萨克雷笔下的“正派”女人都是枯燥乏味的，那些不太正派的女人（虽然萨克雷并不是着重描写误入歧途的女人）却是有吸引力。蓓基·夏泼就是这样；在描写18世纪历史传奇的《亨利·埃斯蒙德》中，那个我行我素、被娇惯的女孩毕特丽也是如此。和司各特一样，萨克雷对于过去那种戏剧性传奇的感知能力很敏锐。在《亨利·埃斯蒙德》中，他不仅构想出激动人心的情节，而且还生发出属于那个时代的精神气韵。在《潘登尼斯》和《纽可姆一家》中，萨克雷用饱经世事的眼光来考察自己所处的社会。在这里，有对人性的探索和描写，所依据的是一种如菲尔丁般的诚实，却不那么暴露，是狄更斯所缺少的对某些阶级的理解，是比奥斯丁所描写的更为广阔的人生喜剧。故事以一种悠闲的、几乎如生活本身一样变化无常的方式展开，只有萨克雷式的道德说教打断情节时，故事中的幻景才会暂停。他很善于描述青年男子——亚瑟·潘登尼斯和克利夫·纽可姆，他以一种父亲般的慈爱对待他们。他笔下的老辈人更好：潘登尼斯少校，见过世面的好人，萨克雷可能在伦敦的某个俱乐部里遇到过他；纽可姆上校，一位很好的老绅士，也许是太过纯真，尘世间很难遇到，但他鲜活地否定了曾一度风行的说法——萨克雷玩世不恭。他不是这样的人；他是坐在安乐椅里倾心谈话的人，他爱人类，也笑话人类。和菲尔丁一样，萨克雷集散文家和说故事的人于一身。在轻快的文章中，他写得很好，尽管常常出现不可救药的疏漏。在著名的场景中，如埃斯蒙德折断刀剑放弃长子继承权，又如顿·克劳利打垮老无赖斯泰因，他在制造情境、塑造性格以及表达上都是高超的写作风格大师。

对英国小说有突出贡献的作家中，有几位杰出的妇女，简·奥斯丁是大姐——或者说是没有出嫁的姑姑。其他艺术之中，妇女是否也取得过巨大成功，关于这些，我们不必费心作答。她们在小说方面的成就是毋庸置疑的。如果需要解释，那也是容易的。小说的基础是人物的性格，聪明的妇女对人性的理解至少和男人一样。此外，用词是妇女的长处，她们和小孩说话时传授语言；她们口齿伶俐、音韵清晰是尽人皆知的。在现代，妇女成为文学家，是很自然的事。面对一本新小说，我们不会问“作者是否为女作家”这样的问题，而关心更为特殊的问题：作者是梅·辛克莱，还是爱迪思·沃顿，还是格特茹特·阿瑟顿？与现在相比，妇女的文化地位在我们祖父那个时代曾受到很多的限制。在简·奥斯丁之前，虽然也有妇女写作并发表过作品，但奥斯丁仍是匿名发表小说，这与司各特因为自谦而匿名发表完全不同。勃朗特三姐妹（三姐妹是夏洛特、埃米莉和安妮）情况也是如此，她们发表小说都用化名——柯勒·贝尔、埃利斯·贝尔和埃克顿·贝尔。埃米莉和夏洛特很有才气，尽管未能完全发挥，但每个人至少留下一部杰作：埃米莉·勃朗特的《呼啸山庄》、夏洛特·勃朗特的《简·爱》。《呼啸山庄》是一部情感激烈的作品，与以往的小说完全不同；就其“气氛”(如场景的空寂)、阴暗的诗意色彩而言，在英国小说中是绝无仅有的。《简·爱》也非常独特，显然并不是受益于某位先驱。女主角有别于传统，是一种叛逆，简·爱不美丽，很穷，出身低微。这在英国小说中是件新事物：一个长得不美丽的女孩竟能够品味生活的浪漫。在法国，巴尔扎克曾以另一种方法表达了这一想法，但我们怀疑勃朗特看过巴尔扎克的小说。《简·爱》一出版便大受欢迎，今天依然如此。部分原因是，普通的女性也照样可以得偿所愿，即使她不是灰姑娘，也不是特洛伊的海伦。

夏洛特·勃朗特的朋友，传记作者伊丽莎白·盖斯凯尔，至少写了两本在英国小说史上占重要地位的作品。《玛丽·巴顿》，一个关于曼彻斯特劳动人民的故事，吸引了广大读者，并赢得了卡莱尔和狄更斯的赏识。这是关于穷人生活的真实画面，它没有卡莱尔的愤怒雷霆，也没有狄更斯的滔滔感伤（如在《艰难时世》中那样）。大概是因为其平淡，没有丝毫笑闹事件，情节也不曲折，它的伟大之处被人遗忘；还有，大概我们也不喜欢细读穷人那冗长且并不简单的编年史作为消遣。可我们都喜欢读《克兰福德》中的故事，这本书也可以说是农村生活的特写，是一本有品位的书。在这个世界上，没有什么事情发生，却又无事不发生。这是果核里的生活，或者说是妇女顶针里的生活。

英国文学中的女强人是乔治·艾略特。她知识渊博且爱好广泛，拥有今天称之为“心理”分析的能力以及那强劲有力或曰男人般的品格都使她备受赞扬。实际上，她是纯粹且敏锐的女性。在她第一本重要的小说《亚当·比德》中，男人——好男人亚当、塞特以及恶少多尼桑，都被刻画得很坚实，丝毫看不出作者的性别。而女作家的笔触体现在对不幸的海蒂·索勒尔母亲般的同情中，还体现在对波伊泽太太绝妙、幽默的肖像中，波伊泽太太与男人们舌战，干练而令人愉快。乔治·艾略特的力量表现在她笔下的人物；她和他们一起生活，和他们同甘共苦，像狄更斯一样表达着自己的真情。她理解朴实的人，如塞拉斯·马南、麦琪·塔利弗（《弗洛斯河上的磨坊》）和《罗慕拉》中的提托·米利马（这个漂亮恶棍的个性更为复杂）。由于缺乏一种叙事感，她真挚的情感和强大的精神力量受到阻碍（在她后来的作品中，有理智强于情感的倾向）。叙事感是众神的贶赠，表现在萨克雷的行云流水和狄更斯的匆忙杂乱之中。乔治·艾略特大受欢迎，这令她本人也非常吃惊，但她并没有因此迎合大众，而是像处理一个新问题那样创作着下一本书。生活中的问题充塞在她的故事中，从而减少了她作为艺术家的比重，但我们从她那里感受到的是，面对问题时的幽默、理性以及勇气。

另外一位维多利亚时期的小说家也深切关注着生活中的各种问题，错在何处，该怎么对付，他就是查尔斯·里德。他极力要改革监狱、疯人院以及所有管理不善的机构，其热烈程度与狄更斯一样，广阔且极富幽默感。里德的杰作远离现代英国：《教堂与家灶》讲述的是人本主义者埃拉斯穆斯的父亲的故事，其题材部分来自于埃拉斯穆斯的《杂谈》等著作。这部小说展现了中世纪晚期或者早期文艺复兴时期的全景，有强大的戏剧力量；其中的两个场景优美而动人——杰拉德第一次看见自己的孩子以及孩子母亲去世。最好的历史传奇、辉煌的 15 世纪画卷都集中展现在这部小说中。

有价值的另一位次要的天才是安东尼·特洛罗普，他在英国小说家中是最多产的。二十年中，他每年写作三四本小说，他的作品清单，即使是数学家也无法计算清楚。他的小说中没有一部是具备一流品质的，同样也没有一部是二流以下的。在狄更斯、萨克雷、梅瑞狄斯、哈代，甚至乔治·艾略特和查尔斯·里德等人作品中，灵感使平常的片段和场景变得精彩，而在特洛罗普那里却休想找到。但是，他的成就以及高超的技巧是惊人的，并且一直如此。如果说，他已触及神性的火焰，他应该比其他英国小说家更能写出英国的《人间喜剧》。他笔下的人物都是生动的，城镇职员和乡村牧师，议会议员和打猎的乡绅，漂亮姑娘和老婆婆；他把其中的某些人一再写进小说，令人物像一位老朋友那样清晰可辨。他最好的作品（从变化不大的整体中不易选择）是《巴切斯特塔院》《巴塞特的最后纪事》《索恩大夫》《阿林顿的小宅》《弗拉姆利牧师屋》以及发现其特殊才能的短篇小说《院长》。

在小说（和其他文学体裁）中，有三类作家值得读者去考察一番。读者，可能是，也可能不是称职的批评家，但作家的生命有赖于读者。第一类，也是最幸福的一类，是像萨克雷和狄更斯这样的作家，他们能够吸引那个时代的人，同样也吸引着后世的人去阅读。其次是生前备受赞誉，可能随着时间的流逝而褪色，但却不应该也没有被忘记的作者。和今天一样，19 世纪有相当多可读的故事以及大批受欢迎的作者。我们必须请教图书馆馆员和畅销再版书发行者，看还有多少人阅读威廉·哈里逊·安斯沃思的《温莎城堡》、G. P. R. 詹姆斯的《里舍留》，杰出政治家狄斯莱利的《维维安·格雷》和《科因斯比》，巴尔维尔·李顿的《庞贝城的末日》，查尔斯·莱沃虚张声势的《海利－洛尔格》和《查尔斯·奥莫利》，马里亚特船长的《家长雷狄》《海军军校生先生伊济》《单纯的彼得》（我们的男孩子们如果不知道这些书，损失很大），代纳·克莱克的《约翰·哈利法克斯绅士》，布莱尔莫尔的《洛纳·多恩》，查尔斯·金斯利的《希帕蒂亚》和《向西方！》，维尔基·科林斯的《白衣女人》，玛格丽特·奥利方特的《萨勒姆教堂》等等小说家的作品。我们祖父那一代人对他们的崇敬程度丝毫不差于今天那五六位我们视为一线明星的小说家。

第三类作家人数不多，因为世人的评判整体上是公正的；这一类包括那些必须长时间等待承认的作家。狄更斯的《双城记》和乔治·艾略特的《亚当·比德》1859 年出版，同年出版的还有梅瑞狄斯的《理查·菲弗勒尔的磨难》。小说及其作者注定之后多年不为人知，只有少数有识之士，而且大部分是文学界人士，如乔治·艾略特和但丁·加布里尔·罗塞蒂，意识到有一位重要的天才出现在英国文学中。今天，越来越多有鉴赏能力的读者知道，梅瑞狄斯在世界小说家中享有很高的地位。他可能不会赢得广大的读者，因为他的故事粗犷、幽默但不欢欣。《理查·菲弗勒尔的磨难》是一出令人辛酸的悲剧，主角直到死也没有得到宁静和安慰。他最重要的小说《利己主义者》结局悲伤，必须有勇气才能在沉默中对它莞尔一笑；《包尚的事业》在悲痛中无助地落下帷幕。不仅如此，对于习惯单轨思维的读者来说，梅瑞狄斯的叙述是混乱的，且思想庞杂。他的混乱与勃朗宁非常相似（在某些方面，他与勃朗宁类似，但后者要细腻得多），这也是生活的混乱繁杂。人类的思想是复杂的，梅瑞狄斯对人的内心世界情有独钟，既感到奇怪，又觉得很有趣。但是，并不是说他的小说没有“故事”，其中的精彩场面也十分有趣。哪里还能找到比《罗达·弗莱明》更动人的故事，或者哪里能找到比《哈里·里奇曼历险记》更充满戏剧性遭遇的故事？为了充分地理解故事，他要求读者的智慧堪与作者相比，莎士比亚和每一位天才都是这样的。

随着梅瑞狄斯在 1909 年逝世，许多人觉得，维多利亚时期已经完结。但是，一个时期不是骤然开始或者终结的。1925 年，一位伟大的小说家仍然健在，他就是堪与 19 世纪大作家相比的小说家托马斯·哈代。1874 年，他在杂志上匿名发表了第一部成功的小说《远离尘嚣》，有些读者认为它是乔治·艾略特的作品。这表明哈代与维多利亚时期早期的小说家们更为接近。但是，甚至最天真的读者也会看到，这部小说的悲剧性讽喻和女主角的任性都不属于乔治·艾略特，或者说不属于以往任何一位作家的作品。哈代的风格十分明朗，其故事展开迅速，犹如情节剧，所以他不必像梅瑞狄斯那样苦苦等待那姗姗来迟的一小拨读者，虽然他阴冷而不愉快的哲理很可能令大多数重感情的人望而却步。

哈代最著名的小说是《德伯家的苔丝》，其副标题是“得到忠实描述的纯洁的女人”。苔丝是命运的牺牲品，是无法索解的际遇牺牲品，是一个男人的软弱和另一个男人的奸恶的牺牲品。这是一个温

斯蒂文森

柔而残酷的故事：温柔，是因为哈代无限怜恤这个女主角；残酷，是因为他编排生活中的种种势力与她作对；理查逊没有这么残酷无情地虐待克拉丽莎·哈娄。哈代文笔之美在于他对自然的描写；他笔下的自然像版画家表现的一样（他原来是职业建筑师和制图员），虽然自然的用意是悲哀、盲目且不可求解的。生活的喜剧展现在农民那妙趣横生的言语和原始的思想之中，而悲剧是人在一个不可思议的敌对世界里的挣扎和激情。他最强有力的小说《无名的裘德》承载了他的悲观主义——这个词也许不太妥当。总之，喜欢《苔丝》的读者都表示反对。于是，哈代在三十多年以前不再创作小说[1]，而把所有的精力用于诗歌创作。

哈代的《无名的裘德》发表前一年，罗伯特·路易·斯蒂文森去世。在19世纪的最后的十年中，文学人士敬重他，因为他风格高超；非文学人士敬重他，因为他的故事离奇而喧闹。《金银岛》是他的第一部小说，《绑架》为最佳；他的散文等作品极具魅力，以至阅读其作品长大的读者不太可能评价他小说的重要意义，但可以肯定的是，《金银岛》和《鲁滨孙漂流记》一样不朽。

在我看来，斯蒂文森虽然赞颂青春，快乐而勇敢，对艺术十分忠

1 《无名的裘德》于1895年发表。本书第一版于1925年10月问世，哈代于1928年逝世。

乔治·吉辛

实，且备受欢迎，但他是一个旧式的老人，是反动的。在他润色文句的时候，另外一位艺术家在创作新作品，也在润色文句，而且润色后的内容更为实在，这就是乔治·吉辛。他的《民众》《没有阶级地位的人》《旋流》使他名列伟大英国小说家之列。我想大胆为这一论断担保，我对这一判断很有把握，因为人们对吉辛的兴趣日益增加，而不是减少。但是，现在还太早，不能预知有什么样的命运会影响他的声誉。

在关键时刻到来之前，我们同样不可能对20世纪头二十五年内受欢迎的小说家的价值做出评价，他们之中有许多人还健在。英国小说（还有美国的）的发展朝气蓬勃，有许多很称职的成员。H．G．威尔斯是一位优秀的小说家。他的见解也许正确，他说，尽管仍健在的作家中还没有杰出的巨人，但他们大家正在玩的游戏都比以往大。五十年以后的人也许不能看清我们的时代，可能会错过许多优美的作品，为避免这一情况，他们最好看看罗德雅德·吉卜林的短篇小说和长篇故事《基姆》，看看约瑟夫·康拉德的传奇小说以及乔治·摩尔、约翰·高尔斯华绥、D．H．劳伦斯、

约瑟夫·康拉德

索默塞特·毛姆、阿诺德·班内特（一度在《老妇人的故事》中扬名）、麦·辛克莱等人的小说。我们还必须读读萧伯纳的戏剧以及其他仍在世的艺术家的作品。哈代去世之后，英语中第一位小说作家是约瑟夫·康拉德[1]。这个波兰人怎样成为一名英国水手以及他如何在英国文学史中成为一名重要作家的故事本身就是一个传奇。他对海洋的描写在英国文学或世界文学史上，都是最为精彩的。他的小说（《吉姆爷》《诺斯特罗莫》《胜利》以及优秀的短篇故事《青年》《黑暗的心》）中的动作，都像情节剧一样令人兴奋。表面上，它们是这位英语大师金子般的散文；而在其背后，则是一位深刻思考着生活和人的作家。

1 这句话显然是本书1932年修订本添加的，因为哈代在1928年逝世。

36

19 世纪的英国评论家和哲学家

用字最多的作者留下来的作品何其少哉！

——查尔斯·兰姆

像每个简短的定义一样，这一章的标题仅仅是为了便利，我们不想让它成为一种限制，因为我们还要略述两三位思想家。与其说他们是评论家或者哲学家，毋宁说他们是历史学家或者科学家。分类的作用在于指出方向，而不是把我们束缚在“路标”上。

很难将查尔斯·兰姆归于哪一类，但所有的“路标”提示我们，他是最为独特的英国散文家。他丰富而随意的风格部分来自于17世纪的散文家，但这不是一件补缀拼接的服装，而是一种特别适宜于他的新颖款式。《伊利亚随笔》和兰姆的其他散文与个人书信始于微妙的嘲弄和闲谈，终于《梦中的孩子》中温柔的忧伤和最细腻、最清澈的评论。

查尔斯·兰姆

他激活了人们对老诗人的兴趣；他也赏识新诗人，即他的朋友华兹华斯、柯尔律治、济慈；喜爱伊利亚及他所喜爱的书籍，这种感觉就是对文学审美趣味的有力佐证。

就文章的优美和批评的深刻而言，仅次于兰姆的评论家是莱·亨特。他的杂文在那一时代文学中虽然不是最重要的，但即使在最概略的英国散文纪要中也不能被忽视。这些杂文之所以能保存下来，得益于其规范的语言、平易自然的文风。一本亨特的散文选是精美贵重的小书，这些书不会震撼宇宙，但却可以令其一角焕然一新。

五十年前，批评界会把骚塞归入诗人的行列。但是，就我们的审美而言，骚塞的诗没有什么价值。我们不能理解，为什么人们会将他和华兹华斯、柯尔律治归为一组；同样也不明白罗杰斯和康贝尔为什么会被认为同样重要；还有，令人愉快的爱尔兰歌谣作者托马斯·莫尔享有的声誉为什么会比拜伦为低。骚塞的诗确实没有让他成为不朽，但他的散文却有经久的价值。他的《奈尔逊传》确实写得极好，无论其历史价值如何。在类似的严肃著作中，他表现得都很严谨，一丝不苟地遵循艾迪生式的原则。他有很强的幽默感，在不出名的《医生》中，他极尽滑稽笑闹之能事，几乎可以与斯特恩的神性荒谬相媲美。

骚塞十分勤奋、认真且知识渊博，备受同时代人的景仰；兰姆怪异、随意，受到爱戴；亨特和气友好。与他们相比，威廉·哈兹里特是一位激烈的批评家；他性格暴躁，曾经激怒仇敌、疏远友人。当时的争吵之所以有趣，主要原因是这些争吵会刺激哈兹里特，为他火热、激烈的风格再加一把劲。他不仅是一个系统研究英国文学的学者，而且是第一位重要的艺术评论家（他曾试图成为画家，但没有成功）。在读书人和尝试发表评论的人当中，他的声誉从来没有像今天这样高。如果是为了提高阅读兴趣，或是进入文学问题（不是那些枯燥的，而是令人兴奋的）核心，读者所能找到的最好的书就是哈兹里特的《论英国滑稽作家讲演录》《时代的精神》和极其精彩的《茶话》。他的关于《莎士比亚戏剧人物》和《伊丽莎白时代的戏剧文学》的讲演深刻影响了批评界、学术界一百年。

像哈兹里特这样专事文学批评的作家（尽管哈兹里特其他论题的文章也很好），只能吸引爱好文学的人，因为读文学评论的人相对较少。但是，人人都喜欢他人的故事，尤其是奇怪的故事。托马斯·德·昆西知名，不是因为他的学术文章，而是因为他的自传体《一个英国吸鸦片者的自白》。故事讲述了一个在伦敦流浪的年轻人与一位流浪姑娘的友情，淳朴而动人。对于吸食鸦片后的描述显然是准确的；梦境不仅富有诗意，而且在现代心理学研究中找到类似的解释。像兰姆一样，德·昆西的散文也回到了 17 世纪修辞华丽的散文。像汹涌的波涛那样，德·昆西的散文跌宕起伏，经历了思想的特殊运动，它时而被摔成泡沫，时而又化为彩虹。对于能感知节奏的读者而言，散文十分优美；而对于那些习惯于平实、直接思想的读者而言，散文令人生厌。

在阅读托马斯·贝宾顿·麦考莱的著作时，后一类的读者会感到舒适自如。麦考莱思想十分清晰，没有人会误读；他言之凿凿，想要反驳他是需要勇气的。他的巨著《英国史》在英美读者中广泛流行，超过其他任何一本史学著作。他的著作让读者立即感受到突出优点，连大批评家也不会否认，那就是明晰的阐释，是对人与事的戏剧性描写。他的杂文也有同样的优点，尤其是关于公众人物而非文学家的那些杂文。能代表他力量的不是使他成名的《弥尔顿》，而是《柴塔姆》《沃伦·哈斯丁斯》。

19世纪中期的四十年中，除小说和诗歌之外（也可以说可能两者都包括），公认的英国文学首领是托马斯·卡莱尔。继劳伦斯·斯特恩之后，他用最为奇特的风格写作了《旧衣新裁》。该书把德国哲学和苏格兰哲学奇异地结合在一起，吸引了英国人的注意力。在当时，英国人对德国哲学不感兴趣，尽管柯尔律治在精彩的片段中曾介绍过一点德国哲学。卡莱尔的这本书不太受欢迎，只有少数人（包括美国的爱默生）赏识它。然而，它过去是，现在依然是一本伟大的书。这是关于人与自己精神搏斗以及为了探索社会意义而努力的故事，其背景是以服装为象征的人类那匪夷所思的骄傲自大。如果斯威夫特能够理解这一德国化的风格，那么，这本书既会令他皱眉，也会令他高兴。但是，这本书的主题不是斯威夫特式的，而属于那充满纷扰和疑惑的时代，卡莱尔是在这一时期中成长起来的。这一时期并没有完结，现在仍可能以更为紧张的形式重复着。

卡莱尔

卡莱尔发出的信息是灵魂从悲观的否定中成长为冷漠，继而又演变为确定无疑的大无畏的勇气。他宣讲这一信息的变体达四十年之久。尽管很少有人得益于说教者的言论，但至少世人还是逐渐认同卡莱尔是一种有益且鼓舞人的力量。他第一本成功的著作是《法国大革命》。这不是一部批判性的或者文献性的历史著作，而是一部散文史诗，既华丽又有戏剧性。同样，类似的想象力推动了《过去与现在》，一部研究中世纪的书。卡莱尔相信英雄和伟人（他常把这两个词语以大写字母开头），在他的《英雄与英雄崇拜》《奥利沃·克伦威尔》中，他教导我们拜倒在强者——崇高的强者脚下，以寻求拯救。往最坏处说，他的风格和思想怪异而混乱，沾染了卡莱尔个人的某种黑话，这种黑话和他所厌弃的现在流行且受欢迎的黑话一样恶劣；往最好处说，他像希伯来的先知一样光辉，透过阴冷严肃的外貌在干练与幽默中闪现。

约翰·罗斯金，卡莱尔的门徒，在许多思想上继承了卡莱尔；在严肃的道德观念以及对政治、经济世界中流行的弄虚作假与残酷无度的痛恨上，他都很像他的老师。像卡莱尔一样，罗斯金也是苏格兰血统。卡莱尔是农民出身，生来就穷，而且穷了一辈子；而罗斯金是一位富商的儿子，有条件旅行，少年时期曾学习音乐和艺术。他是一位专业的制图员，是继哈兹里特之后的第一位艺术评论家。他写起文章来，既有文士的权威，也善于利用画笔。在他的《现代画家》《建筑学七盏灯》和《威尼斯之石》中，视觉的美感被转化为诗意、缤纷的散文；遗憾的是，这充溢美丽的散文被沉闷枯燥的说教所虐杀。他教导说，艺术和建筑学是宗教和社会习俗的一种表现，艺术必须纯洁、忠实、严肃。作为历史，作为对艺术家工作方式的一种叙述，这是完全真实的，而罗斯金原则的呈现却是伦理美学。虽然罗斯金热爱所有可爱之物，但这一美学大大地减少了我们对艺术的享受；我们猜测，本维努托·切里尼会笑话它，米开朗琪罗因为太忙也不会去听它，那些罗斯金所钟爱的、在威尼斯建造了圣马可教堂和多吉宫的人会感到莫名其妙，不知道这个北方人正严肃地说些什么。

罗斯金对社会问题越来越感兴趣，他的观点在《给那后来的》和《芝麻与百合》中表现得最为彻底。他和威廉·莫里斯一起，在英国创立了一种艺术社会主义，其理想是：在一个社会里，艺术及于每个人，不允许丑陋的城市和建筑存在。他表面上还是一个类似雪莱的诗人，一个被生活现实击败的梦幻者。他把父亲勤俭遗留下来的大部分财产送给他人（他一向和气，毫不自私，绝无利己主义），但保留了这样一点：作为具有强烈信念的人，希望自己的思想领先。罗斯金很早就学会了写作艺术，在之后的五十年里，他虽然有时候会在众多的科目中迷失自己，但却从来没有丧失自己的风格，或者说两个风格：其一是他关于道德、经济、社会等思想简单明晰的阐述，其二是他对艺术热情、丰富、细致而雄辩的剖析。至于用词，他既不像卡莱尔那样怪异，也不像萨克雷那样漫不经心。批评家们一直揣测他的艺术观点，而经济学家们则肆意破坏他的社会理论。没有人对他的风格提出严正质疑，或者否认他在散文大师中间的首要地位。

罗斯金希望通过艺术、宗教和文学让所有人受到教化。他的同时代人，麦修·阿诺德（他俩大约在同一时间毕业于牛津大学）不像罗斯金那样对民主充满热情，但他鼓吹给他认为有能力接受文化的人以文化。他的生活观仅限于一种几乎有趋炎附势之嫌的文化定义，但他的文学规则广阔、沉静，优雅而幽默。在《文化与无政府状态》等论文中，他保卫了希腊理想、“希腊精神”，反对那个时代过分狭隘的以基督教为代表的希伯来理想。在《文学与教条》中，他从神学家和非利士人那里拯救了《圣经》。如果说，阿诺德这些论争精神极强的论文已变得有些苍白，那是因为今天有文化教养的人已完全接受了那些理念，那些他曾极力维护的理念。无论文学批评如何发展，也不能夺去《论凯尔特文学》《论荷马史诗的译本》以及评论济兹、华兹华斯诗歌文章中的光彩。他自己就是一位诗人，虽然并不伟大；他真正的兴趣在文学，而不在社会问题。如果说他谈文化喋喋不休，那是因为他无法预见我们的时代，由于重复过多，这个词已令人生厌；而在他那个时代，他有特殊的权利如此，因为他比其他任何一位英国文学家都更多地涉及了文化。

19 世纪，充满了经济、宗教和科学的争论，主要的文学家如卡莱尔、阿诺德、罗斯金，甚至小说家，都被卷入冲突，或者感受到冲突的回声。有些参加辩论和提出见解的人并不是文学家，他们写得很好，所以无论他们的专题是什么，他们在英国文学中都赢得了一席之地。

约翰 · 斯图亚特 · 穆勒的《政治经济学原理》已经过时，近期的事件也把 19 世纪大部分的经济理论投入废纸篓。但是，穆勒的这本书是说明文的模本。从近来的性解放观点来看，他的《驯服女人》已经过时，但是，他的论“自由”的文章却有持久的生命，在今天依然清新而恰当。

在新教与罗马天主教之间争论中，约翰 · 亨利 · 纽曼是罗马天主教一方的领袖；这场争论在 19 世纪中期活跃了美国的精神生活，具有历史意义。只有争论的文学意义与我们的论述相关。而纽曼的著述，即使对他的见解漠不关心或者敌视的人来说，也具有极高的文学价值。他的《为自己的一生辩护》是一部有魅力的精神自传，写作风格无懈可击，简洁而精妙。尽管他有功利的一面，但他天生是一位艺术家；他也是一位教师，《大学的理念》中有些幽默的段落论及英语作文，老师们都应该人手一册，想学写作的人也应该人手一册。

另外有一位思想家也很实际，他把文学当作仆人，他就是查尔斯 · 达尔文。我们的任务不是评价《物种起源》《人类的由来》的科学价值，那些让生物学家们讨论去吧。我们知道的是，达尔文创造出适合于自己学科的文学风格，他的文学力量让他的著作成为不朽，无论进化论理论未来的发展如何。另一方面，达尔文的友人，赫伯特·斯宾塞，进化论哲学家，在哲学上即使不被遗忘，在文学上也会有被遗忘的危险，因为他不擅长写作。从宽泛（而不是依赖精确的定义）的角度来理解或者推断这两位实力雄厚的友人的区别（他们在实质上是一致的，区别在于一个人善于写作，一个人不善于写作），我们就会多少体会到文学的含义。

19世纪所有的科学家中，最富文学特质的是托马斯·亨利·赫胥黎。他是一位生物学家，是那一领域公认的领袖。他活跃于文学界，因为他写杂文，发表演讲，而这一切又来源于科学自由与正统权威之间无尽无休的争吵。他的著述远远不限于技术性的讨论；而是为自由研究和不受约束寻求真理的权利而发出的抗辩。《人在自然界中的地位》和《讲演与凡俗宣教》是范本，对于没有科学知识的读者而言，也是清晰易懂的，并在公众中形成巨大的影响。他唯一缺少的，乃是麦修·阿诺德和红衣主教纽曼所具有的艾迪生式的雅致。但在赫胥黎的著作中，这样的特点也许反而会成为弱点，缺少这一特点并不能表明他不公正和不讲仪礼。他讲述自己的论题，面向听众，有一种直接强实的活力和把握主题的清醒，这是科学和文学的典型结合。

纯粹的文学论文在罗伯特·路易·斯蒂文森（我们已经谈论过他的小说）和瓦尔特·派特的作品中臻于完美。派特的风格优雅，登峰造极。他写得很少，但非常细心，几乎他写的一切都值得一读。他的《赏析》是一本优美文集，谈论的是兰姆、华兹华斯和柯尔律治。在他逝世后的一代中，有一半致力于写评论的英国青年人都以派特（而非阿诺德）为师。至于这些青年人的做法正确与否，尚待未来做出评价。

37

维多利亚时期的诗歌

我来了，思绪一半徘徊
　一半向前奔跑，
英国最年轻的歌手
　走向最老的先辈。

——斯温伯恩（《论兰德》）

维多利亚时代的诗歌始于何时，具体是什么人开始这一诗歌，不得而知。生于19世纪早期、中期正值壮年的诗人，都深受华兹华斯、柯尔律治、济慈和雪莱等直接且持续的影响。牛津版《维多利亚时代诗歌选》以兰德诗选开篇，是十分恰当的。关于这位诗人，我们曾简单提及。兰德生活到19世纪中后期；去世后，年轻的斯温伯恩曾作诗悼念他（上文已引用）。两代人有所接触。

维多利亚时代诗歌中，第一个重要年份大概就是1842年，丁尼生在这一年发表了他的《英国田园诗和其他的诗》。有人很敬重他，1832年他发表的一小本诗集，是英国诗歌中一个清新的声音。1842年的诗选中收录了他之前最好的作品，经过仔细修订后，增加了新诗

《尤利西斯》和《洛克斯利大厅》等。其中的大部分作品已深入人心，其词语已普及日常生活，今天的我们几乎不能够体味出八十年前的英国读者初读作品时的那种惊喜。例如《尤利西斯》：

我是我遇见人们的一部分，
但是全部经验都是一个拱门，
未曾去过的世界透过它而闪烁，
我一起步，世界的边缘就隐退。

《英国田园诗和其他的诗》发表之后五十年，从官方和民众的认可程度而言，丁尼生都居英国诗人之首。有很多年，与他最早发表诗歌一样，丁尼生都是一位精妙的抒情诗人，赋予诗歌高超、精妙的变化，尽可能多地描绘可以歌唱的主题。他也尝试跳出抒情诗而从事叙事和戏剧，但效果不好。在浪漫组诗《公主》发表之后，不恰当的诗歌评论卡莱尔和优秀诗歌评论爱德华·菲茨杰拉尔德都被认为迷失了自我。组诗流传了下来，因为诗歌完美，叙事片段纯真而抒情。下面两段可以让我们回忆起那些可爱的诗行，足以弥补其枯燥而毫

丁尼生

无幽默感的诗歌：

啊，在夏天昏暗黎明之时，悲伤，生疏，
半苏醒鸟雀最早的笛声，
飘向正在死亡的耳朵，对正在死亡的眼睛
窗户慢慢变成闪现的方块，

亚瑟王的圆桌

多么悲哀，多么生疏，白昼不再来。
每种声响都甜美，
你的声音更甜蜜. 但每种声响都甘美；
匆匆流入草地的千万小溪，
古老榆树中鸽群的咕咕和鸣，
还有不可胜数蜜蜂的叫声嗡嗡。

为了创作《国王的田园诗》，他花费了三十年的时间，这应该是一部伟大的英国史诗。这一题材是伟大的。弥尔顿是唯一真正具备史诗强力的英国诗人，曾一度想要写这个题目，但后来还是放弃了，转而开始“圣经”主题。丁尼生没有把握这样题材的叙事才能。他用伤感的情调描写了强劲的古代传奇。他的亚瑟王是个正统的人，大部分骑士是模糊的传奇回声。但是，在某些可笑的段落里，丁尼生的视觉和听觉完美和谐。例如，在“贝狄维尔把垂死的亚瑟的大宝剑投入海中”的一段：

长　剑

在明丽目光中发出闪电，
旋转着闪烁，在拱形中循环，
像北方清晨掠过的流光。

这样的片段有很多，与其他无数的抒情诗一样，都是丁尼生的光辉所在，且一直保持到他的绝唱《驶过沙洲》。他的光辉可能被批评的乌云部分掩遮，但不会消失。

在公众观念中，像维多利亚小说中狄更斯和萨克雷的名字既联系在一起，却又处于竞争关系中一样，丁尼生和勃朗宁的关系也是如此。事实上，当文学处于贵族式、无政府状态的民主中，不存在相互对抗或相互排斥的伙伴关系。每一位天才都按自己的方式前行，尽管受到时代、环境、出身和一成不变的自我调节。丁尼生的诗很快受到广泛的欢迎，不是因为他刻意追求声誉，而是因为他极为细心并且竭力提高诗歌艺术，从而发现了让读者与他一起感受、欣赏和吟唱的赠贶。而罗伯特·勃朗宁则不同，他不得不耐心地等待读者的认可。在很多人看来，他的诗朦胧，难以理解，世人必须用心体会和欣赏他的诗歌作品。迟至1868年他五十六岁时，他在《指环与书》这一鸿篇巨制中写道："英国公众啊，你们也许不喜欢我，但上帝是爱你们的！"公众向他走来，也许是因为在他努力发挥抒情天赋时，他就享有这种直接、激情和富音乐性的天赋。

勃朗宁

啊抒情的爱神，一半是天使，一半是鸟雀，
又全然是一个奇迹和一个强烈的欲望——
是最勇敢的心，连阳光也敢抵御，
在更神圣的苍天中隐藏，
面对他歌唱，亲近的灵魂——
但是在内心殷红的深处又是人性——

朦胧大地起初的祷告声音，
传入你和你的天廷，令室内出现蓝色微明，
令廷室失去威仪，一再下降，
为人类辛劳、受难，或者死去——
就是这同一个声音：你的灵魂能否知道变化？
那就来吧，倾听求助地带的声音！

勃朗宁最优秀之处在于他发明了一种体裁，即戏剧抒情诗，或曰戏剧传奇，其中包含了人物咏唱或者讲述的故事。他写了大量表现类似情感和情景的诗：《威尼斯平底船上》《最后一次骑马同游》《本·坎兹拉牧师》《我的前一位公爵夫人》《生活中的爱情》。这些诗属于英国诗歌永恒的宝库，不需勃朗宁研究会来阐释。勃朗宁的思想虽然多有繁复难懂之处，但贯穿其中的是一个明晰的思想，它让读者喜欢，尤其是那些绝非玩世不恭或者提出很多严格哲学意义要求的读者。这就是：一股勇敢的、富于战斗精神的乐观主义。在他去世之前，他这样谈论自己：

他永不回头，而是勇往直前，
　　从不怀疑云团自行破散，
永不存梦想，虽然正义受挫，错谬得逞，
他认定我们跌倒自己爬起，受挫后战斗更强，
　　睡眠是为了苏醒。

不，在中午，在人匆忙的工作时间，
　　以愉快心情迎接前所未见的事和人！

促使他前进，无论是胜利还是艰险，
“奋力是为昌盛！”呼吁“加快，战斗下去，前进，
　　无论是在哪里！”

勃朗宁夫人，伊丽莎白·巴雷特，在情感上是一位诗人，极具智慧。如果说她缺少最高超的诗意，那是因为还没有掌握诗的艺术，诗歌出自其本能或者自身修养。在与勃朗宁认识之前，她在一首诗中写道：

或者，有“石榴”来自勃朗宁；石榴切开到中间，
显露出一颗心脏，有血色，有筋脉，有人性。

这是他俩浪漫史的开端。他们的浪漫史是文学史上最令人愉快者之一。她身体有残疾，担心会成为他的负担。这种动摇、犹疑以及听天由命的态度集中体现在她这一时期的诗歌《葡萄牙十四行诗》中。从诗歌的情感和比喻而言（尽管并非在技巧结构上），这首诗是优美的，与其他语言的诗歌一样。勃朗宁相当蔑视“用十四行诗歌唱抒发自身”这种想法，但他一定知道，正是靠着这把钥匙，他的夫人打开了他的情感。这是英国妇女在诗歌上从来没有过的。

你离开了我。我却感觉从此以后
我会伫立在你的阴影之中。
站在门槛之内，我不再孤独，
这是我个人的生活，我不能再自主
使用的我心意，也不会像以往一样

在阳光下平静地抬起一只手，
而同时没有我已经得到的感受——
你曾触摸我的手心。天涯海角，
大地分开我们，但把你的心留在我的心内，
心脏加倍有力地跳动。我做的一切
和一切梦境都包含有你，一如美酒
必定有它自己葡萄的甘醇之味。
我为自己祈求上帝，他听到了你的名字、
在我的双眼中看到两个人的泪珠。

1859年曾出版过一本小小的诗集，没有人注意到，但作者对它的价值深信不疑。这就是爱德华·菲茨杰拉尔德的《欧玛尔·海亚姆的鲁拜集》。它来源于波斯，但它远远超过任何一部译作，已经成为一部杰出的诗歌杰作。罗塞蒂和斯温伯恩发现了《欧玛尔·海亚姆的鲁拜集》，于是名声大震。19世纪末，即菲茨杰拉尔德逝世之后，这部作品对于文学青年来说，已成为诗歌圣经，对它的赞誉远远超过了它本身的价值。今天，它同样很有名，比那些同样上乘的诗作都更知名，并被广泛引用。它那辉煌中的悲观主义，充满浪漫主义悲观色彩的懈怠、忧郁，把我们所有人带入其中。在此之前，西方诗人从未表达过这种异教徒特质。菲茨杰拉尔德的四行诗萦绕脑际，一旦入耳，便在那里伫立不动。我们不必从该诗中援引，因为人人熟悉；但是可以感受一下它的节奏：

树枝下有一本诗集，
一瓶清水，一块面包，还有你

坐在我身旁唱歌，在荒野里——
啊这荒野就是天堂佳地！

麦修·阿诺德，我们曾经介绍过的重要的批评家，是一位技巧、修养和审美趣味都很高的诗人，但他的诗作没有成为伟大的作品；神性的火似乎触及了它，却又匆匆熄灭，让它冷、静，像月亮一样。也许阿诺德这位批评家太重要了，不轻易变化吧。他最可爱的一首诗是《被埋葬的生命》，其中有一种激情的呼唤。我不引用这首诗，但要引用他更具代表性的诗——《诗的严肃》。在形式和内容上，这首诗既展露出诗人的完美，也显出他的局限。

在但丁来到以前，意大利的那个子弟
　想要吹号角，演奏神圣乐曲，
　他正值青春，伴随节日的人群
和未婚妻坐着尽兴观看表演。
未婚妻美丽，前额上青春焕发，
　像是星光，而那青年全身上下
　衣服鲜亮，珠光宝气，十分得意。
突然，呀，一根支柱折断，舞台倒塌！
重伤人群在挣扎，她躺在其中！
　他们于恐慌中剥去了她的外衣，却发现
　　在她润滑白皙皮肤上有一件丧服。
诗人啊，这是你的骄傲，诗神，
　外表装饰得年轻，欢乐，光辉，
　　而思想和严峻精神隐藏在内里。

罗塞蒂

这样严格的诗歌观念符合但丁和成熟期的弥尔顿精神。它的禁欲倾向令人不适，尤其他曾大谈希腊精神。此外，有三位诗人的诗歌概念更令人欣喜，也更富人情味，他们比阿诺德稍年轻些：但丁·加勒里尔·罗塞蒂、威廉·莫里和奥格南·查尔斯·斯温伯恩。

罗塞蒂既是画家，也是诗人，属于所谓的前拉斐尔派小组，他们力求取得早期意大利绘画的那种清新感，从而使英国艺术摆脱因循守旧的常规。罗塞蒂的诗歌创作，显然受到其绘画艺术的影响；天才从画家的视角把生活视为彩色和景象，把词语当作视觉象征符号来使用。罗塞蒂的才能还有另一重二元性：他父亲是意大利人，在他成长中获得了有关其祖先的语言和文学的知识。他是英国十四行诗大师中最伟大者之一，这是可以理解的，因为英国从意大利引进了十四行诗这一体裁。他的才能完全属于英国特质，源于莎士比亚、英国古代歌谣及与他同时代的勃朗宁。但是，英语是世界上最灵活且适应性最强的语言，是他把意大利语的流畅、响亮带进了英语。他的《生命之屋》是继莎士比亚之后最优美的十四行诗组诗。下面的这首《爱中之死》，表现出了罗塞蒂的绘画力量和形成他语言风格的象征手法，虽然这种语言很古老，有如但丁：

生活的随从中出现一个形象，

有爱情的翅膀，并举出他的旌旗：
图案美丽，上面尊严地织出
你的形体和色彩，和隐蔽灵魂的脸！
震惊人的声响，像春天苏醒，
在它的褶纹中抖动；透过我的心灵，它的力量
像永恒的时刻，猛烈地前进，
而生育之黑暗小门呻吟，一切更新。
但是一个蒙面女人到来，抓住
旗杆，把旌旗在长杆上卷紧，
又从举旗人帽上拔一根羽毛，
放在嘴唇上，嘴唇不触动羽毛，
她对我说："看啊，没有呼吸：
我是死亡，和这爱是一体。"

罗塞蒂的友人威廉·莫里斯，既是诗人又是画家。莫里斯多才多艺，像中世纪和文艺复兴时期的杰出人才一样；他曾努力把文艺复兴时代的精神搬回来送给工业化的英国。他的活动很多。他一手设计壁纸，一手写诗，悠然间又发表了关于社会问题的讲演。有人挖苦道，如果不偷懒，他一定会写出几部贝多芬式的最佳交响乐来。

在这里，令我们感兴趣的是莫里斯的文学作品。他的《圭尼维农自行辩解》是亚瑟王传奇诸诗体中最为优美的（其中有丁尼生的《田园诗》，虽然最受欢迎，但并非最有神韵最有色彩）。在《伊阿宋的生与死》中，莫里斯把大家熟悉的希腊传说变成韵文体传奇，传奇又把古代精神与中世纪精神，与19世纪令人震惊的速度奇异地结合起来。这首诗是那种可以从头到尾读完却不让人厌倦的少数长诗之一，

出版后大获成功。之后，莫里斯写了《地上乐园》。这部诗集的素材源自希腊和传奇，包括二十四篇叙事诗，是斯宾塞的《仙后》之后最为可观的创作，且全部顺利地完成。莫里斯的缺点是写得太多。他精力过人，出手快，富于色彩，有能力使用英诗音步，但他很少写出罗塞蒂那样美妙动人的诗句。在莫里斯的一卷大书中，是很难等到如罗塞蒂两小卷诗集那样的诗。与他的另一位友人，几乎与他一样多产的斯温伯恩相比，莫里斯也没有神奇的魔力表现。

1864 年，斯温伯恩发表了《阿塔兰塔在卡吕冬》，当时他二十七岁；又经过两年，他发表了《诗歌与歌谣》。他炽热的青春气息、他的叛逆和激情，以及他对音步、曲调纯熟而有素的把握结合为一，这在当时是无人能及，也是之前任何一位英国诗人无法达到的。斯温伯恩以后，英国诗人们受到了他的影响，除了那些脱离韵律之美进入自由诗的诗人——自由诗之于他，如同儿戏。他是大师，精于将英语词语结合而成和谐、富于节奏、抑扬顿挫、轻重有度的语言。此外，他还从旧的资料中发展出了新的格律和诗段形式。

斯温伯恩

斯温伯恩的天才在于高超的用词技巧。有人认为，斯温伯恩缺乏理念。就诗歌精神而言，这是完全不符合事实的。他的思想丰富，首尾相接，来自于他关于古代和现代文学知识及深厚的激情。别的诗人无法巧妙地让诗歌一直继续下去，而他却常常将抒情诗写得很长。引用其中的片段表现不出他的广阔和流畅，也表现不出其中充实的音调交响。但是，《普罗塞皮娜颂》中的四行大概可约略体现出他的音乐，似乎一小节就揭示出一部交响乐：轻柔愉快的日子，愉悦与悲哀都远远抛弃，和现时的泡沫一起——现时常冲向波穗的往昔，在极度的海水墙壁之外，在远方海水大门之内，冰水冲刷，高大巨轮沉没，深渊有死亡等待。

斯温伯恩语言有一种魔力。他是伟大的叙事诗人之一。在亚瑟王传奇的许多新编中，《利昂尼斯的特里斯特拉姆》无疑是最为动人、最有文采的。

魔力不亚于斯温伯恩，但是规模较小的是乔治·梅瑞狄斯；作为这一世纪重要的小说家之一，我们前文已经介绍过。他歌颂大地、歌颂人与自然的融合，他的情诗因为汇入了人的激情与世界的可爱可亲而极其优美。关于他的《幽谷爱情》，丁尼生说，他没有办法忘记那些诗行，任何人听到那些令人陶醉的节奏之后，都不会忘记：

> 像松鼠一样胆怯，像燕子一样任意，
> 像燕子沿着河上光明翱翔之快捷，
> 飞越水面得以看到水中映出的双翼，
> 她在空中逗留时比飞翔时更快，
> 有如松树顶上飞跳的松鼠之胆怯，
> 像夕阳西下时分头上旋转燕子的随意，
> 我爱她，但她很难捕捉和驾驭，
> 也许成功的荣誉可以博得她的青睐。

魅力不足，但颇具哲理和探索意义的是有点像十四行诗的组诗——《现代情爱》。诗作与其说揭示了歌唱者，不如说显现了小说家。

罗塞蒂的妹妹克里斯蒂娜发出的是纯洁的天使之声。像她哥哥一样，她在形式的把握上十分完美，尤其是十四行诗。她赞同以她为首的中世纪神秘主义，但她的神秘主义采用了语气最为诚挚和高尚的宗教式忠诚的形式。她的情诗有修女节制的情感。有人把她和勃朗宁夫人做比较，这一做法是习惯性的，说明不了什么问题。两人相较，勃朗宁夫人的表达更为丰富而有力，但没有达到诗人妹妹那种最终的简朴、节奏以及词语的丰富程度。下面的一首《歌》不是克里斯蒂娜·罗塞蒂的杰作，但却呈现出她的甜美和阴郁，是一首完美的诗：

我最亲爱的人，我死去之后
　不必为我唱悲伤的歌；
不必把玫瑰种在我头部的上方，
　不必栽种茂密的青松
你就是我头部上方的绿茵，
　因为阵雨和露水而湿润；
如果你愿意，就请你牢记，
　如果你愿意，也可以忘记。

我不会看到树荫，
　我感受不到雨水，
我不会听见夜莺
　唱出痛苦的歌曲；
幽暗中的梦景不断，
　幽暗又不上升又不下降，
我也许还能够记忆，
　我也许将会忘记。

老派维多利亚人士中，最后一位代表是托马斯·哈代。他在八十三岁时发表了一本新诗集。像梅瑞狄斯一样，他既是小说大师又是诗人，而读过他小说的人和关心他诗作的人之比，是十比一吧。但是，他的心灵——他激情、怜悯和痛苦的心灵永远是在他的诗中；我们从他的短诗和从他宏大的史诗剧《列王》中可以感觉到：他写小说是因为他有才气，因为有外在的需要；但写诗，则是为了服从于内心的需求。他是英国文学中最为悲哀的诗人。这里用“悲哀”是准确的，“悲观主义”用得太滥了。像华兹华斯一样，他是一位密切观察和热爱大自然的人，但得自于自然的几乎不是华兹华斯得到的宁静的安慰。他的诗很好，但是有些艰深，这种艰深表现在思想中，而不是诗律之中。在好不容易才有的最欣喜的时刻，他那主导的情绪之一出现在《幽暗中的画眉》。他听见这只鸟儿因为“无限的喜悦”而歌唱，然后：

欢歌的缘由少而又少
　但喜悦的歌声传遍，
理由没有书写在地上，
　没有写在远近万物之上，
我只能想到，在这宜人
　夜晚气息颤抖中浮现
某种神示的希望，他虽然知道，
　我却尚未察觉。

悲伤的韵调贯穿了绝大部分的抒情诗，因为诗人擅长把他们的悲伤化为艺术，而我们大家则拥抱悲哀，让悲哀呼号或者大哭，或者，好一点的办法，是不发出一点声响。19世纪的英国诗歌，产生了许多含有渴望的悲哀之歌——这种悲哀不同于希腊或者伊丽莎白时代的大戏剧，且多于其他任何时候。有一位天才不应该被忘记，一位受损的天才，其痛苦是真切的，躯体上的：他是詹姆斯·汤姆逊，《恐怖之夜中的城市》的作者，一部受损的杰作，但很有光彩。在这里引文不太适宜，因为如果没有上下文，其中任何一个诗节都没有意义。当然，勃朗宁健全的心理对于病态内向的心灵是一种解毒剂。青年一代发出了朝气和勇气的声响，威廉·韩利的“走出覆盖了我的黑夜”已经变成了十分熟悉的引用语；罗伯特·斯蒂文森在散文中比在诗中更好地描写了他的信心和活力；吉卜林运动员式的诗歌在二十年前曾为人津津乐道，至今仍有人记得。

在我们简略回顾维多利亚时代的诗歌时，我们惊叹于它的丰饶，惊叹于它拥有众多的诗人。尽管其中许多诗人我们还没有提及，尽管他们的名气不及他们的兄弟，但他们创造了优秀的文学作品。托马斯·胡德是个很好的人，他虽以讽刺作家而知名，作为诗人的名气不大，但他写过三四首极好的诗。还有写出《黑肤的罗萨林》的爱尔兰诗人芒干，他生来就有一种凯尔特人的魔力；阿诺德的友人克劳，有几首抒情诗即使不算最佳，也是真正的诗；考文垂·派特莫尔的诗，如《玩具》，催人泪下；锡德尼·多贝尔在人们听说“自由诗”之前，就写出了可爱的《晚祷歌》；托马斯·爱德华·布朗，马恩岛诗人，用方言写出了长诗，其抒情小诗，用纯熟的英语写成，在思想、情感以及在节奏上具独创性，韵调大胆而讲究，表现突出；令人愉快的诗人还有朗、多勃逊等人。

19世纪末、20世纪初，继承英国诗歌伟大的传统，并且添加鲜明个人印记的，健在或已过世的青年一代诗人很多，一一列举他们的名字不太容易。其中有几个人是：奥斯卡·王尔德，他的《莱丁监狱歌谣》鲜明有力；约翰·戴维逊是写作威武歌谣的诗人；威廉·叶芝，有小鬼怪赋予了他凯尔特人的魅力；A．E．豪斯曼的《什罗普郡一少年》证明，一个诗人的价值不能用大小来衡量；约翰·梅斯菲尔德既是抒情诗人，又是惊险故事的讲述者；瓦尔特·德拉·梅尔的细腻奇想具有广阔的深度。英国诗歌的光辉不仅在于伟大诗人的独唱，而且还在小诗人的多重合唱。他们中的每个人都是独唱家，因为诗人不能在合唱队里唱歌。世人也会同意，19世纪诗歌这一章中的顶尖者是弗朗西斯·汤姆逊。他不是伟大的英国诗人中的最后一名，因为没有所谓的最后。但是我们不必依据评论，而是从诗歌方面来看待他，他是灿烂的夕阳，我们可以用他的《夕阳颂》中丰富的比喻来给他戴上冠冕：

啊你即将终结的白昼，
在夕阳西下时刻你网罗了全部的瑰丽，
虽然东升时你恢宏壮美，
但是你西下时场景更加光辉，
　　得到苍穹中种种呼唤的赞美：
你可见的音乐轰鸣，令天空失聪，
　　你的锣鼓大乐衬托了火红的西天，
你在凯旋中庆祝你的离去，
我看到橘红色炽燃了你的铜管。

汤姆逊十分穷困、孤独，幸亏有好朋友发现了他的天才并加以救助。他华丽而丰饶的梦境是对悲惨生活的逃避；对于诗人和读者而言，诗歌就是一种逃避。他在《天上的猎犬》宗教的忘我情景中，在虔敬贞洁而高尚的情诗《姐妹之歌》《戴安娜膝上之爱》以及在真诚温柔的《歌唱儿童的诗》中找到了慰藉。在《罂粟》中，他表达了予以自己的主题和自身见于莎士比亚十四行诗中的那种永恒，那种自豪的意识。我们以下面的引文结束本章，因为本章叙述了诗人的故事和诗人景观最终的胜利：

爱情啊爱情，你枯萎梦境的花朵
在绿叶下诗句中得到保护，
在诗韵的角落躲避栖身，
避开收割人和收割人的时间。

爱情！我落入时间的利爪，
但是在绿叶诗韵之中
有世人器重我留下的一切
——我枯萎的梦景，枯萎的梦景。

38

19世纪的法国散文

在瓦尔特·司各特华丽没有诗意的传奇之后，有待于创作出另外一种传奇，要更为优美和更为完备。这种传奇既是戏剧又是史诗，华丽而富诗意，真实又合理想，真实而又恢宏。

——维克多·雨果

一切都—直存在，一切都一直共存。浪漫主义有其愚人，又有其精英。

——莱米·德·古尔蒙

因此，法国浪漫派，可以毫不夸张地说，可以被称为19世纪最伟大的文学流派。

——格奥尔格·布兰代斯

就时间断限、从一定意义上的精神特征而言，法国文学的浪漫主义与英国文学中浪漫主义很相似。二者都涉及法国大革命的各种思想。尽管布兰代斯有上述言说，但英国浪漫主义运动还是比法国的强大得多。相较而言，英国的浪漫主义运动繁荣得较早，而且更为丰富，因为在英国产生了一代伟大的文学天才。这是法国无法相比的。时代（设定1800年为图表上的中心位置）激荡了英国人的思想，英国诗人当然也有所反应。而法国人的思想界则是受到抑制的，直到后来才出现堪与司各特、拜伦相比拟的文学家，遑论济慈和雪莱；但是，他们去世多年后，法国才有人听说他们。伏尔泰明朗而敏锐的精神，作为文学的影响，从18世纪法国思想中消失，虽然他个人的声誉依然还在。占主导地位的是卢梭伤感的浪漫主义；这一主流被夏多布里昂化为宗教的情感和精神的反应。19世纪初，他的《基督教真谛》出版，成为法国最有影响力的新书。这是对基督教的维护或者赞颂，来自于色彩、优美和象征，而非出于辩论或者神学（虽然这类因素不少）的原因。其不良之处是令人烦腻的说教，其最佳之处是彩色玻璃和大教堂的风琴。有一个插曲，《勒内》的故事，讲了一个积极探索、满怀希望、忧伤的青年。这个青年大受欢迎，在欧洲的小说和诗歌中频频出现。雪莱的《阿拉斯特》和歌德的《少年维特之烦恼》也表现了同一思想，不是直接借用，因为当时到处充斥着这一思想。面对这一切，卡莱尔粗鲁而严厉地回应："年轻人，别再发呆了，去工作吧！"

在今天的小说里，我们也可以见到这类多愁善感但又不知足的男孩子。我们注意到，他们会被带到"精神分析家"的医生那里去诊疗；那些医生或许比夏多布里昂更聪明——或许不如。"一切都一直存在。"对于英国读者来说，他的忧郁韵调不如在一百年以前的法国读者感受强烈。两个世纪以来，英国传奇一直是那个熟悉的、心中满是悲痛、疑惑的青年哈姆雷特，而且，在1800年前后的英国小说，虽然也有不少时兴的无聊内容，却依然受到强势的菲尔丁和斯摩莱特的引导。之后，很快又受到同样强有力的司各特的引导。夏多布里昂在英国生活过数年；在之后的几年里，他翻译了《失乐园》，同样，他的大部分作品也被译成英语。但是，出于上述的原因——也许并不是真正的原因，他在英国拥有的读者不多。对于现代的法国读者来说，他的修辞令人不快；但人们都知道他是这一过渡时期的大师：在此之前，像许多法国人在断头台上和别处丢掉了脑袋一样，法国散文也失去了“头脑”；在此之后，法国散文的“头”又长在强壮的肩膀上。

夏多布里昂

肩膀正在成长，头部是具有极强力的多头。19世纪初（向前向后几年可忽略不计）诞生的巴尔扎克、雨果、大仲马、乔治·桑，都是小说家，还有批评文论家圣伯夫。巴尔扎克是法国小说家中最多产和最有影响力的。在写完许多故事之后，他意识到，或者宣布了自己的目标：他要描述生活的全景，称自己的小说作品为“人间喜剧”。他没有完成计划，五十岁时就去世了。“人间喜剧”超越了任何个人，或者国家，或者时代的范围。但是，在巴尔扎克之前和之后，谁也没能驾驭如此浩大的主题。他塑造出大量的人物，任何一种语言的读者（他的小说绝大部分都已被翻译成欧洲语言）都会从中看到自己、自己的对头和友人，无论时代和地点有什么不同。巴尔扎克研究过各种不同类型的人物：巴黎的市民、农民、外省小镇的小中产阶级。他一生中的大部分时间都花费在写字桌上，后又卷入商业纠纷之中（这些事足以耗尽普通人的所有精力）；令人惊奇的是，他仍能抽出时间去直接了解如此繁多的社会人士类型。答案是他具有高超的小说家才华：洞察力。他只要看过一次，就足以理解其场景和人物，并将其吸收为自己的一部分，精确地描写出其中的细节——甚至有时候细节太多。他十分诚实、勇敢，这在精神上加强了他的洞察力。这一点，他很像司各特，他也十分钦佩司各特；像司各特一样，为了谋生，他必须写很多；但他从来没有推卸作为作家的责任，并付出了巨大的努力，有时候，他一口气写十六个小时，反复修改作品，把永不枯竭的精力投入其中，使大部分作品，即使是那些最为啰嗦的章节，都获得了永恒的生命。

在创作实践中，巴尔扎克应该早就解决了之后那旷日持久的争论（即使现在也依然进行的毫无意义的争论）：传奇与现实主义的争论。这是一个学术问题，只有批评家和对小说艺术进行理论阐释的小说家会感兴趣。法国人是不是已经有了答案？——在他们精确的语言里，每一部长篇散文作品，无论其内容和写法如何，都被叫作“小说”[1]。法国伟大小说家的实践不是已经回答了这个问题吗？他们把生活或者生活的大部分看成是灵魂和环境的传奇式遭遇，而不遗余力地把真实的印记给予事实。在巴尔扎克那里，写实方法与奇异想象并不冲突；读者也许可以看出这一矛盾，但巴尔扎克在当时是意识不到的。他的伟大之处在于他的同情。在《欧也妮·葛朗台》中，他描写了一个

1 在法语中，“小说”是roman，该词也指“长篇小说”。

生活圈子很小的淳朴的乡村女孩。在其他小说中，他描写了另一类妇女的“辉煌与凄惨”。这是他第一次把商业与金钱的肮脏故事写进小说，在《赛查·皮罗托盛衰记》中，他将自己在经商时的灾难性经验用到写作中。事实上，在他的大部分小说中，如《邦斯舅舅》《贝姨》《高老头》，都贯穿着形形色色的贪婪、悭吝、自私等揭发式的主题。巴尔扎克热爱生活，但不是以安抚、感伤的方式；他的生活观公正，甚至是冷峻，但在涉及女孩时又常是温和的。整体而言，他对青年男子的态度是严厉的；早在梅瑞狄斯之前，他就不止一次地描写过“自我中心癖者”。他描述的感情生活远远超过幸福情侣的婚礼铃声；婚姻是一个插曲，人们还要生活下去，一直到老年；巴尔扎克笔下的老年人，有怪脾气的，有招人讨厌的，有凄凉悲哀的，都写得很好。考虑到这位善于观察的人有一种空间感，他虽然不是诗人，但是他的《塞拉菲塔》在风格上接近于散文诗。该作品是斯威登堡神秘主义的一个实验品。他的确是一个巨人，或者是大圆形演技场，后来的小说家们从他的大建筑中索取石块，建造他们较小的屋子。

巴尔扎克的友人——巨人同伴维克多·雨果，度过了 19 世纪的绝大部分，有五十年，一直是法国最伟大的文学主力。他是诗人、剧作家、小说家、政论文作家。政治上的际遇让他名气大涨，因为他被驱逐出法国长达二十年之久。他回国的时候，受到了极高的礼遇和歌颂，以至阴冷的法国批评家们起来挑战他的光辉地位。

对于英国读者和法国以外的欧洲大陆来说，他最有名，拥有读者最多的小说是《巴黎圣母院》《海上劳工》和《悲惨世界》。这些作品情节紧凑，有些场面极为引人入胜。有谁在阅读日里亚与章鱼搏斗的场景时，或者在那驼背迫使仇敌放开大教堂排水槽而坠落死亡时，不感到惊心动魄？但是雨果的情节剧，像莎士比亚的一样，的确也像

维克多·雨果

其他一切的情节剧一样，在情节背后充满思想和激情，情绪的渲染使思想驻足并且加深，令人难以忘怀。雨果使用的情景匪夷所思，有点像狄更斯的风格。它激活了本身十分枯燥和阴暗的社会主题。这两位作家，以及其他具有戏剧想象力的作家，也都欣赏这样打动人心的场面。在《悲惨世界》里，雨果把五六本小说和更多的小说元素聚集在一起，而不是用冉阿让的遭遇将其松散地串联起来。这部小说中容纳了所有小说可能容纳的一切。雨果的要旨，是要揭示安逸、特权下的生活。如果雨果不是一位极高超的作家，这样的主题也不过是一种特殊的社会呼吁，是枯燥的材料罢了。斯温伯恩曾一度对《悲惨世界》赞誉：是“已经创作或者构想出来的最伟大的史诗和戏剧般的小说作品”。我们不必把话说到这个程度，但是可以同意斯蒂文森较为公允的见解，即：雨果式的散文传

冉阿让

奇“会给任何一位作家带来很大的声誉，然而，这样的传奇只是雨果为自己天才树立起的纪念碑的一面而已”。至于其他的方面，即他的诗歌和戏剧，我们在下一章里简述。

一百年间，大仲马大概比其他作家赢得的读者都多。他带给他们的快乐，连司各特也无法相比。他是虚张声势的斗篷与剑传奇故事无与伦比的大师，每部作品都有历史背景；背景的一部分是虚构的，一部分是真实的，但是都极为生动。如果大仲马不是一位艺术家，那他的故事书就可能降格成为廉价的大众小说。大众会喜欢，但很可能不会在文学史上享有持久的地位，也不会赢得那些对小说的要求不限于阴谋与冒险的读者的敬重。但是，大仲马是一位艺术家，绝不局限于其令人兴奋的情节；他创造的人物都能站立起来行走，甚至扬眉吐气地迈步，独立自主，语言生动活泼。他蓬勃的朝气永远不减，虽然他写作速度极快；与之相比，连司各特、巴尔扎克和特罗洛普的工作节奏也是闲庭散步和慢工细活了。他有许多合作者，还被指责开小说工厂；但是他是这个工厂的智慧、灵魂和动力。令人叹为观止的是他无数的传奇故事（就不必说他的戏剧、史书和回忆录了），甚至有许多是同类作品中的佼佼者。至少有两部，《三个火枪手》和《基督山伯爵》，成为英语读者（当然还有法语读者）童年记忆的一部分。我们都永远牢记它们。我们永远不会忘记不朽的三人小组——波托斯、阿托斯和阿拉米斯。如果永恒还可以比较的话，更不会忘记达达尼昂。但是，我们的认识不断在成熟，认识到大仲马不仅仅善于说故事，他的《克莱雅的奥林普斯》等小说并非一流，结构缜密，写作精细。大仲马为了炫耀、追求商业效果，常常图快，有如做戏。他（和他的环境）没有花时间思考，却又过度依赖自己的创作力和即兴发挥的本事。然而，在快速变化、火热的娱乐背景之下，其中蕴含着一种深厚的生活实感和令人感佩的智慧。

在惊险的活动和久远的历史中，大仲马找到了传奇故事。而乔治·桑，法国小说家中最伟大的妇女，或者说是法国妇女中最伟大的小说家，是在自身，在自己的心事之中，在法国乡下和在她以母亲般热情喜爱的农民中间找到传奇故事的。无论小说中的场景或者情节如何，她只有一个主题，即爱情的权利、义务和自由。在发挥这个主题的许多形式上，她表现出明显的女性特征，而她男性化的笔名比乔治·艾略特的含义更少——乔治·艾略特是英国女作家，乔治·桑不可避免地被拿来和她比较。实际上，两者是不相同的。她们的共同之处是亲民，是反抗世界上的种种残暴行为，以及清晰表述自己纯真思想的能力。乔治·桑最好的小说描写的都是农村生活，迷人的田园，或者她恰当乐道的“田园诗”——《小法岱特》《弃儿弗朗索瓦》和《魔沼》。

乔治·桑

这一时期的大批评家——这些小说家和诗人的朋友或者敌人——从长远看，法国文学中过去一切优秀之物的朋友，是圣伯夫。很大程度上，他的重大意义仅局限于法国。评论是写作的一种形式，不会直接超过文学家们的兴趣很远；很少有评论家在国际上得到承认，可以说，一个批评家只有在自己国家才享有荣誉。圣伯夫对麦修·阿诺德和其他英国评论家有过影响，而且，很可能欧洲每一位文学评论家都曾受益于他。他的重大贡献在于向法国人，甚至是向全世界清晰解释了法国文学，但世人都不读评论著作。圣伯夫一些论文被译成英语。但是，对于不懂法语的人，他仍然是一本没有开封的书；而对于懂法语的人来说，他不仅是一本打开的书，而且他还翻开了别人的书，他以前和他同时代人的法国文学的书；他对同时代作家常有错误的判断（例如巴尔扎克），但从总体上看，他看待事物凭借的是批判性智慧之光。在圣伯夫之后，爱好文学

圣伯夫

的法国人就没有借口不理解自己国家的文学，而摸索寻求法国文学最佳精华的外国人最好也遵循圣伯夫的引导。

法国精神中理性主义与批判性方面，大概是它最强有力的一面，虽然法国各文学体裁中都曾出现过大师，如勒南和泰纳。勒南以《耶稣传》著称，这部著作既坚持怀疑论，但又表示出虔敬。正如每一本论宗教内容的书都要引起争论那样，这本书也不例外；基督徒不喜欢它，异教徒则利用它，而勒南本人没有这样的意图。勒南把事情变得更为复杂，说他对文学丝毫不感兴趣，他是在寻求真理；是历史学者，却对风格不感兴趣。但是文学的报复是原谅了它的仇敌，《耶稣传》被看成是这样一本书：它可能是，也可能不是一部优秀的、有分析性或者“科学性”的历史著作，但不可否认的是一部艺术性强的著作；它澄清、重建了《新约》，有就地添加的色彩笔触，因为勒南是在叙利亚当地写了这本书的大部分。他志愿当一名历史学家、批评家、哲学家、东方学学者。他是一位文学家。人有时候自欺，写得比自己预计得更好；而文学这位模糊的、高深莫测的女神，是接纳他们的。

像勒南一样，泰纳也自认为是科学的史学家和逻辑学者，而不是文学家。在19世纪后半期，科学精神占领了思想领域，“科学”这个词语，甚至它所代表的观念和方法，都被不同程度地滥用。人的每一种行为，甚至是谈恋爱，也有科学。这个运动是对浪漫主义时期松散的思维方式的反动，而泰纳是这一运动在法国的领袖。他认为，无论是政治家还是诗人，如果确认了其种族、时代、社会环境和主要能力，天才之所以为天才都是能找到答案的。在这一公式下，批评大体上就是传记和历史问题的。后来，有批评家对泰纳的方法提出了反对意见，认为这一方法不能够解释人的才能。事实上，泰纳不知道，自己更多时候是一个诗人，在他的论文中，他的审美热情常常令他超越自己所宣称的原理。对于英语读者而言，他的价值不可估量，因为他的力作《英国文学史》是之后的研究所不能完全超越的；而从一位重要的法国学者观点来看，我们的文学也是极富启发性的。英文译本堪称上乘。

泰纳

一般认为，忧郁为浪漫气质所特有。但是在法国，浪漫主义者雨果、乔治·桑、大仲马歌颂生活中的欢乐，理性的现实主义作家却是忧郁和悲观主义的。泰纳几乎以阴暗的听天由命的态度看待世人。巴尔扎克之后的小说家们，福楼拜、莫泊桑、左拉，都有泰纳的那种低沉情绪，不是因为他的影响，而是因为天空昏暗，部分还归咎于1870年的战争。

居斯塔夫·福楼拜以一种冷峻的轻蔑，同时又以有穿透力的洞察力看待世人。他的生活观是颇具讽刺性的，没有因为令人发笑的幽默而变得柔和；这样的观点妨碍他的作品受到广泛的欢迎，即使在法国也是这样。但是，对于对写作感兴趣的读者而言，福楼拜完美到极致。他一星期写一页书，绞尽脑汁，字斟句酌，结果不是过分雕琢，或者小题大做，或者有斧凿痕迹，而是准确、有力、自然，好像每个词语都是自然出现的。他最著名的小说是《包法利夫人》。在一个孤寂的外省小镇上，一个浪漫的、令人怜恤的柔弱女人和一些平庸男人的凄清的爱情纠葛。这样的一篇叙事平淡无奇。然而，它是一部十分重要的小说。不仅因为其风格完美，而且还因为它忠实于人物性格；故事素材平庸，甚至没有兴味，但平淡中透着神奇，其情节发展像涨潮一样不可避免。这种发展和真实感即使在译文中也没有丧失（英译本令人满意)，虽然很难再现福楼拜的“恰当语词”。

为什么《包法利夫人》是福楼拜最有名的作品，这不太容易解释。因为《情感教育》是一部伟大得多的书，是青年希望破灭的悲剧。福楼拜的视野十分宽广，他直截了当地抛开了过去与现在、事实与想象、浪漫主义与现实主义之间的区别。在《萨朗波》中，他为再现色彩而走向往昔，像浪漫主义小说家，像司各特或者大仲马一样，但是他仍然保持着一位科学学者客观的态度。他的天才在于能从简单中找出悲怜，在温柔中找出讥讽，在平庸中找出激情，从往昔中找到现在，这不是悖论和矛盾的天才，而是看到生活的天才。晚年，讽刺特征控制住了他；在未完成的《布瓦尔和佩居歇》中，他刻画了外省愚蠢的小人物身上的人性。他对平庸持贵族式的厌恶态度，觉得我们大家到底也都是平庸的。福楼拜把理性注入小说，给继承他的现实主义上了一课，却只有大师从中受益：生活的事实可以转化为精致的优美，而真实是不枯燥的，语句的优美在于朴实、准确、明朗、逻辑。

福楼拜的学生是一位特殊的天才，他没有遵循任何一位老师。他就是短篇小说大师基·德·莫泊桑。对于莫泊桑来说，什么都不存在，只有故事、演出故事的人以及故事背景最简约的提纲。对生活中不能叙述的问题，他更是不会感兴趣。大仲马除外。一口气说出光辉小说家和最冷峻现实主义者名字是矛盾的。他们以不同的方式表现出一种共同的才能：保持节制，对人物不加任何评论的才能，无论人物存在，还是人物行动；没有对人性的分析，没有在善恶之间进行选择；没有“注释式”的心理学。当然，相同点到此为止，因为大仲马生活在五彩缤纷的往昔中，——发明出令人兴奋的情景，而莫泊桑则生活在灰色的住宅和街道，似乎什么也没有发明。其实，这是一种传奇性谬论，蒙骗不了人。但是，就观察范围而言，莫泊桑具有不同于大仲马的另外一种才能：让生活本身通过行动言说，把手挪开，不干预他人。这是薄伽丘和《一千零一夜》的品格，很少见于其他大部分的现代小说。如果说，生活凄惨，或者滑稽，或者粗野，或者不体面，那么应该负责任的是生活，而不是莫泊桑。因为莫泊桑选择描写的生活，是在客厅谈话中不能登堂的主题，所以他的一些短篇小说即使在法国也遭到反对。对于青年与弱者而言，这些短篇应该是不适宜的。从整体看，莫泊桑的伦理观是健全而严厉的。在这一点上，我们可以相信托尔斯泰。在他而言，符合最为严厉的道德观念的说法是：“仅次于雨果的是莫泊桑，他是我们时代最好的作家。我很喜欢他，认为他在当代作家中领先。”展现出他天才的第一部小说《羊脂球》也是同名中短篇小说集的标题，这本集子中最优秀的作品虽然在表面上冷漠而生硬，却富有深刻的同情。他审视人和事物只有一个目的，即探索这些人和事会形成什么样的故事。无论故事是否令人愉快，他都会避免偏颇，不偏向善或者恶，不偏向英雄或者无赖，不会越过叙事的直接效果。他的语言有力而精练，没有多余的细节，没有无用的词语。莫泊桑是杰出的短篇小说艺术家，以至我们可能会忘记他是一位具有实力的长篇小说作家。《一生》和《如死一般强》是几近完美的小说，使法国文学可以标注于世。莫泊桑的语言和思想精练，成绩卓著。

在自然主义作家或者现实主义作家当中，艾米尔·左拉是最为多产的，他不断罗列细节，通过作品的篇幅取胜。与他相较，巴尔扎克就显得简洁和小气了，莫泊桑则更是瘦骨头架子了。左拉小说的重大之处，在于其密集的力量；生活全都挤进了书本，甚至令读者厌倦，希望其中的内容能少一点。左拉没有法国文学的那种魅力与优雅，而法国批评界对他明显持以严厉的态度。左拉的作品中没有杰作，没有珍珠。但是，他不可胜数的小说中仍可选出两三本，《娜娜》《崩溃》和《土地》。这三部以及其他小说，都有英文译本。在英文译本中，小说不会遭受损失，因为其力量在于作品内容，而不在于其中有什么魔力。左拉的批评家们（他的小说是不可否认的证明）指控说，他过分强调了肮脏、阴暗和兽欲等内容。然而，他的生活观并非无益。这就像描写痛苦的疾病症状，或者像直言告诉我们世界弊端何在并希望加以纠正的社会改革人士一样。《萌芽》是一部长篇的反酗酒专著，也是他第一本成功的小说。毫无疑问，左拉是真诚的，他性格的崇高之处见于他在德雷福斯案件中的勇敢；其行为让他死后成为民族英雄。

左拉墓前演说是由阿纳托尔·法朗士发表的，他和左拉十分不同。法朗士以法国国名为笔名[1]，这是他的权利。他独特而独立，在怪异但合理的范围之内追求随意，但是他的怪异包括了法国传统中最佳的因素。如果我们只有他的书，那么，看起来我们就能够从中认识他的国家、他的时代以及最为完美的法语。他敏锐、强健，而且是坚定的怀疑主义，这不是囊括了生活的每个侧面了吗？《企鹅岛》是

1　“法朗士”（France）与“法国”是一个词语，亦可音译“法兰西”；亦如姓氏英格兰（England）亦译为“英国”。

法朗士

对文明史的讽刺。斯威夫特大概会嘲笑它的，而伏尔泰则可能会尊它为师。统称《现代史话》的四部小说勉强也算作“现实主义”吧。《希尔维斯特·波纳尔的罪行》是传奇故事，其中既有眼泪又有微笑。他像他的友人左拉那样，关注大问题，认真而热情，双肩上轻松扛起博学的沉重负担；他的博学会令普通学者惊愕。他的思想常常是革命性的，风格清纯而简朴。他憎恨虚假与伪善，但是他的憎恨是有节制的，是具有讥讽的、哲理性的，但从来不大发雷霆。他的天才带有批判性质，也像在质询；他的小说是一个载体，承载着他的思想与见解，并得到巧妙的使用。

19 世纪是法国散文最丰产的一个时期。无论在数量，还是在质量上，小说和评论都高度繁荣。即使没有优秀的大师，现代法国也会有伟大的散文。很难说清，大概也没有必要说清，在一个充满天才的时代谁更突出。这不一定令我们忧虑，但会令我们困惑，因为小说受制于迅速变化的公众趣味和批评家们的判断。

有一位天才名声日隆，就是亨利·贝尔，自称司汤达。他的小说《红与黑》和《帕尔玛修道院》以性格分析著称。小说是19世纪早期发表的，而直到司汤达逝世之后才产生影响。巴尔扎克赏识他，后来的法国作家们认可他的影响，并赞赏他的才华。现代评论家中最优秀的古尔蒙认为，司汤达是试金石："如果我们不喜欢他，我们就不属于'幸运的少数'，即有领悟力的选民。"

作家普罗斯佩·梅里美的小说是众多幸运者中的财富。他描写科西嘉岛的小说《高龙巴》是一篇完美的叙事，内容动人，像梅里美的作品一样，其风格像经典作品那样明朗，同时又充满了诗歌色彩。他的《嘉尔曼》[1]具有双重的不朽性，因为它是常年上演的歌剧脚本的故事来源。

阿尔芳斯·都德，被称为法国的狄更斯，这是恰当的；因为在热情和幽默方面他很像这位英国大师。他的同情赋予各类人群，尤其是遭遇生活不幸的人。在这方面，他与狄更斯相似，也与雨果近似。《小弟弗罗蒙与长兄黎斯雷》这本小说让他成名，其中蕴含博大的善意，但也有令人厌倦的伤感；他之后出版的书也有这一特色，并因此让公众热爱他。他的风格魅力（很可能还有他本人）受到了生活观比他更富批判性和分析性的作家的敬重，如左拉、福楼拜、埃德蒙·德·龚古尔。他属于自然主义者一派，也属于拉伯雷一族的说笑者和滑稽人士一派。他的《塔拉斯孔城的达达兰》是文学中最好的笑话之一。

都德的朋友，埃德蒙·龚古尔和他弟弟儒尔·龚古尔是自然主义作家，或者，说得更确切一点：视觉论作家的领袖。他们把生活更多地视为绘画的内容，供细节描写的内容，而不单纯是叙事的主题。但

---

1 歌名称译为《卡门》。

是，正如斯蒂文森所说，叙事是文学的典型特征。叙事战胜了他们的理论，在他们的几本小说中，只举《勒内·莫普兰》为例，他们把小说的古老艺术和他们手里的或多或少有些新颖的艺术结合了起来；他们的新艺术即对人物内心活动的细致分析或者印象记录。甚至比小说更为重要的是，他们的《日记》不仅表现出了两位作者的信仰和个性特征，而且直接展现了 19 世纪耀眼的法国文学状况。埃德蒙·龚古尔用自己的财产创建了一个学院，其本初的主旨在于抗议官方的法国学士院，但现在已发展成为声誉很高的机构。对文学成就授予的崇高而重大的奖赏而言，它是每一位法国青年作家十分渴求的，是支持法国文学自由与勇气的一股强大力量。

于斯曼深受龚古尔兄弟的影响，但他自身又具有一种怪异而强劲的意志以及我行我素式的力量。最初，他是左拉式的现实主义作家，如《沉浮》这样的小说中；最后，他成为一个宗教神秘主义者，如《大教堂》。于斯曼的作品没有完全被译成英语，包括有人尝试翻译的几部作品；他的风格色彩鲜丽，很难翻译。显然，他是作者中的作者，是文学家们喜闻乐见的。但是，将来，在法国和其他国家，他一定会变得知名度更高。

彼埃尔·洛蒂，一位精湛的艺术家，不同的读者都能感受到他的魅力。他于 1923 年去世。他原来是一位海军军官，到过世界许多地方，感受到了大海和异国的吸引力。在小说和回忆录中，他细腻而诚挚地再现了自己的各种经历和印象。在南方海域，他找到《洛蒂的婚姻》；在日本，有《菊子夫人》；在布列塔尼和北方海域，他有《冰岛渔夫》。他敏感的个性融入了描写和叙述之中。

洛蒂是一位印象派作家，对于他来说，世界就是色彩、感受、经历，无须顾忌道德意义上的善与恶。布尔热是一位敏锐而严肃的社会研究者。他有一种不断增长的倾向，逐渐走向保守和说教。如果他的态度中能少一些势利小人的意味，其作品是会深入人物内心的，并且打动我们的。但他是一位艺术家，他的《门徒》和《福地》是价值一流的小说。布尔热和他的时代有些刻板，注重确实的分析，生活上趋于保守。第一次世界大战之前，年轻人（不是儿童）以一种新的理想主义看待生活。这一批人的领袖是罗曼·罗兰，他的《约翰·克里斯多夫》是一部世界小说，主角是一个德国音乐家，部分生活经历发生在法国。作品篇幅虽大，但在法国却得到广泛阅读，英语译本读者也很多。它的精神是拥抱世界；但在 1914 年，对世界的拥抱变成了毒手。罗兰想要一种超然的态度，发表了一本小册子《超越冲突》，因为这篇文章和其他的人道精神写作，他没有得到那些极具战斗性的同胞们的支持。晚年时，法朗士保持着尊贵的沉稳。亨利·巴比塞（《火线下》）和其他作家描写了战争。

在评论当代英美文学的时候，我们发现，不可能指出正在发生的情况、主要活动方向是什么。因此，更难的是评估、辨析，甚至直接了解另外一种文学中的作家，何况我们没有诞生和生活在那一种文学的氛围之中。然而，虽然不能预言，我们仍然可以大胆认为，马塞尔·普鲁斯特的去世标志着一个时代的终结。他的小说《追忆似水年华》（有英语译本）是对一位敏锐观察者所看到的现代社会的细致入微的研读。这部巨著看起来达到了半个世纪以来心理描写小说的一个顶峰，是已取得成果的一项总结，也是对小说艺术前途未卜的预示。

在文学的分支——文学评论上，法国人是杰出的。从布瓦洛到古尔蒙等一批健在的年轻人，法国文学评论一定程度上具有极高的创造性；它本身就优异，从它对文学其他类型的影响来看，也是十分珍贵的。这是圣伯夫、勒南、泰纳、合勒、萨西的依然昌盛的一族。在老一代大师之后，布吕纳蒂埃尔和法盖两位学者到来了。此外，还有印象派批评家最伟大者法朗士；即使在小说中，他也永远持一种批判态度。两位杰出的青年英年早逝：施沃布对英国文学的兴趣和对法国文学几乎一样地敏锐和博学；亨尼金对法国作家和变成法国文学组成部分的外国作家，如爱伦·坡和狄更斯，研究得过于简短。他们是近期的文学评论家。在文学评论上，整个文学界都应向法国鞠躬致谢。

39

19 世纪的法国诗歌

正义与错谬的目击者和歌唱者，
现在是诗歌全部键盘的大师。

——斯温伯恩（《致维克多·雨果》）

关于 17 世纪的英国抒情诗诗人，我曾冒昧地说，诗歌多种流派或者类型互相混杂在一起，很难分清楚他们之间的界限：我们难以说明一个流派在何处结束，下一个又在何处开始。19 世纪（之前几年和之后几年）的法国诗歌分为三组——浪漫派，帕尔纳斯派，象征派；但界限不太清晰。英国和法国的浪漫派（在这两个国家，浪漫主义运动既相似却又不同）都在形式和内容上脱离了束缚手脚的常规，向往昔，向他们灵魂的深处和繁星索取题材，挣脱妨碍诗兴的缰绳。帕尔纳斯派挣脱浪漫派的限制、个人的哀怨和拜伦式的自我中心主义，尝试让诗歌变得客观、非人格化，“泰然自若”，不是像大理石那样坚硬而阴冷，而是像雕刻作品那样

纯洁、坚实且形体优美。这是一种新的古典主义，他们甚至认为，莎士比亚和但丁也是“野蛮的”。接踵而来的是象征派，他们重视个人感受，坚持歌唱自己的必要性，认定不可能真挚地做事情。他们的评论代言人古尔蒙说，一个人从事写作的唯一理由是表达自己的个性。从根本上说，这三个“派别”和几种蔓生的枝条（据说在法国每十五年就有一个新流派诞生）互相并不是敌对或者排斥的。归根结底，诗还是诗。帕尔纳斯派中最重要的勒孔特·德·李勒，追求个人表现且颇为得意，和魏尔兰一样。帕尔纳斯派鼓吹和创造形式之美、声音之美。魏尔兰的名言是：“音乐为万事之首。”象征派在表达自己的内心情绪时，在向读者暗示情感和感觉之时，并没有和早期浪漫派争吵。在《湖》中，在《孤独》中，拉马丁还能做其他什么事呢？如果说，帕尔纳斯派以某种方式符合小说中的现实主义，那么，老问题又出现了：小说与现实主义的界线在哪里？算了，还是来谈我们的诗人吧！我们再努力确定他们在一个派别中的哪条板凳上坐着，对他们也不会有更多的了解。

法国诗歌的浪漫主义运动始于（设定一个确定的开端）优秀的青年诗人——年仅三十二岁就死于断头台的安德烈·谢尼耶。他的灵感来源于希腊和拉丁诗人，虽然浪漫派认为他是先驱者，但他是一位彻底的古典主义者。不过，他的古典主义不是教条的，而是有成果的；不是借用的，或者经过有意识研究的，而是他天性的一部分。他的诗灵活可爱，因此浪漫派称他为“父亲”。他的一些诗如果收入希腊诗选也一定是合适的。

贝朗瑞是重要的歌谣作者和民歌歌唱者，不属于浪漫派。他是独立的，虽然他有朝气的歌与十分器重他的同时代浪漫主义诗人并非不合拍。他的歌曲，或者歌谣，都是发光曲，生动，写得干净利落，语言淳朴真挚，节奏不细腻但是很上口，不是伟大的诗篇，但在同类作品中是完美的。反拿破仑的一首歌谣：《有一个志大才疏的国王》十分传神。浪漫派的第一位大诗人是拉马丁。他最好的作品《沉思集》是法国文学的要籍之一；从17世纪起，就没有听到过这样的曲调。它是自发的、清新的、纯真的。忧郁，近似于伤感的轻淡悲哀，黄昏时分的记忆情绪，是诚挚的。他的情感有限；在雨果及其拥戴者的绚丽光彩面前，他的细腻几近于无。但可以肯定的是，后来的诗人和批评家们都敬重他，钦慕之情日增。他最有名的一首诗是《湖》，此处引用两段[1]：

湖啊！岁月刚刚结束一年生涯，
靠近她本该重见的珍贵水波，
你看！我到这石头上独自坐下，
　　她在石上坐过！

那时你在悬崖峭壁下面拍打，
你在开裂的岩壁上粉碎激荡，
狂风将你的怒涛四处来抛洒，
　　落在她秀足上。

另一位革新者是维尼，英国读者因为历史小说《桑－马尔斯》而熟悉他。他的第一本诗集《古今诗稿》，具有他所追求的独创性，即戏剧与叙事形式的哲学。对于法国诗歌的进步，他发挥了重要作

1　郑克鲁译。摘自《外国诗歌传世之作》，黎华主编，山东文艺出版社，1996。

用，因为他没有止于写作青年诗歌；随着年龄的增长，他的诗作也变得更有思想性，形式接近完美。这些新诗人大部分都笃信宗教，遵循夏多布里昂的引导。但是维尼的宗教是理性的，还滞留在18世纪。拉马丁的上帝是痛苦之父，而维尼是思索之神：

真正的上帝，强大的上帝是思想的上帝，
在我们的眉梢随意投掷了种子，
让它在肥沃的波浪中传播知识；
然后，收获那来自心灵的硕果，
一切都浸透了神圣孤寂的芬芳；
让我们把工作投入大海，人群的海洋，
上帝会用手指把它拾起并且引向海港。

雨果是诗人中的领袖，且保持这一地位达五十年之久。他的作品丰富而多样，令人难以置信。后来批评界降低对其评价的做法，部分是由于对其数量巨大的不满。雨果的戏剧曾一度时兴，他的《逍遥王》仅上演过一次便遭到路易·菲利普国王的禁止。但在五十年后，雨果终于又看到了它上演，并受到热烈欢迎。在其完成之后近一百年的今天，法兰西喜剧院几乎每周都上演《爱尔纳尼》和《吕易·勃拉》。雨果的戏剧是情节剧，不太注重人物的真实或者情节的合理；但是故事可嘉，台词修辞到位，有时候甚至达到诗意的水平。

雨果的戏剧，行文尽管充满激情，但已表现出陈腐。他的小说（我们已经谈过）具有更为持久的活力，虽然现代法国批评家们对它的评价过低。用火一样的词句写成散文传奇，即使其中充斥着虚拟的情景，也要比同类情节剧更接近生活，没有舞台的造作气息。我更倾向于认为，永恒更稳固地驻留于雨果抒情诗和叙事诗中最佳者。他是一个伟大的歌者，的确，歌是从他内心涌出的。除了戏剧和小说之外，他也出版了一本本的短诗集。寓于这些短诗（其中不少都相当长）的是这个人的灵魂。他能够把抒情诗韵律用来称赞一个婴儿，或者斥责一个国王。他的许多诗都已被译成英语，因为英国诗人都十分敬佩他，但译成英语的诗大部分都太长，不便引用。下面的一首，译文虽不准确，但揭示了他信仰的一面：

> 孩子在唱歌；母亲在床上，正在
> 她的美丽眉宇脱离了阴影，
> 死亡在她上方云团中盘旋；
> 我听到了死亡的脚步，听到了歌声。
>
> 孩子才五岁，在窗户旁边，
> 他的笑声和游戏是迷人的乐章，
> 可怜可爱的小宝终日唱歌，
> 身旁的母亲一整夜都在咳嗽。
>
> 母亲在修道院石块下面长眠，
> 这孩子却又开始唱歌——
> 悲伤是果实；上帝不让这果实
> 在过于细弱的枝条上生长。

这首诗从情感上展示了雨果对上帝之善和生命胜利的信念，这是他经历许多痛苦后保持下来的信念。这一点使他有别于某些同时代的悲观主义者，却和贯穿于其作品（即使有夸张和华丽之嫌）中寄同情于天下人的胸怀联系在一起。整个世界，包括对他的艺术吹毛求疵的人和不同意他政治观点的人，都尊敬他。

疑团或者希望都不能够
令世间最崇高的人低头，他坚持正义到最后。

力量不如雨果强健的诗人是缪塞；他有一缕剪不断理还乱的忧伤，如果不是他特有的幽默感，那忧伤真可能要置人于死地的。他的力量在于其批判的智慧。这一智慧不仅控制了他那难以驾驭的情绪，而且使他能够看到，戏剧中的古典主义、浪漫主义之争是没有意义的。他把两种戏剧结合了起来，他的戏剧《玛丽亚娜的心潮》至今依然在上演；他的优秀喜剧《姑娘的梦想》《勿以爱情为戏》和《一次心血来潮》已经成为法国各剧院的保留节目之一。他感情丰富的抒情诗包含某种拜伦式的野性、任意和即兴特点（缪塞钦佩拜伦，但即使他愿意，他也模仿不了），这些抒情诗是通过在艺术上把握古典法语诗歌的办法创作的。在高尚的《致拉马丁书》中，他总结了那个时代的精神、悲哀和希望。下面的一首诗《悲哀》，表现出了缪塞忧郁笔调的主题：

力量和生命已远远消逝，
没有朋友，欢乐已经死亡，
曾在我细弱命星中营养
我信仰的自豪感，也不复存在。

我一度欢呼一位真实的友人，
后来得知她变幻的伪装，
荫翳从我双眼落下之后，
啊，满怀是苦涩的悔恨！

她的威力一成不变，
所有走过她身边的男人
都视而不见：彻夜
不能入睡，实在是徒然。

上帝言说，听到言说的人
必须回答；良好的生活
给予我的一切，是洗去
我心上泪珠的泉水。

这一时期还有三位诗人，如果不是被更大的诗人包围，他们也许能更出名。他们是布里泽、巴比耶和奈瓦尔。布里泽是布列塔尼人，在自己的家乡寻找素材；所以他的诗来自故乡土地，真挚而有人情味。他也用三韵句翻译了但丁的《神曲》。巴比耶是谢尼耶的学生，用强劲有力的诗揭露那个时代的罪恶。奈瓦尔是笔触细腻的抒情诗人，保持了上一世纪的优雅韵体，但却沉迷于浪漫派的色彩之中。他翻译了《浮士德》，使歌德闻名于法国。他的散文故事《火的女儿》包含了他的杰作《西尔薇》，十分精美。

在浪漫主义波涛汹涌的浪潮中，戈蒂耶熟练地驾驶着小船，航线清晰可辨；在这门大艺术中，其白帆闪闪发亮。在法国诗歌中，他的诗集《珐琅与雕玉》也是突出的且是完美的。戈帝耶的珠宝有一种法国式的刻面，这样的宝石无法越过语言的界限。他的诗歌理论和实践的一瞥见于《艺术》，其原文在法国人听起来十分悦耳，对法国诗人则是一种福音书。试列出几段：

万物都重归于灰尘，
只有装扮出的美人留存
　　　　胸像
比城堡生命更长。

犁开古老泥土的时候，
农夫的双脚常常
　　　　踩到
一位君王或神的雕像。

唉，众神也会死亡！
但是不死而且比青铜更为
　　　　有力，
依然是自主有力的歌曲。

凿刀刻刀和细锉，
让你的模糊梦境把
　　　　微笑
留在坚硬顽石石面上。

戈蒂耶的散文和他的诗一样，精雕细刻。他著名的《莫班小姐》和虽不太著名却同样令人愉快的“开心”小说《青年法兰西》，风格无懈可击。戈蒂耶不是一位深刻的思想家，大概也不是一位伟大的诗人，但是他代表了优雅、审美趣味和对低俗的摒弃。他的理想表现在《艺术》之中，表现在大概是他发明的词语中，即“为艺术而艺术”中；他的理想是帕尔纳斯派的理想；他是这一派最老的成员。

在这一派中，最深刻的诗人是勒孔特·德·李勒。除了艺术和对客观真理的忠实以外，他蔑视浪漫主义和生活乐趣。像叔本华一样，他是一个大胆的悲观主义者，只在静观之中找到对于极难对付的世界的逃避。他不喜欢在安逸中死亡，但对死的喜爱却胜过生命。他想要把包括上帝在内的整个世界消灭。像叔本华一样，这种阴暗的心灵有一种精妙得令人痛苦的美感：

> 甚至远方林地中的仙女娜雅
> 在潮水下熟睡之际，
> 你都飞离不虔诚的手和眼，隐匿
> 心灵的光明。啊，美人！

勒孔特·德·李勒是一位重要的古典研究学者。他不仅在古人那里为自己许多的诗找到了灵感，而且翻译了荷马、埃斯库罗斯、索福克勒斯、贺拉斯的作品。帕尔纳斯派都很喜爱古典，这的确是一种追求传奇的原因。如果说，勒孔特·德·李勒在尝试展示自己的创伤有失一位真正艺术家的尊严的话，那么，他把心头之痛体现在全人类的痛苦之中，和前一种做法也几乎相同。虽然他抱有非人格化和泰然自若的态度，但他还是敏锐地感受到了痛苦，而且表述了出来！含着泪水的浪漫主义者在这里最具个性，最为以自我为中心了：

啊蓬勃的血气，请在你的波涛中听我忏悔，
让我在粗野暴民喧嚣之际
带着净洁的精神返回说不尽的家园。

一位和戈蒂耶和缪塞同时代的年轻人不属于任何派别，他走在自己的阴暗而奇怪的道路，他就是夏尔·波德莱尔。在《恶之花》中，他的有些观念是邪恶的，但是恶只不过是土壤里的一种元素，而花朵还是长存的。波德莱尔在爱伦·坡身上发现了相似的精神；他说，坡的思想也曾存在于他自己的精神中，只是没有表现出来。波德莱尔对坡的作品译介，使这位美国作家成为法国文学的一部分。而要把波德莱尔的作品译成英文，也非坡那样天才不可。但是，英国诗人亚瑟·塞蒙斯的优秀译文

波德莱尔

《散文诗集》使这些成为可能。

像勒孔特·德·李勒一样，波德莱尔也有死亡之梦，有大理石般美的理想：

我是可爱的，就像石头的梦境。

他独立自主，虽然也有他们的一些理想，却不属于帕尔纳斯派，因为他坦然地，以第一人称着重地揭示自己的灵魂。

邦维尔是戈蒂耶的弟子，在灵巧使用诗律方面，他几乎和老师相同。他的思想是肤浅的；他说的话虽然不多，却都十分精美。他复活了古老而优美的法国诗体回旋诗和田园诗，和戈蒂耶一起影响了英国较轻量级的诗人。

苏利·普吕多姆的帕尔纳斯式客观性以哲学和科学的形式出现。他的《正义》和《幸福》是对伦理学和形而上学的诗化评论。但是他并不是完全抽象的，因为他敏锐地感受到天下人的种种痛苦；虽然他距离抒情狂喜还很远，但他有真正的诗歌感受，对修辞和诗律无疑把握很好。

勒孔特·德·李勒之后，最纯真的帕尔纳斯派是埃雷狄亚，他的《锦幡集》是最杰出的法语十四行诗诗集，或者，我想冒昧地说，是莎士比亚以后所有语言中最优秀的十四行诗集。埃雷狄亚的客观性是历史的，为了素材，他研读人类的过去；他的帕尔纳斯同伴——科贝，称他的诗为“十四行诗中的数世纪之传奇”。他的诗已经被译成英语。当然，如果由罗塞蒂本人翻译就更好了，因为诗行内容十分饱满，比喻细腻、鲜明而闪亮。

一位有才华的作家不属于任何流派，他十分怪异，生活和思想都很放荡，但他具有很强的独创力。他是黎施潘。他的第一卷诗集《穷途潦倒之歌》十分大胆，因为违反公共道德而被判入狱。他没有就此罢休，法国也已习惯了他的诗作，承认他内在的真诚和他与生活搏斗的无畏意志。还有，他的作品变得更为充实；虽然强悍而不妥协，但他的小说和戏剧具有心理洞察力。他是法国剧院公认的经典作者。

当帕尔纳斯派尚未结束之前，就已经被正在兴起的象征派所取代。象征派这个术语，我们在本章开头已经涉及，但很难定义，不过也许不如给诗歌下定义那么难吧。我们可以通过熟悉的例证标识象征派。在坡的诗中，如果说乌鸦是命运，或者是他灵魂的某一个黑暗的方面，诗句下面有一种双重的意义，则诗就是象征性的。它比以一物代表另一物的比喻含义多，是以一种联想的意念来代表整个意念。象征表现法和诗歌一样古老。法国诗人有意识地把它变成一种方法。波德莱尔的一个弟子，马拉梅，把这一方法发

马拉梅

展到超越模糊之外的程度，这种模糊就是所谓的表达模糊。他给出了词语所蕴含的次要思想和意义，故意抵消其首要含义，不给读者首要意义的暗示——除了他自己的想象以外。在一种明朗的文学中，这是新而奇的事物，甚至让对此赞赏的法国诗人和评论家困惑。但是，马拉梅的许多诗或明朗如白昼，或是人人着迷的昏暗地带、凄迷的中心区域——这是英语诗歌读者们所熟悉的。像波德莱尔一样，马拉梅认定，坡即使不是一位大师，也是一位艺术家同伴，他也精美地翻译了这位美国诗人的诗。

马拉梅神秘的声音只传到了他少数同胞的耳中，法国之外的人士不大可能会去倾听。另外一个类型的象征主义诗人，保罗·魏尔兰，成为法国，甚至欧洲著名的大诗人之一。魏尔兰的诗自然道出了他的感触、爱憎、希望与绝望。使用语言时，他不太顾及法语诗歌的古典韵律，而是服从于其内在的曲调，做得颇为妥当。在他著名的《诗歌艺术》中，他道出了自己的原则，当然是他自己的，对其他诗人帮助不大，虽然许多年轻诗人受到了他的影响。第一条原则是音乐高于一切，不要机智，不要花样，不要修辞，永远要音乐。

魏尔兰说到做到。他把他的诗洒向晨风，似乎他必须唱歌，像鸟雀那样自然歌唱。这些诗令作曲家欣喜，许多诗被谱了曲；同样，这些诗也令想要将其译成英语的人望洋兴叹。魏尔兰是一个情感丰富且强烈的人，却又是一个单纯的大儿童，波希米亚的醉酒大儿童。在生命后期，他萌生了一种宗教神秘主义。他常常控制不了自己，但却总是自己艺术的主人。最初，魏尔兰是帕尔纳斯派，之后逐渐变成了象征派，但后来又甩开了所有的流派，走出了自己的路，创造出属于自己的诗歌语言。这种语言不讲究修辞，十分简洁，却又极其细腻。他蔑视纯粹的文学手法，拒绝使用不能达意的词。他奇异、短小的韵律萦绕脑际，在诗歌中独一无二。在情感上打动读者这一点，他很像海涅、雪莱。当然，他与他们完全不同。

和魏尔兰联系在一起的是男孩子兰波。与英国的查特顿相比，他是令人惊异的天才，也是更为优秀的诗人。他二十岁以前写的诗令魏尔兰着迷，他们还曾一同出游。魏尔兰醉酒之后，向他的青年同伴兰波开枪。由于没有瞄准，虽然伤了兰波但伤势不致命。魏尔兰为此服刑两年；在狱中，他这个异教徒皈依了天主教，从而写出了法国文学史上最优秀的一卷宗教诗。与此同时，兰波脱离了文学，到海外闯荡。他的一小本诗集包括了超凡绝伦的诗，语词有旧有新，怪异而有效。魏尔兰没有终结一个时代。应该说，他开创并鼓舞了下一个时代。无论是否受到了他的影响（流入天才之井的活水影响深远），法国现在的诗人，包括健在和刚刚逝世的，从整体上看，都和法国以往的诗人一样光辉。

在这些现代诗人当中，有些很突出，虽然未来可能给予他们不同于现在的评价。在我们看来，这些评价公正而明晰。有一位强有力的诗人，维尔哈伦；他是法兰德斯人，代表着一种法国铸模中的日耳曼人力量。他的雄浑，他北方人的粗犷有时候使法语勉为其难；法语的确能够宣泄激情，但是其中又包含着某种程度的节制，颇具哲理意味。对于维尔哈伦而言，生活喧嚣、混乱，充满了美质，但是也充斥着不幸。然而，在《走向未来》的尾声，维尔哈伦最终见解的音调是“梦境，即世界青年对于每一种新希望萌生出来的梦境”。

另外一位比利时诗人是梅特林克，但他不同于这位名气较小却更为朝气蓬勃的同胞，因为他细腻，奇思妙想很多，精致而细弱，甚至珍贵。梅特林克是散文家，而非诗人。他因戏剧作品而闻名世界，其中最受欢迎的是《蓝鸟》及论自然和文学的论文。有人认为，比起男人和女人来，他更爱儿童、狗、蜜蜂和鲜花，因为他笔下的成年人物，尤其是女人，平淡、单薄，有如糊墙纸。

尚健在的法国诗人中，最富贵族气质和优雅的是雷尼耶。他是诗律大师，其诗文雅、沉静，饱含哲理。他是生活在护理周到的花园里的雷尼耶，而非漫步在荒野林莽中的诗人维尔哈伦。雷尼耶与古代经典有一种自然的亲缘关系，而且，大概他发明和定名为“小颂歌”的诗体源于贺拉斯。但是他的思想十分现代，处处包含有心理学的深入理解。他不与生活争锋，而是像他的友人古尔蒙一样：退却。这里的“退却”不是退进象牙之塔，而是退进一座装修精美、十分安静的图书馆中去。他们两人的文化修养都很好，不是书呆子。他们知识渊博，知道如何使用图书，并将其化为自己的精神营养。

还有一位诗人，古典文化知识丰富，十分文雅，也不乏令人很愉快的幽默花腔，这就是彼埃尔·卢维。他的《比利提斯之歌》出自希腊语的译文，在声调和内容上酷似希腊，以至有几位年轻批评家信以为真，而老一些的批评家则以赞同的态度认真审查他的希腊特质。卢维被称为颓废主义者，但像他这样的可爱、颓废是相当迷人而无害的。

现在，古尔蒙和法朗士已经去世，法国文学界大概会一致推选雷尼耶为他们的首领。但是，当选的诗人领袖（选举方法不十分透明）是保罗·福尔，一位精力充沛而多产的诗人。他一卷又一卷地出版《法兰西歌谣》，内容涉及法国生活，每一个可以想象到的方面，以及从路易十一到1914年大战的历史。他活力十足，作品丰富，表面上显得草率顽固，但他实际上是一位十分细心的作者，尊重传统——而法国人，真正的文学家是从来不能摆脱传统形式的。福尔用散文体写作；如果你高声朗读他的作品，你会发现，或者说听到，绝大部分句子都是完美的诗句。这位诗人最引人入胜之处是他永不停息的追求、他丰富的创新能力、他对于情绪的把握以及从杂乱而漫不经心到一些战争诗歌中的细致悲情和愤怒。大部分的战争文学都是新闻式的，令人生厌，让人兴趣骤减；但是保罗·福尔的诗将会留存，因为他生在兰斯大教堂的阴影之中，并且在那里长大。

比福尔细弱的是萨芒，他的肌肉不发达，是一位苍白无力的诗人。实际上，他是残疾人，然而是一位十分坚强的艺术家。尽管软弱而忧伤，在《守夜》一诗中，他仍然是希望成为“一股火焰，纯洁，细致，闪闪发亮”。

另外一位诗人，伫留在法国诗歌主流之外，却又受到《法兰西信使报》主编的热切欢迎和鼓励；他是弗朗西斯·亚默，生活在比利牛斯山，远离尘嚣。他写出了地方传奇的优美纪事，他笔下的农民和山民看起来十分真实；无论如何，他的诗歌语言是人的心声。我不把他置于当代法国诗歌的顶峰。但是，他一首诗的标题似乎正好用来结束这短小的一章，或者任何谈诗的一章：“生命的胜利”。

40

德国文学的古典时期

在我们看来，歌德这个人具有深厚的才华和天才的视野。洞悉人世，同情世人。这一切都使他有资格不仅成为文学的光辉人物，而且在许多方面都是他那时代的导师和楷模。

——卡莱尔

在这本文学概述中，我们已经说明，思维习惯和写作艺术或多或少都具有连续性；这些连续的进程有高潮也有低潮，有可遇不可求的天才闪光，也有消沉的岁月。其实，哪一个“时期”也不是什么时期，因为这个词语的意思是指明确的开端与终结。文学史上是极少有这样明确的界定，或者，就我所知，在人类故事中，也没有类似的界定。事件和思想是流动的，也是相互混合的。所以，当我们说19世纪的时候，我们并不是指某一思想在1801年1月1日准时出现。很大程度上，19世纪的思想可以追溯到18世纪。

德国古典时期在1800年左近。在本书中，我是有意避免使用精确的日期的，想找到的某人，你可以去参看百科全书。但是，为了有一个大致方位的判断，我们可以回忆一下，歌德是在1832年去世的（司各特于同年去世），其丰产的时期是在18—19世纪。先驱都出在18世纪。

为了理解歌德及其同时代人，我们还必须向前回溯若干年，迅速浏览一下德国文学的古典时代，去探寻其累积的过程以及这位大师的诞生。

1648年，《威斯特伐利亚和约》结束了三十年战争，但是说德语的地区一片荒凉，人口只相当于战前人口的一半。宗教改革及其引发的战争让德国的文艺复兴彻底失败，而德国文学仅有的遗产是民歌。当然，即使在沉重的战争年代，文学也没有完全消亡。对于少数作家而言，他们的目标是在文明的衰败中依然让火焰燃烧。他们所追求的不过是语句准确、流畅的诗律以及保持语言的纯洁。这是马丁·奥皮茨的目标（在当时，他是德国的沃勒和马莱伯）。他引入亚历山大诗体，写了一篇论德国诗律的小文章；之后经过努力，又把属于那个伟大时代的法国文学模式及理想引入。在那个贫弱的时代，最有独创性的作家大概是警句作者洛高，由于朗费罗的改写，他的一些小诗为我们所熟悉。在这里，我们不必多讨论戏剧家格吕菲乌斯和那些存在于地方的各种小流派，尽管他们力求保持语言的准确并对文学感兴趣。

从三十年战争到七年战争这一时期，有三个人物值得注意。格里美豪森在《痴儿奇遇记》中描写了三十年战争的残酷。这本小说属于传统的流浪汉小说，气质完全是现实主义的，至今仍具可读性。这里应该提及保罗·格哈特，他是路德之后德国最伟大的颂歌作者之一；他的许多圣歌经由约翰·威斯利等人的翻译在英语国家耳熟能详。

1740年前后，莱比锡是德国的文学之都。在这个圣地，戈特舍德是布瓦洛的先知[1]。这里必须强调，当时模仿法国文化之风盛行，这种既浅薄又毫无成效的盛行可以解释德国文学古典大师著述的批判层面。他们潜在的先驱者在瑞士。瑞士批评家波德默和布莱丁格脱离了法国而转向英国。他们创办了一个类似《旁观者》的期刊。他们第一个提出，弥尔顿真正伟大之处在于其风格，与法国人那种虚假而冰冷的雄辩风格完全不同，且与之形成对照。瑞士诗人阿尔布莱希特·封·哈勒在描写阿尔卑斯山的诗中模仿汤姆逊的《四季》。稍迟些时候，挽歌诗人萨利斯和马提森则在诗中模仿格雷，他们的一些诗因为有朗费罗的译本而为人所熟悉。与此同时，在德国，诗歌依然在模仿法国。

德国古典时期，在最早的克洛卜施托克和维兰德出现之时，文学的状况大致如此。从某种意义上看，这两个人代表了上述两种倾向，即弥尔顿和法国。但是这两个人更为深刻。的确，克洛卜施托克冗长的六音步史诗《弥赛亚》在今天已经不可读。同样真实的是，这部诗作的语言力量和高雅也令德国人深信（战争和饥饿把他们和欧洲文学隔离开来）：他们民族的语言作为媒介，完全与其他伟大的文学语言一样。而且，克洛卜施托克的《颂歌》远远不是只有尊严和雄辩力，它深刻，且充满了想象力。因此，《颂歌》至今仍被认为是18世纪抒情诗中的最优秀的篇章之一。

与严肃的“吟游诗人风格的”克洛卜施托克相比，维兰德在各个方面完全不同。在气质上，他像法国人。在那个时代，他绕过法国人的后方投奔了希腊人；之后他还走向了伟大的意大利人阿里奥斯托和

1 戈特舍德，1636—1711；布瓦洛，1700—1766。

塔索，走向了莎士比亚，翻译了莎士比亚戏剧的几个最早的德语本。他的文字灵巧、流畅而易懂，且富有光彩，这为作者及德国的读者带来不可估量的教益。他的哲理小说《阿伽通的故事》和用阿里奥斯托八行体诗写成的浪漫史诗《奥伯龙》今天仍然可读。

在我们谈论大师之前，还要提及一位先驱。他是约翰·赫尔德。他不是诗人，也没有令人记忆的作品，但他编辑了各种文选、撰写了评论。可以说，他是那个时代为文学提供营养和启发的人士之一。他在莎士比亚、我相的相关文学批评等基本研究上颇有建树。重要的是，他发现了各国民间诗歌的主体价值。他的《诗歌中各族人民的声音》打破了人为的古典古代复兴文化的统治，开创了歌谣、民间诗歌和民歌的工作；后来，正是从这里产生了浪漫主义运动以及与浪漫主义有关的比较语言学、神话学和民俗学。

莱辛是剧作家、学者、思想家、批评家。首先，他创作了很好的散文。他认为自已缺乏创造力，但他忘记了（常常被忘记）一种伟大的风格本身就是最高的创作。至于说他的一些批评文章和神学杂文，在今天缺乏现实意义，这也是卢奇安和斯威夫特的命运；但是，绘画或者诗歌批评家不会不熟悉《拉奥孔》，戏剧批评家或者戏剧史家不会不熟悉《汉堡剧评》，思想史学者不会不熟悉《论人类的教育》和《隐名者的断篇》。对于爱好文学的人来说，所有这些著作，包括那些不太重要的著作，仍然是珍贵的。因为其特点是明晰、机智、雄辩、结构完美，具有清醒中的魅力。无论莱辛讨论什么科目，和他的精神交流都是一种“高等教育”。约翰逊在哥尔德斯密斯墓碑上写的话的确很适合他：“他所涉及的文学体裁，笔到之处，皆有装饰。”对于剧作家莱辛，必须示以敬重，但是热情可能少些。他给德国人带来了第一个古典喜剧《明娜·封·巴尔赫姆》，一部水平高的诗剧《智者纳

拉奥孔

旦》。两出戏还在上演，《明娜·封·巴尔赫姆》没有褪色，而《智者纳旦》，我们可以说，它最高的价值是又一次展现了作者的崇高、宽容和明朗。

用短小篇幅难以论述歌德。他是最伟大的德国作家，是最崇高的文学人士之一。在卓越的大师当中，他最有现代精神，因而在精神、气质和活动诸方面，也最为复杂。但丁承载了中世纪的世界观，莎士比亚承载了文艺复兴时期的道德秩序，而歌德无所承载。他是一个现代人，他不断求索，努力让生活结晶为艺术。他是一流的抒情诗人。他是《浮士德》的作者，在昨天、今天和漫长的明天，这部作品与现代人的关系，等同于《神曲》与14世纪的人们。《浮士德》表达了一切——我们的时代、问题、精神历程。他的书信、谈话、格言诗、诗和散文的语录，构成了内容广泛且具有持久意义的智慧文学。在这里，一切困难、问题、现代或者说科学时代的躁动，都得到了有创意的评论，其文辞在每一个受过教育的人心中引起了反响。

像阿诺德、爱默生和莫利一样，不论我们知道与否，他们都是歌德的学生。每一个没有偏见的人都应该接触一下这位大师，才能认识到这种师承关系。无论是谁，如果期望道德力量而非道德形式主义，期望世界团结而非国际竞争，期望在文学、生活、政治、思想中培育出本质的而非神话般的价值观，都可以从这个人的生死、榜样著作——甚至是随意的书信和短小的警句中汲取无限的灵感、活力和光明。歌德是一位伟大的诗人，但他又远比诗人伟大。正是这无限的伟大之处补偿了这样一个事实，即他的作品，即使是小说《威廉·麦斯特》《亲和力》，甚或是一些戏剧，今天都不是能轻易读懂的了。

歌德

青年时代，在莱比锡的歌德是戈特舍特的学生。他拥护并模仿法国文化风气，写过当时流行的安纳克列昂体诗歌。之后，他前往斯特拉斯堡，会见了赫尔德；赫尔德向他打开了民间诗歌的宝库。于是，几乎在一夜之间，他就变成一流的抒情诗人。接着，他进入狂飙突进的时代，他崇尚莎士比亚和中世纪文化，还有浪漫的忧郁，其标志是《少年维特之烦恼》。该书传遍欧洲，并让三十四岁的歌德享誉世界。这位前程远大的青年被邀请到了魏玛。除了短暂的出游之外，他在那里度过了余生。他把《浮士德》第一部的部分草稿带到魏玛，并在六十年以后完成了第二部。之后，他经历了繁忙、起伏不定的时期，在意大利的旅行，专注古典素材。这一时期他写了《伊菲格涅亚在陶里斯》《托夸多·塔索》等戏剧，包括闪光的威尼斯警句诗、精美的田园诗《赫尔曼与窦绿苔》。直到垂暮之年，他都致力于治世理念的研究、戏剧规划、物理和生物科学、自传写作以及《浮士德》的完成。但是，每一个时期，他都有源源不断的抒情诗写出；这些诗在范围、激情、智慧、音乐性上，为任何诗人所不及。

无论忙什么事，他都没有忘记《浮士德》；二十三岁时开始创作，八十三岁完成。这部作品里包含了他精神中无可比拟的灵感与智慧。故事情节简单。浮士德是一个渴望生命的学者，知道拯救不是靠理论，而是靠经历。在否定精神与邪恶之精灵梅菲斯特的引导后，他投入了生动的经历。他尝试粗俗欢愉，尝试感性的爱、权力，体验古典时代。所有这些经历都不能令他满足。他找到令他终极满足的地方，是为同伴所做的最简单、最实际的服务。但这只是他奋进中的一步，不是终极的目标。道路本身就是目的，生命就是目的，必须从内部来为自己辩护。完美为我们所不能企及，我们不知道什么是完美。

的确，对于人的智慧来说，完美似乎近似于停滞状态和死亡。因此，我们的最高成就是一种崇高的努力，一种不倦的创造性的生活方式。正是这一点拯救了浮士德并击败了梅菲斯特；正是因为肯定了这一真理，永恒才欢迎浮士德。

上面关于《浮士德》的概述，甚至连作品的诗句都没触及。应该知道，整个诗剧是比《失乐园》的篇幅还要长，但是每一行诗都具有音乐的清新和活力，都有意义，都是性格刻画。在世界文学史上，长度可以与之相比的任何作品都无法与之相比，也是无法企及的。《浮士德》今天对于我们依然重要，和年迈的歌德搁笔时一样。

歌德把席勒带到了魏玛，并在耶拿大学为这位年轻人谋得历史教授的职位。席勒境遇不佳，相当艰苦。席勒比歌德小十岁，最初的写作是散文体戏剧《强盗》《阴谋与爱情》；在这里，18 世纪新型的国内中产阶级悲剧达到顶峰。这些戏剧是散文体的，在情节和人物刻画上都具有一种细致、高度的革命活力，为散文体悲剧对话的现代艺术奠定了基础。但是，像席勒早期的诗一样，这些戏剧很猛烈，令人觉得有些过度。更为成熟之后，席勒深谙历史和康德哲学，在余下的岁月中转向写作诗体历史剧和悲剧，在耶拿和魏玛所创作的系列剧作构成了莫里哀与黑勃尔之间戏剧的最为重大的组成部分：《堂卡洛斯》《奥尔良的姑娘》《玛丽亚 · 斯图亚特》《威廉 · 退尔》和《华伦斯坦》三部曲。近年来，席勒的戏剧虽然还占领着舞台，却逐渐在失去观众。自然主义者更喜欢他早期的散文体剧本，对席勒的修辞特点和随意感伤（尤其是在《奥尔良的姑娘》之中）的严苛批评变得越来越多了。

尽管如此，他的戏剧中最优秀的作品《威廉 · 退尔》和《华伦斯坦》，依然充满活力，保持戏剧特色，令人振奋。

随着席勒1805年逝世，严格意义上的德国文学古典时期可以说已经结束。歌德活到了1832年；在这个时候，浪漫派已经完成了自己的使命，七月革命已经成为过去，海涅逃往巴黎，新时代几乎已近“中午”。

41

歌德以后的德语文学

现在让我们看看被公认为才能很好的德国诗人和散文作家的作品吧。他们在创作的努力当中没有遵循一种开明的信念，拒绝的态度是何等用心又何等执着啊！

——歌德

有许多文学的、精神的、政治的动机造成了德国文学浪漫派的兴起，并且决定了浪漫派的性质。德国伏卧在法国的脚下，碎裂而软弱无力。诗人和理想主义者苦思冥想着要回到中世纪关于德意志帝国的理念中去，还有比这一做法更为顺理成章的事情吗？正是这一点，把他们引向了纽伦堡的建筑、科隆和斯特拉斯堡的大教堂，引向了高德语中期的歌谣诗人，引向了民歌和关于鬼神出没的林地、溪流和山谷的传奇。与这一动机相联系的还有哲学。康德以后的思想家们把严酷的现实世界变得越来越优雅，直到费希特宣布：这个世界是人的创造精神的映像。因此，诗人有梦想，仅仅有梦想的权利，演示出他们的梦境，这就已经足够。

浪漫派没有创作出扎实的艺术作品。在施莱格尔、蒂克等人完成的莎士比亚作品德语译本中，在格林兄弟的语文学研究成果中，浪漫派永恒地丰富了知识的世界。浪漫派的著作都是片段式的，之所以重要，主要是因为它们直接或者非直接地影响了欧洲的文学。浪漫派只是在抒情诗歌中创作了一流的作品。诺瓦利斯的《片段》是一部深刻的书，但那也是片段。霍夫曼的故事不是一流文学。诺瓦利斯、布伦塔诺、艾兴多尔夫、荷尔德林、乌兰、吕克特等人的抒情诗都很好。这些诗闻名全世界，因为，像海涅的诗一样，舒伯特、舒曼、弗朗茨、勃拉姆斯给它们谱上了曲。

浪漫派抒情诗生命很长。这一生命保存在尼古拉·勒瑙忧郁的韵调之中，后来则保存在爱德华·默里克抒情作品之中，又因为沃尔夫的配乐而变得更为闻名，并在施托姆几首无懈可击的诗中达到极致。

或多或少直接从浪漫派中产生出三个重要人士：叔本华及两位戏剧家——普鲁士人克莱斯特和奥地利人格里尔帕策。众所周知，叔本华是悲观主义的主要鼓吹者。他深信，生活中的痛苦总量超过了其他一切，所以他把生物学和心理学上的生活意志认同为恶，主张无为，投身于智慧之唯一途径的艺术。把他放在这样一个地位，不仅仅因为他的主要著作《德意志和表象的世界》，而且因为其他不太重要的著作，尤其是两

叔本华

卷《杂记》。这些都是优秀的散文，对文学、语文学、艺术、音乐，都很有启发性。

克莱斯特年纪轻轻就自杀了。他留下来为数不多的戏剧和中短篇小说声誉在稳步增长。他是现代人。他放弃了悲剧戏剧的英雄心理，这种戏剧已经程式化了，而把我们导入发生在人物内心的阴暗冲突。他的《霍姆堡亲王》、优秀喜剧《破瓮记》以及几篇中短篇小说，如《马贩子米歇尔·戈尔哈斯》，都是文学最早期的文献；这些文献不同寻常，却有高度代表性的心理情景：奇异而令人信服，常常还带有是病态的激情和强力。和克莱斯特相比，奥地利最有名的戏剧家格里尔帕策，与其说是心理学家，不如说是诗人。更严格地说，他是一个浪漫主义者。他的心理学与现代接近。但是，无论他选择什么地方作为剧情的发生地，他的戏剧在本质上都是一种人类的童话，他的政治观和动机都是诗意和浪漫的。在他那里，禁欲主义和激情搏斗，这一斗争的痕迹见于他对每一个寓言的建造方式。他不是现代人，不太聪明，但是他那些可爱、富传奇性、闪闪发光的戏剧魅力十足：《萨福》《金羊毛》《梦境也是生活》《黎布撒》《大海的波涛与爱情的波涛》。

已经有人指出，浪漫派都是梦想者、保守派，常常是天主教徒。七月革命爆发，随着滑铁卢到来而消退的自由，浪漫派重又出现。有一个被称为“青年德国”的作家小组出现了，他们没有留下不朽的作品，只提及优秀杂文作家路德维希·伯恩就够了。我们赶快谈谈海涅吧，他是犹太裔德国人，是浪漫主义者，也是革命的儿子；是梦想家和现实主义者，充满对人类自由的渴望和激情。他既歌唱童话乐园的美丽，也表达西里西亚纺织工人的怨恨（霍普特曼的作品令这些织工不朽）。在德国，海涅至今是争论的焦点。像拜伦一样，他是一位重

海涅

要的人物，在欧洲享有盛誉。

论起人格和影响，海涅的作品本身也许不太重要。现在，如果像阿诺德那样谈论他，说他是歌德抒情天才的继承人，那就等于给他帮倒忙。海涅早期的几百首诗是枯燥的，几乎是俗气的，幸而他的诗歌作品数量巨大。下余的还有《北海》组诗中的佳作，后期诗作除去了早期作品中的玫瑰和狂喜，内容真实，庄重而诚挚。他在散文方面的声誉没有受损，自有道理。他的散文色彩缤纷，丰富，节奏快，有说服力，且机智。像他自己说的，他是人类解放战争中的一名好战士，他的一千页散文都很有光彩，雄辩、热情，是那一场战斗的记录。

19 世纪中期，在海涅声誉最为鼎盛之时，有两个重要人士在默默劳作。他们是理查德·瓦格纳和弗里德里希·黑勃尔。瓦格纳虽然写出了诗文及理论文章，但从严格意义上看，都不属于文学。而戏剧家黑勃尔则不同，他是一位重要的作家，是极重要的思想家。在艰难、冷清和孤寂的年代里，黑勃尔构想出了现代戏剧——首先出现在他的作品之中，之后出现在易卜生等后来者作品中的那种戏剧。他把戏剧冲突从体现了生硬道德观念的人转移到了观念本身，把宇宙和文明史付诸戏剧诗人的评判法庭。他设想，在人和道德重生的时期，戏剧是一套习俗死亡后另一套习俗的形成。他主要的作品《玛丽亚·玛格达》《赫罗特斯和玛丽阿姆奈》《吉格斯和他的戒指》《阿格妮丝·贝瑙尔》，都以戏剧行动和说理表达了这一理论，紧凑而雄辩。黑勃尔去世以后多年，他的日记出版；这是一个坚强而正直的人的记录，很可能是比他的戏剧更为重要的著作。

有两位杰出的小说家属于这一时期：冯塔纳和凯勒；后者是最优秀的瑞士作家。冯塔纳是现实主义，甚至自然主义小说的先驱。他创作出篇幅虽小却真实的杰作，如《艾菲布里斯特》。凯勒是具有世界意义的人士。他的长篇小说《绿衣亨特》，是关于他自己成长的故事，但不易读。他的中短篇小说是杰作。凯勒注重生活中离奇、有趣和滑稽的方面，也看到了瑞士农民和城镇居民的种种毛病。他是散文大师，其取材于本国传统的故事属于 19 世纪小说中最完整的作品之一，极具可读性。

和在法国一样，德国在 1850—1870 年培育出纯粹的诗歌。在许多重要的方面，慕尼黑派都和帕尔纳斯派并列。这一派的代表人物有海泽，他的长篇小说和故事现在看来受到冷落，但曾经长期流行；他的声誉仍保存在那清纯、明丽的诗选中。还有盖贝尔，他遵循传统的德国风格，写了可爱的浪漫抒情诗。他曾是一位民族诗人，诗歌端庄、精美而响亮。用德语写作的诗人中，最佳者是另外一位瑞士人迈耶。在他的诗歌里，“艺术诗人”的清新明晰和适当雄辩力，与丰富的想象、令人神往的音乐结合为一。

我们已经来到了现代的门前，在这里我们遇到了一位奇异人物，诗人哲学家——弗里德里希·尼采。尼采首先是一位艺术家，而且是伟大的艺术家。他也是一位思想家，比任何人都更多地向人类授以现代思想的中心课程，即：像物质世界一样，精神世界是有变化和生命的世界，而非没有变化和死亡的世界，因此，人完全可以超越现实的自我。关于变化与超人的这些思想是萌芽，是酵母，对现代生活的一大部分正在发生影响。令这些思想和从这思想中发展出的推论像火焰，原因在于尼采无与伦比的语言力量。我们遇到了一位伟大的、创造力十足的演说家，不仅在《查拉图斯特拉如是说》中，

尼采

而且还在《一切价值的重新估价》《人性的——过于人性的》等著作之中。他的词语在燃烧，飞升，歌唱。在他的书里，有一种打动那一代人心的信息；他的书有一种说服力，一种言语的欣喜，堪与福音书的雄辩、说服力相比拟。他的书充满了意味深长的语录，每一条都在“人、自然和人生”方面打开一个新的景观；而且，他还具有既是智者又是诗人的另外一种特征，所以这些语录常常有抒情诗、寓言和故事的因素，生动，跃然纸上。

理解德国文学中最近的一场革命，我们应该知道，在1880年，黑勃尔、凯勒、迈耶、尼采等人还没有成名。观众看到的是假冒的戏剧，都是对于奥吉尔和小仲马模仿的作品；读者读到的是感伤的小说和诗，都是从浪漫主义的残渣中榨取出来的，失去了原有的优美和力量。因此，19世纪80年代早期，青年一代起来造反，组织会社，把纲领寄往国外，宣讲“连续的自然主义”之理论，为一个朝气蓬勃的文学运动打下基础。阿尔诺·霍尔茨的杂文和范例很快结出果实。一个真正的诗人——戴特莱夫·封·李林克隆和一位伟大的戏剧家——哈特·霍普特曼出现了。小说稍稍落后，但不会晚。新文学诞生了。

随着李林克隆的到来，德国文学的长处——抒情诗，又获得了形象性、光彩和真实。他的歌曲和歌谣包含有泥土、美酒和面包的芳香。与此同时，他不仅让简单事物十分具体和生动，而且还为德语诗歌恢复了严格而优美的诗律。

在李林克隆的引导下，抒情诗繁荣起来。下一位，也许是最为优秀的诗人，是理查德·戴默尔。戴默尔给李林克隆的生动与具体又添加了一种哲学的视野和在欧洲诗人中独树一帜的力量，即：把现代生活在心理和机制方面的复杂性都融入诗歌。他能够写民歌，可以写得十分淳朴，像中世纪的圣诞颂歌。在一百首诗作以及组诗《两个灵魂》之中，他突出的成就是创作出了描写现代男人和女人生活的诗歌——骑自行车远游、电话谈话、隔壁单元正弹钢琴的女人，而他讲述这些事的诗是明朗而高雅的。

几乎与李林克隆、戴默尔同时，在维也纳形成另外一个诗歌流派；这一流派有意背离了北方的具象现实主义，培育出把生活因素转换成为一种静谧而永恒之美王国的方法。这一流派的许多有成就的作家当中，有三位最值得牢记：格奥尔格、霍夫曼塔尔、里尔克。格奥尔格是一位严肃、无懈可击的大师。他的诗歌作品中，没有一节诗是有毛病的，没有一节诗不是充满想象力和哲理的。霍夫曼塔尔选择戏剧体裁，选择与理查德·施特劳斯合作，使这一组人士和这一流派的作品在国际上流行起来。但是，译本的表现并不令人满意，没能再现诗歌的完美与光彩、神秘与魔力。和他们稍远一些的是里尔克，他是古城布拉格之子，对形式有严格的要求，却又具神秘感，是表现主义抒情诗人中的大师。他自里向外再造了世界，把现实塑造得更为接近那细致而有音乐感的灵魂。近年来，在他周围，新的表现主义狂飙突进，其最坚实的成果不在于小说或者戏剧，而在于抒情诗和哲理诗。在较为年轻的同时代人中间，至少有一位值得提及：弗朗茨·韦尔弗。

霍尔茨的实验之后，聚集在柏林自由舞台协会周围的现代戏剧兴起，其所完成的工作在范围、丰富程度、多样性和力量上，都很突出。享有国际声誉的苏德尔曼，虽然有趣，却不能算是大戏剧家。新出现的两位天才人士是戈哈特·豪普特曼和阿图尔·施尼茨勒。

虽然豪普特曼是一位成功的诗人，也是唯一的一位现代剧作家。他创作的诗剧《沉钟》《可怜的亨利希》气势恢宏，然而他的自然主义戏剧大概是他最伟大且最具代表性的成就。在这些剧作里：《孤独的人们》《织工》《獭皮》《车夫亨舍尔》《米夏埃尔·克拉默》《罗莎·贝恩特》，都有对于现实的完美幻景。在写作中，他还没有记录过更为真实和更为锐利的言语；其次，还包含一种对于人类罪责的神话观念的彻底反转。在这些戏剧中，悲剧的罪责或者深隐于宇宙，或者寓于集团，而不在于人类的个人生活，豪普特曼的人物忍受痛苦，世人将此归罪于他们，甚至超过了他们本身的犯罪。他是同情心重的戏剧家，是这个工业时代，这个强调社会意识的时代的代表诗人。他最高的成就在于塑造人物，现在仍然健在的作家中，没有一个人能塑造出这样有血有肉的人间，后世从中可以看到一个时代和一个国家之生活本身的世界。

和豪普特曼一样，维也纳人施尼茨勒是现实主义者，他以自己独特的方式追求真实。他描写的是一个上层社会，一些献身于艺术的人们沉溺于自省，略感幻灭，疲惫不堪。他没有豪普特曼式的朝气，作品的特点是雅致、细腻和柔和。他最好的剧作——《儿戏恋爱》《童话》《遥远的国度》《孤独的路》，都把真实、挽歌般的忧郁和精神魅力汇合为一。他的小说也是如此，风格明朗，富有音乐性。

在德国，小说落后于抒情诗和戏剧，小说受到了德语散文特点的侵害；德语散文成熟较晚，直到尼采以后，才取得现代的简洁、优雅等良好品格。在许多有趣，又常常是能力很强的小说家中，德国北部农民生活描述者古斯塔夫·弗兰森获得了国际声誉，还有克拉拉·菲毕希，一位坚实的现实主义者，对柏林的无产阶级以及莱茵河上快乐儿童都很熟悉。这样的声誉迟早也会给予一位有才华的妇女——丽卡达·胡赫，一位学者、诗人，一位具有艺术纯洁性、想象力丰富的小说家。但是，有两位大师——不仅是小说，而且是作为艺术的散文大师：托马斯·曼和雅各布·瓦塞尔曼。

托马斯·曼是一位十分严肃的作家。长篇小说《布登勃洛克一家》、两卷中短篇小说（不计他的杂文），这些就是到目前为止他全部的作品。但是，《布登勃洛克一家》，关于吕贝克一个贵族之家衰落与解体的故事，是一部篇幅浩大、完美、闪耀光芒但又很沉静的大书；中短篇小说，特别是《威尼斯之死》，具有无与伦比的优雅和严谨。在这一代人中间，他的散文为最佳[1]。

瓦塞尔曼的主要作品——《世界的幻影》受到英语读者的欢迎；这位作家是神秘论者，具有充沛的创造力、广阔的热情、持续的成长。他有幻想家的意味；他被比拟为狄更斯和陀思妥耶夫斯基。经过多年的努力，他练就了颇具说服力的诗歌韵律、诗歌风格，足以表达他对事物的热情。瓦塞尔曼天性中有某种先知的力量。和施尼茨勒和豪夫曼塔尔一样，他是犹太人。正如施尼茨勒和豪普特曼那样，在瓦塞尔曼和托马斯·曼之间的对照中，凸显出了一种激情与迷惘，欣喜于对上帝的寻觅，而这一切都是许多更为年轻的德国诗人、剧作家与小说家的作品之特点。可以说，他们的作品更多是属于未来，而非现在。

1　这一章排版完毕之后，托马斯·曼发表了小说《魔山》（1924），这是到目前为止他最佳的杰作。我们可充分期待他依然朝气蓬勃的天才产生更多杰作！——原注。

42

19 世纪的俄国文学

在我们当中，竟出现了这样的情况，即故事（文学中最轻浮和无足轻重的体裁）在下面二者之中必居其一：或者是荒诞无聊，或者是响彻整个帝国的领袖之声音。

——德鲁日宁

对于不懂俄语的西方读者来说，俄国文学就是指 19 世纪以来的俄国小说。这是一种有局限性的观点，没有看到俄国诗歌等体裁的天才表现。但是这种局限性自有它的道理。小说具有广阔的魅力，与其他体裁相比，它更容易穿越国界，俄国小说自成一体。它不仅仅是上述批评家所说的故事，而且还是响彻帝国、响彻欧洲的声音。因而，正是俄国小说的丰富多彩令我们有理由忽视俄国文学的其他部分；即使我们对这一文学所知颇多，也依然如此。此外，在俄国伟大的小说家时期到来以前，俄国人一直在学习西欧；在他们获取新颖并以独有的特征做出回应之前，影响自西向东而来。他们从法国、意大利和英国那里获得灵感，却忽视了本国歌曲与故事的资源。

虽然散文体小说令人感兴趣，但现代俄国文学的奠基人是两位诗人——普希金和莱蒙托夫——他们也写散文。他们二人都属于 19 世纪初期的浪漫主义，与半数的欧洲青年作家一样，深受拜伦的影响。

普希金是文学全才：他是抒情诗人，也是诗剧家和小说家。但是，他首先是一位具有强力和美质的戏剧家。俄国作曲家们不断从他的作品中汲取营养。根据他的小说和诗歌改编的最著名的歌剧是《叶甫盖尼·奥涅金》《鲍里斯·戈都诺夫》《卢萨尔卡》和《黑桃皇后》。他给之后的俄国文学带来了深远而伟大的影响，因为他发展了，或者说与生俱来就有一种简洁的风格，明快而直接，形成强有力的效果。

像普希金一样，莱蒙托夫也受到拜伦的影响，但身上也有雪莱的影子。他想象力丰富，对俄国灵魂的神秘气质很感兴趣；类似兴趣贯穿了他之后的文学创作，并占主导地位，成为俄国小说的主要特征，比其他国家的小说都更为突出。莱蒙托夫的主要小说是《当代英雄》，已被译成包括英文在内的许多语言。故事发生在高加索地区，作者以一种浪漫的骑士精神展现了山地住民的道德风尚。俄国的绅士们奉命和他们打仗。下面的一点，据说也是俄国特有的：在实际生活中偏向某一方无论是有多么必要，在小说中不得偏向，而是永远要看到对方的品格。我们知道，普希金和莱蒙托夫这两位文学领袖，都死于决斗，这令我们一窥当时的文学和社会之一斑。

放弃浪漫主义常规，向生活索取题材的第一位小说大师是尼古拉·果戈理。他的小说《死魂灵》，内容比标题活泼得多；小说以一系列奇遇描写俄国社会的方方面面，充满了幽默感和对普通人的同情，也充满了对狡诈与虚伪的讽刺和蔑视。据说，译本丧失了大部分的幽默，这很可能是事实，因为果戈理对外省小人物有细致的观察。

但是在英语译本中，人性本质映射出来很多，足以让我们意识到这部小说的伟大之处。除了讽刺描述天才之外，果戈理还善于描写更为令人兴奋的事件，见于《塔拉斯·布尔巴》。这是关于哥萨克人与波兰人之间斗争的故事。果戈理首先是俄国现实主义的奠基人，他之后的小说家们都承认他的首要地位，但是他们比他走得更远。根据一位受尊敬的俄国学者，曾经一度是革命家——克鲁泡特金的见解，后来的俄国小说家们更为直线地继承了普希金，而非果戈理。不管怎么说，有一点可以肯定，就是果戈理过去是，现在依然是一股强大的力量，这见于读者不停地阅读他的作品，也见于他并非特别有意识的努力：把小说从浪漫主义中拉出，使它认同生活。

第一个重大的进步是伊凡·屠格涅夫完成的。他与陀思妥耶夫斯基和托尔斯泰是统领俄国小说界的三人组。屠格涅夫的第一部重要作品《猎人笔记》，描写了农民的悲惨生活，对于促进农奴解放起了一些作用。这是对于已经提及的事实的说明，而且更突出地表现在托尔斯泰身上，即：俄国小说不是一种无谓的故事，而是与生活有实际的关联。在《父与子》里，屠格涅夫描写了新生一代与老一代人之间的冲突，是具有科学和精神志向的青年人和旧式爱家守户贵族之间的冲突。

他把“虚无主义”这个术语用于表述几种新的学说，于是政府便用这个词语来斥责所有的自由观念，之后曾有一段时间，屠格涅夫失去了他所同情的那些人的拥戴。而在此之前，他因为评论官场而得罪了政府，被处以短期监禁和流放。俄国作家的生活充满了刺激和危险。但是，屠格涅夫本来就不是一个宣传家。他是一位艺术家，研究人物性格，热爱美，对形式极其敏感，让人感觉他像法国人。他的文章朴实而深刻。有人说，只有屠格涅夫才能写出如此完美的小说——

话虽然夸张，但如果是指他的小说几近完美，则完全属实。在《前夜》和《春潮》中，他刻画了青年妇女的感人可爱。他感受到俄国人民心中的空虚和残酷，理解他们沉思低迷中的忧郁，因为他感同身受。他的不幸感不是病态的，而是勇气和温柔。他的分析明晰，叙事明了；也许，他是向全世界阐释俄国人性格最透彻的人。可以确定的是，他的作品可读性最强。他是否比他伟大的同时代人更为真实，只有俄国人可以判断。他的小说是一种欧洲框架，而非俄国模式——那种情节松散的模式。他的大部分创作活动是在巴黎完成的，以至陀思妥耶夫斯基和托尔斯泰都认为他法国化了，或者有法国化的危险。他常常返回俄国寻找新素材，这种强加于自己的流放使他对俄语十分崇拜。俄国人说，他使用俄语，达到了极致。他写作讲究，十分细心；也许，这一风格正是他从法国人那里习得的。无论法国的影响对这位俄国人起了什么作用，确实没有损害到这位艺术家，这位俄国的艺术家。因为这位艺术家在一段祈祷中如此称颂自己的母语："这样的语言如果没有给予一个伟大的民族，就是不可思议的。"

如果说屠格涅夫的小说完美而有节制，那么费奥多尔·陀思妥耶夫斯基的小说则是从他心中喷薄而出。陀思妥耶夫斯基是一个情感更为激烈，或者说不易控的人。他的小说没有进入某种模式，而是不依章法，处在不规则的界限之中。他年轻时因为参加革命活动（也不过是议论一番而已）而被捕，并被发配到西伯利亚达四年之久。这段痛苦的经历在《死屋手记》中有记述。他一生都是痛感忧伤的人，这种强烈的刺激深入心灵。但是，与他的痛苦为伴，或者作为痛苦之后果的是，他心中对一切受苦人、罪犯和惨遭遗弃者、"被侮辱与被损害的"（也是一部小说的标题）人心存深厚的同情。他最有名的作品《罪与罚》，惊人且感人至深。一个穷苦的大学生，拉斯柯尔尼科夫，犯了谋杀罪；犯罪动机非同一般——不是嫉妒、报复、抢劫，而是病态的自我中心主义以及杂合愤恨生活的情结。他向情人索妮亚（街头的穷苦女孩）忏悔；她劝他赎罪。他向警察自首，之后被发配西伯利亚，索妮亚陪伴着他。她的忠实就是他的赎罪。在这两个青年的痛苦中，陀思妥耶夫斯基看到了俄国的未来，一种梦想着爱会成为整个俄国乃至整个世界的赎罪。但是，他不是象征主义作家，他不相信暴力是反抗压迫的办法。在《群魔》中，他揭示了革命密谋行为的愚蠢和悲惨。他认为，农民是俄国的希望，并且把许多美德归于农民；而马克西姆·高尔基现在告诉我们，这些美德不过是对那个时代文学和政治的理想化而已。

陀思妥耶夫斯基

陀思妥耶夫斯基小说中那种生活的悲哀有时候被西方读者误读为病态。人只有在萌生出某些不良动机之后，才是病态的；但并不能就此指责小说家，正如不能指责报纸主编在头版登载描述谋杀、火灾、绑架，称颂人类的勇气，例如飞向北极，或者一位外科医生在努力寻找拯救同事生命的过程中献出生命。陀思妥耶夫斯基不是从报纸中取得素材，而是从生活中索取素材。他最伟大的小说《卡拉马佐夫兄弟》提出了善与恶的问题，而这些问题表现在那些普通人的弱点和困境之中。陀思妥耶夫斯基的作品中没有“主角”，而女主角也不太容易上镜——她们的命太苦，太凄惨，太真实。陀思妥耶夫斯基天赋中唯一缺少的是幽默感。屠格涅夫的幽默感中充满同情，有哲理，但相当苍白。三者中最伟大的托尔斯泰只有一种苦涩的幽默，一丝微笑，从来不是大笑。在果戈理和契诃夫二者之间的俄国文学中，没有多少滑稽笑闹可言。

有时候，俄国人让人难以理解。但是，这并不比理解我们自己更难。我们觉得，被误称为“心理”的斯拉夫人性格，可以在隔壁邻居那里找到。值得注意的是，陀思妥耶夫斯基的第一篇小说——《穷人》，似乎有一种强烈的狄更斯韵味，尽管他不太了解狄更斯的作品。世界是很小的。陀思妥耶夫斯基认为，他的同胞以及他们的文学是脱离了欧洲的，这见于他对托尔斯泰的《安娜·卡列尼娜》的奇异评论之中。《安娜·卡列尼娜》证明，俄国有能力向西方世界提出解决压迫人类的各种问题的办法。无论在东方还是在西方，压迫人类的问题，都不可能由小说来解决，人性的问题也一样。小说可以表现和展示，但是解决不了。陀思妥耶夫斯基的俄国传输给我们的，是他强有力的传播力与情感唤醒，在散乱且相当严酷的基本素材之中激发出兴趣，如《卡拉马佐夫兄弟》。至少是屠格涅夫和托尔斯泰在英国和美国变得知名之后，陀思妥耶夫斯基在英美才为人知。陀思妥耶夫斯基强烈的民族主义将他“扣留”在俄国边境。最终，他的人性还是胜利了。现在，至少在各国的知识分子当中，陀思妥耶夫斯基被公认为是 19 世纪的大师之一。

俄国小说家们肩负了世界的重担，这一重担是否强化了他们的艺术家身份，我们不得而知。但是，他们强劲，他们的艺术崇高而诚挚，这就已经足够。1910 年，世界上超群绝伦的大文豪托尔斯泰逝世。如果仅仅因为他是一位小说家，他就不会得到普遍的赞誉；但如果他不是一位小说家，仅仅作为改革者和自由战士，其形象也不会如此高大。有许多文学家，在非文学的冲突中勇敢地使用了笔，亦即他

托尔斯泰

们的嘉善和心灵，如弥尔顿和雨果。为了某一“事业”，有些人贡献出了精力，或者推迟了艺术创作；另外一些人则放下笔，拿起剑，如拜伦。托尔斯泰是具有一流创造力的艺术家，但是，大概只有他起来尝试否定和压制自己的艺术：认为这样的艺术与更为高级的目标敌对或者毫无关系。十分幸运的是，在这些目标完全控制他以前，他的创作冲动已经全然表现在他的小说和故事之中。年轻时，他是一个普通的贵族和士兵，说他普通，是就外在而言，而非其个性。克里米亚战争中的经历为他提供了《塞瓦斯托波尔故事》等军事故事的素材；这些作品一鸣惊人，确立了他的文学事业。如他自己所说，作品中的材料、人物，都是事实，没有丝毫的虚假，也无任何的英雄渲染或者夸张情感。他认识到战争的真实，恐怖而又无用，普通人表现出一种盲目的勇气。当时他还不是一位和平主义者或者宣传鼓动家；事实上，是皇帝下令把他调离了危险地区。即使在他享有盛誉之后，他对人和事的兴趣也超过了对文学的兴趣——这正是他的力量源泉。他在农村庄园里度过一些时日，努力教育农村儿童，改善农民处境。这段时期，他写出了两本伟大的小说：《战争与和平》和《安娜·卡列尼娜》。

《战争与和平》不仅仅是一部小说，而且还是关于俄国社会生活和拿破仑战争时期历史的史诗。小说涉及的范围很广，包括了多部普通的小说。每个人都在浩大的背景下活动。他们都是一个个的人。作为这部宏大戏剧中的四个家族，每个成员都有自己的形象。托尔斯泰刻画人物的能力极高，笔触所及，能令每一个人都很生动。此外，他的描写力极强，极具现场感——无论是全景的战场，还是在莫斯科的住宅之内。许多交叉的线索使他的叙述内容充实而繁复。他本能地遵循自己曾定名为原则的方法，不强令故事结束，却似乎是让它自主发展。他的“自然主义”不是一种理论，而是他自然的天性表现，是他精神动向的表现；他以文学的视角看待事物，用想象力看透事物。

《战争与和平》唯一的缺点是篇幅太大，且不够紧凑。《安娜·卡列尼娜》的视界不十分广阔，力量却更为集中。随着最悲情的剧情，安娜的故事按照不可避免的逻辑发展。就像一条大河奔向前方的万丈大瀑布一样，她的性格和境遇按部就班地把她引向毁灭。这个有罪的女人离开了令人厌恶的、完美的、正人君子的丈夫，去投奔有才智却空虚的情夫。之后，她发觉，与已经厌烦自己的情夫之间，阻隔重重；此外，还和自己所唾弃的社会分离。她没有受到抽象的善恶条规的惩戒，而是受到现实中无情的道德的惩罚。生活中再也没有了她的位置，唯一的解决就是自尽。

与安娜及其情夫之间激烈的情感相比，列文和基蒂的家庭生活是平静的。在小说中，这部分与悲剧的主体是松弛的，但很重要，因为列文就是托尔斯泰本人——和生存之道搏斗，在宗教神秘主义中找到安宁。晚年，他的大部分时间都在探索和阐释关于伦理、宗教、治国、艺术的观点。屠格涅夫谈到托尔斯泰时表示：“在现代欧洲文学中，他是无与伦比的。”但是，他又认为托尔斯泰背离文学是不可原谅的罪过。然而，对于托尔斯泰来说，不可原谅的罪过之一是沉湎于文学之中。（他是过去的文学大师！）在《艺术是什么？》一书中，他把我们所珍视的杰作，包括他自己的小说，都扫进了垃圾堆。他在七十多岁的时候，又开始创作小说，完成了《复活》。但是，他并不是为了艺术，而是出于实际需要：要为一个受迫害的东正教教派——否认东正教仪式派募捐。托尔斯泰弃绝金钱，但是甘愿为他人挣钱。这部小说尽管充满了道德说教，却表明他刻画人物和场景的创造力没有降低。他身上的艺术精神由此勃发，并转而成为报复。托尔斯泰的宗教信仰十分简明，但却是经过十分艰苦的心路历程取得的：耶稣的教导（按照他的阐释）必须免除教会的权威和神学的诡辩。东正教教会惧怕他的影响，却又因为开除他的教籍和审查他的作品而扩大了他的影响。他的宗教思想自然地发展到不抵抗学说与和平的无政府主义。如果他是一个穷苦的无名之辈，大概早就被关进监狱，或者流放到了西伯利亚。但是，他是文学之王，比世间那些暂时的当权派要强大得多，如果政府敢动他一根毫毛，抗议的浪潮会席卷欧洲。所以，当局就拿他那些低微的拥护者来出气，让托尔斯泰极为悲哀。他在1914年之前去世，也算是巧合吧。

托尔斯泰的主要作品都已经被译成英语，也有廉价本发行。最好的译本是艾尔默－毛德的译本，其中有几卷最重要的作品已被收入世界经典丛书文库出版。毛德先生是两卷本《托尔斯泰传》的作者。读者会发现，托尔斯泰在每一个方面都是有趣的，即使是他享受一种爱好为时过长的时候。他惊人而充沛的精力令他最不重要的篇章也充满生气。

俄国批评家们认为，这些伟大先驱者的披风，或者至少它舒展的一角，似乎已经落在契诃夫的窗上。他是一位短篇小说和戏剧作家，一位乡村医生；对于他来说，至少在他相对短暂的一生的开始阶段，文学是一种消遣，一种业余游戏。托尔斯泰变得越来越严肃，认为契诃夫的作品缺乏哲理，但是他喜欢契诃夫及其短篇小说和戏剧。契诃夫不重虚饰，注重艺术，写作中包含有一种令人愉快的、奇异的幽默；他在周围生活中见出了这种幽默。他的风格简练而朴实。故事自然而然，但又常常不是重要的故事。俄国人常常扛着大口袋的见闻，契诃夫是要把它扔到沟里去的。要见识他的幽默，让我们读一读《宝贝儿》，这是一篇轻讽刺的故事，说的是妇女的故事，但其中包含着完美的幽默。他最优秀的戏剧是《樱桃园》。淡淡的悲哀中，这个奇异剧作里的幽默感和一种令人痛苦的处境联系了起来。悲情幽默，这是很少在文学中塑造出的情感，而契诃夫做到了。他的短篇小说在简洁、直接性方面极好，所以有些热情的批评家把他和莫泊桑比较。这是错误的。从影响而言，当真实的素材从一个国家流向另一个国家的时候，追踪它很有趣，发现两个根本不了解的作家之间的相同点甚至也很有趣。但是，把一个人归属于另外一个完全没有精神交往的人，则毫无意义，契诃夫只有一点和莫泊桑一样：写的故事很好。

高尔基

在近期俄国文学中，马克西姆·高尔基享有奇异而重要的地位。像屠格涅夫和托尔斯泰一样的贵族是农民的朋友，不止一位出身高贵的俄国人为了承担起工人的事业走向了西伯利亚。马克西姆·高尔基（他自己起的笔名，“高尔基”在俄语中意为“痛苦”）出身工农。他的主要人物就是自己，无论是在小说中，还是在他明言为自然性的作品中，都是一个在黑暗中诞生却力争投入光明的个人。高尔基每写一本书都是一场斗争。他不是一个伟大的艺术家。他斗争得太狠，每一页都充斥着宣传。尽管如此，要找到一本比《母亲》更为动人和更为令人困惑的书，也不太容易。因为某种不能解释的理由，他捕获了俄国境外世界读者的想象力，在俄国现代作家当中，他大概是英语国家读者最熟悉的。

和高尔基形成对比的是，安德列耶夫是一位怀疑派知识分子。他不是同生活斗争，而是向生活投以醒悟之光和疑团。他的小说《红

安德列耶夫

笑》和《七个绞刑犯的故事》十分紧张，让人可怕，而他的戏剧《人的一生》和《挨耳光的人》代表悲观主义、象征主义（这些术语都快用完了），具有一种即使在俄国也几乎是过于悲凄的韵味。据说，凶险阴暗的《人的一生》在圣彼得堡演出时曾引发当地不少大学生的自杀案。果真如此的话，这个剧本比表面更有力量，或者说俄国大学生有某种软弱的心态。

其他几位健在或者近期去世的俄国人是世界文学的一部分，但是不能确定有多么重要。库普林相当快乐的天性使他与契诃夫并列，他在短篇小说和长篇小说《决斗》中表现出来的技巧，通过令人满意的译本为英语读者所知。阿尔志跋绥夫是一个怪异的天才，他的《萨宁》在我看来很不真实，但是他至少写出了有关一个好人在难以对付的非基督教世界中受挫的故事，即《兰德之死》。柯洛连科的名字至少凭《林啸》就值得牢记。这是一个真实的故事，讲述了盲人的感伤，是视力正常的人写出来的一篇优秀故事。我们不可能触及所有健在和前途远大的俄国作家。在我们有限的篇幅中，我们所能提及的，在今后一个世纪之内可能青史留名的法、英、德、美等国的作家一共也不会超过十人。俄国是一个令人困惑的国家；一百多年以来，尤其是第一次世界大战以来，俄国的政治生活和经济生活，一直令莫斯科以西的经济学家们困惑不已，而在本书出版之际，西方官方似乎不知道应该把俄国人当成文明民族还是野蛮人来对待。但是，与此同时，俄国文学、俄国音乐、俄国舞蹈、俄国舞台艺术，已经征服了全世界。

43

文艺复兴以后的意大利文学

你舒解了我们的痛苦，
啊，旷爱的神圣艺术，愿你永存，
你安慰了我们不幸的人民。

——莱奥帕尔迪

塔索是意大利文学黄金时代最后一位伟大的天才。在他及他那个时代之后，意大利的文学艺术开始衰落，直到19世纪，新的复兴降临全欧洲才又复生。在此期间，17—18世纪，英国和法国文学十分繁荣，尽管困扰多多，但在政治和经济上却十分强大。我们无法准确说明：一个国家的繁荣和它的艺术之间的关系如何，或者个人和他的创造力之间有什么关系。但是，看来，所有这些的前提，必须是身体健康，才能有创作精力，之后才能创造艺术。二百年间，意大利国内纷争不休，还受到外敌的欺侮。一度强盛的城邦国家相互恶斗，筋疲力尽；而意大利精神枯萎凋谢，勉强靠往日的辉煌生存。在那些靠模仿彼特拉克等文艺复兴时代大师的作者当中，没有一个人写出十分像样的诗。

然而，意大利精神并没有完全消亡，在我们谈论 19 世纪的第二次复兴之前，有几个重要的人士应该被提及。他们是文艺复兴末期的两三位才士，尽管他们身上没有闪耀出真正神圣的火焰。其一里瓜里尼，他的《忠实的牧人》继承了虚构的世外阿佳地亚，在欧洲宫廷中得到广泛阅读，甚至在之后两个世纪中影响了那种涂脂抹粉、洒了香水、穿丝袜子的牧童牧女的优雅文学。极富智慧的是塔索尼，他嘲笑彼特拉克的模仿者们，写了滑稽的《被盗的木桶》。作品虽然早已过时，却仍然有让人开心的篇章。也许，我们不会读塔索尼的作品，但是他依然很重要；意大利重要的现代诗人卡尔杜齐对它进行了编辑加工。但是，在那个阳光灿烂的半岛上，从塔索到阿尔菲耶里，两个世纪间竟没有真正的诗歌；那个半岛似乎在诗歌时代被完全耗尽了。

意大利文艺复兴晚期的力量在于哲学家的散文，如布鲁诺、康帕内拉、伽利略。很可惜，我们已无法更多地阅读到这些光辉思想家的著作。不过，这些著作多为技术哲学，而不是一般意义上的文学艺术。但是，谁又能指出哲学和文学之间的分界所在呢？布鲁诺和康帕内拉写的诗被人遗忘是在情理之中的，他们的力量来自于用散文表达出来的逻辑思想。布鲁诺长期被教会权威压抑，长期被忽视，大部分最优秀的思想被埋没；直到最近的五十年，他才被认为是哲学巨人之一。他的主要思想是，整个宇宙是一个生气勃勃的存在——这个思想在几百年后被德国哲学家费希纳发挥得很优美。

伽利略是一个超群的天才、科学家和文学家。我们都知道，他和哥白尼是现代天文学的奠基人，但他也是意大利散文大师之一。这一点，恐怕知道的读者不多，其中包括意大利人。直到最近四十年，他的文章和书信才被收集起来（只有意大利文版）。据我所知，这位杰出人士的论述还没有被译成英语。有关意大利对各种科学——物理学、医学、电学等等做出贡献的故事，依然有待写出。这个故事里，伽利略是最突出的人物之一；在希腊和罗马大师开始的意大利漫长的思想直线系谱中，他是最杰出的。直到今天，意大利仍保存了这一遗产，没有玷污它。近年来，意大利人到德国大学去留学，没有学到德国人思想的力量和深刻，反倒学会了他们的呆钝作风。有一个事例：克罗齐是目前仍健在的意大利哲学家和批评家中最优秀的，但他的作品文风死板，几乎不可卒读。

意大利戏剧文学很早就和音乐融合，音乐很快就主导了文学。三个世纪以来，全世界都在唱，或哼唱，或用口哨吹出意大利歌剧中的曲词，但一千个人当中也没有一个人知道这些词是谁写的。在世界人们眼里，或者说耳朵里，现代意大利的天才不是诗人，不是小说家，甚至不是士兵出身的政治家加里波第，而是无与伦比的大师朱塞佩·威尔第；甚至连伟大的瓦格纳也不能超过他。但是，音乐不是我们这本书所概述的范畴。

但是，我们不要忘记戏剧、诗歌和歌曲之间的紧密关系（"歌曲"也指达到最高度大乐队式规模的音乐）。欧洲，还应该有亚洲、非洲、美洲国家，都创作了歌曲。就音乐艺术而言，意大利人是全世界人的老师；这一点，连德国人也得承认。由此，自然出现一种有意思的思辨（却找不到确切答案）：在但丁之后，意大利诗歌的某些弱点和意大利音乐持续光辉之间是否存在着一种相反相对的关系呢？再把这个问题推向另外一个国家，比如英国：英国虽然有很多可爱的民歌，为什么在音乐方面羸得出奇，而在诗歌艺术上又是现代国家中的最强者，在诗歌内容多样性、形式的多样性和天才诗人数量上也是最强？

我们说过，现代意大利人是古代经典作品的直接继承人；但是，他们的古典主义并非盲从。浪漫主义运动从18世纪开始，并在19世纪前半期达到顶峰，俘获、征服了意大利人的想象。切萨罗蒂翻译了莪相的《芬歌儿》，这是苏格兰诗人詹姆斯·麦克菲森真实的（或者假托的）从盖尔语翻译的著作。这位苏格兰人的著作是真的译文还是假托的，倒没什么区别。无论怎样，他的天才和他的传奇传遍欧洲。也许值得一提的还有，切萨罗蒂的译本是拿破仑最喜欢的译本之一。

有一位怪异的天才，其真正的文学价值直到最近才被认可，这就是卡萨诺瓦。他不是作家，但他在《回忆录》中表现出一种极佳的散文风格。著作题材可能不适合青年和天真烂漫者，但对于善解言外之意的年长一些的读者而言，卡萨诺瓦是一个善于说事叙事、揭示自我的伟大作家（像英国日记作者佩皮斯）。随着时间的推移，他不知不觉成为艺术家，且声誉不断增长；英国批评家和哲学家海夫洛克·埃利斯曾写过一篇颇有见地的美文来评论他。他的《回忆录》属于法语文学，但却是用意大利语写作的。

意大利的滑稽戏剧一向丰富，但在17—18世纪，意大利舞台变得呆板造作。（莫里哀以后的法国剧院和德莱顿以后的英国剧院也是如此。）有一位颇具欢快戏剧才能的意大利人创作了性格喜剧。这就是威尼斯人哥尔多尼。他笔下的人物都是威尼斯人；更广泛地说，是意大利人；再广泛地说，是所有的人。在法国，他很有名，但英国翻译家们似乎忽视了他。他的剧作虽然十分丰富并具有真正滑稽的人性，但可能不太适合搬到舞台上来。我们可以读他的《回忆录》。因为美国驻威尼斯最杰出的领事——小说家豪威尔斯翻译并为此书作序。

诗歌新时代的先驱，18世纪意大利严肃戏剧文学最重要人是阿

哥尔多尼

尔菲耶里。他的作品题材多为古典希腊传说和古代史，其风格诚挚，具有一流戏剧的力量。但是，他的戏剧虽然有些依赖于马基雅维利，但风格却是阿尔菲耶里自己的，清新而有力，在意大利文学中影响很大。阿尔菲耶里的戏剧从来没有穿过边界进入英国文学。但是，作为戏剧家、诗人和散文作家，他是重要的，他写的《美国独立颂歌》我们应该知道（他热爱自由，憎恨暴君）；就我所知，颂歌没有被译成英语。

18 世纪最光辉的意大利作家是帕里尼。他的《一天》是一篇尖锐的讽刺作品。由于他创新地运用了英雄体无韵诗，从而被莱奥帕尔迪称为“当今意大利的维吉尔”。虽然热爱古代经典，但帕里尼是独立的，并且很有创意。还有一个人，创意较少，但仆从心理较多；很有才华，他就是蒙迪。他之所以重要，主要是因为他论述了文学与实际事务之间的关系。他写诗谄媚、歌颂拿破仑。他在文学中占有崇高地位是因为他翻译了《伊利亚特》，这个译本是被广泛接受的完美的意大利语译本。

跟随着乌戈·福斯科洛，我们在精神上进入了 19 世纪。在这新世纪来临前两年，他的《雅各布·奥尔蒂斯》出版，并使他成为意大利的歌德，虽然他比伟大的德国诗人视野狭窄很多，但这部书信体小说反映了意大利在奥地利及其同谋者拿破仑重压之下所遭受的痛苦。对于意大利与英国这两个国家之间的文学关系而言，福斯科

福斯科洛

洛的作品是最有意思的说明；这两个国家可以被认为是处于欧洲相反的两个端点。关于这种关系，还有待写出长文进一步论述。许多英国诗人定居意大利，并客死在那里。至少有一位高超的英国诗人——罗塞蒂，属于纯粹的意大利谱系。福斯科洛在英国度过许多年，并被英国批评界认可和尊敬。他的诗短小凝练，他的抒情诗《墓地哀思》凄婉优美。他与英国文学的直接联系是他翻译了斯特恩的《感伤旅行》。

现在我们来谈谈19世纪一位高超的意大利天才莱奥帕尔迪。他是一位伟大的诗人，忧郁，多愁，悲观，同时又是天生的歌唱家。我们大体上把他认同为意大利的拜伦；虽然他不如这位英国诗人精力充沛、多产，但他更为细腻和精美。他的魔力没有（大概也不能够）被移植到英文中来。英国学者G．L．比克斯代思写过一本论述莱奥帕尔迪的著作，有趣而且非常有益。“按意大利原文音步”翻译成英语的诗离意大利原文有十万八千里。译文势必为下列二者之一：严格直译，或者成为

莱奥帕尔迪

译者语言中的再创造的艺术品。我想大胆提议，即使是为了但丁和莱奥帕尔迪，我们大家也应当习得阅读意大利语书籍的能力。

最能表现小说中的浪漫主义精神的是曼佐尼；让我们再做一次启发性的比拟，宽泛但不严格。他是意大利的司各特。他的小说《约婚夫妇》是一流的故事；已经被译成欧洲诸语言，依然受到欢迎，尽管意大利人不太相信它是一本名著。但是，作品中有某种魅力的温柔与精美，这是曼佐尼经历多年光阴所形成的风格，其中保存了意大利散文健全的基础。当时，意大利散文有陷入空洞吹嘘浮华言辞的危险。他多才多艺。他的悲剧世界闻名，并广受赞誉，这些都因为是他写的。他的第一个剧本——《卡马尼奥拉伯爵》，小说体裁，独立于传统；这引起一位对优秀事物永远敏感的智者——歌德的注意。曼佐尼是一位有力量的抒情诗人，华丽而鲜明。他悼念拿破仑去世的诗——《五月五日》，在说意大利语的地方众所周知。即使在最简要的文学故事中，至少要留出一行文字记录——威尔第出色的《安魂曲》是为纪念曼佐尼而作的；特别是因为我们正在努力

曼佐尼

揭示各种艺术的统一性和人类表达力的连续性。

19世纪中期有一位意大利诗人，很重要的诗人，绝对无法翻译的诗人，是卡尔杜齐。他是诗人和批评家，准确编辑了意大利过往时代诗人的作品。这又是一个突出的例证，他既是文学教授，又是艺术家。他的诗歌紧凑、严肃而深刻；在意义的深度和形式的完美方面，现代意大利诗人当中没有人能超过他。

卡尔杜齐

在小说方面，现代意大利有几位有能力的作家，但很少是一流的天才。也许，其中最突出的是维尔加。他是西西里人，在意大利之外闻名，靠的是短篇小说《乡村骑士》。该书是马斯卡尼极受欢迎的歌剧脚本之素材基础。但是维尔加的作品远远大于这样一篇短小浪漫的故事，这就是西西里和意大利南部的社会史和情感史。

至于健在的意大利作家，我们只有一句话：邓南遮是诗人、戏剧家、小说家、飞行员、政治家；他的多才多艺和过人精力令人难以置信，即使是文艺复兴时期精力最充沛的人，也不会超过他。他对语言的掌握能力惊人，在意大利的任何时代大概也不会有人拥有如此浩大的词汇量了。也许，他身上有一星半点江湖术士或装腔作势的影子，但他的作品不仅俘获了他的同胞，而且暴风雨般席卷了整个欧洲；写作了《死亡的胜利》和《火》的这个人，无疑属于不朽者之列。他的抒情诗雄辩有力，接近了用词累赘的边缘；他的戏剧紧凑而生动，但有些虚饰。他写的关于弗朗切斯卡·达·里米尼的故事（以杜塞为女主角）是引起轰动的作品，在我们这一代，或者其他任何一代，都不会在舞台上引起如此多的轰动。

邓南遮

在意大利剧作家中，被视为杰出、具有豪普特曼那种受到公认的领先地位、向戏剧提供最为优美想象的是皮兰德娄。在他的许多剧作中，至少有两部——《六个寻找作者的剧中人》和《你追求我》，赢得了美国观众；还有几部小说，包括《被抛弃的女人》和《已故的帕斯卡尔》都有英文译本。用短语来形容他的天才就是：幻想变得完美的逻辑，梦境观念或者白昼事实完全得到锤炼和实现。皮兰德娄也是一位多产的短篇小说作者，其中有些即使不是性质上，也在等级上足以使他和契诃夫、莫泊桑并列。

更为年轻的意大利人，如帕皮尼和马里内蒂，在新形式和革命思想中进行了大胆的实验。一位优秀的短篇小说作者是朱塞佩·埃里科；他的短篇不具革命性，但是结构十分完美。有一个道理看起来是确定的：审美趣味常常变化，流派来来去去；而强烈的、浪漫的意大利，崇尚礼仪的国家，在整体上依然会忠实于古代祖先，依然受到经典的哺育。

44

现代西班牙文学

在温暖的南方，欧洲铺开了她的大地，
像是片片飞舞的传单，在大洋面上的呼吸，
胸襟宽大的西班牙，以同样的爱情
依傍着因回忆而低吟的地中海，
又依傍着生疏大西洋永不停息的波涛。

——乔治·艾略特

在17世纪消逝的黄金时代过后，西班牙文学，像意大利文学那样，变得颓败了，失去了真实性和独特性。和谈意大利的时候一样，我还要提出同样的问题供研究或者思考，却又不能给出条理分明的答案：一个国家政治和经济的衰落是否也伴随着艺术力量、精神力量的衰落。18世纪，整个欧洲都处境不佳。西班牙王位之战把英国、法国、奥地利、普鲁士、西班牙、荷兰通通卷入；大约与此同时，瑞典和俄国正在东欧恶斗。18世纪晚期，法国发生了大革命，革命波及欧洲大部分国家。没有一个国家能专心致志于精神文明。但在英国和法国，文学以这种或者某种方式表现出持续的活力；在德国的非普鲁士地区，新的生命即将诞生。而其他欧洲国家，文学都不繁荣。

法国是欧洲大陆超群的精神王国，而西班牙则是它最为奴颜婢膝的藩属之一。充满笑声和悲剧，魅力十足的自然民歌和流浪汉风格风趣故事的伟大的西班牙，一蹶不振，变成了巴黎一个平庸的小学生。19 世纪初期，即使是在努力抛弃拿破仑的枷锁之时，西班牙这个半岛国家精神上依然依赖这个政治上压迫它的国家。令人奇怪的是，虽然依赖，但文学功底深厚的西班牙并没有把握伟大的法兰西精神。浪漫主义的兴盛在大部分欧洲思想中闪光，并在各文学中生出火焰，但在西班牙只不过冒出了一小股烟罢了。欧洲最具浪漫气质的国家没有着火。

原因，或者其中的一个原因就是，西班牙人尽管讲究仪礼，像是优秀的舞台人物，但这似乎是给欧洲其他国家，给雨果，给梅里美，给约翰·萨金特，给文学旅游者看的。西班牙人认为，理所当然要在最好的作品和绘画中显示自己（我这样说大概有冒犯画家和艺术批评家之嫌）。所以，在大约 19 世纪中期，西班牙文学兴旺起来，在世界文学中又占一席之地，而此时的新一代作家全是小说家和戏剧家，比“浪漫派”更为“追求现实”，忠实于他们描述的西班牙生活；然而在情感和处理方式上，却又普遍浪漫气韵十足，不然世人就不会听到他们的名字了。

有一位西班牙现代剧作家变成了西方文学的组成部分，他就是埃切加莱。他的专业是数学，但才华奇异，很晚才决定尝试戏剧。显然，他独特的天才不属于卡尔德隆那一类，但明显具有 19 世纪那种难以满足的探索精神，易卜生、豪普特曼、萧伯纳的天才；他所属的戏剧在我们现在看来越变越强，而不是衰弱：对于舞台，这真是一个很好的迹象，并不代表西班牙人曾一度得心应手的那种插科打诨式的戏剧。埃切加莱不是一位幽默作家，即使幽默，也是阴冷而没有笑容。他最好的剧作《堂胡安之手》和《伟大的牵线人》是对纯粹“西班牙化”人性的研究，但是其他民族也可理解。埃切加莱成为世界文学中一位杰出的人物。有人说，他的声誉正在衰退；但是，在文学各领域中，声誉变化最快的是戏剧文学，再多的光彩也不会比下列人士更为持久：埃斯库罗斯、莎士比亚、莫里哀。因此，人恨不得想活上一百年看看后代如何看待埃切加莱、易卜生、豪普特曼、萧伯纳的戏剧。他们的作品，今天四方驰名；而明天，也许就会有其他戏剧家来取代他们。

何塞·埃切加莱

西班牙小说从来没有消亡。(在塞万提斯的国家，小说怎么能够消亡呢?）19世纪中期，小说复兴，其内容是现实主义的，因为我们曾经提示过，浪漫气质重的西班牙在文学中缺乏浪漫性。有一位说老实话的妇女自称是费尔南·卡瓦列罗。她最出名的小说《海鸥》曾在西班牙外的国家有很多读者，虽然现在不太流行，但是还有读者，因为它内容重要，人物和场景真实。阿拉尔孔的作品里有类似的真实描写，他继承了流浪汉小说并将其植入传统——西班牙小说长处之一就是这种貌似无序可循的体裁。他描写乡间生活的小说《三角帽》真实可读。阿拉尔孔不是一位伟大的艺术家，但他属于不断发展的西班牙小说家队列。

从文学史发展上看，接续阿拉尔孔的是佩雷达，他描写农民和水手，描写他们生存所依赖的山野和大海。他被称作西班牙文学现代现实主义的奠基人；大概，这是当之无愧的。但是，应该记取的是，三个世纪的西班牙小说，描写的是生活而不是传奇，其优点之一是其现实主义，对人物的忠实；佩雷达没有发明新的故事类型，他继承了传统。还应该记取的是，从场景和对人物的描写上看，现代西班牙小说有极强的地方性；这也许是一个真正的优点，但是却把西班牙小说局限在了西班牙，它很少穿过大山成为欧洲文学的一部分。

佩雷达是一位十分严肃、严格的宗教保守派人士。而与他同时代的巴莱拉天性欢快，是神秘主义怀疑论者。他深谙世故，儒雅而有风度。巴莱拉的主要小说是《佩比塔·希梅内斯》，小说表现出他的两个天才；故事讲述一位具有圣徒志向的神秘教士如何面对现实，其志向如何破碎；而所谓的现实，当然，是关于一个女人。本来，巴莱拉已经是一位知名诗人和散文作家，但是在五十岁的时候发表第一部小说，令同时代人惊喜一番。此后，他一发不可收拾，以真正莎士比亚的方式，不断提高小说和短篇故事的写作技巧。他一直生活到20世纪初，被视为西班牙文学的元老。

比佩雷达和巴莱拉年轻、为许多更年轻的西班牙人开辟道路的是加尔多斯，他的小说标志着向现代小说的过渡。但是，每一个才气横溢者都是一种过渡，因为没有人能够开始或者结束一个文学运动，即使但丁或者歌德也不能。其实，那是传承，而不是过渡。为寻找题材，加尔多斯将目光投向了19世纪的历史，用一系列小说创作出类似史诗的《民族轶事》。局限性在于史诗的质量，即使良好的浪漫小说素材，也不以真实的资料为据；即使是整个欧洲都已涉及，这史诗也依然是西班牙地域性的。不过，也有很好的故事，即他准确定名的“轶事”；他有刻画人物的才能。除了历史故事之外，他还写过许多题材的小说；他被比为巴尔扎克和狄更斯，因为他的人物、故事特质和幽默很多样。

巴尔戴斯属于19世纪后半期，有人指责他受法国人影响过多。文学的内在影响是好事，不是对国家权力的侵犯。伟大作家们都长于借鉴。巴尔戴斯本质上是一位很好的艺术家，与法国小说的关系密切，超过大部分西班牙作家；而这些作家都缺乏法国人的准确和优雅特质。他的《信仰》和《泡沫》都是对现代生活的现实主义的阐释，其中包括很好的讽刺描写。

贝尼托·巴尔戴斯

有一位天才的妇女，可以公平地称之为西班牙的乔治·桑，这就是帕尔多·巴桑。她像她的法国老大姊一样，热爱农村和农村的人们。在《我的故乡》中，她对场景（西班牙西北部地区）有细致的观察和体会，同情那些本身并不吸引人的人物。在《我的故乡》《大自然母亲》等小说中，她把自己归为所谓的自然主义作家行列。我想这些小说即使没有被译成英语，也可能有些改写本吧。英美作家和出版商对西班牙小说的兴趣在增长，这就意味着有读者存在。

小说，或者其他体裁的叙事，都是最容易在异地生存的文学类型。还有，当然，叙事散文是最容易被翻译的。19 世纪的西班牙诗歌在西班牙境外没有留下很大印象，但是却受到了外国的影响。埃斯普龙塞达，一位 19 世纪前半期的青年诗人；和欧洲大陆许多年轻诗人一样，他尊崇拜伦。他傲视一切，是大胆的革命家，曾被卷入当时的政治纷争中，自然受到拜伦的吸引。他是天生的诗人；在许多活动中，他表现些许火热、豪侠、冒失，同时这些性格又响彻、穿透了他的诗歌。关于这一情况，训练有素的西班牙诗歌读者都可证实。

看来，一位 19 世纪中期的诗人，在西班牙留下了深刻印象，并且可能还穿过了大山、大海（西班牙语世界很大一部分不在西班牙），他是坎波亚莫尔。很简单，他是一个象征主义者——千百年来，诗人都是如此。他给予一首短诗一个批判性的名称，但该名称却不能帮助我们捕获其中的实质内容，不比“十四行诗……”“颂歌”或者“歌谣”强；他重复这种短诗多次，在诗中咏唱述说着人们的思想和永恒理念之间存在的某种关系。我把下面的提示留给我的读者和比我聪明的专攻西班牙语的学生：坎波亚莫尔是贺拉斯、奥维德、尤维纳利斯的读者。我没有见到这位西班牙诗人的英语译本，虽然可能有片段散见于近期英语诗人选集之中。我已经提示过，英语国家的读者对西班牙文学的兴趣正在增加。

如果看一看最现代的西班牙小说，我们的兴趣倍增。和其他国家的现代文学的情况一样，关于与之同时代的西班牙人，我们也所知不多。我觉得读者可以自行研习。并不是说有某个人研习世界文学，但是那些勤于思考的读者可以研读。

正在兴起的西班牙作家当中，最为忠诚于自己专业和小说艺术的，是皮奥·巴罗哈，他的《谨慎人们的市场》展示出了城市、大街和后街、人与人之间的冲突、自由奔放的行为等等。对于各种社会阶层间毫无希望的对立关系，巴罗哈颇有自己的看法，例如，在一本小说中（英译本标题为《寻求》，和原文不符，但是小说文本很好），他对比了一个现代城市黑夜与白昼的生活——两种生活都不愉快。

一般而言，青年人总是反抗传统的社会秩序和政治秩序；英国最优秀的西班牙文学评论家说，西班牙艺术家总是把艺术与政治掺杂在一起，从而损害了艺术。也许是这样吧，但是，在其他国家，有些最优秀和最勇敢的艺术家用剑或者用笔反抗他们不喜欢的政府，或者支持他们喜欢的政府。可以回忆一下，维克多·雨果、17世纪英国的豪侠诗人、托尔斯泰，甚至是每一个俄国人！有人问，诗歌与政治的关系是什么？无论是什么关系，现代西班牙最重要的人物之一是乌纳穆诺。尽管他在英译本中还不太知名，但他是一个散文作者、讽刺作家、记者、诗人，曾被“荣幸”地流放出国。流放是一种惩罚，现代政府不多施用于文学家；因为这种惩罚会立即增加他们的声誉，各种思想会很快传遍全世界。可以想见，一个被施以流放的人是会动笔反击的。

另外一个反抗政府的西班牙人是大受欢迎的作家布拉斯科·伊巴涅斯。有几位称职的批评家告诉我说，在西班牙，伊巴涅斯被认为是一个笑话。的确，他是一个很好的笑话。《启示录四骑士》给他带来国际声誉（或者可以说，确认了这一声誉，因为他的几本书在此之前就被翻译成英语等语言）；其中包含有十分感人且戏剧性的场景，构思足以打动人心，因为在战争中，或者由于战争，每个人都经历痛苦。但是，既然允许我们说笑话，那就可以引用一下已故的 W. D.

豪威尔斯论伊巴涅斯文章的话："伊巴涅斯的艺术超过了亨利·詹姆斯：在细腻和优美等方面，他从来没有落后于詹姆斯。"

布拉斯科·伊巴涅斯

豪威尔斯先生热爱西班牙，读过许多西班牙作品；他可能在两位当代西班牙作家身上发现了一种细腻和华丽，他们是：巴列－因克兰和J. M. 鲁易斯（他自称阿索林）。巴列－因克兰是一位细致的艺术家，《布拉多明侯爵的愉快回忆录》和关于卡洛斯战争的优秀的三部曲的作者。阿索林是《一个小哲学家的表白》的作者。这是一本机智的颇有价值的书，一定会进入世界的图书馆的。现代西班牙文学很有成就，前景很好。我们表达了愿望，然后上飞机，飞向另外一个国家；很久以前，西班牙在政治上可没有优待它。

45

荷兰文学与法兰德斯文学

我的心思飞向精神不同的人们。
他们住在荷兰所属的海边。
我遐想她耐心的子女站在我面前，
而汪洋大海在那里依傍陆地的农田。

——哥尔德斯密斯

在这短小的一章里论及的作家大多数都生活在19世纪以前。在这里，我们要打破叙述的时间顺序了。但是，这里似乎又可安插这不太重要的一章。

因为荷兰文学不重要。关于这个话题，曾有两位有学问的荷兰人曾给我很多教益，但他们几乎是不约而同地对他们国家，尤其是法兰德斯文学，持一种蔑视的态度。参观欧洲（和美国的）画廊的最漫不经心的观众，也会钦佩丰富的荷兰绘画。在文艺复兴时期，意大利人是荷兰和法兰德斯艺术家们仅有的竞争者。意大利人在文学体裁中都是无限伟大的，但是荷兰人把所有的力量都献给了文学以外的艺术。也许，这是因为近代之前，荷兰语没有得到高度发展，依然是笨重而死板的，像邻国的德语一样。

两个最伟大的荷兰人，斯宾诺莎和埃拉斯穆斯没有用荷兰语，而是用拉丁文写作的。埃拉斯穆斯是人本主义者，托马斯·莫尔的朋友（我们曾在之前的一章里遇到过莫尔）。像其他人本主义者一样，他要把时钟拨回，遏止语言的成长。因为对于他们来说，所有的嘉善都存在于希腊文和拉丁文里。埃拉斯穆斯确实是一位饱学之士：他热爱文学，热爱古典文学，尤其热爱教会文学，因为他在那里找到了他认为的真理。这一点，他和当时绝大部分的人是一样的。（1500年这一年，他正好七十岁，人生的一半。）文艺复兴时期，人们的古典主义的大部分不是异教的，不是希腊的或者拉丁的（像古老的罗马人可能理解的那样），而是基督教的。埃拉斯穆斯最好的著作是书信和《杂谈》，即关于许多科目的谈话。我们如果把柏拉图的《对

埃拉斯穆斯

话集》、埃拉斯穆斯的《杂谈》和兰德的《想象中的谈话》放在同一个书架上，看着他们，不做任何价值比较，倒也不算是严厉批判吧。

在埃拉斯穆斯逝世一百年以后，斯宾诺莎在阿姆斯特丹出生，他不是基督徒，也不是异教徒，而是犹太教徒。和培根、笛卡儿、布鲁诺一样，他是现代哲学创始人之一。我已经提示过，斯宾诺莎不太适合收入我们这本故事，因为他是一位严格的、难读的、技术上的哲学家，他写的拉丁文简练，学术体，但拉丁文学者认为正确而又精到。他是思想家，却不是有艺术家气质的文学家（埃拉斯穆斯是，还有培根，现代则有尼采、贝特兰·罗素、威廉·詹姆斯、桑塔亚纳）。他的方法是一种哲学几何学，提出假设，编出号码，有证明、推论和公理。他被人忘记了一百年，直到19世纪初，才有哲学家和作家重新发现了他，如赫尔德、莱辛、诺瓦利斯、歌德；现在，他是杰出的

斯宾诺莎

哲学思想家之一。也许他不是完全缺乏文学笔触吧。他的《伦理学》（有英语译本）中一章的标题——《人间的枷锁》，被毛姆借用作为我们时代最深刻和最优秀小说之一的标题。

正如在其他一切文学中那样，我们必须在荷兰文学中寻求最浓烈气息的素材，即民歌、民谣和民间传奇。荷兰至少提供了普遍流行的《列那狐的故事》这样一个诗歌变体，作者是吟唱诗人威廉。这一著名故事最早的译本之一，无疑是由凯克斯顿从荷兰文的散文体翻译成英语。这些传说、传奇、讽刺诗文从一个国家传播到另一个国家。关键取决于，在小说、诗歌、评论中，改编者、输入者的技巧如何。在中世纪，人们还没有文学作品的版权意识。作家随时随地择取思想，连句谢谢的话都没有。《列那狐》似乎只有荷兰版本大为流行的故事。现代版本中精神最丰富的是歌德的《列那狐传》。

有一位布鲁塞尔的修道士，一位重要的神秘主义者的宗教著作流传至今，他就是生活在 14 世纪的罗斯布雷克。比利时诗人梅特林克在《卑微者的财富》中描述了他，还把他的一部作品《精神婚姻之美》译成了法语。

思想的国际交流之一例即荷兰的《道德剧》，它无疑是最伟大的英国道德剧《普通人》的蓝本。对英语读者特别有意义的另一例思想国际交流，是尼德兰文艺复兴时期第一位诗人凡·诺特和斯宾塞的联系。两者之间的联系是模糊的，和伊丽莎白时代大部分的文学传记一样，但是这位荷兰诗人在把杜贝莱和彼特拉克的作品介绍给这位青年英国诗人过程中，似乎起了重要作用。

最伟大的荷兰作家是诗人冯德尔，他生在 16 世纪末期，一直活到 17 世纪中后期。他写的悲剧把戏剧力量与抒情之美融为一体。一方面，由于他把《圣经》的英雄故事戏剧化，他被比作拉辛；另一方面，他的主要作品《琉西发》使他等同于弥尔顿。很有可能，弥尔顿至少是知道这部伟大的荷兰戏剧的，但他是否从中摘取内容，却值得怀疑。《失乐园》《复乐园》与《琉西发》除了题材和风格典雅之外，没有共同之处。两位诗人的描写方法相当不同，《琉西发》具有戏剧和抒情的特点，弥尔顿的长诗是史诗般的叙事。关于这位诗人和他的政治与宗教背景，A. J. 巴诺教授的叙述——《冯德尔传记》是优秀的。

在冯德尔时代之后，荷兰文学衰落，18 世纪的绝大部分作品都十分枯燥。复兴在 18 世纪末和 19 世纪初出现。新时代的先驱是比尔德狄克，一位喜欢训诫的诗人。他充满智慧的诗句在荷兰大受欢迎，但是在国外没有影响。如果在美国，他也只能是二流诗人。他十分博学，受到如罗伯特·骚塞这样优秀评论家的尊重。但是，关于他审美的一个见解可以从下面的事实推论出来：他认为莎士比亚幼稚，也不喜欢德国的新诗。

尽管比尔德狄克反对德国浪漫主义，但这一流派还是传入了荷兰，主要是由于没有一个国家可以避开歌德的影响，而同时代的影响则是英国的浪漫主义，主要见于司各特的小说。但是，这新时代不十分辉煌，荷兰文学变得守旧而平庸。诗歌体裁的死板被一位青年诗人——雅克·佩尔克，打破，可惜他在二十一岁时便去世了。他死后发表的诗显示出一种独特的才华和深厚的感情，唤起了许多年轻人的热情。由此，基于对他的回忆便形成了一个流派。

现代荷兰文学最突出的人物是路易·库佩卢斯，他的诗表明，他同情上述青年流派。但是，他的小说家身份远比诗人身份重要。他的小说被广泛译成外语，可以说是把荷兰又重新送到了欧洲的文学地图上。他的作品被译成英语，译文极佳，其中最有名的是四部一组的小说——《小心灵之书》。

与荷兰语有不解之缘的是法兰德斯语；由于政治的原因，这一语言有一种特殊活力。1839 年比利时从荷兰分离以后，法兰德斯人反对荷兰的一切事物，而培育法语和法兰德斯语。政府竭力压制作为官方语言的法兰德斯语；这一做法的结果是刺激了作家和学者们刻意发展它。这个运动的首批成果是亨利克 · 孔西延斯的小说。他的第一本故事——《美妙的一年》，描写了荷兰的独立战争，激发了同胞的爱国主义，确立了现代法兰德斯语的文学尊严。他还写了法兰德斯人家庭生活中的许多故事，从而成为民族英雄。由于忠实于生活，他不仅是法兰德斯文学中领先的小说家，而且也是欧洲文学中一位重要人物。这种忠实态度是高度理想主义的，也是浪漫的。使用完全不同的方法，即自然主义方法的小说家是施利克斯，他是通过精确观察和积累细节取得效果的。

对历史的讽刺之一是，法兰德斯作家在荷兰和在比利时一样受到欢迎。在精神上，法兰德斯和尼德兰不再分离。从整体上看，在具有二元文化的比利时，占主导地位的是法语，而不是法兰德斯语。

46

斯堪的纳维亚国家的文学

祝福你，北方的土地！祝福你。

——朗费罗

几年以前，一位英国评论家说，人口不足三百万的挪威在精神文化上比有一亿人口的美国更为重要。这样的比较相当无益，但是至少部分是真实的：值得注意的是，在斯堪的纳维亚人中间有多少天才人物啊。我们已经看到，北方人在冰岛的一支很早就创造了一种伟大的文学。现代的斯堪的纳维亚人当然是保存了古代海岛居民的传统的。我们先来看看丹麦。

现代丹麦文学的奠基人是路德维希·霍尔堡。他生在挪威，但是从他出生的17世纪末，一直到19世纪初，挪威都属于丹麦，挪威人用丹麦语写作，或者更多是用法语，抑或是德语写作。霍尔堡是一流的讽刺作家和幽默作家，在那个时代，除了斯威夫特和伏尔泰，没有什么人可以与之相比。他的幽默叙事《彼得·鲍斯》是第一部丹麦经典作品，丹麦人至今还欣赏它的机智。他创建了丹麦剧院，写了很多喜剧。在他之前，丹麦舞台上只上演法国和德国戏剧。霍尔堡用自己民族的语言让他们发出笑声。他不仅仅是一位幽默作家，更是最博学的人之一。他写出了许多科目的严肃论文，风格坚实而直率，成为丹麦作家的进修必读之物。经过了两个世纪，他的影响依然存在，而且越过了丹麦国境，当然波及了其他斯堪的纳维亚国家和德国。他影响了莱辛，莱辛的剧本《年轻的学者》就是对霍尔堡的《埃拉斯穆斯·孟塔努斯》的刻意模仿；因为莱辛是现代德国戏剧之父，所以霍尔堡至少在那里有直接的影响。他的戏剧选英译本由美国斯堪的纳维亚基金会出版；这个值得钦佩的机构为了向英语读者打开斯堪的纳维亚丰富的图书宝库做出了很多贡献。

丹麦最伟大的诗人是生活在1779—1850年间的欧伦施莱厄。这两个年份是重要的，几乎和华兹华斯的年份完全一样。因为这几十年包括了当时完全主导了欧洲国家的浪漫主义文学运动。欧伦施莱厄是丹麦浪漫主义运动的领袖。他的灵感来自歌德和席勒。但是，在风格和内容上，他并非完全是模仿。他追溯到自己祖先的古老传说，将其变成浪漫的悲剧叙事，在精神上，一部分是好古的，一部分是爱国主义的，而整体上是诗意的；他对往昔的推崇和对于古代诗歌的热情很像司各特的精神。在他三十岁以前，他的同胞就一致认可他为第一重要的丹麦诗人。他声名远播，甚至传到了其他的斯堪的纳维亚国家和德国。在瑞典，他被泰格奈尔主教冠以“斯堪的纳维亚歌王”称号，而这位主教自己也是诗人。只有霍尔堡曾经发挥了像欧伦施莱厄这样大的影响，而他也像霍尔堡那样刷新了祖国的语言，给它带来以往很少取得的悲剧尊严。

由于欧伦施莱厄给予浪漫主义的重大推进，这一运动在19世纪持续强盛，当时有几位大诗人：格伦特维格、豪赫、文特、海茨。这些名字我们不熟悉，因为丹麦是一个小国，很少有外国人耗费精力去学丹麦语。但是，有一位诗人，他的名字和作品闻名全世界：汉斯·安徒生。在任何一个国家，有哪一个儿童没有阅读过，或者倾听过他的童话呢？其中许多是传统的民间故事，另外一些是他的创作。他给予童话一种特别的韵味，他的幽默、他的温柔，还有作为细致优雅艺术的简洁淳朴。凡是恰好拥有（每个家庭应该拥有）安德鲁·朗编辑的童话丛书（红皮本、蓝皮本、黄皮本等等），都可以读一读。读任何其他来源的故事（其中许多写得很好），然后再读读安徒生童话集中的同一个故事，读者就会发现，其他来源的童话，甚至包括格林兄弟著名而优秀的《儿童与家庭童话集》中的童话故事，都很少具有安徒生的魅力。这魅力是什么，难以表述——这正是天才的秘密之一。除了童话，安徒生还写过许多诗歌、游记、小说和霍夫曼式的神奇故事。但是，他像塞万提斯一样，是幸运的作者：他们最伟大的作品极为闻名，以至我们忘记了他们写的其他优秀作品。

比浪漫主义诗人晚一代人，但是像每一位想象力丰富的诗人那样依然有浪漫气氛的人，就是德拉克曼，他生于19世纪中期，生活到了20世纪。成年后，他成为一位海洋画家，但之后他又放下了画笔，用语言描述海洋。他就像是丹麦的约翰·梅斯菲尔德。他笔下的主角是水手和渔夫。他是名副其实的爱国者，在用激动人心的诗剧歌颂人物生平的同时，他自己也是公认的丹麦戏剧界领袖。他多次完成漫长的海上旅行，熟悉海洋的方方面面和在海上作业的人们的性格，以求更新自己作品的内容，保持活力与真实。但是，我们可能熟悉海洋，却没有能力描写海洋。想要成为像康拉德或者德拉克曼这样的作

德拉克曼

家，必须具备的天赋不是外在于浩渺大海，而在于内心深处。

在19世纪后半期的散文作家当中，有几位杰出者。延斯·雅科布森是丹麦最伟大散文作家。他是一位残疾人，只活了三十八岁，写作细心而不畏劳苦。像福楼拜一样，他常常花几个小时来寻求确切的词、恰当的节奏。他的成果是在丹麦的两部极优美的小说——《玛丽亚·格鲁卜夫人》和《尼尔斯·伦奈》，还有一本短篇小说集，以其中第一篇《莫恩斯》为标题。他写得很少，但是影响很大，他的完美为注重优美、风格和艺术的丹麦、挪威的作家树立了标准。他的影响越过了丹麦国界。他的作品被译成英语，至少有一部分被译成英语。

雅科布森早逝之后，在一段时间之内，领先的小说家是商多夫。他是现实主义作家，周密地观察了农村和城市的中低层阶级的人们。他最好的小说是《底层民众》。另外一位属于自然主义流派的小说家是赫尔曼·邦。他最好的小说《大路旁》是一本有深度、有力量的书。应该提及爱德华·布兰代斯，他的声誉遭遇了些许遮蔽，是因为他是伟大批评家格奥尔格·布兰代斯的弟弟。但是，爱德华是一位很有眼光的批评家、剧作家，还是两部重要小说的作者。不久以后，出现了在时间和精神上都是我们同时代人的重大小说家，彭托皮丹。在他1917年荣获诺贝尔文学奖之前，英美读者大概没有听说过他。这又一次说明了小国创造出的优秀文学所受到的限制。彭托皮丹是一位有感染力和同情心的小说家，类似于伟大的俄国作家。他最优秀的小说——《幸福的彼尔》描写的是普通人，没有大的英雄纪事，但在篇幅上是史诗。

统辖这些诗人、小说家，指正他们，欢迎他们优秀创作的人士是格奥尔格·布兰代斯，他是欧洲最博学的天主教徒批评家，时间超过半个世纪。他的学识渊博，似乎阅读了欧洲作者写出的一切。他写出许多专题研究著作，论莎士比亚、论易卜生、论法朗士。他纪念碑式的著作——批评哲学是《十九世纪

格奥尔格·布兰代斯

文学主流》。现在英语译本六卷已出版。这是最近一百五十年来介绍欧洲文学的最好的著作。丹麦语读者说，他的风格迷人而清新。我相信此说，因为英文译文鲜明流畅。他的同胞即使和他意见不一，也极为尊重他；他大概是欧洲最知名的批评家。我想最好还是引用他总结丹麦文学和德国人特征的一段文章。值得记住的是，布兰代斯看待丹麦人，是依从了一种有些保持距离的观点，因为他不是一个斯堪的纳维亚人，而是犹太人。

他在《十九世纪文学主流》第二卷《德国浪漫派》中说："可以把这样一个优点归属于作为整体的丹麦作者们：他们避免了德国人常常犯的错误，即空幻的、毫无意趣的、没有节制的描写。丹麦人适时停笔；他们避免悖论，或者避免把悖论推向逻辑的结论；他们具有实在性，因为具有自然平衡的精神和自然恬静的心理状态；他们几乎从来不是不体面、放肆、亵渎、革命、疯狂幻想、极度伤感、极不真实或者极好情色的；他们很少胡作非为，不会乱放空炮，不会跌进深井。正是这一点让他们受到同胞的欢迎。永不走失的审美趣味和优雅……是欧伦施莱厄和哈特曼最佳作品的特点，因为是高尚和自我控制得体之艺术的表现，所以得到丹麦人永远的称赞……请考虑一下霍夫曼和他的学生汉斯·安徒生，再看看，和老师比较起来，安徒生显得多么健康、清醒和柔和。"

挪威文学和丹麦文学密不可分。在19世纪初的政治分离之后，出现了一个创建独立的挪威文学的运动。丹麦文学中有许多伟人是挪威人，于是有些极度爱国的挪威人就想要把他们"索取"回来；其实毫无意义，一如没法确定亨利·詹姆斯和约翰·萨金特是否为美国人一样。

现代挪威文学可以划分为三个时期：先驱们的时代，易卜生时

易卜生

代、新运动时代。先驱们指的是两位诗人——韦格朗和韦尔哈文。韦格朗可以被称为挪威文学的创建者，虽然谁也不能一个人开创一种事业。他是一位精力充沛又极度热情的诗人，一位雄辩的革命者，一位北欧的卢梭；但是他没有把握好风格，默默无闻的处境和一意孤行的做法损害了他的教导和思想。他的抒情诗十分优美。他完成了巨大的工作量之后，英年早逝。韦尔哈文是保守派，是清明风格的优胜者和代表者。在一篇短文中，他有力地抨击了韦格朗的漫无节制。他对节制、明晰的追求，对挪威思想和风格影响极好；至今，他依然很有权威。他不仅是一位批评家，还是一位诗人，他以古代北方为题材的诗歌是挪威文学中的经典。

易卜生时代包括有比昂松、约纳斯·李、基尔兰。李和基尔兰是一流的小说家。三者之中，李更有力量。他是他那个时代领先的小说家，第一部重要作品《引水员和他的妻子》使他成为挪威小说界无可争议的领袖。他的小说在国内广泛流行，在国外也赢得了相当的声誉。有几部已被译成英语：《生活的奴隶》《指挥官的女儿》《尼奥比》。他作品的感染力不在于令人震惊的场面，而在于他对普通人的静观。

易卜生是最近一百五十年来最杰出的戏剧家，任何国家的任何戏剧作家都不能质疑他崇高的地位。在世界戏剧文学中，他堪与埃斯库罗斯、莎士比亚、高乃依并列——这不是为了进行比较，而是标识出他的伟大。他的戏剧分为两类，抒情浪漫类和现实主义类。他的诗体戏剧多属早期，而散文体戏剧则属后期。在他的诗体剧作中，《布兰德》和《彼尔·金特》把挪威文学提升到了欧洲最佳作品的水平。《彼尔·金特》不仅对于挪威民族，而且对于普遍人性都是一个奇异的讽喻。这是一部属于全世界的经典作品，它的伟大进一步得到格里格优美音乐的确认。易卜生现实主义散文体戏剧中第一部引起广泛注意的是《玩偶之家》。在这部剧作中，一个女人向自己确认有权利反抗“妻子是男人的仆人”这样一种旧观念。这个剧本引起全欧洲的讨论；虽然“男女平等”现在是一个老故事，有关该问题的文学之大部分已衰落，但是易卜生这个戏剧依然充满活力。他另一部有挑战性的戏剧是《群鬼》，涉及的是疾病遗传问题。这一剧本已经相当过时，因为涉及的是不体面的生物学上的问题。它受到了疯狂的攻击，而易卜生也在剧本《人民公敌》中完成了疯狂的反击。有人研究易卜生的时候，有时把他当作寻找问题的人，或是寻求改造社会的宣传家。他距离这样的意图遥远，有如开办一所医学学校或者创立一种新的宗教。他首先是一位寻求戏剧效果的戏剧家，他关心社会，仅仅是因为社会向他提供素材。这明显见于《罗斯默庄》，其中的问题是戏剧性的，是一个软弱男人和一个女强人之间的竞赛；也见于《海达·加布勒》，这是一部惊人的戏剧，标题中的女主角由类似纳齐莫娃这样的女演员扮演；在这里没有社会问题，只有个别现象。在之后的戏剧中，他重又发挥诗意，但不是青年时期的诗意，而是有智慧有思想的象征主义。这一点清晰地见于《建筑师》和结束了他创作生涯的奇异戏剧《当我们死而复醒之时》。他所有的剧本都已被译成英语，译者为威廉·阿契尔。喜欢精辟又十分全面评论的人不妨读一读另一位戏剧家——萧伯纳写的一本小书：《易卜生主义的本质》。

易卜生把全部思想都集中在诗歌、戏剧和剧院上了。与他同时代的比昂松，才气不如他，却把力量分散到每一种文学体裁，甚至还分散到很难对付的政治领域里去。他的最强项在小说，但是永远没有超过他早期描写农民生活的故事《阿尔纳》和《一个快乐的孩子》。这些故事使他闻名于许多国家。像易卜生一样，他拥有舞台实践经验，又是克里斯蒂尼亚剧院的经理。他的剧作有动作，节奏快，而且段落不太匆忙，这些剧作都有许多优秀的诗意段落。取材于冰岛传说创作的英雄戏剧《西格尔特恶王》和《十字军骑士西格尔特》使他名列19世纪伟大诗人之列。他的喜剧很有趣。他比易卜生幽默得多，或者说，有一种更纯真的幽默。在他诗人和政治改革家的双重身份中，对共和制的火热激情（因而被指控叛国），令我们常常想到雨果。

即便在其去世之后很长一段时间，易卜生、比昂松和李也依然是文学界的领袖人物。但是，青年一代已经来临。嘉宝的父母亲是农民，他用农民的语言写小说。他的作品有所反响是在他用通用语言创作了优秀小说《疲惫的男人》之后。托马斯·克拉格是一位细腻而个性的浪漫主义小说家，他最有名的小说是《阿达·维尔德》。博耶在国内受到欢迎，作品英译本在国外也被广泛接受；他把浪漫主义与讽刺手法结合了起来。但是，在近期的挪威小说界突出的人物是汉姆生。他已经写了四十部小说，其中许多是杰作，如《大地的成长》

比昂松

和《饥饿》。他描写生活中艰苦的一面（“下流”这个词用在这里不妥），他写得很痛苦，但是这痛苦起着清净消毒的作用。更重要的是，他的写作有一种粗犷之美，这种美一定程度上在译本中也凸显出来。

克努特·汉姆生

瑞典文学的历史很长，但又不像丹麦文学和挪威文学那样是在某一特定的时间开始的。不过大体上可以断定：17 世纪，在古斯塔夫·阿多尔福斯领导下，国家在军事上和政治上得到长足发展，在 16 世纪还很平庸的文学此时开始繁荣。在这个世纪，至少有一位伟大的作家，斯蒂尔海尔姆，“瑞典诗歌之父”。他看到当时语言粗糙，就加以提炼，使之适用于许多诗体。另外一位诗人，罗森汉，用模仿法国范例的一组十四行诗把文艺复兴引入瑞典。18 世纪，在小说和诗歌上，瑞典都是法国和英国的精神臣仆，在文学上没有名人可言。但是有一个伟大的名字在这里提及却是极妥当的，虽然这个名字记在我们这一领域之外，他就是植物学第一位天才人物——林奈。和别的国家一样，18 世纪瑞典的文学理想是学院派的，形式主义的，但是没有近似于法国和英国的那种学术。和在其他国家一样，19 世纪早期，在瑞典就已经对学院派有某种反抗，浪漫派最终取得胜利。在瑞典浪漫主义运动中，有过一位伟大诗人，泰格奈尔。1835 年，当时在瑞典学习的朗费罗写道：“瑞典有一位伟大的诗人，只有一位，他是泰格奈尔。”朗费罗选译

以塞亚斯·泰格奈尔

的泰格奈尔的作品译本十分有趣，富有诗意，格律上很灵活。像大部分浪漫派作者一样，泰格奈尔从古代传说中找到了极丰富的素材。他的主要作品《弗里蒂奥夫萨迦》使他闻名欧洲，并为他保留了他完全不适宜的职位，即主教。

19 世纪前期，有许多具有真正个性的抒情诗人和散文作家。最知名的散文作家和诗人是弗雷德丽卡·布雷默尔。她的小说《生活杂记》《家》《邻居》《总统的女儿》，感动了自己同胞的心灵；通过玛丽·豪威特的优秀译本，流传到了说英语的国家。这些小说重感情，但并不多愁善感。

她像乔治·桑一样诚实，但是远远不如乔治·桑有趣。她十分投入地宣传妇女解放，幸而她可贵的狂热没有损害到她的小说。

布雷默尔女士是芬兰人。19 世纪中期瑞典重要的诗人鲁内贝格也是芬兰人，血缘上虽然不是，但生活的地域是芬兰。他写的题材大部分是关于芬兰，一生大部分时间都在芬兰度过，并大受欢迎。作为芬兰一所小学院中默默无闻的老师，他被认为是瑞典的桂冠诗人；在现代瑞典诗歌中，他仅次于泰格奈尔；泰格奈尔去世后，他被称为瑞典诗歌的第一人。他的抒情诗有英译选本。

19 世纪中期，瑞典散文没有生气，十分呆板。和挪威与丹麦相比，瑞典是落后的。19 世纪末，由于法国现实主义，以易卜生为代表的挪威戏剧、以布兰代斯为代表的丹麦文学评论等的影响，某种复兴来临。新文学中最突出的人物是斯特林堡，一位不同凡响、具有无限强力的天才。据说，易卜生有一次看着他的肖像说：“他会比我伟大。”易卜生和斯特林堡的生活观是相当不同的。在易卜生最好的戏剧中，妇女有一种独立的精神，为解放而奋力，尽管可能不尽理解解放之意。而斯特林堡厌恶妇女，对女权主义运动抱有强烈的敌意。在他最好的小说《红房间》中，他描写了在穷困中挣扎的艺术家和作家的生活，其中女人造成男人的毁灭。他的《结婚集》中的短篇小说都十分刻意地针对女人和婚姻。所以，作为艺术，他的小说正失去魅力。斯特林堡作品质量很不平衡，差的粗糙生硬，好的达到了最高境界的诗歌之美。贯穿全部作品的一种美德是不屈不挠的诚实，看见生活的本来面目，并且毫不畏惧地做出记录的意志。

斯特林堡

和斯特林堡形成特殊对照的是塞尔玛·拉格洛夫，最杰出的瑞典女作家之

塞尔玛·拉格洛夫

一。她有一种温柔的、颇具同情心的想象力。《古斯泰·贝林的故事》使她成名，她再也没有一部作品能超越它。给儿童（也给成年人）看的一本书就是《尼尔斯骑鹅历险记》，安徒生如果还在世，会很高兴的。它讲述了一个小男孩骑在野鹅背上飞遍瑞典上空的经历。塞尔玛·拉格洛夫成了世界名人；她的作品被译成许多语言，大部分作品都被译成英语。在国内，她受到高度的钦佩和尊重，是唯一被选入瑞典学院的妇女。另外一位杰出的妇女是艾伦·凯伊；她是艺术家，但更多是一位哲学家和批评家，在现代瑞典文学中十分重要。她的《爱情与婚姻》《童年世纪》是研究性与教育问题的珍贵文献。

现在瑞典最有影响的作家是魏尔纳·封·海登斯塔姆。和斯特林堡正好相反，他是一位理想主义者。他是一流的诗人、优秀的批评家；在散文体小说《恩底弥翁》和《汉斯·阿里埃诺斯》中，他直接拆穿了现实主义。略谈一下小说与理想主义，然后再离开斯堪的纳维亚诸国，这样可以算周到吧。

47

美国小说

一篇故事能够吸引住小孩不去玩耍，
吸引住老人不躲在壁炉之旁。

——菲利普·锡德尼

我们已经看到，18世纪末和19世纪初，诗歌和散文中蓬勃萌发出了浪漫主义。在英国文学中，浪漫主义小说大师是瓦尔特·司各特，而很快接续他的是民选笑声与泪水之王查尔斯·狄更斯。在法国，浪漫派领袖是维克多·雨果和亚历山大·大仲马。在德国，当时最伟大的诗人和评论家——歌德，给感伤的德国小说带来了精神尊严。歌德1832年逝世之后，很快就被托马斯·卡莱尔介绍给了英国读者。在意大利，亚历山德罗·曼佐尼以其小说《约婚夫妇》在世界小说家之林中得一席之地。

与此同时，在大西洋彼岸，年轻的合众国情况如何？美国在政治上早已独立，生活蓬勃而有朝气；但在精神上，它过去是，现在依然是欧洲的一部分[1]。它不仅是英国的一部分（美国人说英语写英语），而且也是欧洲大陆的一部分，因为我们的人民有很多从那里来。美国人对文学的贡献是浪漫的，因为当时欧洲作家都在写作浪漫的作品。令人奇怪的是，我们血气方刚的青年国家并没有以新奇、惊人、狂野情节的故事来刻意地表现自己。除了詹姆斯·库珀以外，令我们曾祖父那一辈人着迷的美国作家是以细致和极有教养的风格著称的。

萨克雷欢迎华盛顿·欧文，称他是“文学新世界向文学旧世界派遣的第一位大使”；欧文是一位羞怯而有尊严的绅士，活泼，目光炯炯。他以一种闪闪发光的幽默、一部滑稽的《纽约外史》开始文学生涯，而这本书假托的作者是古老荷兰移民的后代——狄特黑希·尼克波克。于是，尼克波克这个姓氏就贴在纽约市上了，而戴宽边帽子的那个老人依然是现代漫画家用来代表美国这个最大城市的形象。在欧文平静的晚年，他在国内外都被认为是美国文学的领袖。他曾高兴地开玩笑说，已经出现了尼克波克保险公司和尼克波克品牌的面包和冰块了！[2]

欧文创造的另外一个不朽的形象也是荷兰人——瑞普·凡·温克尔。妖魔抓走了混混儿瑞普，他一睡就是二十年；关于他的故事变成了尽人皆知的传说之一。故事的来源是一篇德国故事，但是欧文把它移植到了纽约州的卡茨基尔山中，使之成为美国小说。这些妖魔都是亨德里克·哈德逊和他同事们的鬼魂，在以他的姓氏哈德逊命名的这条河河岸上空打雷的时候，我们就知道，他们正在乌云里面玩九柱戏呢。

奇幻而幽默的一场九柱戏比赛，有欧文在旁边笑着观看，就是美

---

1 此书写作于 1924 年。——译者注。

2 在美国，所有的餐馆和绝大部分家庭四季都备有冰块，超市也出售冰块。

国小说开始登台的愉快图景。在他之前，美国人尝试写小说，但是没有多少有价值的作品，而且现在几乎早已被忘记。在较早之前的本杰明·福兰克林的著作中，曾经有种我们认为是美国式幽默的因素，但福兰克林是一个哲学家和散文家，而非专业的小说家。美国式幽默到底是什么，何以有别于不是生活在美国的人们的滑稽之感，这个问题到现在还没有人能给出令人满意的答案。欧文处于文学创造力顶峰之时，他从欧洲返回到久别的美国，并在西部巡游了一番。当他途经密苏里州的时候，他可能不知道，有一个男孩已经诞生，或者快要诞生——这就是后来知名的马克·吐温。欧文和马克·吐温，他们都诞生在这个大陆，用同一种语言写作，除此之外，两者之间还有什么联系呢？想一想，有点意思，可是找不到答案。

欧文是纽约公民，还是国父的传记作者（他的姓氏华盛顿就成为欧文的名字），为自己的国家自豪。但在精神上，他是世界主义者，脱离了狭隘的地方观念。他在英国生活多年，他最好的故事——《布雷斯布里奇田庄》就是以英国为背景，似乎是英国人写的。他也在西班牙生活过，在那里逗留的成果是《攻克格拉纳达》和《阿尔罕伯拉宫》——描写摩尔人和西班牙人的随笔，色彩缤纷，故事出奇。凭借这本书，他被任命为美国驻西班牙公使。

作为一个人，作为艺术家，欧文是细致、敏锐、优雅的，所到之处，都备受敬爱。和这位柔和、文静的幽默作家与历史学家形成对照的是詹姆斯·库珀，当时美国文学中最大的名人。

库珀是一个精力充沛、性情急躁的人，在个人仪态和文学风格上，都是粗犷和夸张型的。他和邻居争吵，自高自大，一本正经，毫无幽默可言。然而，就是这个暴躁而古怪的人，虽然写不了两页书就要破坏英语语言一下，但是在最近一百年来征服了世界各国的小说读者。他闻名于欧洲，甚至亚洲。有哪个美国中学生没有读过《间谍》和《最后的莫希干人》呢?

起决定作用的是故事。而库珀会讲故事。他有创作才能，对陆地和海洋生活有第一手的知识；这样的知识让他拥有引人入胜的奇遇故事的素材。他出生的纽约州中部地区，现在已是一个繁华的大城市；而在当时，那里还是一片荒野。红肤色的印第安人和白人开拓者、伐木者和猎人，以及捕杀野兽者，就住在他父亲创建的小镇附近。可能，他的确认识这些人，或者他是根据观察、积累的素材创造出这些人物。他曾出海，透彻了解美国水手和船只，所以被公认为美国海运业的权威。

文明把荒野向北、向西推进了几百英里，而绰号"04 皮袜子"的纳蒂·班波原来就在荒野边的这片土地上用长枪狩猎。现在，印第安人消失了，只有为数不多的安分的印弟安后裔仍住在保留地上。库珀所熟悉的那种船只已经陈旧，且不再流行，像驿站马车一样。但是库珀文学中的森林依然存在，离库珀的睡谷没有几里地。所以，访问美国的欧洲男孩子们都希望能够在离开纽约市不远的地方看到红肤色的印第安人，正如访问苏格兰的美国男孩子希望看上一眼罗布·罗依[1]一样，这实在是不足为奇的。

森林日渐消失，荒野不断退却，而永恒的大海则一成不变，尽管大海情绪不定，在大海航行的船只已经从木船发展成像毛里塔尼亚号那样的巨轮。库珀必定是把握了汪洋大海的持久品格，因为英语中每一位海洋小说作家都向他致意，把他当成大船队的队长。向他致意的是约瑟夫·康拉德，这是健在的最伟大海洋小说作家（可惜当我把这

1　瓦尔特·司各特同名历史小说中的主角。

段文章写完的时候，他已去世[1]）。康拉德说：库珀“热爱海洋，观察它，完全理解它……夕阳的色彩、星光的宁静、平和与风暴的景象、汪洋大水的深厚孤寂、警惕的海岸的沉稳和与大海的许诺与威胁面对面地生活的人们特有的警觉和应对心理”。

在生活之外的际遇中，从外界对人的影响中，库珀和欧文找到了故事。另两位较为年轻的小说家——霍桑和爱伦·坡，则更多地关注于内心对人的影响——人的精神和心理经历。他们两个人都是忧郁的，没有欧文那样真实的幽默，也没有库珀运动员式的力量。

霍桑十分诚实，对人的心灵怀有深厚的兴趣。他出身于新英格兰清教徒家庭，他本人不是清教徒。像自己的先辈们一样，他常常思考良心问题：但他是从艺术家的角度思考的，研究人物的冲突，以便写出故事。老辈的新英格兰人完全不是艺术家；他们都是严肃平庸的人，没有什么美感，似乎严格确信：凡是美的，都是有罪的。霍桑把他们的内心揭示出来，让他们引人注目而不顾及他们是否同意。

他的父亲和祖父都是马萨诸塞州塞勒姆的海上船长。一个时期，塞勒姆曾是个忙碌的海港城市。本来，他是可能到海上去并写出航海小说的。他没有开启文学之船，而是留在陆地上，像他的朋友爱默生所说，他骑上了一匹黑马，而且骑得很好。从博多因学院毕业后的一段时间里，他离群索居，开始写短篇小说。他细心推敲，注重风格。他的风格极佳，有些短篇小说是杰作。但在很长一段时间内，美国公众并没有热捧他的作品。只有很少的文学家，包括爱伦·坡，赏识他的长处。霍桑称自己是美国最为默默无闻的文人。

他 1850 年（已四十六岁）发表了《红字》。终于，他靠这第一部

1　康拉德，1857 年生，于 1924 年去世。

长篇叙事作品赢得了广泛赞誉。这部小说闻名世界，这样的成功令作者和出版商都很惊喜。霍桑本来认为，它不会引发最广大阶层读者的同情，因为它“缺少阳光”。出版商印刷了五千本，随即把铅字版拆散；几天之内，这一版悉数售完，不得不又一次排版，以满足持续增长的需要。这一情况表明文学故事中一个伟大而重要的事实：在一部天才作品首次出现的时候，有些读者立即发现了它的价值，但无法预

《红字》

测人们会怎样评判他，其中包括作者、批评家，或者出版人。只有时间才是唯一可靠和健全的裁判，而时间对书籍是耍了诡计的，像对待万事万物那样。

如果说，《红字》缺乏阳光，那么，它是充满了紫红色云团、阴影和神秘的月光的。关于海斯特·白兰的悲戚故事深深地感动了霍桑，他的一些读者也深受感动。他们写信给他，像请教一位忏悔神父那样，请求帮助，因为他们（她们）悲伤，但又受到引诱。我们不会这样认真而深重地接受这一精神负担。对于我们来说，海斯特已经成了小说中可爱而不幸的女主角之一，像司各特《玛密恩》中不守信仰的修女，像亚瑟王的圭尼维尔，像特洛伊的海伦。霍桑是美国文学中第一位悲剧神话的创造者，时至今日仍是最最重要的一位。

在他的第二部长篇故事《七角楼》中，霍桑所写的题材，一直是神秘故事作者和读者所喜爱的。这是一所闹鬼的房子，被寓于肉体的受扰灵魂和古代鬼魂所占据；在秘密的墙板后面，还藏匿着发霉的文件。这是一种被用过许多次的素材，已经不再令人感到刺激。但是，霍桑把天才的印记打在了平常的内容上。在许多较弱小的凶宅倒塌之后，他的凶宅岿然不动。

霍桑对于人所居住、鬼所常往的住宅的兴趣，小于他对寓于人心的灵魂和频访灵魂的思想的兴趣。而对于住宅周围的郊野，他仅仅以词语作画的画家的眼光观察。他认为，美国不能向小说家提供灵感。他说，在美国，没有阴影，没有古物，没有神秘，没有色彩浓重而又昏暗的冤案。但是，他似乎犯了一个错误（天才人士常犯错误），用他的作品否定了他的观念。如果说，他没有找到色彩浓重而又昏暗的冤案，那么，他就构想出了这样的案子，这个做法对他的独创力是一个额外的证明。他离开新英格兰，前往意大利，“一个诗意或者童话般的地域”，去寻求情节和场景，但是没有创作出很优秀的作品。《玉石雕像》虽然还算不错，但是不如他那些以真正的，或者想象中的新英格兰为背景写出的故事扣人心弦。

在新罕布什尔州一座山的山坡高处，一组石块构成了巨大的人形侧影。这是世界的自然奇迹之一，是游客们都很熟悉的景观。霍桑把这位大山的老人，在细节上和特征上都变成了他的人物。他想象，这对于生活在他的阴影下面的一个敏感的男孩会有什么影响，所以在小说《石面人像》中，他将其构思为一个象征，一股灵感。他把这巨石演绎成为一场诗的教诲。在霍桑写作之前，新英格兰还不是一个“童话仙境”，但是在他发表作品之后，传奇故事把它当作自己的永恒寓所之一。

库珀、欧文和霍桑生前见到自己作品被广大读者接受，也享受到了一位作者可能寻求的许多实惠。他们从来不缺乏一件外衣、一张床，或者少吃一顿饭。而他们较为年轻的同事，埃德加·爱伦·坡，直到去世之后，才被世界认为是最伟大的美国作家。（爱伦·坡比他们去世得早，短促的一生中都在和贫穷做斗争。）其他美国人对欧洲文学的影响都没有像他这样强大。1909年，爱伦·坡诞生一百周年之际，从纽约到莫斯科，每一位合格的作家都认可他，或者他的国家是受益于爱伦·坡的天才并且感激他。

爱伦·坡不仅仅是小说家，而且还是诗人、批评家，是一种新式而类型独特的短篇小说创造者。但是，把他当作小说家来对待是公平的，且不说别的原因，有关他生平的故事就是一部小说，而坡本人是真实的小说主角，是长篇小说与戏剧的主题。这个故事的主题引发出我们心中的某种感觉（可能是，也可能不一定是只有美国人才有的），我们对于处于逆境却依然努力前进的人们充满钦佩。我们敬重商业和政治方面自学成才的人。当然，一个人不可能完全自学，但从

坡

一般的意义上来讲，我们可以接受这个词语。公正地说，坡是自学成才的作者。他生来就是天才，但他努力奋斗，并保持才华纯洁，使之在挫折与困境中依然得以发挥。

坡二十四岁的时候，写了一篇短篇小说《瓶子里的一位女士》，获得巴尔的摩市一家报纸的一百元奖金。这篇小说有两点值得注意。它直接显示出坡把握了自己的风格和方法。这大概是他得到丰厚报酬的唯一一篇小说。坡俭朴度日，不是靠精致入微的小说，当然更不是靠诗歌，而是靠繁杂劳苦的新闻业务和编辑工作。他是一位细心认真的人，不能为了赚钱而粗制滥造，虽然他极需金钱。文学史上记录了许多个案，表明为了高尚的艺术理想而忍受贫穷和艰辛，甚至牺牲物质财富。但是，对于文学事业而言，没有比坡的范例更令人尊重的了。他是一个自信的人，深刻意识到了自己的能力，很高兴得知他最好的作品被印上不朽之标记。哭穷，控诉他所生活其中的世界忽视天才之士，这些做法大概是不符合他精神的。但是有一个小场面，或者说事实，可以戏剧般地表述他的生活状况。他曾经在美国军事学院里充当士官生，只有几个月。十六年以后，在他夫人临终之际，她床上唯一的被子就是他的一件军大衣。

坡的短篇小说关注神秘的情景，还关注情景对精神更为神奇的作用。他的兴趣聚焦于现在流行的说法，即心理描写。早在夏洛克·福尔摩斯和阿塞纳·吕邦出现之前，他就创作了侦探小说。对于他来说，一篇侦探小说完全不是一个罪犯是否被抓到、是否被严惩的问题，而完全是一个精神的逻辑部分面对一个事实如何运作的问题。他不仅创作了侦探故事（而且是最好的侦探故事，如《被盗的信件》和《莫格街谋杀案》），而且他还接触到一个真实的案件（在他写作的时候，该案的秘密还没有被破解），把它写成一篇小说——《玛丽·罗盖特的秘密》。之后的事实表明，小说的情节与真实事件的细节几乎完全一样。坡对于自己所说的推理能力十分自信；他相信，而且证明，一个人设计出来的技术上的或者智慧上的难题，另外一个人总是能够找出答案的。

在文学中，我们很少见到像坡这样的诗人和梦想家，他的智慧为了纯粹的理性而得到如此高度的发展。这并不是说在理性和诗歌之间存在着敌意。恰恰相反。我们都知道，但丁、莎士比亚和歌德，都善于思考各个方面的事物。但是，所有能力都赋予一个人的大脑，却是少见的事。随着时间的推移，我们越来越意识到，坡虽然在达到巅峰之前，其光辉的壮年就遭中断，但他依然是少见的智慧之士。

坡高妙神秘的推理故事也许只不过是精巧的花样诡计，但是在七十五年中，却没有一位作家在聪明才智上超过他。他最优美的散文并不见于巧妙的故事情节，而在于那些像诗歌或者音乐一样对情绪和感受有立竿见影效果的篇章。像《莉盖亚》和《阴影》等篇，就是完美的。如果说，坡不是这种散文诗的原创者（每种原创都可以追溯到某种更早的渊源），他也依然是这种散文诗无与伦比的大师。

诗人斯温伯恩是一个魔力十足的人，称坡为“完满的天才人士”，“总是彻底地表现出自己的思想，并将其化为某种实在、圆满和持久之物”。坡之完美，在于两个方面。他让思想完美，并赋予它最终的形式。他才华横溢。他的短篇小说足以令他出类拔萃。但是，即使没有这些短篇，作为批评家与诗人，他也将被牢记。

坡的某些批评文章一定程度上已经失去了意义，因为引发出这些评论的作品无足轻重；如果不是因为这些评论，这些作品早就被人忘记了。但是，即使是在一篇简短的报刊评论中，他也常常表达出一种在文学上的具有永恒价值的思想。总体而言，他的文学论文，比当时任何一个美国人的文学评论都有更多的启发性，有更多的学问。对于一般读者和职业学者而言，这些评论文章都是对 1850 年之前美国文学思想的最佳叙述。为了永远纪念他，值得牢记的是，他为自己和他人制订了良好的工作标准，而当时的环境远远不是有利的。他几乎是独自一人扛起了这面旗帜；在那个时代，几乎没有人有勇气、力量和正确的谦恭态度来追随他。他的评论优异，也正如他小说的魔力，或者他的诗歌之可爱之处那样，坡在美国生活和写作这一事实，成为一件对欧洲批评家们来说永远的奇迹。他证明一个怪异真情的范例，即：一个伟大的精英可能诞生在任何环境之中，没有人能够说明其经过和原因。这是坡本人也没有解释清晰，并导出令人满意结论的生活之浪漫秘密之一。

在 19 世纪前半期的作家当中，有一位在当时就十分重要并且至今依然令人怀念的作家，这就是斯托夫人。《汤姆叔叔的小屋》所创造的印象超出了她写作该小说时候所怀有的梦想和意图。林肯说，她是“一位引发出这场伟大战争的小女士”。这是称赞，多于历史准确性。托尔斯泰一向在小说中寻找道德问题的描述，并把这本书列入他称之为真正艺术书籍的十分有限的书单之中。我觉得这本书是二流的艺术，因为它是特殊的抗辩、宣传，纯洁得不足以将这部作品提升到孕育了它的那个急迫的问题之上。但是，除了某些旧式的说教之外，小说写得不错，故事感人，真实的激情克服了明显的感伤。

南北战争之后，在成熟的一代人当中，有三位十分重要的作家，还有三位具有较小影响但确实很有价值的作家。前三位是马克 · 吐温、豪威尔斯和亨利 · 詹姆斯。

马克 · 吐温在所有作家当中最为独特，是最深刻，也是最广泛意义上的美国人。豪威尔斯称，他是我们文学中的林肯。从知识广度而言，在关于美国生活诸方面得到消化、得到深刻思考的知识上，没有哪个作家可以和他相比。他生于密苏里，属于中西部和偏南方地区；他曾在加利福尼亚州生活过一段时间，在纽约和康涅狄格州也生活过多年。他曾周游世界，熟知种种人情事理。近来，青年批评家当中流行一种说法，认为他的翅膀被折断，体面的美国生活令他的天才难以

马克·吐温

充分发挥。这纯粹是无稽之谈。没有哪个作家比他更适合于阐释他所在的国家——美国，没有哪个国家拥有一位比他更有条件来阐释美国的作家。他说出了想说的话，他善于表述，环境培育了他的天才。

他先是在内华达和加利福尼亚办报纸。作为幽默文章的作者，他赢得了地区性的声誉。他所在的报纸编辑部派他到欧洲和巴勒斯坦当通讯记者，他的报道后来辑成他第一部重要著作——《傻子国外旅行记》。这本书不大有趣，其中也有不少有意思的段落，但大部分滑稽言谈显得些微廉价。这部书的大部分是诚实、独立、严肃的观感，也是对真实经历的报道；其中严肃认真的段落是优秀的散文，一些篇章表现出一种美感。随着年龄渐长，他变得更有智慧，也更加内省，这种美感也在成长。他是优秀的游记作者；他敏锐的目光看透了一切，他生来就拥有理解并且表述场面的才华。这一特殊才华见于他后期的作品《海外漂泊记》和《赤道旅行记》。

在小说方面，他的杰作是《哈克贝里·费恩历险记》。在他所有的作品中，这是一部特殊的书，因为《汤姆·索耶历险记》不能和它比较，虽然马克·吐温因为没有批评眼光，显得更加重视这本较小的作品，而不是这较大的。在美国文学中，《哈克贝里·费恩历险记》是独特的，在场景的广阔和叙事兴趣的多样性上，是唯一的。如果我们只考虑篇幅，它在世界文学中并不特殊，因为至少还有一本讲述漫游与冒险的幽默小说——《堂吉诃德》。《哈克贝里·费恩历险记》不仅仅是一本关于男孩的故事。它不是为男孩子们写的书，虽然少年读者也喜欢它，正像他们虽喜欢《格列佛游记》但不解其深意一样。透过哈克贝里的眼睛，我们看到了一个完整的文明（或者缺乏文明的状况），我们得到的是这个国家地理中心在其历史中心几乎是史诗般的景象。马克·吐温较轻快的小说中，有不少趣味，有对人物的精确观察，但是技巧不均衡，令人失望，还能看到匆忙赶工不耐烦的迹象。《傻瓜威尔逊》的价值，在于马克·吐温别的作品中当作章节标题沿用的“日志”当中，在于其最精辟而鲜明的格言之中。《冉·达克》是一本小说类的作品，有不少优美的地方和持续的尊严感。但是最优秀的（仅次于《哈克贝里·费恩历险记》）是两篇讽刺小说——《败坏了哈德莱堡的人》和他死后才发表的奇异寓言《神秘的来客》。马克·吐温有一股强烈的斯威夫特式的尖刻，但因怜恤又有所节制，这一点也像斯威夫特；他笑声最大的时候，常常是最狂野的。表面上看，《亚瑟王朝廷上的康涅狄格州的美国人》是有些滑稽的闹剧，有滑稽模仿的色彩。其实，这部作品骨子里是一篇民主考察记，是对人类愚蠢行径的猛烈抨击。正是在这本书里，马克·吐温表达了全人类都该被吊死的想法。

他对语言的掌握纯熟至极，他的愤怒深刻，他嘲笑他憎恨的一切，且切中要害，因而他是一位伟大的杂文作者。所以忽视了他表示抗议的散见杂文的读者就没有见到他最豪爽、可敬的一面。

马克·吐温的滑稽，有一大部分可能会变得陈旧；其中有些是暂时的，除了那些人们记得的作品外，许多作品注定是要被忘记的。但是，严肃的马克·吐温是一位经典作家，像20世纪散文作家一样永存。在他不受任何常规的文学体裁的干扰而直接抒发胸臆之时，例如在《密西西比河往事》中，他是一位风格大师。他常说，他是评论我们的民主生活的桂冠散文家。

在加利福尼亚州，与马克·吐温有联系的是布莱特·哈特。为了满足东海岸读者的阅读需求，他探索了西海岸开拓者的生活。他做得很好。他笔下的赌徒和矿工都很有感情，看来他从狄更斯天才中学到了柔弱的那部分。他写的散文很好，他熟悉短篇小说的艺术，他触及浪漫情怀的技巧很好。他很多产，然而他的大部分作品都已经被忘记，但是像《扑克滩的流浪者》的故事，依然有趣。有一部作品相信大家不会忘记，因为这是高超的幽默和一流的、直接的文学评论。这就是两辑《浓缩小说》。

威廉·狄恩·豪威尔斯在其漫长的后半生成为美国文学的官方领袖。他是桀骜不驯的马克·吐温的朋友和老师，是年轻一代有才之士的保护人。他为人友善可亲，是一位一丝不苟的艺术家；从第一部到最后一部作品，他都是风格大师。在豪威尔斯的作品中，如果你能找到一个错句病句，就会像在福楼拜或者法朗士作品中发现错误句子一样，是令人吃惊的。但是，豪威尔斯是怯懦的。他缺乏强力；他鼓吹和实行的“木讷现实主义”的寡言少语风格，不是理智约束激情时用以调节艺术的良好方法。这是一种空洞的沉默少言法，因为豪威尔斯自己没有什么事必须持以缄默。在他的许多小说中（他既十分勤奋，又很细心），有三四部近似天才的作品。在《一个现代的例证》中，小人物因为小而遭受重创，这在美国文学中是全新的事物。《塞拉斯·拉帕姆的发迹》大概是第一部以普通商人为主角的小说。后来还有一部小说《肯顿一家》，是他最好的作品之一。在我看来，这部作品没有得到应有的赏识，连一向欣赏豪威尔斯作品的人也没有赏识它。他认为自己受托尔斯泰的影响，但在作品中，托尔斯泰的痕迹不多于霍桑作品中菲尔丁的痕迹。豪威尔斯读书很多，善于撰写评论。不论你是否同意他的见解，你都是在和一位博学的文学家为伴。

有一位最杰出的美国小说家，他除了出生地是美国以外，几乎不怎么关注美国。这就是亨利·詹姆斯。成年后，他大部分时间都在欧洲生活。他的世界观是欧洲的，世界主义的。他是世纪散文大师之一，一位高超艺术家，但只有一种严重的局限性：他是不可救药的文化势利小人，不是狗眼看人低的那种，因为他的本性极为慷慨而富同情心，但在精神上却很“封闭”，他的生活知识全都是在旅馆客厅、艺术博物馆，当然还有指定的图书馆里习得。尽管有局限性，他却是深刻研究人性的学者，用科学术语来说，是一位心理学家。有人说，他是国际小说的发明人，因为他的人物中有许多是在欧洲的美国人；但是，一个真正的国际小说家应该从正反两方面来游戏，也描写在美国的欧洲人。然而，在美国的欧洲人一般都是工人，而在欧洲的美国人一般都是闲人，詹姆斯所熟悉的就是这类闲人。他的作品分为两个时期。属于第一时期的有优秀小说《罗得里克·哈德逊》，标题中的人物是一个意志薄弱的美国雕刻家；另外一篇是《黛西·密勒》，是关于一位纯真的美国少女的真挚感人的故事。她不理解旧世界因循守旧的道德观念和周到细致的缺

亨利·詹姆斯

德行径。《贵妇人的画像》是对美国式无耻、活力和粗俗切中要害的描述（“粗俗”是詹姆斯喜欢使用的一个词语，用得过多，让他显得“粗俗”），是一个构想周到的精神悲剧。《美国人》是一个真实的悲剧，主角确有其人，不谙世故，但是很聪明，陷入了一种他无法对付的困境。

第二个时期，詹姆斯变得越来越细腻、越来越复杂，令真诚拥戴他的人们十分喜悦，却引起那些没有学会欣赏他的人的厌倦。这一方法就是客观地看待人物。故事中的人物可能在相当平凡，或者不同寻常、紧急的环境中活动。首先有一种，不久又有另外一种特征或特点从这环境中闪现出来。如果读者追随小说发展到底，会发现小说家为他建造了一种完全的人类性格。有两本小说——《鸽翼》《金碗》可以显示出这一方法。詹姆斯写长篇小说的时候精雕细刻，用许多书页追踪一些动机的发展。但是，他是一位短篇小说大师。收入他八到十篇最佳短篇小说的集子，在我们现今的文学中会是无法与之匹敌的。他还是英国文学和法国文学资深的批评家。如果他没有写小说，他必定属于最佳文学评论家之列。

一个国家的故事不仅由几位天才作家，而且也由许多较小的叙事者讲述，他们的作品结合起来就建构出了国家的社会史。美国理所当然地被划分为许多精神省区。一个人如何能够熟悉佛蒙特州的农民又熟悉佐治亚州的黑人呢？有一些二流小说家认为，在社会记录中应该占有持久地位的事物正好保存在小说艺术中。享有相当名气的诗人 T. B. 奥尔德里奇写过几篇美丽的短篇小说，其中以《玛格丽·陶》最有名。在这一小块美国生活中，没有多少内容。但是含有极佳的幽默艺术。弗朗克·斯托克顿的故事也是这样。最著名的一篇是《贵妇还是老虎?》。美国南方的生活表现在具有真正实力的几位作家的小说之中。凯勃尔揭示了新奥尔良西班牙人与法国后裔古老生活中的浪漫素材；哈里斯的《莱穆斯叔叔》使黑人不朽。中西部开发的一个重要阶段保存在爱德华·埃格尔顿的《印第安纳州人校长》中，这是第一部细心研究了一种方言的美国小说（在《哈克贝里·费恩》之前数年发表）。新英格兰的人民与风景在玛丽·维尔金斯－里曼和萨拉·奥尔尼·丘维特的细腻故事中得到描写。维尔金－斯弗里曼夫人的《母亲的叛逆》是美国作家中写得最好的关于下层人民的小说。

不久前去世的作家当中，最值得纪念的是斯蒂文·克莱恩(1871—1900)，他短暂的一生随着19世纪一起结束，他是那一代人中最有才华的美国作家。《红色英勇勋章》是他描写内战的小说，由于后来的战争更为恐怖，该书也许会减色，但是小说的艺术不会褪色。另外一位才俊之士弗朗克·诺里斯英年早逝。他是一位诚挚的现实主义者，表现出一种处理大题材的日益增长的力量。他重大的主题是小麦史诗。在健在的小说家中，最优秀的是艾狄思·华顿。她描写的场景是纽约，或者有钱的纽约人度过夏天的乡村地方。她是一个贵族，十分聪明，有一点势利眼，但是基本上是富有同情心的。在《伊坦·弗洛美》《夏天》中，她面对的是新英格兰农村地区的悲剧，且把握得十分妥帖，像维尔金斯－弗里曼一样。我们的许多小说作家看来都受到了欧·亨利的影响；他具有真正的才华和极佳的幽默，是天生的说书人，巧妙而又善于创新，但是在风格上有所缺失，太过于新闻报道化。为了显示这位十分敏锐的人的缺点，读者可以看看之前的欧·亨利，即H. C. 班纳，可以看到，喧闹的故事也可以用细致、文雅的载体表达。人生事务和文学的艺术结合起来，就成为发表之后可能长存的小说的组成因素。我见到了美国小说中的人生事务描写，和纯熟技巧的丰富例证。在用词讲究的青年作家（年轻，但是足以成名）中有维拉·凯瑟（《哦，拓荒者们！》《我的安东尼亚》《云雀之歌》）和詹姆斯布兰奇·卡贝尔（《超越生命》《如尔根》《祖父脖子上的铆钉》《笑话精华》《大地形象》）。约瑟夫·赫格舍默也表现出美感，见于《琳达·康顿》。西奥多·德莱塞粗犷而俗气，至少表现在三部小说（《嘉莉妹妹》《珍妮·戈哈特》《美国的悲剧》）中，但他具有无尽的力量，对人的同情；他正直而勇敢。辛克莱·刘易斯使自己的小说《白壁特》这一名称几乎成为英语中的一个普通名词，他又几乎把美国西部普通小镇的主街更名为“刘易斯大街”。

48

美国散文与历史

美国正在开始
针对子女的感官和想象力
凸显自己。

——爱默生

在19世纪，美国的精神中心是波士顿及其邻近小镇坎布里奇和康科德。新英格兰并没有排他性地控制美国思想界。在纽约和费城都有活跃的文学生活。欧文和库珀是纽约州之子，而坡这位从无人地带走失的天才，在纽约度过了他有数的最多产和相对富裕的几年；以纽约为据点，他对新英格兰的至尊地位发起了猛烈的抨击。但是，那至尊地位是确实的，直截了当地说吧，就像佛罗伦萨在意大利的至尊地位一样。波士顿原来被称为美国的雅典，这是一点也不幽默的嘲笑或者表扬。

确实，照耀美国，而且至今仍然没有丧失其柔和光芒的思想来自一种弱小的外省文明中的一小批思想家。在我们的时代，有一种要低估这一文明的倾向；的确，这个文明有不少弱点。它的诗卑微，缺乏内容的独特和形式的纯熟。散文作家仅有霍桑和霍尔姆斯。少数几位值得纪念的个人的局限性是明显的，被记入卡片目录存档并被加以说明。但是，新英格兰这组作家，从总体上看，表达出并且创造出的一种纯真的文化超出了新英格兰，而且变成了全国性的——如果说在一个高度异类的，甚至互相敌对且地方主义林立的国家里还能存在民族性的话。

爱默生

这一时期的主要思想家是爱默生，他是一个拥有很长的清教宣教者系谱家族的儿子，是一个自由派反叛者，反对他先父们的严厉做派和他们细致入微的道德苛求。而他所教导和列举的美德都很简单明确——自力更生；乐观主义，但是不忽视生活的粗糙方面；宁静，温和；信赖人，信赖上帝，这是常驻人心灵中的上帝，不是形式上的宗教的上帝。

爱默生的杂文和演说都

是宣教；他一生都在宣教，虽然他放弃了唯一的神教教职，一生大部分时间里都不追随任何信条或者教派。在语调和内容上，他的宣教远远比沉闷的宣讲高明；他宣教雄辩、自然、诚恳，通过诗意说明、类比、灵巧的警句般的措辞和幽默，智慧活跃起来。爱默生的数百条语句因为机智、有力且表达简洁明快，而被常常引用。

他的思想机敏丰富的原因之一是他深知如何从其他作者那里选取和吸收恰巧适合于自己目标的思想。他说："第一个引用佳句的人，仅次于其原作者。"这一见解显示出了他天才的一个重要部分。但他不是只专注于模仿或者摘录的二流作者；凡是他触及的东西，都加上了爱默生特色。对于我们来说，强烈吸引他同时代人的声音和人格魅力已经消失，但是在他的书面文字中仍保留着语言的说服力。打开《论文集》，或者《生活行为》，或者《代表人物》，或者《社会与独处》等书的任何一页，你都会听到一个人在言谈。各种思想收入大而抽象的标题之下，如《自然、政治、补偿》，但是思想本身则是直接的、特别的、明朗的。

爱默生对于体系和逻辑论据不感兴趣，据说他的文章结构风格不统一，可以倒着读。这些文章是一串串的珠子，可以从细绳两端任一端开始数。但珠子是真的。或者，可以迅速换一个比喻（爱默生常常更换比喻），人的根底中的个性给散开的思想带来一致性。已经有更为深刻、条理性更强的哲学家，有词句更加优美的散文作家，而他的诗虽然也有佳句，但是折断了翅膀，不能在不朽者当中飞翔。然而，爱默生的伟大是不容否定的。这就是他本人。他描述自己："最嘉善的美，是一种细致的魅力，是表层中、外廓中的技巧或者艺术规则难以施教的，亦即艺术作品，人的性格的一种映射。"他在一次最有启发性的谈话中说："在伟大的上帝把一个思想投放到这个行星上的时候，你们要注意啊。”虽然他很谦虚幽默，不一定是专指自己，但我们觉得他在暗示自己。

上帝似乎把好几位思想家投放在这个行星的小角落——新英格兰了。其中之一是爱默生的朋友和邻居——梭罗。梭罗在当时没有什么影响，但在新读者发现他之后，他的天才得到越来越广泛的承认。他的主要作品《瓦尔登湖》记录了他在康科德附近森林中两年的生活，这是一场独处与自力生存的实验。他证明，他能够独立于社会而生存，他和大自然是相互满足的。这本书的魅力在于，梭罗真心享受了他所选择和他自由选择的生活。“每天清晨都是一次令人爽朗的邀请，要让我的生活变得与大自然本身一样的简明，我想说，一样的纯真。”他所崇拜的大自然的确是简明而纯真的，他对他的女神的情绪的观察是直接、原始、独特的，没有太多显示出专业“博物学家”的内行技术知识。

梭罗是道德论者，不算是博物学家。虽然他对外部世界确实很感兴趣，但他主要的兴趣是对内心世界、他的灵魂和良心感兴趣，他写作是为愉悦和完善自身。他不是一个厌世的隐士，而是一个温和而有高度修养的人，他的头脑中储存了书卷之精华；在划独木舟和为豆苗锄草的间隙，他讨论这些书籍。某种意义上说，他是最没有文人气的作家，他的札记很随性，很不规范，在物质和精神上完全不依赖读者如何接受他的作品。从另外一层意义上看，他是一位对风格具有细腻感觉的文学家，是使用纯净风格的大师，是一位毫无拧性和怪癖的人。《在康科德和梅里马克河上一周》中有一段论风格的文章，是我所见过的就此论题写出的最好的短文，连瓦尔特·派特也不能超过。新英格兰日益增长的保守主义倾向于压制或者减少梭罗思想中的革命因素，而强调他的户外生活。然而，他是一位政治反抗者，他写了

《论公民不服从》，其主要思想是，如果政府是有组织的压制机构，则有正义感的人就有义务反对它；这是宣扬激进的革命思想的经典之一。有一次，梭罗想要进行某种消极反抗，拒绝上税，因为他认为政府把税金用于犯罪行为，结果被捕入狱。他只在狱中待了一天，因为一位朋友替他上了税，所以造反结束。梭罗逝世的时候，爱默生认为世人还有待于发现他是一位何等伟大的人。

在人的感受中，有种虚假而不真实的因素，总要把文学家划分为散文家、诗人、小说家，其实有许多最光辉的作家不止在文学一个领域中留下了印记。我们又想到了坡，可以说一两句话：在细节上，我们更多地认为坡是一位诗人和短篇小说家，但他还是一流的散文作家；如果哪位读者把坡的某些散文和“杂谈”看成是他超群天才最为光辉的范例，我是不会提出异议的。

坡短暂而扭曲的生活，因为得到了新闻界宣扬和对他真正优秀成就的部分承认之阳光照耀，而感受到稍许的温暖。爱默生身为某种非官方的牧师，生活平和。梭罗大部分时间靠自己，也为自己活着，以制造铅笔谋生。他在文章中时时触及公共事务，但并不实际参与。新英格兰散文作家中有两位喜欢世上更为光彩的事业（不必追究有什么可喜之处），这就是霍姆斯和洛威尔。

霍姆斯是一位医生，哈佛医学院的解剖学教授，波士顿的贵族，在灯塔街上有住宅。他善于机智、轻巧地写出轻快的诗来。但是，众神没有让他成为诗人。后来，他成为散文家，而且是很好的一位。《早餐桌上的霸主》以其令人愉快的、散漫的风格和多样的主题，在今天和在六十多年以前在《大西洋月刊》上发表之时一样清新；这本书使霍姆斯博士得以和蒙田、兰姆并列。他天分很好，正如他的友人洛威尔对他的剀切评论：他享有“名誉的良好防腐剂”，即“风格”。

洛威尔自己也有散文天分；在我看来，他在散文方面的天分比他薄弱的诗才更真实。洛威尔受过良好的教育，是哈佛大学的文学教授，但没有学究气。他是美国驻英国公使，是当时的名人。他的兴趣范围很广，超乎寻常。他最好的文章是论乔叟。在当时，许多人对伊利诺伊州那个奇怪的人持怀疑态度，而保守的政治家们又不断发出主张（后来证明是肤浅空洞的主张），但是洛威尔理解林肯，以大智慧"恢复了他的伟大"。我会略谈一下我认为他的诗作中依然有活力的那个部分。可以先读读他一篇极为幽默且富美国人精神的文章：《论外国人的某种谦虚》。

在善于表达自己思想的历史创造者或者写作者方面，美国人才济济。在具有演说和写作才华的历史创造者当中，有富兰克林、杰斐逊、韦伯斯特、林肯。我选择的依据是纯粹的文学标准，而不是政治历史的判断，其他读者还可以补充；就算我们可以把人类思想的一个局部从另一个局部分离开吧。

富兰克林的《自传》和他散见的论述和信件在文学史上也许并不重要，但是这些著述令人满意地刻画了一个正直而幽默的人物，具有一种特殊的文学意味。因为富兰克林是一个讲求实际的人。在今天，他一定会成为一个"效率专家"；他想要提高改进自己的风格，就研究了艾狄生的《旁观者》，学会了写作，却又没有失去他自己朝气蓬勃的个性。

杰斐逊的政府文书和书信的意义不仅是历史的；在他的政治理论和实践方面，他可能有奇异的错误，或者是正确的。这些都与我们这里讲的无关。在他的天性中，有一种艺术家的气质，而他起草的《独立宣言》，是清明而雄辩措辞的典范。

丹尼尔·韦伯斯特是一位公众人物，值得纪念。对于我们来说，

托马斯·杰斐逊

他还活着，这是由于他的文学风格，首先是一种演说口语风格，因为他是一个流派的职业演说家，而这种流派现在已不时兴。现在已没有人继承它，就连最为雄辩的国会议员如果尝试一下，也会显得相当可笑的。韦伯斯特时代的许多问题已经不复存在，只有历史学家们可能会去挖掘。但是他的两三篇演说还有生命力，例如《邦克山演说》应该成为每个美国男孩学习的一部分。其文章虽然多有华丽的修辞，但其风格是踏实而纯粹的。据当时的人讲，韦伯斯特是令人印象深刻的演说家，声音洪亮，仪态稳健。卡莱尔对政治演说家（或者对美国人）不太友好，说韦伯斯特的“眉毛像峭壁一样”。他演说的内容并非一向奏效，因为有时候内容力度不够，但他已在作家的世界演说家中赢得了稳固的一席之地。

在事业早期，林肯养成了令人钦慕的文学风格。这样的风格他是通过努力学习养成的。不像广泛流传的那样，林肯是靠奇迹般赋予一个无知无识者的神性馈赠。他细致敏锐、高度机智、沉稳、谨慎、多思、少见的享有被称作常识的那种才华；此外，还要加上包含迷信和先知洞察力的轻度混合。这在大体上解释了这位伟人不归于历史的政治家风格，而归于文学的风格。再读一遍葛底斯堡演说辞，就可以发现其本来面目：这是一篇简短散文诗，一件艺术品。只用三言两语他就表达了那个时刻的本质情绪；他表达得没有夸饰，没有呼喊，而是用一种沉稳的、平静的风格，节奏是精心设计的，意在造成想要取得的效果。

林肯大部分著述都是认真严肃的，因为他要解决艰巨的问题。但他也颇有幽默感；这幽默感是他的风格要素，而且也是对付当官迷和讨厌之辈的手段。为了保护自己，他让他们大笑。他召集内阁成员，不是请教他们，而是通知他们他已决定要为奴隶解放宣言所做的事。此之前，他先读了几页阿特穆斯·沃德写的书。然而，内战开始后，从天性和处境上看，他感伤，绝对不像那些老练的政客：为了获得选票而对听众说笑话，哗众取宠。在研究表达艺术时，可以学到的一个教训是，一个有既定目标和人格的人，一定要学会妥帖用词，即使他是一个我们不支持的政客。恺撒、克伦威尔、拿破仑、俾斯麦和林肯（请注意，我只是从文学观点上把他们罗列在一起），都是风格大师，某种风格被应用到他们的工作中，且施用得体，所以至今有益于我们。在我看来，有一种对评论、艺术、生活都十分有害的、太过分的美国爱国主义，要先行清洗，然后我才提出一点，供读者参考：在世界上所有的政治家中——可以提出皮特、狄斯勒里、格莱斯顿，还有法国政治家，可以随意举出——林肯具有最细腻和最有力的文学韵

林肯

帕克曼

味。

美国职业的史学家完成了很好的工作。我指的是进入文学圣殿的，而不是那些在文献资料史方面做得极好的历史学家。华盛顿·欧文在关于美国史和西班牙史的论著中不仅仅是创造了瑞普·凡·温克尔和尼克波克的温和幽默作家。他对普列斯科特毕恭毕敬，十分钦佩，这是一位备受半失明之苦的年轻人，却早已经开始研究和撰写墨西哥历史。这部著作使普列斯科特成名。于是他又写出《秘鲁的征服》，然后还有《菲利普二世》。我听后来的历史学家们说，他的大部分著作，作为历史，已经被取代，但是他在史实方面是没有错误的，因为可以核实。他的书依然可读，我可以请一位文学家，而不是史学家来作证。

马克·吐温在提出一张他所珍重的书籍清单时候说："帕克曼的一千卷——如果他写了这么多的话，一律收入。"帕克曼的兴趣在于我们的合众国成立之前的美国的西北地区以及法英之间的纷争。比《拉萨尔和大西部的发现》与《蒙卡尔姆和沃尔夫》更为博学的历史著作也许是有的，讲究严格科学性的历史学家常常批评帕克曼是个浪漫主义作家。但是，他所描写的题材本质上是浪漫性质的，而他的书，即使不太适合上面的论断，从头到尾也是引人入胜的。

49

美国诗歌

我听见美国在歌唱，我听见各种不同的颂歌。

——惠特曼

在文学体裁中，在大西洋西北角写出的这些样本中，美国诗歌最为缺乏的是这块大陆上的素材、色彩和特有的活力，虽然诗是在这里写出来的。除了惠特曼（许多读者认为他不能代表美国精神），除了几首用地方方言或者民族语言写出的诗和几首描写这个国家特有的场面和主题者之外，绝大部分的美国诗歌都是可以由英国末流诗人写出的。

美国诗歌的派生、依赖和二流的性质不一定是美国诗人奴性的证明，而是英国诗歌超强实力的证据之一。在散文中，我们可能是以美国方式思考，但是我们必须以英语来唱歌。我们的诗人常常感受不到生活其中的这个国家，或是这个国家的一部分，而法国人，或者德国人，或者英国人，是时时感受到了他们国家的存在的。不容置疑，这是爱国主义，但是诗歌女神除非用爱国主义创作音乐，否则是会蔑视它的。说到底，一个诗人是诗人，比一个诗人是美国人更重要。

具有诗感和真挚情感的第一位美国诗人是菲利普·弗瑞诺，他生活在美国革命时代。读者记得他，是因为他有几首浪漫主义性质的短诗；在他之后，如果没有一个伟大的抒情诗时代，读者可能会更好地牢记这种浪漫主义特征。《野忍冬花》和《印第安人墓地》有一股依稀可辨的诗意。

当时极负盛名的诗人是布莱恩特。他以查特顿般的早熟写了一首谈论死亡的诗——《关于死亡的感想》，这可能是对于英国墓园诗人的回应，但是诗是属于他自己的，写得很好。查特顿英年早逝；而布莱恩特以探索死亡起步，却很长寿。作为《晚邮报》的编辑，他在纽约新闻界受人敬重，甚至是被敬畏的人士。他一生都有好诗写出，在技巧上是成熟的，在思想上很有朝气，和青年时的诗作一样。他最好的作品，包括轻柔可爱的自然诗，如《水鸟》。

在邻近的办公室里，距离布莱恩特书桌不远处曾有一个人在那里工作，他是最奇异的美国诗人，文学中的大奇人之一——爱伦·坡。他的诗组成薄薄的一本诗集（无疑新闻工作占用了他太多的精力），但是这些诗因为形式完美而闻名，其中最优秀的，大约有十到十二首，包括《伊兹拉菲尔》和《致海伦》，有一种神秘感，一种只能赋予真正诗人的，不可名状的魔力。虽然受到种种限制，坡仍是一位具有真正灵感的诗人、他有黄金般的声音，说他次要，是说柯尔律治是次要诗人意义上的次要。许多其他真正的诗人也是这样，他们唱出真情，但永远没有但丁和莎士比亚那样的终极强力。我们在别处说过“次要”“二等”这些词，不能令人满意，虽然天文学家也用这些词来标定星宿；这些词用在诗人身上，是要表示某种从陆军元帅到末级军官的等级。而诗人是反对为他们划分等级的。一位诗人，一位英语诗人，必定拥有某种奇妙之处，他可以登梯爬进法国诗人那最美妙的有围墙的花园。坡这样做了。波德莱尔和马拉梅优雅地翻译了他的作品。凡是对英诗有所感悟的人，都不会错过《伊兹拉菲尔》最末几行挥之不去的魅力（伊兹拉菲尔是一位天使，其心弦是一把琴）：

是的，天堂是你的，但这是
一个充满酸甜苦辣的世界；
我们的花朵是平常的花朵，
而你完美福祉的浅影
就是我们的阳光。
如果我能够住在
伊兹拉菲尔
住过的地方，他又住在我这里，
他也许不会如此忘情地唱出
一首致死的歌曲，
而比这更激情的曲调也许会
从我琴弦上扩展到四海之内。

坡的本能和志向是诗人的。但我们常常看到，这位诗人的散文写得很好，在坡从事这类技巧性较小的创作时，他在小说和评论上表现出了天才。在另外的章节里，我们曾谈过他的散文，不妨再重复一下其中的大意：即使他的抒情诗都已佚失，这位散文作家依然长存。

美国的桂冠诗人是朗费罗。他在这民主宝座上久坐数年；他谦虚而有尊严，因为他是极为谦虚和气的人。他写出了许多美国传奇，如《海华沙之歌》《迈尔斯·斯坦狄什的求婚》《金星号遇难》《保罗·里维尔的夜奔》，还有丰富的欧洲文学译本和改写本。除此之外，他写了许多歌曲和抒情诗，这些作品没有空间感和时间感。例如，有名的《生活诗篇》平庸无奇，没有奇迹般的语句或者曲调将其提高到真正抒情诗的高度。他的《农村铁匠》是乡镇报纸上“诗人之角”类的作品，但是在技巧上是很好的，因为朗费罗是一位精于诗律的人。美国这位最受欢迎的诗人的杰作是他翻译的但丁《神曲》的英译本。他以宏大的气势写出了最近似于原创作品是十四行诗，并将它用作这位意大利诗人颂歌集的序言。似乎可以这样解释：新英格兰的教授诗人们意识到自己的文学自卑感，于是前去欧洲寻求灵感。《铠甲骷髅》不算成功，《鹤之死》也一样，但是《布吕赫钟楼》是一篇很好的歌谣。

朗费罗

在哈佛接替朗费罗的教授诗人是洛威尔，他的诗歌措辞迂腐。他也意识到自己的美国自卑感，于是施以防御性报复，不在诗中，而是在《论外国人的某种谦虚》一文中。他用古典英语写作的诗没有诗意；为纪念在内战中牺牲的学生，他在哈佛大学的建筑上写了一篇献辞——《纪念颂》。该诗因事而闻名，实际上不过是空洞的辞令。在一篇松散诗体的《给批评家的寓言》中，他自责——

努力攀登帕尔纳斯山
还带着用诗韵捆起来的一口袋理论。

但是，正因为他让各种主义在《比格娄文献》中自由游戏，他才得心应手；《比格娄文献》是模仿新英格兰美国方言写出的讽刺诗。

朗费罗故居

这些作品闪耀、幽默，有尖刺，深深切中了美国政治的愚蠢。在美国，其他的讽刺诗都没有如此长久的生命力，因为讽刺如容易死亡的植物，随着它所根植于其中的事件而成为过去，最终死亡，而美国的讽刺作家一向是散文家而非诗人。

霍姆斯博士是洛威尔在查尔斯河对岸上的朋友。他用假托的美国方言写作时（就其诗歌而言），如《单马二轮马车》中，最得心应手。最崇敬霍姆斯博士的人，至少在《早餐桌上的霸主》见识了其天才风格的人，是不会认真对待他的严肃诗作的。但是，他为纪念同学聚会等类似欢乐场面而作的应景诗，表现出一种聪明、机智和真诚。

康科德的智者，爱默生，主要是一位散文作家，他的一些文章雄辩而富想象力。他也写诗，像许多并非天生为诗人的作家一样。爱默生谈到他的朋友梭罗时说，他的桃金娘和百里香没有完全转化为花蜜。这句话也是对爱默生诗歌的很好概括。但是，爱默生有一两次还是拨动真正诗意的琴弦，十分愉快的室外空间的音弦，见于《蜜蜂》；更深刻的哲理音弦，见于《婆罗贺摩》。看来，他其他的诗不如散文中的比喻有声有色。

坎布里奇、康科德和波士顿等地的这些先生们有一位友人，是一位温和的贵格会教友，其心中的热情比他们心中可见可闻的热情都要强烈。这位诗人是惠蒂埃。也许，在英国诗人格拉贝之后，从来没有一位诗人有如此诗才，要尝试这一艰难的艺术。像格拉贝一样，惠蒂埃对生活和见闻很敏锐。他的宗教诗平淡——宗教诗一般都是如此。他的歌谣简直就是末流文学，但有时候会呈现民间文学的韵调，像《艾尔森船长的航行》。他写作的方法见于《大雪封门》，这件作品有一股古老的新英格兰之冬的清冷和僻远。场景是真实的，用词造句大体上不错。惠蒂埃极欲成为诗人，有一种表现冲动，但是，正如他在

惠特曼

一首精妙的诗中所说，他，因为听力未经过训练而缺乏细腻感，受损颇多。

在老一辈人变成老年而且成名的同时（爱伦·坡去世得比较早），有一位诗人——他几乎和得到承认的资深同行一样老，才渐渐被人发现和得到赏识。瓦尔特·惠特曼被称为“灰色好诗人”，因为在他的后半生，也因为他的胡须的确是灰白了。但是他的《草叶集》是在美国发表的最富青年精神、最大胆和富有挑战性质的诗集。它是粗犷与美丽的奇异混合物。气势磅礴的诗行和诗段十分有力。败笔之差，一如任何诗人的败笔，但是，即使败笔诗行也由于与全书有某种共鸣和一致性而得到补救。《草叶集》是一本完整的书，是一个人多年的诗歌生活。惠特曼崇尚民主。他称颂自己是有眼光的人，确实如此。中年时，他用崇高的诗句称颂亚伯拉罕·林肯。林肯与惠特曼之间有一种天意注定的关系。豪威尔斯称马克·吐温是我们文学中的林肯，他的联想是正确的；而林肯是不会把惠特曼当作诗人来理解的；林肯的诗歌感染力远远低于他自己对散文诗本能的，抑或培养出来的感受。但是，人们日益感受到，时代给林肯头上添加了光环，并且揭示出惠特曼放置在那立楣之上花环的光环之美。在这一层意义上，惠特曼是林肯的桂冠诗人。《当紫丁香上一次在庭前盛开之际》无疑是美国诗歌的崇高标记。惠特曼种种情思中，有充满鲜明优美的瞬间。他写了不少平庸之作，华兹华斯等诗人亦然。从最佳方面看，惠特曼是一位真情诗人，他描写大海与阳光，描写千百万脚踏大地的人们。惠特曼想象，他开创了一种新的诗体，摆脱了韵脚与音步的常规束缚。使他成为伟大诗人的，并不是他诗律的独创性，或者怪异性；他的光彩在于和英语诗歌一样古老的本质节奏当中。直截了当地说，他的独特性就是，他是一位伟大的诗人，一位新颖而独特的诗人，这正是他的优点。一位诗人的嘉善是永存的。

惠特曼之后，大部分美国诗歌在走下坡路。但是，每一种精品诗选总是要收入一些简洁得奇异、欲言又止，却又充分表达出情绪的诗，即艾米莉·狄更生的诗；还有路易丝－吉尼细腻精巧的诗句，她虽然是美国人，却仍然保持爱尔兰人特质，所以是一个诗人；还有詹姆斯·莱利的“家常”诗；还有托马斯·奥尔德里奇的轻柔优雅的诗；还有一位健康不佳、困难颇多，却发挥了诗才，但潜力更大的诗人——锡德尼·拉尼尔，读者可以深入“主要诗人”找找比拉尼尔的《格林湿地》和《日出》更辉煌辽阔的诗篇。有的时候，美国诗人是虚弱的、粗糙的，表现力不足。但是伊兹·拉菲尔这位天使的竖琴琴弦依然拉紧。即使美国不是诗人的国度，我们也能时时听到纯洁而可爱的声韵。

后 记

我们穿过时间和空间的旅行太短，某种程度上又太长。太短，是因为寥寥数语、薄薄几页不足以讲述千百年的思想和千百年来作者的故事；太长，是因为我们的脚步太快，在奇迹的迷雾中，在无知的浓雾中，在我们所不及的天才的耀眼光芒中，正如我们的友伴太阳或千万远方的恒星所不及——我们有所迟疑，迷失方向。

但是在我们穿过了浓雾和薄雾、阳光和不可度量的星光之后，却出现了关于这次旅行在时间和空间上一个令人欣慰的思路：我们时时都可以返航。去一次图书馆的行程比我们的旅行短得多；只要我们去图书馆，我们就可以随心所欲地与荷马，或者但丁，或者今天刚刚发表作品、我们尚不知其大名的天才作者相处多时。

让我们再回首，翻到卢奥托洛为扉页制作的插图：下方是一个原始人，正用粗糙的工具在一块石头上凿刻记录一段信息、一段故事。在左右两侧空白中段，是人类迄今为止所达到的最高水平的艺术大师，左为但丁，右为莎士比亚。插图上方是一本书，书页为空白，图文皆无。这是一本未来的书。许多人将会在这空白书页上写作。我们今生今世不会，大概在来生也是不会读这本书的。

但是过往世代教导我们，有一点我们可以确信：我们子孙后代撰写的这本未来之书，会充斥着愚笨和徒劳，然而也一定充满了完美、崇高和智慧。一定如此。

有关插图

哈佛大学梅西教授著《世界文学的故事》初版于1924年，八十多年来享誉不已。这当然由于“故事”的趣味、简洁文笔和诙谐语句，但也得益于其中的配图。

本书前面49章，各章开端均有题图性小图一幅，又散布插图143幅，正文总计配图192幅。这些精美的插图均出自卢奥托洛之手。

奥诺里奥·卢奥托洛（Onorio Ruotolo），著名画家、雕塑家。他曾经成功地为但丁、卡卢索、海伦·凯勒、斯坦梅茨、德莱塞、爱迪生和托斯卡尼尼等雕塑胸像。他的代表性作品，如《红十字》《永恒的母亲》《耶稣的哭泣》《生命之源泉》等，更是闻名世界。

插图是文字与美术结合的产物，文学插图是对文学视觉形象的阐释，是对原著审美理想的体现，所以能够引导读者走过“陌生”，进入书籍营造的天地，获得一种审美体验。阅读《世界文学的故事》的一幅幅插图，我们不难发现卢奥托洛的功力：他的版画，他对视觉形象的创造，很好地照应了本书作者梅西的生动、活跃、凝练、幽默之文采，让人读书时有一种倍加亲切的愉悦感。美国图书馆联合会向读者推荐《世界文学的故事》时写下了这样的话：

> 因为配有奥诺里奥·卢奥托洛的优雅插图，
> 所以该书的价值大大提升。

译者后记

首先想到的是，终于可以看到一本“原汁原味”中文版《世界文学的故事》了，尤其是在插图方面。本书以《世界文学的故事》1932年版本为蓝本。与之前的1925年版相比，1932年的版本虽在插图上有些许的差异，但其版画风格的插图则完全相同。译者认为，在很大的程度上，作者可能把《世界文学的故事》看作是一本文学画册，很多读者会同意这一观感；文学和美术的关系密切，相信读者会非常喜欢这本“文学版画画册”，为画册计，也值得拥有此书。

约翰·阿伯特·梅西（John Albert Macy，1877—1932），美国哈佛大学英美文学教授，文学评论家。《世界文学的故事》（*The Story of the World Literature*）完成于1924年圣诞节前夕。本书涵盖了从史前期到20世纪初的世界文学历程，还涉及了东方文学、印度、阿拉伯和犹太文学，但重点仍是欧洲文学，尤其是英国文学。

这本书即使出版九十年后依然很有价值，各种文化水平的读者都能从中受益，是值得译介的好书和名作。叙述条理分明，语气亲切平和，内容兴味盎然，作者是在深入浅出地、委婉动听地讲故事，不是降尊纡贵地传授知识。不像教科书那样面面俱到，一二三四甲乙丙丁地条条罗列（这多半是中国学生惧怕某些教科书的原因之一）；也不像大学者博导们的专著，老术语自不待说，上个月的新术语也必定赫然出现，还有在这讲究个性化时代所创造出有个性的新句式，大概是为了培养攻读博士学位的青年或壮年们的创造性、批判性思维吧。本书面向大众，作者约略以世纪为准，不列有关时代、作者、作品的精确年月日。这是很实际的做法，可以减少读者的疲劳。就连大学者也难以记全这些细节，有需要时查看工具书，或者上网查找，已是十分方便。

作者是诚挚坦率的，郑重承认对东方，对中国所知有限，所以不能多谈；又承认在这样的一本书中，肯定遗漏了许多重要的名字和重要标题。这也是事实，就连百科全书也不敢大言条目绝对齐全。以欧洲为重点，从20世纪初至九十年后的21世纪之始来看，理由是同样明显的，因为从古到今，尤其近代、现代以来，影响世界历史进程的许多大事都发生在欧洲；迟至20世纪初，连美国人也承认欧洲中心论。欧洲中心论固然有争议，受到批判，但是，哪个大陆，哪个国家成为注意焦点或者中心，是不以人的意志为转移的。至于本书侧重英国，则不仅因为作者是英美文学教授，还因为英语从19世纪末就已经渐渐成长为强势语言，所谓的国际通用语。

《世界文学的故事》的1965年版，有出版社补加的一章，第50章《现代世界文学》；为尊重原书作者，这里不译出版社的续篇。别林斯基说过，在一切批评家中最伟大最公正的是时间，让“现代世界文学”各国作家受时间考验和淘汰一番，再写作关于他们的故事，对最广大读者来说，也不是下策。《世界文学的故事》作者评论了他那时候的“现当代”作家，看看其中哪些已经被淘汰，或者与今日对他们的评价有何不同，也很有意义，但这大概是专家们的事了。

关于本书的翻译，译者讲求认真的译事方式；虽然是常规，还是做一下交代：

再现原书本来面目：目录、每章标题和标题下面为点题用的引用诗文，正文和正文中引用的诗文与少量注释，都按原样译出，译者所加少量注释都在文内注明。

译名尽可能按定译、通译，主要参考书是：1.《欧洲文学史》（杨周翰等主编，上、下，人民文学出版社，1978），《欧洲文学史》（李赋宁主编，1—3卷，商务印书馆，1999）；2.《中国大百科全书·外国文学卷》（上、下，1982），《简明不列颠百科全书》（中文版，1982）的第10卷（索引）等各卷。地理名称在翻译的时候，常常在《世界地图集》（中国地图出版社，1987）上找出其位置，阅读地图。

上面列举的三类图书、工具书都是我国熟悉各种外语和文学的专家撰写的，在人名翻译中做到了“名从主人”、汉译是基本做到以普通话读音为准。

全书中引用的诗，凡是能够找到已有的优秀译文的，都予以引用，并注明出处，其余的全部是译者自己译出的，虽尽努力，未必优异，但是小泉八云的话鼓励了译者：“海涅、莎士比亚、卡尔德隆、彼德拉克、哈菲兹、萨迪的一首伟大的诗作，即使是用散文体翻译成另一种语言，它都会触及感情和想象力。所以，不能翻译的诗，在世界文学中是没有价值的；甚至不是真正的诗。”（本书第三章）。这一判断可能引起争议，但是译者完全同意。

在我国，欧美古典文学作品翻译、重译热在20世纪延续了大约 20 年（1978—2000），现在还在延续，尽管热度有所降低。从总体上看，这对读者有益。《世界文学的故事》是为包括中学生、大学生在内的最广大读者群写的，像一股清泉，是一本严肃而有益有趣的书。

大家都希望翻译家和出版人能够严肃认真地提供尽可能好的译本，尤其是像本书这类的书籍的确切可靠的译本。用多年前在中国一度流行的一部印度电影《流浪者》中的话来说："行行好吧。"本书译者争取"行好"，却相信错漏依然难免。"行好"不易，颇为费时费事，而且没有底。

译者早在 20 世纪 70 年代和山西大学另外三位老师合译过《苏联历史百科全书》第五卷，1977—1980 年讲授过《欧洲文学史》，这些经历对于翻译《世界文学的故事》十分有益。

本书翻译过程中继续得到老伴周惠文一贯的支持，得到长子杨念提供的几种原版书、次子杨路提供的参考书，向他们致以谢意。尤其要感谢北岳出版社续小强先生数年来的支持、洞见、判断力、决断，接受出版这个译本。

杨德友

2004 年 5 月 1 日于山西大学

2015 年 9 月 10 日教师节重审完毕于山西大学

FINIS